프랑켄슈타인

현대지성 클래식 37

프랑켄슈타인

FRANKENSTEIN OR THE MODERN PROMETHEUS

메리 셸리 | 오수원 옮김

현대
지성

메리 셸리(Mary Wollstonecraft Shelley)

(1797~1851)

창조주여, 제가 부탁했습니까? 진흙에서 나를 빚어 사람으로 만들어달라고?
제가 애원했습니까, 어둠에서 절 끌어내달라고?
- 『실낙원』, 존 밀턴

『정치적 정의』, 『케일럽 윌리엄스』의 저자,
윌리엄 고드윈에게…
흠모하는 마음으로 이 책을 바칩니다.

일러두기

1. 이 책에서는 1818년에 나온 『프랑켄슈타인』 초판을 옮겼다. 메리 셸리는 1831년에 개
   정판을 내면서 빅토리아 초기의 억압적인 사회 분위기에 따라 당시 독자층의 비위에
   맞추어 등장인물의 성격을 온건하고 보수적인 쪽으로 바꾸었다. 그에 비해 초판에는
   저자의 원래 의도가 더 자유롭고 생생하게 살아 있다고 보는 것이 정설이다.
2. 본문 하단의 각주는 별도의 표시가 없는 한 모두 옮긴이가 달았다.

목차

서문

　이 소설의 바탕이 되는 사건에 관해 다윈 박사*를 포함해 독일의 몇몇 생리학자들은 이것이 전혀 불가능한 것은 아니라고 생각해왔다. 이런 상상을 진지하게 믿는 사람으로 인정받으려는 생각은 나에겐 조금도 없음을 독자들은 알아주시길.

　공상을 작품의 기초로 삼기는 했지만, 순전한 상상으로만 초자연적 공포 이야기를 짜낸 것은 아니다. 이 소설의 기반이 되는 사건은 익숙한 유령이나 마법 이야기가 아니므로 그러한 이야기가 지닌 약점에서 벗어난다. 소설 속 전개 상황의 참신함이 매력으로 작용하기 때문이다. 게다가 이러한 사건은 실제로 일어날 가능성이 전혀 없더라도 상상력에 하나의 관점을 제시함으로써 기존 사건들 안에 있는 평범한 관계가

---

* 　이래즈머스 다윈(Erasmus Darwin, 1731~1802). 영국의 의사, 자연철학자. 진화론을 발전시킨 찰스 다윈의 할아버지.

제시하는 어떠한 관점보다 훨씬 더 포괄적이고 강력하게 인간의 열정을 묘사한다.

따라서 인간 본성의 근본 원리라는 진실을 놓치지 않는 한, 나는 이 책에 혁신적인 내용을 거리낌 없이 엮어 넣었다. 그리스 비극『일리아스』와 셰익스피어의 희곡『폭풍우』,『한여름 밤의 꿈』그리고 무엇보다 밀턴의『실낙원』은 이러한 원칙을 잘 지킨 명작이다. 소설 쓰기라는 노동을 통해 즐거움을 주고받으려는 열망 외에 다른 욕심은 없는 소설가라면, 인간의 수많은 감정을 아름답고 절묘하게 조합하여 가장 고결한 시를 빚어낸다는 원칙을 자기 작품에 겸허히 적용하리라.

내가 이 소설을 쓰게 된 것은 격의 없는 대화에서 나온 어떤 제안 때문이었다. 한편으로는 재미 삼아 그리고 다른 한편으로는 마음으로 진지하게 시험하지 않았던 것을 탐구해보자는 이유였다. 여기에 다른 동기들이 뒤섞이면서 소설 쓰는 작업이 진행되었다.

나는 이 소설이 품고 있는 정서나 등장인물에 깃든 도덕적 경향이 독자에게 어떤 영향을 끼치는지에도 지대한 관심이 있다. 하지만 소설에서 내가 주로 다룬 것은 오늘날의 소설에 팽배한 무기력함을 피하고, 따스한 가정에서 맛보는 애정과 보편적 미덕의 가치를 보여주는 것 정도다. 주인공의 성격과 그가 처한 상황에서 자연스레 나오는 여러 의견에 관해서는 저자도 그렇게 확신한다고 오해하지는 마시라. 앞으로 펼쳐질 이야기에서 내가 특정 철학을 따르거나 편애한다고 보는 것도 순전한 오해일 뿐이다.

저자로서 또 하나 흥미롭게 생각하는 것은, 이 소설은 그 주요 배경이 되는 장엄한 지역에서, 떠올리면 언제나 아쉬운 한 모임을 통해 시작되었다는 점이다. 나는 1816년 여름을 제네바에서 보냈다. 날씨는 춥고 비가 내렸다. 당시 나는 친구들과 맹렬히 타오르는 난롯가에 저녁마다 둘러앉아 우연히 알게 된 독일의 귀신 이야기들을 재미 삼아 주고받았다. 이런 이야기들 때문에 비슷한 이야기를 지어내고 싶다는 장난기가 발동했다. 두 명의 친구(그중 한 친구의 펜 끝에서 이야기가 나왔더라면 나보다 훨씬 더 독자의 사랑을 받았을 것이다)와 나는 초자연적 사건에 기반을 둔 이야기를 써보자고 약속했다.

그런데 갑자기 날씨가 개어버려, 이야기를 쓰기로 했던 두 친구는 나를 두고 알프스로 여행을 떠났고, 그 산이 드러내는 웅장한 광경에 빠져 유령 이야기를 쓰자는 약속을 깡그리 잊어버렸다. 결국, 유일하게 완성된 유령 이야기는 이제부터 나올 내 소설뿐이다.

Frankenstein

제1부

첫 번째 편지

새빌 부인 앞, 영국

17××년 12월 11일, 상트페테르부르크

누나, 누나가 불길한 예감이 든다며 그토록 걱정했던 사업이 순조롭게 시작되었다는 이야기를 듣는다면 참 기쁘겠지. 어제 이곳에 도착했어. 나의 첫 임무는 사랑하는 누나에게 내가 잘 있다는 소식을 알리고 일도 성공할 거라고 더욱 안심시키는 거야.

나는 이미 런던에서 북쪽으로 한참 떨어진 상트페테르부르크에 있어, 누나. 이곳 거리를 걷다 보면 벌써 싸늘한 북풍이 뺨을 간질이는 게 느껴져. 신경이 팽팽히 조여오고 환희가 차올라. 누나가 이런 느낌을 이해할까? 이곳 바람은 내가 가려는 땅에서 불어오는 거야. 얼음같이 차디찬 날씨를 미리 맛보는 셈이지. 이 생생한 바람의 기운을 받아 내 꿈은 점점 더 강렬하고 명료해지고 있어. 북극은 서리 가득한 황폐한 땅이라는 말로 자신을 설득하려 하지만, 소용없다니까. 내 상상 속에서 그곳은 언제나 아름다움과 기쁨만 그득하니까.

마거릿 누나, 그곳에서는 늘 태양이 보여. 커다란 원반 같은 햇살이 지평선 주변부터 영원한 광채를 뿌려대는 거야. 그곳에서는 눈과 서리도 여지없이 추방을 당하지. 누나만 괜찮다면 나보다 앞서 그곳에 갔던 선원들의 말을 어느 정도 믿고 싶어. 이제 우리는 고요한 바다를 가로질러 여태껏 발견된 지구상의 인간 거주지 중 어느 곳보다 아름답고 경이로운 땅으로 흘러가겠지. 그곳 산물과 특색은 유례없이 새로울 거고. 천체들의 경이로운 광경은 분명 아직 발견되지 않은 고독 속에 있는 거잖아. 영원한 빛의 나라에서는 뭐든지 기대할 수 있을 것 같지 않아? 그곳에서 나는 나침반 바늘을 끌어당기는 경이로운 힘을 발견하게 되겠지. 그리고 하늘에서 발견할 수많은 관측 내용을 정리할 거야. 물론 그러려면 변화무쌍하고 일관성이라고는 찾기 힘들어 보이는 그 현상들이 사실은 영원히 변치 않는 것임을 확인할 만큼 이 항해를 지속할 수 있어야 하겠지만 말이야.

난 이제 누구도 가본 적 없는 세계의 일부 지역을 보면서 내 왕성한 호기심을 채우게 될 거야. 이 매력적인 유혹만으로도 위험이나 죽음의 두려움을 거뜬히 이겨내고 기쁜 마음으로 고된 항해 길을 나설 수 있어, 누나. 이 기쁨은 어린아이가 휴일에 놀이 동무들과 작은 배를 타고 사는 곳의 강 상류로 탐험을 떠날 때 느끼는 것과 비슷해. 누나가 내 예상이 모조리 틀릴 수 있다고 생각하더라도, 북극 인근에서 다른 나라까지 가는 빠른 항로를 발견해서 소요 시간을 줄인다거나, 자기장의 비밀을 밝혀 마지막 세대에 이르기까지 인류 전체에 남을 헤아릴 수 없는 이득이 있다는 것 정도는 누나도 반박할 수 없을 거야. 지금 내가 하는 탐험을 통해서만 그런 일이 가능하니까 말이야.

이런 생각들 때문에 편지를 쓰기 시작하면서 느꼈던 불안이 많이 사라졌고 지금은 드높은 열정 덕분에 하늘에도 닿을 것 같은 느낌이야.

한결같은 목표만큼 정신을 고요하게 하는 데 도움이 되는 건 없어. 영혼은 꾸준한 목표에 지성의 눈길을 보내는 법이잖아. 북극 탐험은 어린 시절 내가 가장 즐겨 꾸던 꿈이었지. 그때는 항해를 다룬 다양한 글을 탐독했어. 북극을 둘러싸고 있는 바다를 통해 북태평양에 도달할 가능성을 찾으려 시도했던 항해에 관한 여러 기록 말이야. 누나도 기억할 거야. 발견이라는 목표를 향한 온갖 항해의 역사를 다룬 장서가 토머스 삼촌(참 좋은 분이지)의 서재를 가득 차지하고 있었지. 내가 공부에는 게을렀지만, 독서만큼은 열심이었잖아. 나는 이 책들을 밤낮 파고들었고 책과 친해질수록 아쉬움도 늘어만 갔어. 아버지께서 임종 때 남기셨던 경고 말씀이 있어서 내가 항해를 업으로 삼는 것을 토머스 삼촌이 허락하지 않으신다는 것을 알게 되었기 때문이야.

항해에 대한 꿈은 희미해져 갔어. 감정을 분출시켜 영혼을 천국으로 데려갔던 시인들을 본격적으로 읽게 되었기 때문이야. 나 또한 시인이 되었고 일 년 동안은 내가 지은 시의 낙원에서 살았어. 호메로스와 셰익스피어가 찬란한 영광 속에서 자리했던 시의 사원 한 칸을 나 또한 얻을 수 있으리라 상상했던 거야. 하지만 누나도 잘 알지. 나는 실패했고 실패로 말미암은 실망에 크게 짓눌려 있었던 것 말이야. 그렇지만 바로 그즈음 사촌의 재산을 물려받게 되면서 내 마음은 다시 어린 시절의 꿈으로 방향을 틀었어.

항해를 결심한 지도 벌써 6년이 지났어. 내가 이 위대한 사업에 헌신하기로 마음먹은 구체적인 시각이 지금도 기억날 정도야, 누나. 이 일을 하려고 우선 몸을 혹독하게 단련해서 고된 일에 익숙해지도록 만들었어. 북해까지 가는 여러 원정대의 포경선을 얻어 탔고, 추위와 기아와 목마름과 수면 부족을 자진해서 견뎌냈지. 낮에는 일반 선원들보다 더 열심히 일했고 밤에는 수학과 의학 이론, 물리학 공부에 매진했어. 항해라는 모험은 이러한 이론에서 가장 큰 실용적인 이득을 얻어낼 수 있으니까. 그린란드 포경선에서는 항해사 보조로 고용되었고, 맡은 임무를 잘 수행해 칭찬도 많이 받았어. 지금 와서 자랑스러웠던 일을 고백하자면 말이야, 선장이 2등 항해사 자리를 제안하면서 배에 남아달라고 성심성의껏 부탁했었다는 거야. 내 근무 실적이 꽤 우수하다고 여겼던 거지.

사랑하는 마거릿 누나. 지금의 나는 원대한 목표를 이룰 만한 자격이 있지 않을까? 그동안 쉽게, 꽤 사치스레 살아왔을 수 있지만, 적어도 나는 유복함이 내 길에 깔아준 유혹들보다 명예를 더 가치 있게 여겼어. 아, 내 생각이 옳다고 힘을 실어주는 목소리가 있다면 얼마나 좋을까! 내 용기와 결심은 흔들리지 않아. 하지만 희망은 오르락내리락 요동치고 영혼은 종종 우울해지곤 해. 이제 막 길고 어려운 항해를 나설 참이야. 항해의 위기마다 내 불굴의 의지가 필요하겠지. 배를 이끄는 자로 선원들의 기운을 살려주고 때로는 그들의 사기가 떨어질 때 나도 꺾이지 않도록 해야 해.

지금은 러시아를 여행할 최적기야. 사람들은 썰매를 타고 눈밭을 쏜살같이 날아다녀. 움직임은 경쾌한데, 내가 보기에는 영국의 승합마차보다 훨씬 더 쾌적해 보여. 추위는 그다지 심하지 않아. 물론 털옷으로 몸을 감싸고 있으면 말이야. 나는 이미 한 벌 장만했어. 갑판을 걸어 다니는 것과 여러 시간 꼼짝없이 앉아 있는 건 정말 다르거든. 추위가 심하지 않다고 해도 오랫동안 움직이지 않고 있다가는 그 후에 아무리 몸을 움직여도 혈관 속 피까지 얼어붙어 버릴 테니까. 상트페테르부르크와 아르한겔스크 사이, 길 한복판에서 목숨을 잃고 싶지는 않아.

2~3주 안에 아르한겔스크로 떠날 거야. 그곳에서 배를 한 척 빌려(소유주에게 보험료를 내면 쉽게 빌릴 수 있어) 필요하다고 여기는 만큼 고래잡이에 익숙한 선원들을 채용할 거야. 6월까지는 항해가 없을 거야. 언제 돌아올 예정이냐고? 아, 누나. 그 질문에 어떻게 대답해야 할까? 성공한다면 몇 개월, 아니면 몇 년이 지나야 누나를 만날 수 있을 거야. 혹시나 실패한다면 우리는 조만간 만나거나 영원히 못 보게 되겠지.

사랑하는 나의 멋진 누나, 잘 있어. 천국의 축복이 누나에게 가득하기를. 그리고 나를 지켜주어 내가 다시 누나의 사랑과 친절에 감사를 전할 수 있기를.

사랑하는 동생

R. 월턴

두 번째 편지

새빌 부인에게, 영국

17××년 3월 28일 아르한겔스크

이곳 시간은 얼마나 천천히 흐르는지 몰라. 주위는 온통 서리와 눈뿐이야, 누나. 하지만 내 사업은 이제 두 번째 단계에 접어들었어. 배를 한 척 빌렸고, 지금은 선원을 모집하는 중이야. 이미 고용한 선원들은 내가 의지할 만해 보이고, 뭐 하나 꿀리지 않고 용기도 대단해 보여.

다만, 아직 채워지지 않은 한 가지 결핍이 있어. 그게 없어서 지금은 나 자신이 가장 불행한 사람처럼 느껴져. 친구가 하나도 없거든, 누나. 성공을 향한 열정으로 빛날 때 나의 기쁨에 동참해줄 친구, 낙담해서 몹시 괴로울 때 실의에 빠진 나를 지탱해줄 사람이 없어. 물론 내 생각을 종이에 옮겨 적을 수는 있지. 하지만 종이는 감정을 주고받기에는 매력 없는 매체야. 나와 공감해주고, 내 눈빛에 답을 해줄 수 있는 그런 사람이 함께 있었으면 정말 좋겠어. 누나는 내가 대책 없는 몽상에 빠져 있다고 생각하겠지만, 친구가 없다는 사실에 정말 비통해하고 있어. 다정하지만 용감하고, 폭넓고 세련된 정신세계를 갖춘 사람, 나와 같은 취향을 갖고 있고 내 계획을 알아주고 고쳐줄 수 있는 그런 벗이 곁에 하나도 없어. 그런 친구라면 이 가엾은 동생의 결점을 고쳐줄 텐데!

나는 일할 때는 지나치게 열정적이고, 어려움을 만나면 참을성이 없거든. 훨씬 더 안 좋은 건 내가 독학을 했다는 거야. 어릴 적 14년 동안 제멋대로 놀았던 데다, 읽은 책이라고 해봐야 토머스 삼촌 서재에 있던 항해 관련 책 외에는 전혀 없어서 말이야. 그 나이 때 영국의 유명한 시인들을 알게 되긴 했지만, 모국어 외의 여러 외국어를 익혀야겠다는 확신이 들었을 땐 거기서 중요한 이득을 얻어낼 힘이 다 빠진 상태였지. 이제 내 나이 벌써 스물여덟 살인데 실제로는 열다섯 살짜리 학생들보다 더 무지한걸. 물론 생각이야 많지. 상상의 나래 역시 무한히 넓기도 해. 하지만 (화가들이 말하듯) 그런 상상을 붙들어줄 수 있어야 하잖아. 내가 몽상가여도 한심해하지 않을 정도의 분별력을 갖추고 있으면서도 내 마음의 고삐를 잘 잡아줄 만큼 애정이 있는 그런 친구가 절실해, 누나.

뭐, 다 쓸데없는 불평이겠지. 이 망망대해에서 그런 친구가 있을 리가. 아르한겔스크의 상인이나 뱃사람 사이에서도 힘들겠지. 그래도 이 거친 사람들 가슴속에서도 인간 본성의 찌꺼기와는 사뭇 다른 어떤 감정이 요동치고 있긴 해. 가령 내 부관은 경이로울 만큼 용감하고 진취적인 사람이야. 명예를 미친 듯 갈구하는 인간이지. 잉글랜드 사람인 데다가, 자기 민족과 자기 일에 대한 편견이 심하고, 수양을 쌓아 교화된 사람은 아니지만 가장 고결한 인간애는 갖추고 있어. 처음 그를 만난 건 포경선에 탔을 때였어. 이 도시에서는 아무도 그를 고용하지 않은 것을 알고 내 일을 도와달라고 해서 쉽게 채용할 수 있었지.

선장은 인품이 탁월하고, 배에서도 신사로 통해. 규율도 심하지 않아 명망이 높지. 성품이 지극히 다정하고 사냥도 하지 않아(여기서는 누구나 가장 즐겨 하는, 거의 유일한 오락인데 말이야). 피 흘리는 것을 참지 못하기 때문이야. 게다가 선장은 너그럽기가 영웅을 방불케 할 정도야.

몇 년 전 그는 젊은 러시아 여인을 사랑했는데 상대의 집안에 돈이 그렇게 많지는 않았어. 선장은 상금으로 상당한 액수의 돈을 모은 참이라 여인의 아버지는 그의 재력을 보고 딸의 결혼에 동의했어. 선장은 결혼식 전에 여인을 한 번 보았는데 그녀가 눈물을 철철 흘리며 그의 발치에 몸을 던지고는 자신을 놓아달라고 간청했대. 자신은 다른 남자를 사랑하는데 그가 가난하다는 이유로 아버지가 절대로 결혼을 허락하지 않았다고 고백한 거지. 이 너그러운 친구는 애원하는 여인을 안심시켰고, 연인의 이름을 듣고는 결혼을 포기했어. 이미 자기 돈으로 농장까지 사둔 참이었고 거기서 여생을 보낼 계획까지 세웠는데 말이야.

선장은 농장을 연적에게 넘겼을 뿐 아니라 가축을 사려던 남은 상금까지 다 주고 나서는, 여인의 아버지에게 가서 그녀가 그 남자와 결혼하도록 허락해달라고 간청까지 했어. 여인의 아버지는 단호히 거부했지. 선장의 명예를 지켜야 한다고 생각해서였어. 결국, 여인의 아버지가 생각을 바꾸지 않을 것을 알게 된 친구는 자기 나라를 떠났고, 여인이 원하는 결혼을 했다는 소식을 들을 때까지 돌아가지 않았어. "참 고결한 사람이구나!"라고 경탄할 만하지. 선장은 정말 그런 사람이야. 그렇지만 그 역시 평생을 배에서만 살아서 돛대랑 밧줄 외에는 아무것도 모르는걸.

하지만 내가 불평 좀 한다고 해서 혹은 위로할 길을 찾기 힘든 내 마음고생을 어떻게 다독일지 상상을 좀 했다는 이유로 내 결심이 흔들린다고는 생각하지 말아줘. 내 결심은 운명만큼이나 견고해. 항해는 날씨가 출항을 허락할 때까지 지금 잠깐 지연되고 있을 뿐이야. 겨울은 끔찍하게 혹독했어. 하지만 여름은 반드시 올 것이고, 올해는 꽤 일찍 온다고들 해. 그러니 항해는 내 예상보다 더 빨라지겠지. 뭐든 서두르는 일은 절대 없을 거야. 사람들의 안전이 내게 달려 있을 때 내가 얼마나 신중하고 사려 깊은지 신뢰할 만큼 누나는 날 잘 알잖아.

출항이 가까워질수록 내 마음을 누나에게 다 설명할 길이 없어. 출발을 앞두고 항해 채비를 하면서 느껴지는 이 떨림. 절반의 두려움과 절반의 기쁨. 이런 마음을 누나에게 다 전달하기란 불가능한 일인걸. 나는 탐험하지 않은 미지의 땅, 안개와 눈의 땅*으로 가는 거야. 하지만 앨버트로스**를 죽이는 일은 없을 테니까 내 안전은 걱정하지 마, 누나.

누나를 다시 만날 수 있을까? 광대한 바다를 건너 아프리카나 아메리카의 최남단 곶을 지난 후 다시 돌아와서 말이야. 그런 성공은 감히 기대하지 못하겠지만, 실패할 수도 있다는 생각 역시 견딜 수가 없어. 기회 있을 때마다 편지 계속 써줘. (가능성은 아주 희박하지만) 내 기운을 북돋기 위해 누나의 편지가 절실할 때가 있는데, 그럴 때마다 편지를 받을 수 있게 말이야. 내가 누나를 얼마나 사랑하는지 알지? 설사 내게서 다시는 소식이 가지 않더라도 나를 사랑으로 기억해줘.

사랑하는 동생, 로버트 월턴

---

*   낭만주의 시인 새뮤얼 테일러 콜리지의 〈늙은 수부의 노래〉에 나오는 구절.
**   〈늙은 수부의 노래〉에 나오는 새. 주인공인 늙은 수부水夫가 신의 사자인 이 새를 죽이는 바람에 저주에 시달린다.

세 번째 편지

새빌 부인에게, 영국

17××년 7월 7일

사랑하는 누나,

황급히 몇 줄 보내. 내 안전과 순조로운 항해 소식을 전하기 위해서야. 이 편지는 아르한겔스크에서 영국으로 떠나는 상인 손에 들려 영국에 도착하게 될 거야. 나보다 운이 좋은 사람이지. 나는 장차 몇 년간 조국 땅을 못 밟을지도 모르거든.

하지만 나는 기분이 아주 좋아. 나와 함께 일하는 사람들은 담대하고 목표의식도 굳건해 보여. 게다가 우리가 향하는 곳이 얼마나 위험한지 보여주는 부빙이 계속 옆을 지나가도 겁도 안 내는 것 같고. 배는 이미 아주 높은 위도까지 당도했어. 하지만 여름이 한창이고, 영국처럼 덥지는 않지만, 남쪽의 돌풍이 내가 그토록 열렬히 가고 싶어 하는 해안 쪽으로 배를 신속하게 질주시키면서도, 활기를 줄 만큼 더운 바람을 어느 정도 뿜어주고 있어. 예상치 못했던 일이야.

아직은 편지에 적을 만큼 눈에 띄는 사건이 벌어지진 않았어. 한두 차례 심한 돌풍이나 돛대가 부러지는 일 정도는 노련한 항해사에게는 기억도 안 날 사건이지. 항해하는 동안 더 나쁜 일만 벌어지지 않는다면 대만족일 거야.

안녕, 사랑하는 마거릿 누나. 누나를 위해서나 나를 위해 무모한 위험에 뛰어들지 않을 거니까 내 말을 믿어도 좋아. 침착하고 냉정하고 인내하고 신중할게. 약속해.

영국에 있는 내 친구들에게 전부 안부 전해줘.

사랑하는 동생
로버트 월턴

네 번째 편지

새빌 부인에게, 영국

17××년 8월 5일

우리한테 아주 기이한 일이 일어나서 기록하지 않고는 못 배기겠어. 이 편지가 누나 손에 들어가기 전에 누나를 볼 수 있을 가능성이 높긴 하지만 말이야.

지난 월요일(7월 31일) 우리는 사방으로 얼음에 포위되어 있었어. 얼음이 배를 온통 둘러싸고 있어서 배가 있을 공간조차 거의 남지 않을 정도였지. 특히 짙은 안개까지 잔뜩 끼어 있어서 상황이 좀 위험했어. 그래서 뱃머리를 바람 부는 쪽으로 돌려놓고 배를 세운 채 날씨와 대기가 바뀌기만 바라고 있었지.

두 시쯤 안개가 걷히고 보니 사방팔방으로 울퉁불퉁한 설원이 끝없이 넓게 펼쳐져 있는 게 보였어. 몇몇 동료는 낮게 신음을 냈고 나 역시 불안한 마음에 경계심이 커지기 시작했어. 그런데 돌연 이상한 풍광이 주의를 끌지 뭐야. 우리가 처한 상황까지 잊을 정도로 기이한 광경이었어. 개 몇 마리가 끄는 썰매에 나지막한 마차가 묶여 있는데, 800미터 거리에서 북쪽을 향해 지나가는 모습이었어. 인간의 꼴이긴 한데 엄청

거대한 누군가가 썰매에 앉아 개들을 끌고 있었어. 망원경으로 그 여행자가 질주하는 모습을 지켜보았지. 울퉁불퉁한 평원을 지나 멀리 사라질 때까지 말이야.

그 모습은 우리에겐 경악과 흥분 그 자체였다니까. 육지가 수백 킬로미터쯤 떨어졌다고 생각하고 있었는데, 이 유령 같은 존재 때문에 육지가 생각만큼 멀지는 않은 것 같았거든. 하지만 배가 얼음에 포위되어 있었기 때문에 그의 행로를 따라가는 건 불가능했어. 촉각을 잔뜩 곤두세우고 그 궤적을 지켜보기만 했지.

그러고서 두 시간가량 지났는데 큰 파도 후에 잔물결 소리가 들렸어. 그리고 밤이 되기 전에 얼음판이 깨져 배가 움직일 공간이 생겼고. 하지만 우리는 아침까지 배를 움직이지 못했어. 깨진 얼음이 이리저리 떠다니는데, 어둠 속에서 거대한 부빙이라도 만날까 봐 두려워서 말이야. 그 참에 몇 시간 더 쉴 수도 있었고.

날이 밝자마자 나는 갑판으로 나갔어. 선원들이 죄다 배 한쪽에서 부산스레 움직이고 있었어. 바다 위 누군가에게 말을 하는 것 같더라고. 사실 그건 썰매였어. 전날 본 것과 같은 종류였지. 썰매는 간밤에 거대한 얼음 파편을 타고 우리 배 쪽으로 표류했던 모양이야. 개는 한 마리만 살았고, 안에는 사람이 하나 있었어. 선원들이 그에게 우리 배를 타라고 권유하고 있었지. 일전에 멀리서 본 여행자는 미지의 섬에서 온 야만인 같은 모습이었지만, 이번 사람은 유럽인인 것 같았어. 내가 갑판에 모습을 드러내자 선장이 말했어. "여기 우리 대장님이 오시네요. 대장은 당신이 망망대해에서 죽도록 내버려두지 않을 거요."

나를 본 그 이방인은 외국 억양이 섞인 영어로 물었어. "귀하의 배에

오르기 전에 배가 어디로 가는지 여쭈어도 되겠습니까?"

죽기 일보 직전에 처한 사람이 맨 먼저 이런 질문을 하는 걸 들었을 때 내가 얼마나 놀랐을지 누나도 짐작할 수 있을 거야. 이 사람에게는 우리 배야말로 온 세상을 다 준다 해도 바꾸지 못할 귀한 선물일 텐데 저런 질문을 하다니. 어쨌건 우리 배는 북극을 향해 탐사 항해 중이라고 대답은 해주었지.

그는 내 대답을 듣더니 흡족한 듯 선선히 승선했어. 하느님 맙소사! 마거릿 누나, 북극을 향한다는 말을 듣고서야 승선하라는 권유를 받아들인 이 사람 몰골을 누나가 보았더라면 아마 끝도 없이 놀랐을걸. 사지는 죄다 얼어붙기 직전이었고, 몸은 피로와 그간의 고초로 끔찍하게 수척해져 있었어. 이렇게 비참한 상태는 본 적이 없다니까. 우리는 그를 선실로 옮기려 했어. 그런데 신선한 공기가 통하지 않는 실내에 들어가자마자 기절해버리는 거야. 그래서 그를 다시 갑판으로 데리고 나와 브랜디로 몸을 문질러 일어나게 한 다음 억지로 조금 마시게 했지. 살아난 기미를 보이자마자 그의 몸을 담요로 감싸고 부엌 화로 굴뚝 옆에 데려다 놓았어. 점차 기력을 회복하더니 수프도 조금 먹었어. 그 덕에 상당히 원기를 회복하더군.

이런 식으로 이틀 정도가 지나니까 간신히 말을 할 정도가 되었어. 고통 때문에 머리가 돌아가지 않는 것 같아 두려웠어. 어느 정도 회복된 그를 내 선실로 옮긴 다음 내 몫의 근무를 하고 남는 시간은 가능한 한 그를 보살폈어.

이렇게 흥미로운 존재는 처음이야. 이 남자의 두 눈은 야생의 기운이랄까, 대체로 광기 같은 기운을 내뿜고 있었어. 하지만 누군가가 친절을 베풀거나 아주 사소한 일이라도 하면 얼굴 전체가 환하게 밝아지더라고. 그렇게 다정하고 자애로운 표정은 본 적이 없을 정도였지. 하지만 대체로는 침울하고 절망스러워했어. 때로는 이를 악물기도 하고. 자신을 짓누르는 비애의 무게를 견딜 수 없어 하는 것 같았어.

손님이 약간 회복되자 이번에는 선원들에게서 그를 떼어놓느라 고생이 이만저만이 아니었지. 다들 그에게 온갖 질문을 해대려고 안달이었거든. 하지만 선원들의 하릴없는 호기심 때문에 그를 고통받게 내버려두진 않았어. 온전히 휴식을 취해야만 몸과 마음이 회복될 것 같았으니까.

한번은 부관이 묻더라고. 그렇게 이상한 썰매를 타고 얼음을 건너 이먼 곳까지 온 이유가 대체 뭐냐고 말이야. 그는 즉시 침울한 표정을 짓더니 이렇게 대답했어.

"제게서 달아난 자를 찾기 위해섭니다."

"그럼, 당신이 쫓고 있는 그 사람도 당신과 같은 썰매를 타고 다니는 겁니까?"

"네."

"그렇다면 우리도 그자를 본 것 같군요. 당신을 구하기 전날, 몇 마리 개가 끄는 썰매를 모는 사람이 얼음을 가로질러 가는 것을 우리가 목격했거든요."

이방인은 이 말에 촉수를 곤두세웠어. 그러더니 그 악마—자신이 쫓는 자를 그렇게 부르더라고—가 지나간 경로에 관해 질문을 쏟아냈지. 곧이어 나와 단둘이 남게 되자 그가 말했어. "제가 저 선한 분들과 대장님의 호기심을 자극한 게 분명한데도 배려가 깊으셔서 아무것도 묻지 않으시는군요."

"물론입니다. 제 질문으로 귀하를 괴롭힌다면 아주 무례하고 비인간적인 일이겠지요."

"하지만 대장님은 낯설고 위험한 상황에서 저를 구해주셨습니다. 너그럽게도 제 목숨을 살려주셨고요."

그 직후 그가 물었어. 얼음이 깨지면서 그 악마가 탄 썰매가 파괴되었다고 생각하는지 말이야. 나는 확실한 대답은 못하겠다고 말했지. 얼음이 깨진 건 자정 무렵이 다 되어서고 여행자는 그 시각 전에 안전한 곳에 도착했을 수도 있으니까. 하지만 이것 역시 정확하게 판단하기는 힘들다고 대답했어.

그때부터 이방인은 갑판에 몹시 나가고 싶어 했어. 일전에 나타났다던 그 썰매를 보려고 말이야. 하지만 나는 선실에 남아 있으라고 설득했지. 몸 상태가 너무 약해 바깥 공기를 그대로 쐬면 안 된다고 하면서 말이야. 대신 다른 사람을 보초로 세워 새로운 물체나 사람이 눈에 보이면 즉시 알려주겠다고 약속했어.

지금까지 한 이야기가 오늘까지 벌어진 이 기이한 사연의 전말이야. 이방인은 점차 건강을 회복했지만, 말수가 극히 적고, 나를 제외한 사람이 선실에 들어가면 불편해하는 기색이 뚜렷해. 하지만 태도가 아주 온화하고 점잖아서 선원들은 누구나 말 한마디 제대로 나누지 못했어도 이 이방인에게 꽤 흥미를 느끼고 있지. 나는 그를 형제처럼 사랑하기 시작했어. 그의 끝 모를 깊은 슬픔에 동정과 연민이 가득 차오르거든. 한창땐 꽤 고귀한 사람이었을 거야. 이토록 비참한 상황에 부닥쳤는데도 저리 매력적이고 호감 가는 사람이니까.

마거릿 누나, 전에 보낸 편지에서 말한 적 있지. 망망대해에서 친구 하나 찾을 수 없다고 말이야. 하지만 이제 그런 사람을 찾아냈어. 불행으로 영혼이 파괴되기 전에 기꺼이 형제로 삼고도 남을 만한 사람을 찾아냈단 말야.

짬을 내서 이 이방인에 대한 기록은 계속 쓸게. 기록할 만한 새 사건이 생기면 말이야.

17××년 8월 13일

손님을 향한 내 애정은 나날이 커져만 가, 누나. 그를 보면 정말 놀라워. 경탄과 연민을 동시에 자아내는 사람이야. 이토록 고귀한 인간이 불운으로 망가진 모습을 보면서 통렬한 슬픔을 느끼지 않을 수 있을까? 그는 아주 온유하면서도 슬기로워. 교양이 넘치는 데다 말을 꺼낼 때마다 세심하게 골라낸 표현들을 누구도 필적할 수 없을 만큼 빠르게 쏟아내는 달변가야.

이제 병세가 꽤 호전되어 늘 갑판에 나와 있어. 앞서간 썰매가 나타날까 싶어 주시하는 모양이야. 하지만 그렇게 불행한데도 자기 문제에만 빠져 있지 않고 다른 사람의 일에도 깊은 관심을 보이더군. 내 계획에 관해서도 질문을 많이 했지. 나는 보잘것없는 내 사연을 솔직히 털어놓았어. 그는 내 확신에 만족하는 듯 보였고, 계획에서 변경할 부분을 여럿 제안해주었어. 내가 앞으로 무척 유용하다고 생각할 만한 제안이었어.

그의 태도에는 현학적인 데라고는 전혀 없어. 그가 하는 행동은 모조리 자기를 둘러싼 사람들의 안녕과 행복에 본능적으로 관심을 갖다 보니 나오는 것 같아. 종종 우울함에 빠지지만, 그런 다음에는 혼자 앉아 뚱한 기분이나 비사교적인 면을 극복하려고 애를 써. 격렬히 분출하는 감정들은 햇살이 비치기 전의 구름처럼 그를 지나가. 우울함만큼은 떠나는 법이 없지만 말이야.

나는 그의 신뢰를 얻으려 노력했고 성공했다는 확신이 들어. 어느 날 그에게 말했어. 내게 공감해주고 내가 나아갈 방향을 조언해주는 친구를 늘 찾고 있었다는 바람을 털어놓은 거야. 조언에 불쾌해하는 부류의 사람이 아니라는 말도 했어. "나는 독학을 했기 때문에 내가 가진 힘을 그다지 미더워하지 않습니다. 그래서 나보다 더 지혜롭고 경험이 많아 내게 확신을 주고 지지해줄 벗이 있었으면 좋겠습니다"라고 말했지.

이방인은 이렇게 대답했어. "나도 당신의 말에 동의합니다. 우정은 바람직할 뿐 아니라 노력으로도 얻을 수 있다는 생각 말입니다. 내게도 한때 벗이 있었습니다. 누구보다 고결한 사람이었지요. 따라서 나는 우정을 판단할 자격이 충분하다고 생각합니다. 당신에게는 희망이 있고 눈앞에 펼쳐진 세상도 있으니 절망할 이유가 전혀 없어요. 하지만 나는, 나는 모든 것을 잃었고 이제 새롭게 삶을 시작할 수 없습니다."

이 말을 하는 이방인의 얼굴에는 고요하게 가라앉은 슬픔이 보였어. 그 표정 때문에 마음이 아렸고. 하지만 그는 아무 말도 하지 않고 이내 자기 선실로 가버렸어.

그의 마음은 이렇듯 망가진 상태지만, 자연의 아름다움에 관해서는 누구보다 깊이 느껴. 우리가 있는 이 아름다운 곳의 별빛 총총한 하늘,

바다 그리고 모든 풍광에는 여전히 그의 영혼을 드높이는 힘이 있는 것 같아. 이런 사람에게는 이중성이 있어. 즉, 불행에 시달리고 실망에 압도당하기도 하지만, 동시에 내면으로 침잠할 때면 마치 천상에 존재하는, 후광을 두른 영혼 같아. 그 후광 안에서는 어떤 슬픔이나 어리석음도 감히 어찌해볼 도리가 없는 것이지.

이 신성한 방랑자에 관해 내가 이런 열의를 표현한다고 해서 누나가 비웃을까? 만일 그렇다면, 한때 누나 특유의 매력이었던 소박함을 잃은 게 분명해. 하지만 그래도 웃어야겠거든 내 따스한 표현에 미소를 지어줘. 계속 이렇게 표현할 만한 새로운 이유를 날마다 찾아내는 중이거든.

17××년 8월 19일

어제 그 이방인이 내게 말했어. "월턴 대장님. 대장님은 제가 비할 데 없이 큰 불행을 겪었다는 것을 쉽게 알 겁니다. 한때는 이 악한 기억들이 나와 같이 죽어야 한다고 작심했습니다. 하지만 대장님의 설득 덕에 마음을 바꾸었습니다. 대장님은 과거의 나처럼 지식과 지혜를 갈구하고 있습니다. 하지만 나는 대장님의 소망이 충족되어 그것이 대장님을 쏘는 뱀이 되지 않기를 간절히 바랍니다. 내 경우는 그랬으니까요. 내가 겪은 불행을 말씀드리는 것이 대장님에게 유용할지 모르겠습니다만, 듣고 싶다면 내 이야기에 귀를 기울여주세요. 이 이야기와 관련된 기이한 사건들은 대장님께 자연에 대해 어떤 관점을 제공할 것이고, 이에 따라 대장님의 능력과 생각도 넓어지리라고 생각합니다. 대장님은 당연히 불가능하다고 생각해왔던 어떤 힘과 사건에 관한 이야기를 듣게 될 겁니다. 제가 들려드리는 이야기를 듣다 보면 그 사건들이 서로 연결되어 내적인 증거를 발견하게 되리라 확신합니다."

그가 이렇게 소통을 제안해서 내가 얼마나 기뻤는지 누나도 쉽게 알 수 있겠지. 그래도 그가 자신의 불행을 들추어 슬픔을 새삼 되새겨야 한다는 사실은 견디기 힘들었어. 나는 그가 약속한 이야기를 누구보다 듣고 싶었어. 절반은 호기심, 또 절반은 내게 그럴 힘이 있다면 그의 운명을 나은 쪽으로 바꾸고 싶은 간절한 소망 때문에 말이지. 대답 조로 그에게 이런 느낌을 말했어.

"대장님의 따뜻한 마음 씀씀이에 감사합니다." 그가 대답했어. "하지만 소용없어요. 제 운은 이제 거의 다했으니까요. 제가 기다리는 건 단 하나뿐입니다. 그러고 나면 평온하게 안식을 취하게 되겠지요. 대장님의 마음은 잘 압니다"라면서 곧바로 말을 이어갔어. 내가 자기 말에 끼어들고 싶어 한다는 것을 느꼈던 거야.

"그러나 대장님은 잘못 생각하고 있어요. 벗이여. 그렇게 부르기를 허락한다면 말입니다. 아무것도 내 운명을 바꾸어놓을 수 없습니다. 내가 살아온 이야기를 들어보세요. 그 운명이 돌이킬 수 없이 정해졌다는 것을 알게 될 겁니다."

말을 마친 그는 다음날 내가 한가할 때 이야기를 해주겠다고 하더군. 그의 약속에 진심으로 고마움을 표했어. 매일 밤, 일이 없을 때 그가 해준 이야기를 기록하기로 했어. 가능한 한 그가 말한 그대로 말이야. 일이 있을 때는 최소한 메모라도 해둘 작정이야. 이 기록은 틀림없이 누나에게 더없는 즐거움을 줄 거야. 하물며 그를 잘 알고, 그의 입에서 직접 이야기를 들은 나는 훗날 이 기록을 얼마나 즐겁고 공감하면서 읽게 될까!

1장

    나는 제네바 출신입니다. 내 가족은 제네바 공화국에서 가장 명망 높은 가문 중 하나고요. 조상들은 수년 동안 평의원과 고문을 지냈고, 아버지는 여러 공직을 맡아 일하시는, 평판이 좋은 분이셨습니다. 아버지를 아는 분들은 누구나 아버지의 청렴함과 공무에 관한 지칠 줄 모르는 열정을 존경했어요. 아버지는 국사에 매진하며 청년기를 보내셨기에 전성기가 지나고 나서야, 결혼하여 당신의 덕망과 이름을 후세에 전할 아들들을 국가에 남겨야겠다는 생각을 하셨지요.

    아버지가 결혼하게 된 정황이 그분의 인격을 드러내기 때문에 하지 않을 수가 없군요. 아버지와 제일 친한 친구 중 한 분은 상인이셨는데, 수많은 불행을 겪으면서 번창하던 사업이 망해 빈곤의 나락으로 떨어졌습니다. 친구분 이름은 보포르였는데 자부심 강하고 고집 센 분이라, 지위와 품위로 유명세를 떨쳤던 그 나라에서 빈곤과 망각 속에서 살아야 하는 상황을 견딜 수 없어 하셨어요. 결국, 가장 명예로운 방식으로 빚을 청산하고 나서 딸과 함께 루체른이라는 고장으로 이주해 칩거하면서 초라하게 사셨습니다. 아버지는 보포르 씨와 우정이 깊었기 때문에 친구가 불행한 환경을 만나 은둔해 사는 것을 보고 크게 비통해하셨습니다. 뿐만 아니라, 사람들과 어울리지 못하는 것에도 애통해하셨지요. 결국, 아버지는 친구분을 찾아가 아버지의 신용과 도움으로 사회로 다시 나와보라고 설득할 요량이었습니다.

보포르 씨는 효과적인 방책을 써서 은둔하신 터라 아버지가 그분이 사는 곳을 찾아내는 데는 자그마치 열 달이나 걸렸습니다. 친구를 찾아낸 기쁨에 들뜨신 아버지는 서둘러 집 안으로 들어가셨지요. 로이스강 인근의 누추한 거리에 위치한 집이었어요. 그런데 집 안으로 들어간 아버지를 맞이한 것은 고통과 절망뿐이었습니다. 보포르 씨가 파산한 후 수중에는 극히 적은 돈만 남았습니다. 그래도 몇 달 생계를 유지할 정도는 되었던지라 그동안 다른 상사에서 괜찮은 일자리를 찾아볼 생각이었지요. 하지만 결국 일자리를 구하지 못한 채 시간만 흘렀습니다. 생각할 시간이 생기니 슬픔과 괴로움만 더 깊어졌습니다. 결국, 슬픔과 고통에 짓눌린 보포르 씨는 석 달이 다 지날 무렵 몸져누웠고 아무 힘도 쓸 수 없는 상태가 되었습니다.

보포르 씨의 딸은 온갖 정성을 기울여 아버지 병시중을 했지만, 얼마 안 되는 생활비는 급속도로 줄어들고 생활을 지탱할 다른 방도도 없어 속수무책으로 절망에 빠졌습니다. 하지만 캐롤라인 보포르는 범상치 않은 정신력을 갖춘 여인이었기 때문에, 역경이 닥칠수록 오히려 용기를 내 기운을 차렸지요. 그녀는 짚을 꼬는 따위의 미천한 일도 마다치 않고 해냈고, 생계를 지탱하기에는 턱없이 적은 액수였지만 다양한 일을 해가며 어떻게든 돈을 벌었습니다.

이런 식으로 몇 달이 지났습니다. 보포르 씨의 병세는 악화했습니다. 딸은 아버지를 간호하는 데 모든 시간을 쏟아부었지요. 생계비 벌 일은 더욱 줄었고, 결국 열 달째 되던 즈음 아버지는 그녀의 품에서 돌아가셨습니다. 이제 그녀는 고아에다 알거지가 되어버렸습니다. 아버지를 잃은 최후의 일격으로 무너진 그녀는 보포르 씨의 관 옆에 무릎을 꿇고 비통하게 흐느껴 울었습니다.

아버지가 친구의 방으로 들어가신 건 바로 그때였어요. 이 가엾은 여인에게 아버지는 마치 수호천사처럼 다가가셨지요. 캐롤라인은 아버지에게 몸을 의탁했고, 친구의 장례를 마친 다음 아버지는 친구의 딸을 제네바로 데려와 친척 집에 두셨지요. 그로부터 2년 후 캐롤라인은 아버지의 아내가 되었습니다.

남편이자 부모가 된 아버지는 새 상황과 의무에 시간이 많이 필요했기에 공적 직무를 대부분 포기하고 자식 교육에 매진했습니다. 장자였던 나는 아버지의 모든 일과 재산을 물려받을 후계자였지요. 부모님은 세상 누구보다 다정한 분들이셨어요. 특히 몇 년 동안 나는 외동아들이었기에 두 분은 내 성장과 건강에 지속해서 관심을 두셨습니다. 이야기를 계속하기 전에 네 살 때 일어난 사건을 먼저 소개해야겠군요.

아버지에게는 아끼던 누이동생이 하나 있었는데 그분은 일찍이 이탈리아 신사와 결혼했습니다. 결혼 직후 고모는 남편을 따라 이탈리아로 갔고, 아버지는 동생과 거의 연락 없이 지내셨지요. 그러던 무렵 고모가 돌아가셨고, 몇 달 후 아버지는 매제에게서 편지 한 통을 받으셨습니다. 이탈리아 여인과 결혼할 예정이니 누이가 남긴 유일한 자식인 갓 난 엘리자베스를 맡아달라는 부탁의 편지였어요. 고모부가 보낸 편지는 이랬습니다. "형님께서 엘리자베스를 친딸로 여기고 교육해주시는 것이 제 바람입니다. 아이 엄마의 유산은 애 앞으로 돌려놓았고, 관련 문서는 형님께서 보관해주셨으면 합니다. 제 제안을 고려해서 형님의 조카 아이가 계모 손에 자라는 게 좋을지 아니면 형님께서 직접 기르고 가르치시는 게 좋을지 결정해주십시오."

아버지는 망설임 없이 곧장 이탈리아로 떠나셨고 갓난쟁이 엘리자베스를 앞으로 살 집으로 데려오셨지요. 어머니는 곧잘 말씀하셨어요. 엘리자베스는 당신이 보았던 아기 중 가장 어여뺐던 데다, 그렇게 어릴 때부터 성정이 온유하고 다정했다고 말이지요. 이런 이유와 함께 가족 간의 사랑을 가능한 한 단단하게 묶고 싶은 마음에 어머니는 엘리자베스를 장차 내 신붓감으로 점찍어놓으셨지요. 어떻게 보더라도 후회할 이유를 찾을 수 없는 완벽한 계획이었습니다.

이때부터 엘리자베스 라벤차는 나의 놀이동무였고 나이가 들면서는 친구가 되었습니다. 엘리자베스는 온순하고 착한 아이였지만, 여름 곤충처럼 쾌활한 장난꾸러기이기도 했어요. 발랄하고 명랑했지만, 강인하고 깊은 감성을 지녔고, 성정 또한 유난히 다정했습니다. 누구보다 자유를 만끽했지만, 제약과 변덕을 만나면 누구보다 품위 있게 태도를 굽힐 줄도 알았지요. 상상력도 넘쳐흘렀지만, 응용력 또한 대단했습니다. 외모는 그녀의 정신을 그대로 보여주는 것 같았어요. 밤색 눈은 새처럼 생기발랄하면서도 한없이 부드럽고 매혹적이었습니다. 몸매는 날아갈 듯 호리호리하게 가벼웠고, 무지막지한 고단함을 견뎌낼 힘을 가졌으면서도, 세상에서 가장 연약한 존재로 보였어요. 나는 그녀의 지성과 상상력에 경탄하면서도 아끼는 애완동물을 살피듯 그녀를 보살피는 일을 좋아했습니다. 외모와 정신에서 나오는 우아한 기품이 가식 없는 태도와 이토록 완벽하게 조화를 이룬 사람은 그때껏 결코 본 적이 없었습니다.

누구나 엘리자베스를 아꼈습니다. 하인들은 늘 엘리자베스를 통해 우리에게 뭔가를 부탁했지요. 불화와 다툼 같은 것들은 우리에겐 다른 세상 일이었습니다. 우리 두 사람은 성격이 크게 달랐지만, 바로 그 차이 속에 조화가 있었기 때문입니다. 나는 벗보다 차분하고 사색적이었지만, 성정은 그다지 온순한 편이 아니었습니다. 몰두하는 능력도 지구력도 내가 더 좋았고, 집중하는 동안에는 힘든 줄을 몰랐습니다. 나는 실제 세상과 관련된 일을 즐겨 탐구했지만, 엘리자베스는 시인들의 비현실적 창작물을 좇느라 분주했지요. 내게 세상은 온통 비밀과 같아서 그 비밀을 푸는 일이 관심사였지만, 그녀는 세상을 텅 빈 여백으로 여기고 자신만의 상상력으로 빈 곳을 채우고 싶어 했습니다.

남동생들은 나보다 한참 어렸고, 학교 친구 중에는 한 명의 친한 벗이 있었습니다. 친구인 앙리 클레르발은 아버지의 친한 친구인 제네바 상인의 아들이었습니다. 그에게는 보기 드문 재능과 상상력이 있었지요. 내가 기억하기로 앙리는 아홉 살 때 이미 동화를 써서 친구들을 놀라움과 즐거움에 빠뜨렸습니다. 그는 기사도와 로맨스에 관한 책을 즐겨 읽었고, 우리가 아주 어렸을 때 이 책들을 바탕으로 앙리가 쓴 희곡으로 연극을 하던 기억이 납니다. 오를란도, 로빈 후드, 아마디스 그리고 성 조지 등 영웅이 그 희곡의 주인공이었지요.

나보다 더 행복한 유년 시절을 보낸 사람은 없을 겁니다. 부모님은 관대하셨고 친구들은 다정했습니다. 누구도 공부를 강요하지 않았지만, 우리 눈앞에는 늘 어떤 목표가 있었기에 알아서 공부에 매진했지요. 경쟁심 때문이 아니었습니다. 엘리자베스는 친구들이 자신을 앞지르지 못하게 하려고 그림에 매진한 게 아니라, 제일 좋아하는 풍경을 제 손으로 그려 외숙모를 기쁘게 하려는 열망으로 열심히 그렸던 겁니다. 우리는 라틴어와 영어도 익혔는데, 라틴어와 영어로 된 책을 읽고 싶어서였지요. 벌 받는 게 무서워서 공부하는 일 따위는 없었습니다. 우리는 공부를 몹시 좋아했습니다. 우리가 느낀 즐거움은 다른 아이들에게는 힘든 노역에 불과했겠지요. 통상 거치는 과정에 따라 공부에 매진하는 사람들처럼 책을 많이 읽거나 언어를 빨리 숙달하지는 못했을지라도, 한번 익힌 것들은 기억에 깊이 새겼습니다.

우리 가족 이야기를 하면서 앙리 클레르발을 빼놓을 수는 없겠네요. 그는 언제나 우리와 함께 있었습니다. 나와 함께 학교를 다녔고 오후 시간도 대체로 우리 집에서 보냈거든요. 앙리는 외아들이었고 집에 같이 놀 친구도 없어서 앙리의 아버지는 아들이 우리 집에서 동무들과 어울리는 것을 흡족해하셨지요. 우리 또한 앙리가 없으면 뭔가 허전했답니다.

어린 시절 추억을 떠올리면 이처럼 마음이 즐겁습니다. 불행으로 내 마음이 더러워지고 세상에 두루두루 유익한 사람이 되겠다는 찬란한 꿈이 자신에 대한 음울하고 편협한 생각으로 변질되기 전이었으니까요. 하지만 이렇게 어린 시절의 풍경을 그려나가면서도 나도 모르는 단계들을 거쳐 훗날의 불행을 초래했던 사건들을 빠뜨려서는 안 되겠지요. 나중에 내 운명을 장악한 그 정념이 어떻게 태어났는지 스스로 설명하다 보니, 그 정념은 마치 산을 흐르는 냇물처럼, 조악하면서도 거

제1부　41

의 잊힌 원천에서 나온 것이었기 때문입니다. 이렇게 기억도 나지 않는 수원지에서 흘러나온 냇물은 흘러가면서 점차 센 물살이 되었고 그 과정에서 온갖 희망과 기쁨을 휩쓸어가 버렸습니다.

자연철학*은 내 운명을 지배했던 수호신 같은 존재입니다. 그래서 내 이야기에서 자연철학에 몰두하게 된 상황에 대해 말해보려고 합니다. 열세 살 때 온 가족이 토농 근처의 온천으로 여행을 떠났습니다. 그런데 날씨가 험했던 탓에 꼬박 하루를 여관에서 보내야 했지요. 이 여관에서 코르넬리우스 아그리파**의 저술을 모아놓은 책 한 권을 우연히 발견했습니다. 처음에는 별생각 없이 책장을 펼쳤어요. 그런데 그가 증명하려는 이론과 제시하는 놀라운 사실들 덕에 무심함은 열의로 바뀌었습니다. 새로운 빛이 내 머리를 비추는 듯하더군요. 잔뜩 들뜬 마음에 이 책을 발견했다고 아버지께 말씀드렸지요. 여기서 꼭 언급하고 넘어가고 싶은 사실은, 선생에게는 학생의 관심을 유용한 지식으로 전환할 기회가 참 많이 주어지지만 안타깝게도 이를 깡그리 묵살한다는 것입니다. 아버지는 표지를 대충 훑어보시더니 말씀하시더군요. "아! 코르넬리우스 아그리파! 사랑하는 아들아. 이런 데 시간을 낭비하지 마라. 딱한 쓰레기에 불과하니까."

만일 아버지께서 이렇게 말씀하시지 않고, 수고스럽더라도 아그리파의 원리들은 이미 모두 타파되었고, 현대과학 체제가 도입되었다는

---

*   현재의 자연 과학(natural science)에 해당한다―편집자

**   Cornelius Agrippa(1486~1535). 16세기 독일의 신비학자이자 연금술사, 마술사.

것, 또한 고대과학은 황당한 거짓인 반면 현대과학은 실제적이고 실용성이 더 크기 때문에 고대과학보다 더 큰 영향력을 미친다고 내게 차근차근 설명해주셨더라면, 나는 틀림없이 아그리파를 던져버리고 잔뜩 달뜬 상상력으로 현대의 발견에서 나온 더 합리적인 화학 이론을 공부하는 데 매진했을 겁니다. 나의 파멸을 이끈 그 치명적인 충동을 받아들이지 않았을 수도 있었다는 뜻이지요. 하지만 아버지는 내가 들고 간 책을 대수롭지 않다는 듯 흘끗 보고는 넘겨버리셨고, 그 탓에 나는 아버지가 책의 내용을 잘 모르시는 게 틀림없다고 생각하고는 엄청난 열의로 단숨에 아그리파의 책을 독파해나갔습니다.

집에 돌아온 후 열 일을 뒤로하고 아그리파의 저작을 모조리 구해 읽었고 그런 다음에는 파라켈수스*와 알베르투스 마그누스**의 책까지 구해보았습니다. 이 저자들이 제멋대로 풀어놓은 공상들을 즐겁게 읽고 탐구했지요. 나 이외에는 아는 사람이 거의 없는 보물처럼 보였습니다. 이 은밀한 지식의 보고를 아버지께 말씀드리고 싶은 적이 많았지만, 아그리파를 명확한 설명도 없이 무시하셨던 아버지의 반응 때문에 늘 주저했습니다. 결국, 엘리자베스에게 비밀 엄수 약속을 받고 내가 알아낸 것들을 털어놓았지요. 하지만 그녀도 이런 주제에 관심이 없어서 홀로 공부를 계속할 수밖에 없었습니다.

18세기에 알베르투스 마그누스를 따르는 제자가 생겨났다니, 참 희

---

*   Paracelsus(1493~1541). 16세기 스위스의 의학자이자 화학자.
**   Albertus Magnus(1200?~1280). 13세기 독일의 신학자이자 철학자, 자연과학자.

한해 보이겠지요. 하지만 우리 가문은 과학과는 연이 없었고 제네바의 학교를 다니던 나는 과학 관련 강의를 한 번도 들어본 적이 없었습니다. 이런 탓에 내 꿈을 방해하는 현실은 아무것도 없었던 셈이지요. 나는 현자의 돌과 불멸의 묘약에 관해 아주 성실하게 파고들기 시작했습니다. 내 오롯한 관심사는 무엇보다 불멸의 묘약이었습니다. 부를 얻는 것은 부차적인 목표에 불과했습니다. 인간의 몸에서 질병을 쫓아내고, 난폭한 죽음을 제외한 그 무엇에도 영향을 받지 않을 만큼 인간을 강하게 만들 수만 있다면 거기에 따라올 영광은 얼마나 클까요!

이런 것 말고 다른 꿈도 있었습니다. 내가 좋아하던 이 자연철학자들은 유령과 악마를 불러낼 수 있다고 거리낌 없이 약속했습니다. 나는 이 일에 무척 열심이었지요. 유령을 불러내는 일이 늘 실패로 돌아가도 자신의 경험 미숙과 실수를 탓했지 스승들의 기술이나 정확성 부족을 탓하지는 않았습니다.

눈앞에서 매일 일어나는 자연현상 또한 공부 대상이었습니다. 증류 그리고 증기의 경이로운 효과들은 내가 좋아하는 자연철학자들이 전혀 알지 못하는 현상이었지만, 역시 경이로웠습니다. 무엇보다 놀라웠던 것은 진공상태를 만드는 기계인 에어펌프 실험이었습니다. 우리가 자주 찾던 어느 신사가 실시했던 진공 실험도 목격했습니다.

초창기의 자연철학자들이 이러한 현상과 다른 여러 사실에는 문외한이었기에 이들에 대한 내 맹목적인 신앙은 점차 시들해졌습니다. 그래도 다른 체계가 이들의 자리를 대신하기 전까지는 이들을 완전히 무시할 수 없었습니다.

열다섯 살 무렵 우리 가족은 벨리브 인근으로 옮겨 살았는데, 그 무렴 가장 파괴적이고 무시무시한 폭풍우를 목격했습니다. 폭풍우는 쥐라 산맥 너머에서 다가왔고, 천둥은 하늘 이곳저곳에서 두려운 굉음을 내며 터졌지요. 폭풍우가 지속하는 동안 나는 호기심과 기쁨에 겨워 진행 상황을 관찰했습니다. 문간에 서 있는데, 아름답고 오래된 참나무에서 돌연 불길이 치솟아 오르는 광경을 본 겁니다. 우리 집에서 약 20미터쯤 떨어져 있던 나무였습니다. 찬란한 빛이 순식간에 사라지자 참나무는 이미 자취를 감추었습니다. 타버린 등걸만 남았지요. 다음 날 아침 그 자리를 찾아가 보니 나무는 몹시 기이하게 박살 나 있었습니다. 충격을 받아 쪼개진 것이 아니라 얇은 널빤지 조각들로 완전히 쪼그라든 겁니다. 이토록 철저히 파괴된 것은 일찍이 본 적이 없을 정도였습니다.

그렇게 커다란 나무가 당한 재앙은 경악스럽더군요. 아버지께 천둥과 번개의 성질과 원인에 관해 집요하게 캐물었지요. 아버지는 그 원인이 '전기'라고 대답하셨고 전기력의 다양한 효과를 설명해주시더군요. 작은 전기 기계를 손수 만들어 몇 가지 실험을 시연하기도 하고, 철사와 끈으로 연을 제작해 구름에서 전기를 이끌어내기도 하셨습니다.

이 마지막 일격으로, 그토록 오랫동안 내 상상력을 지배했던 코르넬리우스 아그리파, 알베르투스 마그누스, 파라켈수스 같은 제왕들은 완전히 무너져버렸습니다. 하지만 무슨 운명 때문인지 현대 과학체계를 공부하고 싶다는 생각은 들지 않더군요.

아마 이런 상황 때문이었을 겁니다. 아버지는 내가 자연철학 강의를 들었으면 좋겠다고 하셨고 나는 흔쾌히 동의했습니다. 그러나 사고가 터지는 바람에 강의가 거의 끝날 때쯤에나 듣게 되었습니다. 마지막 강의에 들어간 탓에 이해하는 내용이 하나도 없었습니다. 교수는 칼륨과 붕소, 황산염과 산화효소 등 나로서는 전혀 알 수 없는 것에 관해 유창하게 이야기했고, 나는 자연철학이라는 학문을 혐오하게 되었습니다. 물론 플리니우스*와 뷔퐁**은 당시에도 즐겁게 읽었지만요. 내 생각에 두 사람은 비슷하게 흥미롭고 유용한 학자들이었습니다.

이 시절 내 주된 관심사는 수학 그리고 수학과 관련된 학문이었습니다. 국어와 외국어도 부지런히 익혔고요. 라틴어는 이미 숙달된 경지였고, 그리스어는 제일 쉬운 그리스 저자들의 책을 사전을 찾지 않고 읽을 정도는 되었습니다. 영어와 독일어는 완벽했지요. 열일곱 살 무렵 이런 능력을 갖추게 되었으니, 다양한 문헌의 지식을 배우고 익히는 데 내가 얼마나 힘을 쏟았는지 짐작하시겠지요.

나는 동생들을 가르치는 일도 맡았습니다. 에르네스트는 여섯 살 어린 동생이었는데 이 녀석이 주로 내 학생이었지요. 에르네스트는 갓난아기 때부터 몸이 약했던 탓에 엘리자베스와 내가 꾸준히 간호했습니다. 성품은 온화했지만 힘든 공부는 감당하지 못했지요. 막내 윌리엄은 한참 어린아이였어요. 세상에서 제일 예쁜 꼬마였답니다. 윌리엄의 총기 넘치는 파란 눈과 보조개 팬 뺨, 넘치는 애교는 한없이 사랑스러웠

---

*   Pliny the Elder(23~79). 고대 로마의 박물학자. 『박물지』(*Naturalis historia*)의 저자.

**   Comte de Buffon(1707~1788). 18세기 프랑스의 수학자이자 박물학자, 왕립 식물원장으로 재직했다. 44권짜리 방대한 『박물지』(*Histoire naturelle*) 시리즈의 저자이기도 하다.

습니다.

　우리 가족은 이랬습니다. 근심과 고통이라고는 영원히 없을 듯하던 가족이었지요. 아버지는 우리 공부를 지도해주셨고 어머니는 우리 즐거움에 늘 함께해주셨어요. 내가 누구보다 낫다는 생각은 어느 누구도 하지 않았고, 지시하거나 명령하는 소리가 들린 적도 없었습니다. 우리 식구는 서로를 향한 애정으로 상대방의 작은 바람도 기꺼이 들어주었습니다.

2장

    부모님은 열일곱 살이 된 나를 독일의 잉골슈타트 대학교로 보내기로 하셨습니다. 그때까지는 제네바에서 학교를 다녔지만, 공부를 제대로 마무리하려면 모국이 아닌 타국의 관습을 알아야 한다고 아버지는 생각하셨지요. 일찌감치 출국하기로 날을 정했습니다. 하지만 떠날 날이 닥치기 전에 생애 최초의 불행이 찾아왔습니다. 앞으로 겪게 될 비참한 운명을 예고하는 불길한 징조였습니다.

    엘리자베스가 성홍열에 걸렸습니다. 병세가 심각하지는 않아 금세 회복되었지요. 엘리자베스가 격리돼 있는 동안 무수한 언쟁이 오갔습니다. 감염 위험 때문에 어머니가 엘리자베스를 간호하지 못하게 하려는 것이었지요. 처음에 어머니는 우리 간청에 따르셨지만, 당신이 가장 사랑하는 아이의 병세가 호전되고 있다는 소식을 듣자 감염 위험이 사라지기 한참 전인데도 자식이 보고 싶어 격리된 방으로 들어가신 겁니다. 부주의한 결과는 치명적이었어요. 세 번째 날 어머니가 병석에 누우셨습니다. 열병의 징조는 너무나 심각해 간병인들 표정만 봐도 최악의 결과를 예상할 수 있을 정도였습니다. 임종을 앞두고도 어머니는 강인함과 너그러움을 잃지 않으셨습니다. 어머니는 엘리자베스와 내 손을 한데 부여잡고 말씀하셨어요. "아이들아, 앞으로의 행복을 떠올리면서 내가 가장 바랐던 건 너희가 결혼하는 것이었단다. 이 기대는 이제 네 아버지에게 위안이 되겠구나. 엘리자베스, 사랑하는 아가. 이젠 나 대신 네가 동생들을 돌봐야 한다. 아! 너희를 떠나야 한다니 한스럽구나. 나처럼 행복하고 사랑받던 사람이 너희를 떠나야 하다니 더더욱 힘들구나! 하지만 이런 생각은 내게 어울리지 않아. 기꺼이 죽음을 맞아야지. 그리고 저세상에서 너흴 만날 소망으로 가득 채워야겠구나."

어머니는 고요히 숨을 거두셨습니다. 돌아가셨는데도 어머니의 얼굴에는 애정이 감돌았어요. 돌이킬 수 없는 가장 끔찍한 악, 죽음이라는 불행에 사랑하는 이와의 인연을 찢긴 가족들의 마음, 영혼에 깃든 공허감, 얼굴에 비친 깊은 절망감은 말해서 무엇하겠습니까. 매일 보던 어머니, 우리 존재의 일부였던 어머니가 영원히 떠나셨다는 것, 애정이 가득 깃든 그 환한 눈이 영원히 감겼다는 것 그리고 그토록 친숙하고 다정하게 들렸던 목소리가 침묵에 묻혀 더 이상 들리지 않게 되었음을 오랜 시간이 지나서야 겨우 알아차렸지요.

어머니가 돌아가신 후 며칠간 이런 상념이 있다가, 시간의 지날수록 죽음이라는 악의 실재가 더 드러나면서 그때부터 쓰디쓴 슬픔이 시작됩니다. 하지만 무자비한 죽음이라는 악의 손에 사랑하는 인연을 빼앗기지 않는 사람이 어디 있을까요? 모두 느껴 왔고 느껴야만 하는 슬픔을 굳이 묘사할 이유가 있을까요? 때가 되면, 슬픔은 불가피한 감정이 아니라 이따금 누리는 자기만족 같은 것이 되고 맙니다. 신성모독일지 모르나 입가에 띤 웃음이 사라지지 않는 날이 찾아오고야 마는 것이지요. 어머니는 돌아가셨지만 우리에게 맡겨진 의무들은 여전했습니다. 남은 사람들은 다시 일상을 살아가야 하고, 죽음이라는 약탈자의 손에 잡히지 않았으니 운이 좋다고 여기는 법을 터득해야만 했지요.

이런저런 일로 미뤘던 잉골슈타트행이 다시 정해졌습니다. 아버지에게는 몇 주를 쉬었다가 출발하겠다는 허락을 받았습니다. 슬픔에 젖은 채 이 기간을 보냈지요. 어머니가 돌아가신 데다 나 역시 황급히 떠나야 했기에 식구들은 모두 마음이 울적했습니다. 하지만 엘리자베스는 집에서 명랑한 기운을 다시 살리고자 무던히 애를 썼습니다. 외숙모가 돌아가신 후 새롭게 마음을 다잡고 활기를 찾으려 한 것이지요. 엘리자베스는 빈틈없이 의무를 다하기로 했고, 자신의 가장 긴급한 책무는 외숙부와 사촌들을 행복하게 하는 일이라고 느꼈습니다. 그녀는 나를 위로하고 아버지를 즐겁게 해드리고 내 동생들을 가르쳤습니다. 그런 그녀가 어느 때보다 매혹적으로 보였습니다. 자신의 행복은 까맣게 잊어버리고 다른 이들의 행복에 늘 마음을 쓰던 모습은 더없이 아름다웠습니다.

마침내 떠날 날이 닥쳤습니다. 클레르발을 제외한 모든 친구에게 작별을 고했습니다. 클레르발은 우리와 함께 마지막 저녁을 보냈지요. 그는 나와 동행할 수 없음을 못내 아쉬워했습니다. 그의 아버지는 아들을 멀리 보낼 수 없다며 아무리 설득해도 물러서지 않았습니다. 훗날 아들을 사업의 동업자로 키우시겠다는 뜻을 품고 있었거든요. 장사 일을 하며 평범하게 사는 데 학문은 불필요하다는 지론에 따른 것이었습니다. 게으름을 피우려는 마음은 전혀 없었기에 클레르발은 아버지의 사업에 기꺼이 함께할 생각이었지만, 훌륭한 상인이 되더라도 교양과 학식은 겸비해야 한다고 믿었지요. 우리는 늦게까지 잠들지 못하고 클레르발의 불평에 귀를 기울이고 장래를 기약하면서 여러 소소한 약속들을 잔뜩 해두었습니다.

다음 날 아침, 나는 일찍 길을 떠났습니다. 엘리자베스의 눈에서는 눈물이 펑펑 쏟아졌습니다. 내가 떠나서 슬픈 것도 있었지만, 석 달 전 어머니의 축복을 받으며 유학을 떠났으면 얼마나 좋았을까 하는 생각 때문이기도 했습니다.

나를 멀리 싣고 갈 마차에 몸을 던진 다음 비할 데 없이 우울한 상념에 파묻혔습니다. 언제나 서로를 즐겁게 해주려고 애썼던 다정한 가족들에게 둘러싸여 있던 내가 이제는 혈혈단신이었습니다. 이제 대학에 가서 다시 친구를 사귀어야 하고 자신을 스스로 지켜야 했습니다. 이제껏 내 인생은 유난히 가족이라는 테두리 안에서 굴러갔습니다. 더 넓은 사회와는 단절되어 있었지요. 상황이 그렇다 보니 새 얼굴에 반감이 심했습니다. 나는 동생들과 엘리자베스와 클레르발을 사랑했고, 이들은 "친숙한 옛 친구들"이었지요. 낯선 사람들과는 어울리지 못할 것이라고 생각했습니다. 여행을 시작할 때까지만 해도 이런 생각이 지배적이었습니다. 하지만 여행을 계속하면서 기운도 나고 희망도 샘솟더군요. 지식에 대한 열망도 있었고요. 고향에 있을 때부터 한곳에만 푹 처박혀 청년 시절을 보낼 수는 없다는 생각이었습니다. 세상에 나가 사람들 사이에서 어엿이 내 자리를 마련하고 싶었어요. 이제 소원이 이루어질 참이었으니 유학을 후회한다면 어리석은 일이 되겠지요.

잉골슈타트까지 가는 내내 이런저런 상념 및 다른 생각을 떠올릴 시간은 넉넉했습니다. 여행은 길고 고달팠거든요. 마침내 도시의 드높은 흰색 첨탑이 눈에 들어왔습니다. 나는 마차에서 내려 혼자 살 집으로 안내받아 들어갔습니다. 저녁 시간은 내키는 대로 보냈습니다.

다음 날 아침, 대학의 교수 몇 분을 찾아가 소개장을 전달했습니다. 특히 자연철학 교수인 크렘페 선생을 만나 면담했습니다. 선생은 나를 점잖게 맞아주었고, 자연철학과 관련된 다양한 과학 분야에서 내 공부가 어느 정도인지 여러 질문을 던졌지요. 사실 나는 두려움에 떨면서 교수가 질문한 주제에 관해 내가 읽은 몇 안 되는 저자들 이름을 댔습니다. 교수는 나를 물끄러미 보더니 이렇게 말하더군요. "자네, 정말 그런 허튼 것을 공부하는 데 시간을 썼단 말인가?"

나는 그렇다고 했습니다. 크렘페 교수는 따스한 말투로 말했어요. "자네가 그 책에 쏟아부은 일분일초는 모조리 낭비일세. 이미 타파된 체계와 쓸모없는 이름들 때문에 기억에 부담만 얹은 셈이라고. 맙소사! 도대체 어떤 황무지에 살고 있었길래 그토록 게걸스레 빨아들였던 망상들이 수천 년 묵은 것이고 그만큼 곰팡내 나는 지식이라는 사실을 자네에게 친절하게 알려줄 이 하나 없었던 건가? 과학이 발달한 이 대명천지에 알베르투스 마그누스와 파라켈수스를 신봉하는 학생을 만날 줄은 몰랐군그래. 친애하는 자네, 귀하는 아무래도 완전히 새롭게 공부를 시작해야겠군."

크렘페 교수는 이렇게 말하며 자연철학 분야에서 내가 읽어볼 만한 도서 목록을 적어주었습니다. 내주 초부터 자연철학 일반 원리에 관한 강의를 시작할 것이고, 자기 강의가 없는 날에는 동료 교수 발트만이 화학 강의를 한다는 정보까지 알려주고는 면담을 마무리했습니다.

나는 집으로 돌아왔습니다. 실망한 것은 아니었습니다. 교수가 강력히 비난했던 그 철학자들은 나도 이미 오래전부터 쓸모없다고 생각해 왔으니까요. 하지만 교수가 추천한 책들을 공부할 마음이 딱히 들지는 않았습니다. 크렘페 교수는 땅딸막하고 걸걸한 목소리에 외모가 혐오스러웠습니다. 그래서인지 그가 연구하는 자연철학에 애초부터 마음이 끌리지 않더군요. 게다가 현대 자연철학의 쓰임새에는 그리 대단한 게 없어 보였습니다. 고대과학의 대가들이 불멸과 힘을 추구했던 것과는 아주 달랐으니까요. 고대 대가들의 견해는 효용은 없을지언정 규모가 장대했지요. 하지만 과학계는 변했습니다. 애초에 내가 과학에 관심을 두었던 토대였던 웅장한 비전을 없애는 쪽으로 좁아진 것만 같았어요. 무용할망정 거대하고 무한한 꿈을 별 가치도 없는 현실과 바꾸라는 요구였습니다.

홀로 시간을 보낸 첫 이삼일 동안 이런 생각에 사로잡혀 있었습니다. 하지만 한 주가 시작되자 크렘페 교수가 강의에 관해 알려준 말이 떠오르더군요. 그 거만한 땅딸보 선생이 교단에서 내뱉을 말을 들으러 갈 마음은 없었지만, 발트만 교수에 대해 했던 이야기가 생각난 겁니다. 발트만 교수는 그때까지 잉골슈타트에 없던 관계로 아직 한 번도 만나보지 못했습니다.

반은 호기심에, 반은 빈둥거리면 뭐 하나 하는 생각에 강의실로 들어갔습니다. 곧이어 발트만 교수가 들어왔어요. 그는 동료인 크렘페 교수와는 딴판이더군요. 쉰 살쯤 되어 보였는데, 한없이 자애로운 인상에, 관자놀이를 덮고 있는 몇 가닥의 희끗한 머리를 빼면 뒤쪽은 거의 새까만 흑발이었습니다. 키는 크지 않았지만, 자세만큼은 놀랄 만큼 반듯하고 꼿꼿했어요. 목소리는 내가 들어본 것 중 가장 다정했습니다. 그는 화학사를 개괄하고 다양한 학자들이 일구어낸 과학의 여러 발전을 언급하면서 강의를 시작했어요. 열의에 가득 차 최고의 발견들에 관해 일일이 말해주었지요. 그런 다음 화학의 현황을 대략 짚은 다음 수많은 기초용어를 설명했습니다. 그런 다음 몇 가지 예비 실험을 시행했고, 현대 화학에 관한 예찬으로 강의를 마쳤습니다. 결코 잊지 못할 말들이었습니다.

발트만 교수가 말한 내용은 이러했습니다. "화학의 옛 스승들은 불가능한 것들을 해내겠다고 약속만 했을 뿐 아무것도 이루지 못했습니다. 반면 현대의 대가들은 거의 아무것도 약속하지 않습니다. 이들은 금속을 바꿀 수 없다는 것, 불멸의 묘약은 가짜라는 것을 압니다. 그러나 기껏해야 손으로 흙이나 만지작거리고 눈으로 현미경이나 쇳물 도가니나 보는 것 같은 이 자연철학자들이야말로 기적을 일군 사람들입니다. 이들은 자연 속 숨겨진 곳들을 꿰뚫어보고, 그 은닉처에서 자연이 어떻게 작동하는지 밝혀냅니다. 이들은 하늘까지 비상합니다. 혈액이 어떻게 순환하는지, 우리가 호흡하는 공기의 성질에 대해서도 밝혀냈지요. 이들은 새롭고도 거의 무한한 힘을 손에 넣었습니다. 천둥을 조종하고 지진 비슷한 것을 일으키고 제 그늘에 가려 보이지 않는 세계도 흉내낼 수 있습니다."

발트만 교수와 그의 강의를 들으며 퍽 즐거운 마음으로 강의실을 나왔고, 그날 저녁에 교수를 찾아갔습니다. 사석에서 본 그의 태도는 공적인 자리보다 더욱 온화하고 매력적이더군요. 강의하는 동안 보인 위엄 어린 태도가 집에서는 친절함과 상냥함으로 바뀌었습니다. 내 공부

의 이력을 이야기할 때 그는 경청했고 코르넬리우스 아그리파와 파라
켈수스라는 이름이 나오자 미소를 지었지만, 크렘페 교수가 보여주었
던 경멸이나 비웃음의 기색은 전혀 보이지 않았습니다. 그는 이렇게 말
했어요. "현대 자연철학자의 지식을 떠받치는 근간은 대부분 이 고대
자연철학자들의 지치지 않는 열정이라네. 그들이 우리에게 남겨준 과
제는 비교적 쉬운 것들이야. 그들 스스로 도구가 되어 상당히 밝혀놓은
사실에 새로운 이름을 부여하고 연관성을 찾아 분류하면서 정렬하는
일 정도의 과제를 남긴 것이지. 천재들의 노고란 설사 그 방향이 잘못
되었더라도 종국에 가서는 인류에 견고한 유익이 되지."

나는 교수의 말에 귀를 기울였습니다. 오만이나 가식이라고는 찾아
볼 수 없는 견해더군요. 나는 그분의 강의 덕에 현대 화학자들에 대한
편견이 사라졌다고 덧붙여 말씀드렸습니다. 그리고 읽어야 할 책에 관
해서도 조언을 구했지요.

발트만 교수는 "제자가 생겨 기쁘군. 자네가 가진 재주만큼 열심히
공부한다면 큰 성과를 거두리라 확신하네. 화학은 지금껏 가장 큰 발전
을 이루어왔고 앞으로도 전망이 좋은 자연철학 분야거든. 바로 그 때문
에 나 또한 이 분야를 전공으로 선택했지. 하지만 다른 분야도 게을리
한 적은 없네. 화학 지식만 공부한다면 변변찮은 화학자가 될 수밖에
없어. 하찮은 실험 전문가 따위가 아니라 진정한 과학자가 되고 싶다면
수학을 비롯해 자연철학의 전 분야에 매진하라고 조언하겠네"라고 말
씀하셨습니다.

그런 다음 교수는 나를 자기 실험실로 데려가 다양한 기계들의 사용
법을 설명해주었어요. 내가 구해야 할 물품들을 알려주고, 나의 공부가

자신의 기계를 망가뜨리지 않을 정도로 진척이 되면 기계를 쓰게 해주겠다고 약속했습니다. 요청했던 책 목록도 챙겨주었고요. 그런 후 나는 교수의 자택에서 나왔습니다.

이렇게 해서 잊을 수 없는 하루가 끝났습니다. 미래의 내 운명을 결정지은 하루였습니다.

3장

이날부터 나는 자연철학, 특히 가장 넓은 의미에서 거의 화학 연구에만 매달렸습니다. 이 주제들에 관해 현대 과학자들이 쓴, 천재성과 분별력 가득한 책들을 열렬히 탐독했습니다. 강의도 열중해 들었고 대학에 있는 과학자들과도 인맥을 쌓았지요. 심지어 탐탁지 않게 생각했던 크렘페 교수에게서도 상당한 분별력과 알찬 지식을 얻을 수 있었습니다. 혐오스러운 외모와 태도가 따라다니긴 했지만, 그렇다고 그가 주는 지식의 가치가 사라지는 건 아니었으니까요. 발트만 교수에게서는 진정한 우정을 발견했습니다. 그의 온화함에는 독단성이 전혀 보이질 않았고, 그의 가르침은 현학과는 거리가 먼 솔직함과 선함으로 가득했습니다. 사실 내가 그분이 강의한 화학에 더욱 끌린 것도 과학 자체에 대한 타고난 애정보다는 이분의 다감한 인격 덕이 더 컸을 겁니다.

그렇게 지식을 향한 첫걸음을 떼고 나자, 공부를 깊이 할수록 온전히 과학 자체의 매력에 빠져들었습니다. 그저 의무이자 결심의 문제였던 과학 연구가 이제는 열정과 탐구욕으로 발전했고, 실험실에서 공부에 몰두하다 보면 별이 지고 아침이 밝아오는 일도 다반사였습니다.

그토록 공부에 매진했으니 학식의 발전 역시 급속도로 이루어졌다는 것을 쉽게 짐작하겠지요. 내 열정은 학생들 사이에서 경이의 대상이었고 공부의 깊이는 과학의 거장들조차 놀라워할 정도였습니다. 크렘페 교수는 종종 교활한 웃음을 띠며 코르넬리우스 아그리파는 어떻게 되어가느냐며 짓궂은 질문을 던지곤 했지요. 반면, 발트만 교수는 나의 성장을 진심으로 기뻐했습니다.

그렇게 2년이 흘렀습니다. 그 사이 제네바에도 한 번 가지 않고 염원했던 것을 발견하기 위해 마음과 영혼을 온통 공부에 쏟았지요. 겪어보지 않은 이들은 과학의 매력을 상상조차 하지 못할 겁니다. 다른 분야에서는 선배들만큼 공부하면 더 이상 알 것이 없지만, 과학에서는 계속해서 새것을 발견할 수 있고, 놀라운 것들이 나타납니다. 어느 정도의 역량을 갖추었다면 한 분야만 집중적으로 파고들어도 해당 분야에서 대가로 우뚝 설 수 있습니다. 나 또한 한 가지 분야를 완전히 터득하려고 끊임없이 정진한 덕에 성장이 빨라, 2년이 끝나갈 무렵에는 화학 실험 도구의 개선에 기여할 만한 몇 가지 발견도 해냈기에 대학에서도 경탄과 선망의 대상이 되었습니다. 이 정도 경지에 도달해 잉골슈타트 대학의 모든 교수가 가르쳤던 자연철학 이론과 실험에도 통달하자 대학에 머무는 일이 개인적인 발전에 별 도움이 되지 않더군요. 이제 고향의 친구들에게 돌아가야겠다는 생각이 들었습니다. 그런데 그때 사건 하나가 터져 잉골슈타트 대학에서 체류 기간이 연장되었습니다.

내가 특별히 관심을 가졌던 현상 중 하나는 인체 그리고 생명을 부여받은 모든 동물의 신체 구조였습니다. "생명의 원리는 어디서 비롯된 것일까?" 내가 자주 던진 질문이었습니다. 대담하면서도, 그저 신비로만 취급되던 질문이었지요. 하지만 비겁함이나 부주의로 탐구에 방해를 받지만 않는다면 알게 되는 것들이 얼마나 많은지요! 나는 이러한 상황을 거듭 생각했고, 마침내 생리학과 관련된 자연철학에 전력을 다하겠다고 작정했습니다. 거의 초자연적 열의가 나를 몰아대지 않았더라면 이 연구는 짜증스럽고 견디기 힘든 것이 되었겠지요.

생명의 원인을 살피려면 먼저 죽음을 연구해야 합니다. 해부학을 익히긴 했지만, 그것만으로는 충분치 않았습니다. 인체에서 일어나는 자연 부패와 변질 또한 관찰해야 했으니까요. 아버지는 나를 가르치시면서 초자연적 공포에 영향을 받지 않도록 특별히 공을 들이셨습니다. 그래서인지 미신 이야기가 무섭다거나 유령이 나타난다고 두려워했던 기억은 없었지요. 어둠은 내 상상력에 아무런 영향도 끼치지 못했고 교회 마당은 아름다움과 힘이 자리했다가 이제는 생명을 빼앗겨 벌레의 먹잇감이 되어버린 사체 저장소에 불과했습니다.

이제 부패의 원인과 진전사항을 살피기 위해 어쩔 수 없이 지하 납골당이나 시체안치소에서 수일 밤낮을 보내야만 했습니다. 여린 감정을 가진 사람들은 도저히 견딜 수 없는 대상을 살피는 일에 주의를 기울였습니다. 인간의 정교한 몸이 어떻게 썩고 부패하는지 살폈고, 생명력이 피어오르던 뺨이 죽음에 잠식당하는 것을 목도했으며, 경이로운 눈과 뇌가 벌레들 차지가 되는 모습도 지켜보았습니다. 삶에서 죽음으로, 죽음에서 삶으로 이행하는 변화 과정에서 나타나는 모든 세세한 인과를 끈기 있게 살피고 분석했지요.

그러다 마침내 이 어둠의 한가운데서 갑자기 한 줄기 빛이 나를 비추었습니다. 지극히 찬란하고 경이로운 동시에 너무나 단순해서 그것이 알려주는 어마어마한 가능성에 아찔하면서도, 한편으로는 같은 과학을 추구하던 수많은 천재 중에서 나 홀로 이토록 충격적인 비밀을 알아냈다는 것이 경악스럽기도 했습니다.

나는 광기에 사로잡힌 한 인간의 망상을 털어놓는 게 아닙니다. 태양이 빛나는 것이 사실이듯 내가 지금 터놓는 일 모두 엄연한 진실입니다. 어떤 기적으로 이런 일이 가능했는지는 모르지만, 발견의 단계는 뚜렷했고 개연성도 있었습니다. 믿을 수 없을 정도의 중노동과 피로로 점철된 수일 밤과 낮이 지난 후 나는 드디어 생명 발생의 원인을 알아냈습니다. 아니, 오히려 생명 없는 물체에 생명을 불어넣을 수 있게 되었다고 해야 정확하겠지요.

이 발견으로 처음에는 나도 놀랐지만 그것은 곧 기쁨과 환희로 바뀌었습니다. 힘든 노동에 그토록 많은 시간을 들인 끝에 돌연 원하던 일의 최고봉에 도달하다니, 그야말로 노동에 대한 최고 보상이었지요. 하지만 알아낸 진실이 하도 크고 압도적인지라, 발견을 이끌어낸 단계들은 모조리 사라졌고 결과만 보였습니다. 천지창조 이후 최고의 현자들이 탐구하고 바랐던 바가 이제 내 손안에 있었던 겁니다.

물론 이 모든 것이 마법의 장면처럼 단번에 내 앞에 펼쳐졌다는 뜻은 아닙니다. 내가 손에 넣은 지식은 목표가 완성되었다는 결과물로 제시할 만한 것이라기보다, 그 목표를 향해 가는 탐구의 방향을 알려주는 것이었습니다. 나는 죽은 자들과 생매장당했다가 희미하게 깜박이는 빛, 일견 큰 효과가 없어 보이는 빛의 도움으로 살아날 길을 발견한 신드바드와 같은 신세였습니다.

벗이여, 열의와 놀라움과 희망 가득한 눈빛을 보니 내가 알게 된 비밀을 당신도 알고 싶은 모양이구려. 하지만 안 될 말입니다. 내 이야기를 참고 끝까지 들어보면 내가 왜 그 비밀을 함구하는지 어렵지 않게 이해할 겁니다. 그때의 나처럼 안내자도 없이 열의로만 가득한 채 당신을 파멸과 불 보듯 뻔한 파국으로 치닫게 할 수는 없으니까요. 나를 보고 교훈을 얻으시구려. 내 가르침이 미덥지 못하다면 최소한 내가 겪은 일을 보고서라도 말입니다. 지식을 얻는다는 것이 얼마나 위험한 일인지, 고향을 세상 전부로 알고 사는 사람이야말로 자기 본성이 허락하는 것 이상으로 위대해지려는 열망을 품은 자보다 얼마나 더 행복한지 말입니다.

그토록 경이로운 힘이 내 수중에 들어왔다는 것을 알게 된 후에도 그 힘을 사용할 방법을 놓고 확신이 서지 않아 꽤 오랫동안 망설였습니다. 생명을 부여하는 힘은 있었지만, 생명을 받을 수 있는 몸, 온갖 복잡한 섬유질과 근육과 혈관을 갖춘 인체를 마련하는 일이 필요했기 때문입니다. 상상하기 어려울 만큼 어렵고 고된 노동이었지요. 처음에는 나와 같은 인간을 만들어야 할지 아니면 더 단순한 생명체를 만들어야 할지조차 확신이 없었습니다.

하지만 첫 성공에 너무 달뜬 나머지, 인간처럼 복잡다단하고 경이로운 존재에도 생명을 불어넣을 수 있다고 믿을 지경에 이르렀지요. 내가 당장 주무를 수 있는 재료로만 보면 그토록 어려운 일에 합당할 만큼 충분하진 않았습니다. 하지만 결국 성공하리라는 것만은 의심하지 않았습니다. 무수한 실패에 대비했거든요. 시도해도 끝없이 좌절을 맛볼 것이고 마침내 성공한다 해도 결과물 역시 불완전하겠지만, 과학과 공학이 나날이 발전하는 것을 떠올릴 때 당장의 시도는 최소한 미래 시도가 성공할 토대만큼은 마련해주리라고 스스로 격려했습니다. 내 계획이 아무리 크고 복잡하더라도 실행 불가능하다고 포기할 정도는 아니었고요. 이런 마음으로 인간을 창조하는 일에 착수했습니다. 인체에 넣을 부분들이 워낙 정교하다 보니 속도가 붙지 않아 처음 의도와 달리 거대한 몸집을 한 존재를 만들기로 했습니다. 키는 2.5미터가량에 몸집도 키에 비례해 큰 인간을 만들기로 했지요. 작정하고 몇 달간 재료를 모아 정리한 다음 작업에 돌입했습니다.

첫 성공으로 한참 달뜬 가운데 마치 폭풍처럼 나를 휘몰아간 다채로운 감정에 대해서 당신은 상상조차 하기 어려울 겁니다. 삶과 죽음이야말로 내가 최초로 뚫어내야 하는 이상적인 경계였습니다. 나는 그 어둠 속으로 폭포수처럼 빛을 쏟아 넣어야 했지요. 내가 만들어낼 새로운 종은 태어나면 나를 창조자요 존재의 근원으로 축복하겠지요. 행복하고 탁월한 많은 본성이 내 덕에 생겨날 테고요. 나만큼 자식에게 감사를 받아 마땅한 아비는 없을 겁니다. 이런 생각을 따라가다 보니 무생물에 생명을 불어넣을 수 있다면 (당장은 불가능하더라도) 시간이 지나면 겉으로 보기에 죽음으로 부패한 육신에도 생명을 불어넣을 수 있겠다는 생각도 들었습니다.

지칠 줄 모르는 열정으로 일하면서 이런 생각이 들자 용기가 났습니다. 공부하느라 뺨은 창백해졌고 집 안에만 갇혀 있다 보니 몸도 쇠약해졌습니다. 확실한 결과를 기대하던 찰나, 실패한 적도 있었고요. 그래도 이튿날이나 시간이 좀 지나면 성공할 것이라는 희망에 매달렸습니다. 나 홀로 품고 있던 비밀이었습니다. 달빛이 한밤중 내가 하는 일을 물끄러미 바라보는 동안에도 나는 잔뜩 긴장한 채 숨 쉴 틈 없는 열정으로 자연이라는 여인을 그 깊숙한 곳까지 추적해 들어갔습니다. 무덤이라는 불경스러운 습지를 휘젓고 다니거나 죽은 진흙을 살아 움직이게 만들겠다는 일념으로 산 동물을 고문하던 내 은밀한 노동에 담긴 공포를 누군들 상상이나 할 수 있을까요?

지금도 사지가 떨리고 두 눈이 그 기억 속에서 허우적대고 있습니다. 하지만 당시는 저항할 수 없는 광기 어린 열망에 사로잡혀 그저 앞으로만 나아갔습니다. 한 가지 목적 외에는 다른 모든 감각이나 영혼을 잃어버렸던 것 같아요. 이 부자연스러운 열의가 작동을 멈추고 예전 방식으로 돌아가기 무섭게 다시 덧없는 무아지경에 빠져 격렬한 열정이 되살아나곤 했습니다. 시체안치소에서 유골을 모으고 불경한 손가락으로는 인체의 엄청난 신비를 흐트러뜨렸지요. 꼭대기 층이라 다른 집들과 복도와 계단으로 완전히 분리된 독방, 오히려 감방 같은 곳에서 더러운 창조 실험실을 운영한 셈입니다. 세밀한 작업에 몰두하느라 눈이 튀어나올 지경이었습니다. 해부실과 도살장에서 상당량의 재료를 구했고, 인간의 본성 때문에 작업에 혐오감이 들어 등을 돌리기도 했지만, 그래도 늘어만 가던 열의가 식지 않아 작업은 거의 마무리 단계에 이르렀습니다.

몸과 마음을 바쳐 한 연구에 매달리는 동안 여름 몇 달이 지났습니다. 참 아름다운 계절이었죠. 논밭은 유례없는 풍작이었고, 포도밭의 수확량은 어느 때보다 많았습니다. 하지만 내 눈은 자연의 아름다움을 전혀 느끼지 못했습니다. 주변 풍광조차 보지 못하게 만들어버린 무심함 탓에, 멀리 떨어져 있어 한참 만나지 못한 친구들은 그저 까맣게 잊었습니다. 내 오랜 침묵에 친구들이 불안해할 것이란 사실을 모르지는 않았습니다. 아버지 말씀도 잊지 않았고요. "만족스럽게 지내겠지만 애정으로 우리를 생각해주리라 믿는다. 정기적으로 소식 전해주렴. 편지가 끊긴다면 네가 해야 할 다른 의무도 게을리하진 않을까 생각하더라도 이해해다오."

아버지의 심기가 어떨지는 잘 알았지만, 일에 대한 생각을 떨칠 수 없었습니다. 그 자체로 혐오스럽지만, 이미 불가항력으로 내 상상력을 붙잡아버렸으니까요. 사랑하는 이들과 관련된 일은 내 본성을 완전히 집어삼킨 위대한 목표를 이룰 때까지 죄다 미루고 싶었습니다.

아버지가 나의 무심함을 그저 개인적인 악덕이나 잘못으로 간주하신다면 부당한 처사라고 당시에는 생각했습니다. 하지만 지금은 내가 비난을 완전히 면할 수 없다고 생각하신 아버지가 옳았다고 확신합니다. 사람이라면 언제나 차분하고 평온한 마음가짐을 흐트러뜨리지 말아야 하고, 정념이나 찰나의 욕망에 휘둘려 평정을 깨뜨려서는 안 됩니다. 지식 추구도 예외가 될 수 없습니다. 지금 매진하는 공부가 애정을 약화하려 하거나, 그 어떤 연금술로도 만들 수 없는 소박한 즐거움을 만끽하는 취향마저 짓밟으려 한다면 그것은 분명 잘못입니다. 인간 정신에 어울리지 않는다는 뜻입니다. 인간이 이 법칙을 항상 준수했더라면, 그래서 누구든지 가족애가 주는 평온을 깨뜨리는 목표를 뒤쫓지 않았더라면, 그리스는 노예국가로 전락하지 않았을 것이고, 카이사르도 나라를 욕심내지 않았을 것이며, 아메리카는 더 늦게 발견되어 멕시코와 페루 제국이 멸망하는 일은 없었겠지요.

가장 흥미진진한 대목에서 설교나 하고 있었군요. 당신 표정을 보니 이야기를 얼른 이어나가야겠네요.

아버지의 편지에는 힐책이라고는 없었습니다. 그저 내 공부에 관해 이전보다 꼬치꼬치 묻는 것으로 나의 침묵 상태를 주목하고 있음을 드러내셨지요. 연구를 계속하다 보니 겨울과 다시 봄과 여름이 지나갔습니다. 하지만 난 꽃이 피거나 잎사귀가 무성해지는 것도 보지 않았어요. 과거라면 이런 풍광을 보고 더할 나위 없는 기쁨에 젖었겠지만, 그러기에는 일에 지나치게 몰두해 있었습니다. 그해 나무 잎사귀가 죄다 시들고 나서야 끝이 보이기 시작했습니다. 내가 성공적으로 일구어낸 가시적 성과물이 하루가 다르게 펼쳐지고 있었습니다.

하지만 불안이 갑자기 찾아와 나의 열정을 가로막았고, 나는 좋아해 마지않는 일에 붙잡힌 예술가가 아니라 평생 광산 일이나 해로운 일로 노예살이나 할 운명처럼 보였습니다. 밤마다 열이 올랐고, 고통스러울 만큼 신경이 예민해졌습니다. 건강 하나는 타고났다고 자부하던 몸인지라 더더욱 참기 힘들었습니다. 그래도 운동과 재미있는 놀이를 다시 시작한다면 이 정도 증상은 금세 털어버릴 수 있으리라 생각했고, 이 일만 끝나면 놀이와 운동 둘 다 꼭 해야겠다고 다짐했지요.

4장

　11월의 어느 음울한 밤, 나는 드디어 고된 노동이 낳은 성과를 보았습니다. 극도의 고통에 버금가는 불안에 휩싸인 채 주위 흩어진 도구들을 모아 발치에 누운 생명 없는 존재에 생명의 불꽃을 주입하려는 중이었지요. 시각은 벌써 새벽 한 시였습니다. 빗방울이 울적하게 유리창을 때리고 촛불도 거의 다 탔을 때, 반쯤 꺼져버린 촛불 속에서 내가 만든 생명체가 노란 눈을 흐릿하게 뜨는 것을 보았습니다. 그것은 힘겹게 숨을 몰아쉬었고, 발작 같은 움직임으로 사지가 흔들렸습니다.

　이 거대한 재앙을 앞에 두고 느낀 감정을 어떤 말로 표현할 수 있을까요. 무한한 노고와 정성을 들여 빚어낸 그 참담한 존재를 묘사할 방법이 있을까요. 사지는 비율을 맞추었고 생김새 역시 아름다운 것들로 골랐습니다. 아름답다니! 하느님 맙소사! 그의 누런 살갗은 아래에 있는 근육과 혈관조차 제대로 가리지 못했습니다. 윤기 흐르는 까만 머리칼은 흘러내렸고, 이빨은 진주같이 희었지만, 화려해 보이는 외양은 허연 눈구멍과 색깔 차이도 그다지 없는 물기 가득한 허연 두 눈, 쭈글쭈

글한 얼굴의 살갗 그리고 일자로 뻗은 검은 입술과 짙은 대비를 이루어 더욱 끔찍해 보일 뿐이었습니다.

살면서 벌어지는 다양한 우연들보다 훨씬 더 변화무쌍한 것이 인간의 감정입니다. 생명 없는 존재에 생명을 불어넣겠다는 일념으로 목표를 향해 거의 2년을 쉬지 않고 달렸습니다. 그 목표를 이루느라 휴식도 취하지 못했고 건강도 잃었습니다. 적절함의 수준을 훨씬 뛰어넘는 열정으로 창조라는 목적 하나만을 바라보았습니다.

그런데 이제 일을 끝내고 난 지금, 아름다운 꿈은 온데간데없이 사라지고 숨 막히는 두려움과 혐오감만 내 마음을 가득 채우는 겁니다. 내가 만든 존재의 모습을 견딜 수 없어 실험하던 방을 뛰쳐나와 오랫동안 이리저리 침실을 서성였지만, 도저히 마음을 가라앉히고 잠을 이룰 수 없었습니다. 그러다 마침내 흥분과 동요가 사라지더니 극도의 무기력함이 찾아들더군요.

옷도 벗지 않은 채로 침대에 쓰러져 잠깐이나마 잊으려 애썼지만, 다 소용없었어요. 잠이 들긴 했지만, 끔찍한 악몽에 시달리기만 했습니다. 만개한 꽃처럼 팔팔한 엘리자베스가 잉골슈타트 거리를 걷는 모습을 본 것 같았어요. 놀라고 반가운 마음에 와락 껴안았는데, 첫 입맞춤을 하는 순간 그녀의 입술이 검푸른 죽음의 빛으로 변해버렸습니다. 그녀의 얼굴이 변하는 것 같더니 어느새 내 품 안에는 돌아가신 어머니가 안겨 있는 겁니다. 시신을 감싼 수의의 주름 사이로 무덤 벌레들이 기어 다니고 있었습니다. 공포에 질려 꿈에서 깨어났어요. 식은땀이 이마에 맺히고 이가 딱딱 부딪고 팔다리에는 경련이 났습니다.

옅은 노란색 달빛이 창 덧문 틈새를 비집고 들어오는 순간 괴물이 보였습니다. 내가 창조해낸 참혹한 괴물이었어요. 그는 침대 커튼을 들어 올렸어요. 두 눈은, 그걸 눈이라고 부를 수 있다면 말입니다, 꼼짝없이 나를 빤히 보고 있었습니다. 입은 벌어져 있었고 알아들을 수 없는 소리를 중얼거렸는데 그러는 사이 이를 드러내고 웃는 통에 뺨에 주름이 지더군요. 무슨 말을 한 것 같았는데 들리지는 않았습니다. 그의 한 손이 뻗어 나왔습니다. 나를 잡으려던 모양이었어요. 하지만 나는 거길 빠져나와 황급히 계단을 달려 내려갔습니다. 살던 집 안뜰에 몸을 숨긴 채 밤을 새웠습니다. 엄청난 불안에 오르락내리락하며 소리가 날 때마다 귀를 쫑긋 세웠습니다. 참담하게도 내가 생명을 준 악마 같은 시체가 다가오는 소리는 아닌지 두려워하면서 말입니다.

아! 살아 있는 사람이라면 누구든 그 끔찍한 얼굴을 견디지 못할 겁니다. 미라가 다시 살아난다 해도 그 괴물처럼 무시무시하지는 않을 겁니다. 완성하지 않은 상태에서 괴물을 물끄러미 바라본 적은 있습니다. 그때도 흉측했어요. 하지만 근육과 관절이 움직이게 되자 그것은 단테조차 떠올리지 못했을 괴물로 변했습니다.

참담한 마음으로 그날 밤을 보냈습니다. 이따금 맥박이 지나치게 빨리 뛰는 바람에 핏줄 하나하나가 느껴질 정도였습니다. 사지에서 힘이 빠져나가고 무기력해져 바닥에 쓰러질 뻔했지요. 공포와 실망이 뼈아프게 뒤섞였습니다. 그토록 오랫동안 양분과 즐거운 휴식이 되어주던 꿈들이 갑자기 지옥으로 변한 겁니다. 참으로 변화는 빨랐고 몰락은 철저했습니다!

음울하고 습한 아침은 여지없이 밝아왔습니다. 불면으로 쓰라린 두 눈에 잉골슈타트 교회의 하얀 첨탑과 시계가 눈에 들어왔습니다. 시각은 여섯 시를 가리키고 있었습니다. 그날 밤 내내 수용소 노릇을 했던 안뜰 문을 문지기가 열어주었습니다. 거리로 나선 다음에는 모퉁이를 돌 때마다 곧 나타날 것만 같은 괴물을 피하려는 듯 종종걸음을 했습니다. 살던 집으로 돌아갈 용기는 도저히 나지 않았어요. 시커멓고 쓸쓸한 하늘에서 쏟아지는 비에 흠뻑 젖은 상태였지만 서둘러 어디로든 가야 한다는 생각뿐이었지요.

얼마간 그렇게 계속 걸었습니다. 몸을 움직여서라도 마음을 짓누르는 무거운 짐을 덜어보려는 생각에서지요. 지금 있는 곳이 어디인지, 뭘 하는지 명료한 의식도 없이 이 길 저 길 마구 건넜습니다. 심장은 병에 걸린 듯 두려움으로 쉴 새 없이 고동쳤습니다. 급기야는 주변을 둘러볼 엄두조차 내지 못한 채 발길 닿는 대로 마구 걸었습니다.

> 인적 없는 고독한 길
> 두려움과 공포에 휩싸여 걷는 자
> 주변 한번 돌아보고 다시 걸음 재촉하며
> 고개조차 다시 돌리지 못한다
> 바로 뒤 끔찍한 악마가
> 뒤를 따라 걷고 있음을 알기에.*

이렇게 걷다 마침내 가지각색의 승합마차와 사륜마차가 정차하는

---

* 〈늙은 수부의 노래〉 중에서.

여인숙 맞은편까지 갔습니다. 잠시 발걸음을 멈췄습니다. 왜 그랬는지는 모릅니다. 거리 저쪽에서 나를 향해 다가오는 마차에 시선을 고정하고 몇 분쯤 서 있었을까요. 자세히 보니 스위스 승합마차더군요. 내가 서 있던 자리에 정확히 멈춘 마차에서 문이 열리자마자 앙리 클레르발이 나왔습니다. 앙리는 나를 보자마자 바로 뛰어내렸어요. "이런! 프랑켄슈타인!" 그가 외쳤습니다. "널 만나 얼마나 기쁜지 모르겠다! 도착하자 만나다니 운이 좋은걸!"

클레르발을 본 순간의 기쁨은 비할 데가 없었습니다. 친구를 보니 아버지, 엘리자베스 그리고 소중했던 추억 속 온갖 고향 풍경이 떠올랐지요. 친구의 손을 꼭 잡고 공포와 불행을 잠시 잊었습니다. 수개월 만에 처음으로 고요하고 평온한 기쁨이 돌연 찾아들더군요. 더할 나위 없는 다정함으로 기쁘게 친구를 맞이했습니다. 내가 수학하던 잉골슈타트 대학 쪽으로 둘이 걸었어요. 클레르발은 같이 알고 지내는 친구들 이야기며, 잉골슈타트에 오게 되어 얼마나 운이 좋았는지 등의 이야기를 신나게 늘어놓았습니다.

"상인이 장부만 알아야 하는 건 아니라고 아버지를 납득시키는 일이 얼마나 어려웠는지 너도 쉽게 상상이 갈 거야. 정말 아버지는 내 말을 끝까지 탐탁지 않아 하시더라고. 끈질기게 간청했는데도 아버지의 대답은 『웨이크필드의 목사』에 나오는 네덜란드 교장 못지않게 한결같았거든. '그리스어를 몰라도 1년에 1만 플로린을 벌고, 그깟 그리스어 몰라도 먹고사는 덴 아무 지장 없단 말이다'라고 하시는 거야. 하지만 아들을 사랑하는 마음이 학문에 대한 불신을 마침내 이긴 것인지, 결국 지식의 땅을 찾아 여행을 떠나보라고 허락하셨지."

"널 보니 참으로 기쁘다. 고향을 떠날 때 아버지와 동생들 그리고 엘리자베스는 어땠는지 말해줘."

"아주 건강하고 행복했어. 너한테서 소식이 하도 뜸해 조금 불안해하는 것 빼고는 말이야. 그나저나 뜸한 연락 말인데, 네 식구 대신 내가 잔소리 좀 해야겠다. 그런데 이봐 친구…."

그는 말을 하다 말고 내 얼굴을 뚫어져라 쳐다보았습니다. "말은 안 했는데, 네 얼굴에 병색이 완연한데. 이렇게 수척하고 창백해지다니…. 며칠 동안 꼬박 불침번이라도 선 거냐."

"바로 맞췄어. 최근에 한 가지 일에 심하게 몰두하느라 보다시피 충분히 쉬질 못했어. 하지만 이제 일은 다 끝났고, 내가 간절히 바라기는 드디어 자유로워졌길 바랄 뿐이야."

몸이 심하게 떨려왔습니다. 바로 전날 밤 일인데 이야기는커녕 떠올리는 것조차 견딜 수 없었습니다. 내가 워낙 잰걸음으로 걸은 탓에 우리는 곧 학교에 도착했습니다. 나를 집에서 뛰쳐나오게 한 그 괴물이 아직 살아서 그곳을 배회하고 있을지도 모른다는 생각이 떠오르자 문득 소름이 끼치더군요. 괴물을 만나기 무서웠습니다. 하지만 더 두려운 건 앙리가 괴물과 마주치는 사태였습니다. 친구에게 층계 밑에서 몇 분만 기다리라고 청한 다음 쏜살같이 방으로 올라갔어요. 정신을 챙기기도 전에 벌써 손은 자물쇠를 움켜잡고 있었습니다. 그러다 잠시 멈추었습니다. 싸늘한 전율이 온몸을 휩싸더군요. 문을 세차게 열어젖혔습니다. 방문 뒤쪽에 유령이 기다리고 섰으리라 생각하는 아이들처럼 말입니다. 아무것도 나타나지 않았습니다. 공포에 떨며 방 안에 발걸음을 내디뎠어요. 집은 텅 비어 있었고, 내 방에도 흉측한 객은 없었습니다.

이토록 큰 행운이 찾아들다니 믿기지 않더군요. 원수가 정말 달아났다는 확신이 들자 기쁜 나머지 손뼉을 치고는 친구에게 달음질쳐 내려갔습니다.

친구와 방으로 올라오자 하인이 곧 아침 식사를 가져다주었습니다. 하지만 자신을 억제할 수가 없었습니다. 환희에 사로잡혔을 뿐 아니라 극도로 예민해져 살갗이 따끔거릴 정도였고 맥박은 쉴 새 없이 푹푹 뛰었습니다. 단 한순간도 같은 자리에 있지 못한 채 의자들을 뛰어넘고 손뼉을 쳐대고 커다란 웃음을 터뜨리고, 정말 난리도 아니었습니다. 처음에 클레르발은 이렇게 비정상적으로 흥분한 내 모습을 보고 친구가 와서 반가운 마음에 그런가 싶은 눈치였습니다. 하지만 나를 좀 더 자세히 관찰한 다음, 친구는 내 눈에서 설명할 수 없는 광기를 보았습니다. 요란하기만 할 뿐 마음이 담기지 않은 고삐 풀린 웃음을 보고는 경악한 듯했습니다.

"이봐, 빅토르." 그가 외쳤습니다. "대체 무슨 일이야? 그렇게 웃지 좀 마. 너 많이 아픈 것 같은데! 대체 왜 이러는 거야?"

"묻지 마!" 나는 고함을 질러댔어요. 두 손으로 눈을 가린 채 말입니다. 그 무시무시한 유령이 방 안으로 미끄러져 들어오는 걸 봤다고 생각해서였어요.

"저놈이 말해줄 거야. 아, 살려줘! 살려줘!" 괴물이 나를 붙잡았다는 환각에 빠진 것이었습니다. 빠져나가려 난폭하게 몸부림치다 발작하며 쓰러졌지요.

가엾은 클레르발! 그의 마음이 어땠을까요? 기쁨에 겨워 고대했던 만남이 이토록 괴이한 슬픔이 되어버렸으니까요. 하지만 나는 슬퍼하는 그의 모습을 보지도 못했습니다. 죽은 사람처럼 쓰러져 오랫동안 의식을 차리지 못했거든요.

신경성 열병은 이렇게 시작되었습니다. 그 후로 여러 달 집 밖으로 나가지 못했습니다. 그 모든 시간에 순전히 앙리 혼자 나를 간호했습니다. 나중에 알게 된 사실인데, 연로하신 나의 아버지가 오랜 여행을 견디지 못한다는 것과, 엘리자베스가 내 병을 안다면 몸이 몹시 상하리라는 것까지 알았던 친구는 내 병이 중태임을 가족에게 숨겨 걱정을 덜어주려 했습니다. 그는 자신보다 더 다정하고 세심하게 나를 간호할 사람은 없다는 것을 알고 있었습니다. 게다가 친구는 나의 회복을 굳게 희망했기에 병을 숨기는 것이 가족에게 해가 되기는커녕 최고의 친절이될 것임을 추호도 의심치 않았습니다.

사실 나는 심하게 앓았습니다. 친구의 끊임없는 간호가 없었더라면 살아나지 못했을 겁니다. 내가 생명을 부여했던 괴물의 형상이 눈앞에서 끝없이 아른거려 줄곧 헛소리를 지껄여댔습니다. 앙리는 분명 내 헛소리에 충격을 받았겠지요. 처음에는 그 헛소리가 혼란에 빠진 상상력이 아무렇게나 지껄여대는 말이라고 생각했겠지만, 똑같은 주제를 끝없이 떠들어댄 탓에 친구는 뭔가 이례적이고 끔찍한 사건 때문에 내가 병에 걸린 것이 아닌지 생각하기에 이르렀습니다.

나의 병세는 아주 서서히, 친구가 걱정하고 슬퍼할 만큼 재발을 자꾸만 되풀이하면서도 조금씩 나아져 갔습니다. 바깥 사물을 조금이나마 즐거워하며 바라보게 되었던 첫 순간이 떠오릅니다. 낙엽이 지고, 창을 가리던 나무에서 새싹이 돋아나고 있었습니다. 더할 나위 없이 아름다운 봄이었습니다. 봄 덕택에 회복에는 속도가 붙었어요. 가슴에서 기쁨과 애정이 되살아나는 느낌이었지요. 어느덧 우울은 사라졌고, 치명적인 열정이 습격하기 전에 누렸던 그 쾌활한 상태를 속히 회복했습니다.

"클레르발, 정말 고맙다!" 나는 외쳤습니다. "네가 얼마나 친절했는지! 겨우내 다짐했던 공부도 못하고 내 방에서 아픈 나를 돌보며 시간을 다 써버렸구나. 이 은혜를 어떻게 갚을까? 이런 모습으로 널 실망시켜 정말 미안하다. 하지만 용서해주겠지?"

"평정심을 잃지 말고 가능한 한 빨리 회복하는 게 빚을 갚는 거야. 이제 기운이 나는 것처럼 보여 그러는데, 한 가지 이야기해도 되겠지?"

나는 몸을 떨었습니다. 한 가지 이야기? 그게 대체 뭘까? 내가 생각조차 하기 싫은 그 이야기를 하려는 것일까?

"진정해." 내 안색이 변하는 것을 보며 클레르발이 다독였습니다. "네 마음을 어지럽힌다면 이야기는 하지 않을 테니까. 그래도 아버님과 엘리자베스는 네가 직접 쓴 편지를 받으면 몹시 기뻐할 거다. 식구들은 네가 얼마나 아팠는지 잘 모르는 데다, 오랫동안 소식을 듣지 못해 불안해하고 있어."

"그게 다란 말이야? 야, 앙리! 당연하지! 내 사랑을 모조리 주어도 전혀 아깝지 않은 식구들 말고 대체 누굴 먼저 생각했겠어?"

"지금 그런 기분이라면, 며칠간 너만 기다리던 편지 한 통을 보면 좋아하겠구나. 네 사촌 엘리자베스가 보낸 거야."

5장

클레르발은 내 손에 편지를 건넸습니다. 편지 내용은 이러했습니다.

빅토르 프랑켄슈타인에게

사랑하는 사촌,

네 건강 문제로 식구들이 얼마나 불안해하는지 말로 다 할 수 없을 지경이야. 클레르발이 병의 위중함을 숨기고 있다는 상상까지 들 정도야. 네 편지를 받아본 지가 벌써 여러 달 지났으니까. 그동안 앙리에게 편지를 받아쓰게 할 수밖에 없었다면 빅토르 넌 분명 심하게 아팠던 거지. 그래서 우리 모두 너무 힘들어. 네 어머니가 돌아가셨을 때만큼이나 말이야. 숙부님은 네가 정말 위독하다고 생각하시는데, 잉골슈타트까지 가시겠다는 걸 말리기도 정말 힘들어. 클레르발은 늘 네가 나아지고 있다고만 하고. 네가 직접 편지를 써서 회복되고 있다는 사실을 직접 알려주었으면 정말 좋겠어. 빅토르, 이렇게 간절히 아주 간절히 바라고 있어. 이런 생각으로 우리는 아주 불행해. 이 두려움을 덜어준다면 세상에서 가장 행복한 사람들이 될 거야. 네 아버님은 지금 꽤 건강하셔서 지난겨울 이후로 10년은 젊어 보이신단다. 에르네스트는 많이 자라서 이제 알아보지도 못할걸. 벌써 열여섯 살이 다 되어 몇 년 전의 병약한 모습은 사라졌거든. 아주 튼튼하고 활기찬 소년이 되었어.

에르네스트가 택할 직업을 놓고 간밤에 숙부님과 의논했어. 어렸을 때 병을 달고 살았던 탓에 공부하는 습관은 들이지 못했고, 지금은 건강해져서 늘 밖에 나가 언덕을 오르거나 호수에서 배를 타고 노를 젓거나 하지 뭐야. 그래서 농부가 되면 어떠냐고 제안했지. 빅토르, 너도 알다시피 농사야말로 내가 제일 좋아하는 일이잖니. 농부는 건강하고 행복하게 살지. 무엇보다 해악과 거리가 멀 뿐 아니라 오히려 세상에 가장 득이 되는 직업이기도 하고. 숙부님은 에르네스트가 법학을 공부해보고 흥미가 생긴다면 판사가 되는 게 어떨까 생각하시더구나. 하지만 법은 아이 적성에 전혀 맞지 않는 데다, 땅을 일구어 인간을 먹여 살리는 것이 법조인이 되어 인간이 저지르는 악행을 들어주면서 가끔 공모도 하는 변호사 노릇보다 훨씬 더 가치 있는 게 분명하잖니. 부농으로 사는 게 판사보다 더 명예롭지는 않더라도 최소한 인간의 어두운 본성을 늘 상대해야 하는 판사보다는 행복한 일이라 생각한다고 말씀드렸지. 숙부님은 웃으시며 정작 법조인은 내가 되어야겠다고 하시더라. 대화는 그렇게 끝났어.

이제 네가 기뻐할 이야기, 최소한 재미있어 할 만한 이야기를 해줄게. 유스틴 모리츠 기억나니? 기억 못 할 수도 있겠구나. 그 애 사연을 간략히 정리해볼게. 유스틴의 어머니 모리츠 부인은 네 아이를 둔 미망인이었어. 유스틴은 셋째였는데 아버지는 그 애를 제일 예뻐했다나 봐. 그런데 무슨 이상한 도착심리인지 어머니는 유스틴을 못 견뎌 했대. 모리츠 씨가 죽고 나서 유스틴을 못살게 굴었다는 거야. 숙모님이 그걸 눈여겨보시다가 유스틴이 열두 살이 되자 그 애 어머니를 설득해 아이를 우리 집에서 하녀로 살 수 있게 하셨어. 제네바 공화국 같은 나라의 제도 아래서라면 주변 큰 왕국보다 더 소박하고 행복한 삶을 살 수 있잖아. 그래서 여러 계급 주민들이 있어도 극심한 차별은 없지. 하층민이 지나치게 가난하거나 멸시받지 않는 덕에 몸가짐도 더 세련되고 더 도덕적이고 말이야. 제네바의 하인과 프랑스나 영국의 하인은 달라. 유스틴은 그렇게 우리 집에 들어와 하녀가 해야 할 일을 배웠어. 하녀라고는 해도 제네바에서는 하녀를 무식하다고 생각하지도 않거니와 인간의 품위를 희생할 필요도 없지.

정리를 좀 했으니 너도 이 소소한 사연의 주인공에 관한 기억이 좀 나지 않을까 싶네. 넌 유스틴을 참 좋아했잖아. 언젠가 네가 말한 적이 있어. 기분이 나쁠 때 유스틴의 눈길 한 번이면 기분이 다 풀린다고 말이야. 아리오스토가 안젤리카*의 아름다움에 위로를 받는 것처럼 말이지. 아주 솔직하고 행복해보인다고 했어. 숙모님은 유스틴을 무척이나 아끼셨어. 그래서 처음에 생각하셨던 것 이상으로 교육을 시키셨지. 그리고 유스틴은 은혜를 충분히 갚았어. 감사하는 마음이 세상에서 가장

---

* 16세기 르네상스 아리오스토의 서사시 〈광란의 오를란도〉에 나오는 이슬람교도 절세미녀.

넘치는 아이였거든. 입 밖으로 감사를 표현했다는 뜻은 아니야. 입으로는 한 마디도 듣지 못했지. 하지만 유스틴의 눈만 봐도 자신을 보호해주는 숙모님을 거의 숭상한다는 것을 알 수 있었지. 경솔한 구석도 많았지만, 타고난 심성이 쾌활한 데다 숙모님의 일거수일투족에 누구보다 세심하게 신경을 썼지. 숙모님을 미덕의 모범으로 삼고 말씨와 품행까지 닮으려고 애썼어. 그래서 지금도 유스틴을 보면 숙모님이 떠오르곤 해.

사랑하는 숙모님이 돌아가셨을 때 다들 자기 슬픔에 빠져 있다 보니 가엾은 유스틴을 챙겨주지 못했어. 숙모님의 병상을 누구보다 걱정하면서 애정으로 돌보았던 아이였는데 말이야. 불쌍한 유스틴도 몹시 아팠단다. 하지만 그 애가 겪은 시련은 그것 말고도 또 있었어.

형제자매가 차례차례 세상을 떠난 거야. 그 어머니는 제일 등한시하던 자식을 뺀 나머지 자녀를 몽땅 잃었지. 그 여자는 양심의 가책을 느꼈어. 아끼던 자식들의 죽음이 편애에 대한 천벌이라고 생각하기 시작한 거야. 로마 가톨릭교 신자였거든. 고해성사를 준 신부님까지 그런 생각을 더 굳게 하도록 했던 모양이야. 그래서 네가 잉골슈타트로 떠난 지 몇 달 후 유스틴은 회개한 어머니가 부른 탓에 집으로 돌아갔어.

가엾은 아이! 우리 집 일을 그만두게 되었다고 흐느껴 울더구나. 그 아이는 숙모님이 돌아가신 후 딴사람이 되었어. 슬픔 때문에 태도와 몸가짐은 부드러워지고 마음을 끄는 온화함이 몸가짐에 깃들었거든. 전에는 놀랄 만큼 명랑하고 밝은 아이였는데…. 친엄마 집에서 살게 되었지만 쾌활한 본성을 찾지는 못했어. 그 어머니라는 여인은 참회했어도 꽤 변덕을 부렸던 모양이야. 가끔은 유스틴을 홀대했던 걸 용서해달라고 빌기도 했지만, 자기 자식들이 죽은 걸 유스틴 탓으로 돌리는 일이 훨씬 더 잦았어. 끝없는 조바심에 모리츠 부인은 마침내 몸이 쇠약해졌어. 처음에는 짜증이 심해지다가 결국 영원한 안식의 나라로 갔지. 추운 겨울 첫 추위가 닥치면서 세상을 떠났어. 유스틴은 다시 우리 집으로 돌아왔고. 난 그 애가 참 좋아. 아주 영민하고 온화하고 예쁘단다. 전에도 말했지만 그 애의 몸가짐과 표정을 보면 계속 그리운 숙모님이 떠오르거든.

사랑스러운 우리 윌리엄 이야기도 전해야지. 네가 그 애를 볼 수 있다면 정말 좋을 텐데. 윌리엄은 나이에 비해 키가 아주 크고, 다정한 미소를 띤 파란 눈과 검은 눈썹, 곱슬한 머리칼을 하고 있단다. 웃을 때면 앙증맞은 보조개가 건강한 분홍빛 양 뺨에 폭 파여. 벌써 귀여운 아내 한두 명이 생겼지 뭐야. 그중에서 제일 좋아하는 아내감은 루이자 바이런이야. 다섯 살 먹은 예쁜 아이.

사랑하는 빅토르, 제네바의 착한 사람들에 대한 소소한 뒷이야기를 너도 기쁘게 들을 거라고 믿어. 어여쁜 맨스필드 양은 벌써 축하 방문을 여러 번 받았어. 젊은 영국인 존 멜번 씨와 결혼을 앞두고 있거든. 맨스필드 양의 언니 마농은 못생겼는데도 지난가을 부유한 은행가 뒤비야르 씨와 결혼했어. 너와 제일 친했던 동창 루이 마누아는 클레르발이 제네바를 떠난 후 몇 가지 힘든 일을 겪었단다. 하지만 금세 기운을 차리고 생기발랄하고 아름다운 프랑스 여인 타베르니에 부인과 곧 결혼한다는 소문이 들려. 미망인인데 마누아보다 나이가 좀 많아. 하지만 평판이 아주 좋아 누구나 마음에 들어해.

편지를 쓰고 나니 훨씬 기운이 난다. 하지만 편지를 끝내자니 다시 불안한 마음이 들어 네 건강을 묻게 된다. 그리운 빅토르, 많이 아프지 않다면 네 손으로 직접 편지를 써서 아버지와 식구들을 안심시켜 줘. 그렇지 않은 상황은 생각도 하기 싫어. 이미 눈물이 흘러서 말이야.

안녕, 사랑하는 나의 사촌.

17××년 3월 18일, 제네바에서

엘리자베스 라벤차

"아, 그리운 엘리자베스!" 나는 편지를 읽고 나서 외쳤어요. "당장 편지를 써서 가족들의 근심과 불안을 덜어줘야겠어." 공들여 답장을 쓰고 나니 극도로 지치더군요. 하지만 병세는 이미 회복세에 들어섰기 때문에 몸은 계속 좋아졌습니다. 두 주가 더 지나자 방 밖에도 나갈 수 있었습니다.

회복한 다음, 처음으로 할 일은 클레르발을 대학의 여러 교수에게 소개하는 일이었습니다. 그러는 동안 마음으로 다잡고 있던 상처들이 건드려져 덧나더군요. 그 운명적인 밤, 연구의 노역이 끝나고 불행이 시작된 그날 밤 이후, 나는 자연철학이라는 말만 들어도 극도의 반감을 품게 되었습니다. 평상시에는 꽤 건강이 호전된 상태였지만, 화학 실험 도구만 보아도 고통스러운 신경증 증세가 다시 도지곤 했습니다. 그걸 본 앙리는 실험도구들을 내 눈에 보이지 않는 곳으로 몽땅 치워버렸습니다. 친구는 집도 옮겼습니다. 전에 실험실로 쓰던 방을 이제 내가 끔찍해한다는 것을 알고 나서였지요.

하지만 친구의 이런 배려도 내가 교수들을 찾아가면 다 소용없게 되었습니다. 발트만 교수는 내가 일군 놀라운 과학적 성과를 친절하고 따뜻하게 치하했지만, 내게는 고문일 뿐이었습니다. 교수는 내가 그 주제를 싫어한다는 것을 눈치챘지만, 진짜 원인은 짐작도 못하고 그저 내 겸양 때문이라 여기고는 화제를 돌렸습니다. 분명 나를 침묵에서 끌어내려는 시도같아 보였지요. 내가 뭘 어쨌겠습니까? 기분을 풀어주려는 교수의 의도가 오히려 내게는 끔찍한 고문처럼 다가왔으니 말입니다. 나중에는 마치 그가 나를 천천히 잔인하게 죽이려는 듯 살인 도구들을 눈앞에 느릿느릿 세심하게 늘어놓는다는 느낌마저 들었습니다.

교수의 말을 들으며 괴로움에 온몸이 뒤틀렸지만, 티를 낼 수도 없었어요. 클레르발은 늘 남의 감정을 예리하게 알아차리는 눈과 마음의 소유자인지라, 자신은 과학을 전혀 모른다는 핑계를 대며 이야기를 피했습니다. 그래서 대화는 좀 더 일반적인 화제 쪽으로 흘러갔습니다. 친구에게 깊이 감사했지만, 입 밖으로 말하지는 않았습니다. 클레르발은 놀란 기색이 역력했지만, 비밀을 캐묻지 않았습니다. 애정과 존경이 뒤섞인 마음으로 친구를 무한히 사랑했지만, 불쑥불쑥 찾아드는 그 사건을 털어놓을 마음은 도저히 생기지 않았습니다. 다른 사람에게 세세하게 털어놓으면 기억에 더 깊이 각인될까 봐 두려웠으니까요.

하지만 크렘페 교수는 그렇게 만만하고 순한 상대가 아니었습니다. 그리고 당시 내 상태는 견딜 수 없을 만큼 예민해져 있어서, 크렘페 교수의 거칠고 무뚝뚝한 찬사는 발트만 교수의 따스한 칭찬보다 훨씬 더 큰 고통을 안겼습니다.

"이 빌어먹을 친구!" 크렘페가 고함을 지르더군요. "아, 클레르발 군. 장담하건대 이 친구가 우리를 죄다 멀찌감치 따돌려버렸다니까. 내 참, 세상에! 뭐, 하지만 사실은 사실이니까. 몇 년 전까지만 해도 코르넬리우스 아그리파를 복음처럼 신봉하던 젊은이가 이제는 대학 최고의 지성으로 자리를 잡았다네. 저 친구를 빨리 끌어내리지 않으면 우리 다들 형편없이 체면을 구기게 될걸. 암, 그렇고말고." 교수는 내 얼굴에 고통스러운 표정이 나타나는 것을 보고 말을 이어갔어요.

"프랑켄슈타인 군은 겸손하지. 청년에게는 아주 탁월한 미덕 아니겠나. 젊은이들은 스스로 지나친 확신을 가지면 안 되는 법이지, 클레르발 군. 나도 젊었을 때는 그랬지만, 그런 태도는 곧 닳아 없어지더군."

크렘페 교수가 자화자찬에 돌입한 덕에 다행히 대화는 나로선 끔찍했던 화제에서 벗어날 수 있었습니다.

클레르발은 천성이 자연철학자와는 거리가 멀었어요. 과학의 세목을 챙기기에는 상상력이 지나치게 예민했죠. 그가 주로 관심 있게 공부한 분야는 언어였습니다. 기초적인 언어 요소를 습득한 다음 제네바로 돌아가 독학으로 새 분야를 개척할 생각이었지요. 프랑스어와 라틴어를 완전히 터득한 다음에는 페르시아어, 아라비아어 그리고 히브리어에도 관심을 갖더군요. 나는 원래 빈둥거리는 걸 참지 못하는 사람인데 이제 과거를 돌이키고 싶지도 않고 예전에 하던 공부도 끔찍해하던 터라 친구와 같이 언어 공부를 하면서 큰 위안을 얻었습니다. 동양 연구자들의 책은 지식뿐만 아니라 위안까지 주었습니다. 이들의 애수(哀愁)는 내 마음을 차분하게 했고, 그들이 느낀 기쁨에는 다른 나라 저자들을 공부할 때는 한 번도 경험하지 못했던 고매함도 있었습니다. 이들의 글을 읽으면 인생은 마치 따사로운 태양과 장미꽃밭처럼 보였어요. 당당한 적(敵)의 미소와 찡그림 그리고 마음을 태워버리는 불 가운데 있는 인생을 보여주었습니다. 그리스와 로마의 남성적이고 영웅적인 시와는 딴판이었습니다.

공부하면서 여름이 지났고, 제네바 귀향 날짜는 늦가을로 잡았습니다. 하지만 몇 가지 사건으로 날짜가 지연되고 겨울과 눈 때문에 길까지 막혀 제네바행은 이듬해 봄까지 미루어졌지요. 귀향이 늦어져 마음이 몹시 쓰라렸습니다. 고향과 사랑하는 친구들이 지독히 그리웠거든요. 고향 가는 길을 한참 미룬 것은 원래는 클레르발이 낯선 고장 사람들과 친해지기도 전에 그를 두고 떠나고 싶지 않았기 때문이었습니다. 겨울은 즐겁게 지냈고, 게다가 봄은 유난히 늦었지만 지각을 보상하고도 남을 만큼 아름다웠습니다.

어느새 5월이 왔습니다. 출발일을 확정할 편지를 날마다 고대했습니다. 그때 클레르발이 잉골슈타트 근교 도보 여행을 하면서 내가 오랫동안 살았던 나라에 작별을 고하자는 제안을 하더군요. 흔쾌히 받아들였습니다. 원래 운동을 좋아했고, 고향의 자연풍광을 따라 걸었을 때도 클레르발은 가장 좋은 동행이었으니까요.

둘이 함께 2주간 도보 여행을 만끽했습니다. 건강과 원기는 이미 오래전에 회복되었지만, 좋은 공기를 마시면서 여행하는 동안 자연스레 여러 경험을 하고 벗과 대화를 나누니 한층 더 기운이 나더군요. 전에는 공부에 골몰하느라 사람들과 교류를 피하며 지낸 탓에 나는 사교와는 거리가 먼 사람이 되어 있었습니다. 그러나 클레르발은 내 마음속에 있던 더 건강한 감정들을 이끌어냈습니다. 다시 한번 자연과, 아이들의 명랑한 얼굴을 애정하도록 가르쳐준 겁니다. 정말 훌륭한 친구였지요! 그는 진심을 다해 애정을 베풀었고 내 정신을 자기 자신과 같은 상태로 끌어올리려고 고군분투했습니다. 이기적으로 연구에만 몰두하던 나는 유연함도 잃고 잔뜩 편협해진 상태였습니다. 하지만 친구의 따스한 도움과 애정 덕에 감각은 따뜻해지고 활짝 열렸습니다. 이제 사랑을 줄 줄도 알고, 모두의 사랑을 받으며 슬픔도 근심도 없던 몇 해 전의 행복한 존재로 돌아가게 되었습니다. 다시 행복해지자 무생물인 자연에서도 견줄 데 없는 기쁨이 느껴지더군요. 맑은 하늘과 녹음이 짙은 들판을 보면 황홀한 기쁨에 가슴이 부풀어 올랐습니다. 봄은 찬란했습니다. 봄꽃이 산울타리에 활짝 피고 여름꽃은 벌써 꽃망울을 틔우고 있었습니다. 제아무리 벗어나려 해도 무시무시한 힘에 짓눌렸던 이전 생각들은 더 이상 나를 괴롭히지 못했습니다.

앙리는 내가 쾌활함을 다시 찾았다며 다행스러워했고, 진심으로 함께 기뻐했습니다. 자기 영혼을 채우는 감각을 표현하면서 나를 즐겁게 해주려고 애썼지요. 클레르발의 창의성은 진정 놀라웠습니다. 그의 대화는 상상력으로 충만했고, 페르시아와 아라비아 작가들을 따라 기막힌 공상과 정념 가득한 이야기를 지어내기도 했습니다. 내가 좋아하는 시를 읊어주거나 다른 논쟁에 나를 끌어들인 다음 기발한 독창성으로 자기 논지를 뒷받침했지요.

일요일 오후에 여행을 끝내고 대학으로 돌아왔습니다. 농부들은 춤을 추고 있었고, 마주친 사람들 누구나 즐겁고 행복해 보였습니다. 나역시 덩달아 제어할 수 없는 환희로 마음이 한없이 날아올랐습니다.

6장

돌아온 날, '빅토르 프랑켄슈타인에게'라는 이름으로 아버지에게서 편지가 와 있더군요.

사랑하는 빅토르,

우리에게 돌아올 날짜를 정해줄 편지를 너는 애타게 기다리고 있겠구나. 그래서 처음에는 귀향 날짜만 몇 줄 쓰려고 했다. 하지만 그런 잔인한 친절은 베풀 수가 없구나. 아들아, 행복하고 즐거운 환영을 고대하고 집에 왔다가 눈물과 비탄을 보게 된다면 얼마나 놀라겠니? 빅토르, 우리 가족이 당한 불행을 어떻게 말해야 할까. 집에 없었다고 네가 우리의 기쁨과 슬픔에 무감각해졌을 리는 없지만, 집에 함께 있지 않았던 네게 어떻게 이런 고통을 안겨야 할지 모르겠구나. 비통한 소식에 미리 마음의 준비를 하도록 해주고 싶지만 불가능한 일이겠지. 너는 벌써 편지를 여기저기 뒤적이며 어떤 끔찍한 일이 일어났는지를 찾고 있을 테니 말이다.

윌리엄이 세상을 떠났다! 우리 사랑스러운 아이, 웃음으로 내 마음을 따스하고 기쁘게 해주었던 아이가 말이다. 한없이 온화하면서도 명랑하던 아이가! 빅토르, 윌리엄은 살해당했단다!

너를 위로할 생각은 아예 포기하고 어떻게 일이 벌어진 건지 정황만 간단히 이야기하마.

지난 목요일(5월 7일) 엘리자베스와 네 두 동생을 데리고 플랭팔레로 산책하러 나갔단다. 저녁 무렵이었는데 따스하고 날씨도 맑아서 여느 때보다 멀리까지 긴 시간 산책을 했다. 돌아올 생각을 하니 벌써 황혼 녘이더구나. 그즈음 이미 멀리 가버린 윌리엄과 에르네스트가 보이지 않는다는 사실을 깨달았다. 에르네스트가 곧 돌아와 윌리엄을 보지 못했느냐고 묻더구나. 같이 놀다가 윌리엄이 숨바꼭질을 하러 뛰어갔고 아무리 찾아도 없어 한참을 기다렸는데도 돌아오지 않았다고 말이다.

에르네스트의 말에 덜컥 겁이 나 밤이 이슥해지도록 윌리엄을 찾아다녔다. 엘리자베스는 윌리엄이 혹시 먼저 집에 가 있을지도 모른다고 했지. 하지만 집에는 없었다. 우리는 다시 횃불을 밝히고 찾아다녔다. 눈에 넣어도 아프지 않을 자식이 길을 잃고 밤길의 습기와 이슬에 속수무책으로 떨고 있을 것을 생각하니 도저히 잠이 오지 않더구나. 엘리자베스도 몹시 불안해했단다.

새벽 다섯 시경, 사랑하는 윌리엄을 찾아냈다. 그 전날 밤까지만 해도 꽃처럼 팔팔하고 건강하던 아이가 납빛을 하고 풀밭에 쓰러져 꼼짝도 하지 않더구나. 아이 목에는 살인범의 손가락 자국이 찍혀 있었다.

아이를 집으로 옮겼다. 내 얼굴에 선연히 드러난 비통함 때문에 엘리자베스에게 들키고 말았다. 엘리자베스는 시신을 꼭 보겠다고 고집했지. 처음에는 말리려 했지만, 어찌나 완강하던지. 엘리자베스는 아이가 누워 있던 방으로 들어가 황급히 목을 살펴보더니 두 손을 맞잡고 소리치더구나. '오, 하느님! 사랑하는 우리 아기를 죽인 건 바로 나예요!'라고 말이다.

엘리자베스는 정신을 잃고 쓰러졌다가 간신히 깨어났다. 정신을 차린 후에도 한숨을 쉬며 울기만 하더구나. 엘리자베스의 말인즉슨 그날 저녁 윌리엄이 자기가 갖고 있던 네 엄마의 귀한 초상화 목걸이를 걸어보겠다고 졸라댔다는 거야. 그런데 보니 죽은 윌리엄의 목에서 목걸이가 없어진 것으로 보아 살인범은 분명 목걸이를 노리고 아이를 죽인 것 같다. 지금은 살인자의 자취를 찾을 수 없지만, 무슨 수를 써서라도 반드시 찾을 작정이다. 그렇다고 우리 사랑하는 윌리엄을 다시 살릴 수는 없겠지만 말이다.

사랑하는 아들아, 집으로 돌아오너라. 엘리자베스를 위로할 사람은 너밖에 없구나. 그 애는 지금 계속 울면서 자기 때문에 윌리엄이 죽었다고 말도 안 되는 탓을 하고 있단다. 그 애의 말이 내 심장을 찌르는 것 같다. 우리 모두 몹시 슬프구나. 그것 때문에라도 네가 와서 우리를 위로해주어야 하지 않겠니? 아, 빅토르, 지금 하는 말인데 네 어머니가 살아서, 애지중지하던 막내의 끔찍하고 참담한 죽음을 보지 않아도 되었으니 얼마나 다행인지 모르겠구나!

어서 돌아오너라, 빅토르. 살인범에게 복수할 생각 말고 평온함과 너그러운 마음만 품고 오너라. 그래야만 우리 마음의 상처가 곪지 않고 치유될 수 있단다. 사랑하는 아들아, 비탄 가득한 초상집으로 들어오되, 원수에 대한 증오가 아니라 너를 사랑하는 식구들에 대한 애정만 갖고 오너라.

슬픔에 잠긴, 사랑하는 아버지가.

17××년 5월 12일, 제네바에서

알폰세 프랑켄슈타인

클레르발은 편지를 읽던 내 표정을 보다가 가족들의 소식을 접하며 처음 떠올랐던 기쁨이 절망으로 바뀌는 것을 보며 깜짝 놀랐습니다. 나는 탁자에 편지를 던지고는 두 손으로 얼굴을 감쌌습니다.

"이봐, 프랑켄슈타인." 쓰라리게 우는 나를 본 앙리가 외쳤습니다. "넌 불행이 운명인 거냐? 무슨 일인데 그래?"

편지를 보라고 손짓만 보냈습니다. 마음이 극도로 흔들린 탓에 방 안을 이리저리 걸어 다니던 참이었습니다. 이윽고 비극적인 소식을 읽던 클레르발의 눈에서도 눈물이 솟아올랐습니다.

"어떻게 위로를 전해야 할지 모르겠다, 친구." 그가 말했습니다. "도저히 회복하기 어려운 비극이구나. 앞으로 어쩔 생각이니?"

"제네바로 당장 가야지. 앙리, 같이 말을 빌리러 가자."

걷는 동안 클레르발은 내 기운을 띄워주려 애썼습니다. 흔한 위로의 말이 아니라 진심 어린 연민으로 말입니다.

"가엾은 윌리엄!" 클레르발이 탄식했습니다. "그 사랑스러운 아이가 이제는 천사가 되신 어머니와 함께 잠들었겠구나. 친구들은 비통해하고 흐느끼겠지만, 아이는 평온하게 쉬고 있겠지. 이제 살인자의 손아귀도 느끼지 못할 테고, 흙이 보드라운 몸을 덮고 있으니 아프지도 않을 거야. 아이는 더 이상 불쌍히 여기지 않아도 돼. 무엇보다 힘든 건 남은 사람들이겠지. 시간만이 유일한 위안일 거다. 죽음은 악이 아니라거나, 인간은 사랑하는 사람의 영원한 부재 앞에서도 슬픔에 굴복하면 안 된다는 따위 스토아학파의 주장을 강요할 수는 없겠지. 카토*조차도 동생의 시신 앞에서는 흐느껴 울었으니까."

서둘러 길을 가면서 클레르발이 한 말입니다. 친구의 말은 내 마음에 깊이 남아 훗날 혼자 있을 때도 두고두고 떠오르더군요. 하지만 당시에는 말과 마차가 당도하자마자 황급히 올라타고는 친구에게 작별을 고했습니다.

귀향길은 암울했습니다. 처음에는 서둘러 가서 슬픔에 잠긴 사랑하는 식구들을 위로하고 슬픔을 나누고 싶은 마음뿐이었어요. 하지만 고향이 가까워질수록 발길이 더뎌지더군요. 마음속에 밀어닥치는 수만 가지 감정을 견디기가 힘들었습니다. 어린 시절에는 친숙했으나 거의 6년이나 보지 못한 풍광들이 지나갔습니다. 그 기간 모든 게 얼마나 변했을까요? 한 가지 갑작스럽고 슬픈 변화는 분명했습니다.

수천 가지 작은 상황이 모여 천천히 다른 변화를 일으켰을 테지만, 비록 고요히 이루어졌더라도 결정적인 뭔가가 있었을 겁니다. 두려움이 엄습했습니다. 앞으로 나아가기가 무서웠어요. 수천 가지 이름 모를 악이 나를 둘러싼 것 같아 온몸이 떨렸습니다. 그 해악의 정체가 무엇인지 이름 붙일 수도 없었어요.

---

*   Marcus Pocius Cato(BC95~BC46). 로마 시대의 스토아 철학자.

이렇듯 고통스러운 상태로 로잔에 이틀간 하릴없이 머물렀습니다. 호수를 바라보며 생각에 잠겼지요. 수면은 고요했습니다. 주위를 둘러싼 만물은 평온했고 눈 덮인 산맥은 '자연의 궁전'*처럼 그대로였습니다. 고요함과 천국 같은 풍광을 보면서 서서히 회복된 후 다시 제네바행에 나섰습니다.

호숫가를 따라 이어지던 길은 고향에 가까워지자 좁아졌습니다. 쥐라의 검은 산등성이와 몽블랑의 환한 정상이 더 또렷하게 눈에 들어오더군요. 나는 아이처럼 흐느껴 울었습니다. 그리운 산들아! 내 아름다운 호수야! 방랑객을 어찌 이리 반갑게 맞아주는 거냐? 봉우리는 영롱하고 하늘과 호수는 푸르고 고요하구나. 평화의 전조냐, 아니면 내 불행에 대한 조롱이냐?

친구여, 본격적인 이야기는 아직 시작도 하지 않았는데 정황만 잔뜩 늘어놓았으니 지루해지지는 않았는지 두렵습니다. 하지만 그때만 해도 나는 비교적 행복했으니 그 시절은 즐겁게 떠올릴 수 있답니다. 내 나라, 사랑하는 내 조국! 조국의 산맥, 무엇보다 사랑스러운 호수를 다시 바라보며 느낀 기쁨은 그곳에서 태어난 사람만 알 수 있지요.

집이 가까워질수록 비탄과 공포가 다시 덤벼들었습니다. 밤이 주위를 뒤덮고 있었어요. 검은 산맥들이 잘 보이지 않게 되자 마음은 더욱 어두워졌습니다. 어둠의 광경은 거대하고 흐릿한 악이나 다름없었고,

---

*   the palaces of nature. 영국의 낭만주의 시인 조지 고든 바이런의 시 〈차일드 해럴드의 순례〉에 사용된 구절.

장차 세상에서 내가 가장 암담한 운명을 맞이하게 될지도 모른다는 막연한 예감이 들었습니다. 아! 예감은 사실이었습니다. 틀렸다면 단 하나, 상상하면서 두려워했던 온갖 불행은 실제로 내가 견뎌야 할 비극의 백분지 일에도 미치지 못했다는 것입니다.

제네바 땅에 도착했을 때는 캄캄한 밤이었습니다. 시내로 들어가는 관문들은 이미 잠겨 있어, 어쩔 수 없이 시 동부에서 2.5킬로미터쯤 떨어진 세슈롱에서 하룻밤을 묵어야 했습니다. 하늘은 평온했어요. 도저히 잠을 이룰 수가 없어 가엾은 내 동생 윌리엄이 살해당한 장소를 가보기로 했습니다. 도시를 가로질러 가지 못해 배를 타고 호수를 건너 플랭팔레로 갔습니다. 호수를 건너는 짧은 항해 중 몽블랑 정상에서 아름다운 형상으로 뛰노는 번개가 보였습니다. 폭풍우가 급속도로 다가오는 듯했습니다. 그래서 배를 땅에 대는 즉시 얕은 언덕으로 올라가 폭풍우의 진행을 살폈습니다. 실제로 다가오고 있더군요. 하늘은 구름으로 뒤덮이고 곧 굵은 빗방울이 서서히 떨어지는 게 느껴지더니 금세 격렬히 쏟아지기 시작했습니다.

앉은자리에서 일어나 죽 걸었습니다. 어둠과 폭풍우가 매 순간 거세지고 머리 위에서는 천둥 번개가 무시무시하게 번쩍이는데도 상관없었습니다. 살레브, 쥐라 그리고 사부아의 알프스산맥에 천둥소리가 메아리치고 강한 번개 빛에 눈은 부셨습니다. 번개 불빛에 호수가 환히 밝아져 마치 광활한 불덩어리를 방불케 하더군요. 만물이 새까만 칠흑 같은 어둠에 잠깐 휩싸이는 듯하더니 번개 때문에 보이지 않던 앞이 다시 보였습니다. 스위스에서는 흔한 일인데, 폭풍우는 한꺼번에 하늘 이곳저곳에서 나타나는 것 같았습니다. 제일 격렬한 폭풍우는 정확히 마을 북쪽, 벨리브의 튀어나온 암반과 코페 마을 사이의 호수 위에 걸려 있었습니다. 또 다른 폭풍우는 희미한 번갯불로 쥐라를 밝혔습니다. 또 하나는 호수 동쪽에 뾰족이 솟은 몰 산을 어둡게 가리다 이따금 번개로 산의 윤곽을 밝혀주곤 했습니다.

아름답지만 끔찍한 폭풍우를 바라보면서 두서없이 급한 걸음으로 계속 헤맸습니다. 하늘에서 벌어지는 장대한 전쟁은 내 마음도 들뜨게 했습니다. 두 손을 맞잡고 크게 외쳤습니다. "윌리엄, 내 사랑하는 천사! 이게 네 장례식이구나, 이것이 너를 위한 애도의 노래야!"

그 말을 내뱉는 순간 어둠 속에서 형상 하나가 보였습니다. 내 근처의 나무 등걸 뒤로 움직이는 형상이었습니다. 얼어붙은 듯 서서 뚫어져라 응시했지요. 잘못 보았을 리 없었습니다. 번개의 섬광에 그 형체의 모습이 명료히 보였습니다. 거대한 체격과 인간이라고는 할 수 없을 흉측한 외양을 보는 즉시 그것은 내가 생명을 준 더러운 악마, 흉측한 괴물임을 알아차렸어요. 그놈은 거기서 뭘 하고 있었을까요? 그놈이 동생을 살해했을까요? 생각만 해도 몸서리가 쳐졌습니다. 생각이 떠오르자마자 틀림없는 사실이라고 확신했습니다. 이가 딱딱 부딪고 몸을 가눌 수 없어 나무에 기대야 했어요.

휙 지나가는 바람 때문에 그리고 어둠 때문에 놈을 놓쳤습니다. 인간의 탈을 쓴 채 그토록 아름다운 아이를 죽였을 리 없었어요. 놈이 살인자가 틀림없었습니다! 확실했습니다. 그런 생각이 떠올랐다는 사실 자체가 그것이 진실임을 입증하는 거부할 수 없는 증거였습니다. 그 악마를 쫓아야겠다는 생각이 들었지만, 헛일이었습니다. 번개가 다시 쳐서 놈을 비추자 이미 몽살레브 산의 깎아지른 벼랑 바위 틈새에 매달려 있더군요. 놈은 순식간에 정상에 오른 다음 사라졌습니다.

나는 얼어붙은 듯 그 자리에 있었습니다. 천둥소리는 그쳤지만 비는 여전히 내렸고, 어둠은 한 치 앞을 볼 수 없을 만큼 짙게 깔려 있었어요. 그때껏 애써 잊으려 했던 사건들을 되풀이해 떠올려보았습니다. 놈을 만들 때까지 진전 사항들, 내 손으로 빚은 괴물의 형상이 살아나 내 침대 맡에 나타났던 일, 놈이 달아났던 일까지. 놈이 태어난 날부터 거의 2년이 지났습니다. 이것이 첫 범죄였을까? 맙소사! 살육과 고통을 즐거워하는 타락한 괴물을 내가 세상에 풀어놓은 것입니다. 놈은 이미 내 동생을 살해하지 않았습니까!

그날 밤 내내 시달렸던 번민은 누구도 상상하지 못할 겁니다. 흠뻑 젖은 몸으로 추위에 떨며 밖에서 밤을 새웠습니다. 그럼에도 궂은 날씨는 느낄 수 없었습니다. 죄악과 절망의 장면이 머릿속에 가득 차 다른 생각은 아예 떠오르지 않았기 때문이죠. 내가 인류 한가운데 풀어놓은 존재, 방금 한 것처럼 무시무시한 짓을 벌일 의지와 힘을 부여받은 괴물은 흡사 나 자신의 흡혈귀, 즉 무덤에서 풀려나와 자신에게 소중한 모든 것을 파멸로 몰아넣으려고 애쓰는 나 자신의 영혼과 다름없다는 생각이 들었습니다.

동이 터왔습니다. 시내 쪽으로 발걸음을 옮겼습니다. 이제 관문은 열려 있었고, 아버지 집으로 발걸음을 재촉했습니다. 처음에는 살인범에 대해 아는 바를 다 털어놓고 즉시 수색을 하도록 할 생각이었습니다. 하지만 할 이야기를 생각하다 발걸음을 멈추었습니다. 내가 직접 만들어 생명을 준 존재를, 한밤중에 사람이 범접할 수도 없는 절벽 한가운데서 마주쳤다고 말해야 하는 상황이었습니다. 게다가 신경성 열병을 앓던 시기와 괴물을 만든 시기가 대략 비슷하다는 사실도 떠올랐습니다. 안 그래도 믿기 힘든 터무니없는 이야기인데 시기까지 겹치니 병으로 인한 망상처럼 들릴지도 몰랐습니다. 다른 누구라도 내게 이런 이야기를 했다면 나 역시 광인의 헛소리로 치부해버릴 게 분명했습니다. 게다가 친지들의 의심을 풀고 수색을 시작하도록 설득한다손 치더라도, 그 기이한 짐승은 온갖 추적을 따돌릴 터였습니다. 또 추적한들 무슨 소용이 있을까요? 몽살레브의 까마득한 절벽을 타는 괴물을 누가 체포할 수 있겠습니까? 이런 생각 끝에 결국 아무 말도 하지 않기로 마음먹었습니다.

아버지의 집에 들어섰을 때는 새벽 다섯 시경이었습니다. 하인들에게 가족들을 깨우지 말라고 지시하고는 서재로 들어가 평상시 기상 시간까지 기다렸습니다.

6년이라는 세월이 단 하나 지울 수 없는 흔적을 남기고 꿈처럼 지나갔고, 이제 나는 잉골슈타트로 떠나기 전 아버지를 마지막으로 포옹했던 자리에 서 있었습니다. 사랑하고 존경하는 아버지! 아버지는 여전히 남아계셨습니다. 벽난로 선반에 놓인 어머니의 초상화를 하염없이 쳐다보았습니다. 초상화는 아버지의 뜻에 따라 그린 것으로, 지나간 옛날을 담고 있었습니다. 초상화 속 캐롤라인 보포르는 돌아가신 할아버지의 관 옆에 무릎을 꿇고 절망에 빠져 있었습니다. 옷은 허름했고 뺨은 창백했어요. 하지만 품격과 아름다운 풍모는 한 치의 동정도 허락하지 않았습니다. 이 그림 아래 윌리엄의 작은 초상화가 놓여 있었어요. 초상화를 보자 눈물이 차올랐습니다.

그렇게 서 있는데 에르네스트가 들어왔어요. 내가 도착했다는 소식을 듣고 서둘러 맞이하러 왔던 것이지요. 나를 본 동생 얼굴에 슬픔과 반가움이 동시에 떠올랐습니다.

"사랑하는 형, 잘 왔어." 동생이 반겼습니다. "아! 석 달 전에만 왔더라면 얼마나 좋았을까! 그럼 모두 즐겁고 기쁨에 겨운 모습을 보았을 텐데 말이야. 하지만 지금 우리는 몹시 불행해. 웃음 대신 눈물로 형을 맞이하게 되어 슬퍼. 아버지는 커다란 비탄에 빠져 계셔. 윌리엄이 당한 끔찍한 일 때문에 엄마가 돌아가실 때 느낀 슬픔까지 다시 살아난 것 같아. 가엾은 엘리자베스 누나도 위로할 길이 없어." 에르네스트는 말하면서 흐느끼기 시작했습니다.

"형을 이렇게 울면서 환영해야 되겠니. 마음을 좀 더 가라앉히렴. 이렇게 오랜만에 아버지 집으로 들어온 순간이 너무 비참하지 않게 말이야. 아버지는 어떻게 버티고 계시지? 불쌍한 엘리자베스는?" 내가 물었습니다.

"누나야말로 위로가 필요해. 자기가 윌리엄을 죽게 했다고 자책했고, 그 때문에 심하게 괴로워하고 있거든. 하지만 살인범을 찾고 난 후…."

"살인자를 찾았다고! 하느님 맙소사! 어떻게 그럴 수 있지? 누가 감히 그놈을 추적하려 했지? 불가능한 일이야. 바람을 앞지르거나 짚으로 계곡물을 막는 게 차라리 쉽지."

"형이 무슨 말을 하는지 모르겠지만, 범인이 밝혀졌을 때 우리 모두 참담했어. 처음에는 아무도 믿지 않았어. 엘리자베스는 여전히 미심쩍어하고. 증거가 다 나왔는데도 말이야. 그렇게 다정하고 우리 식구들을 좋아하던 유스틴 모리츠가 갑자기 그렇게 사악해졌다니 누가 믿을 수 있겠어?"

"유스틴 모리츠라고! 그 가엾은 아이가 범인으로 몰리고 있단 말이니? 말도 안 돼! 사람들이 다 알 거야. 누가 믿겠어? 그렇지, 에르네스트?"

"처음에는 아무도 믿지 않았어. 하지만 정황이 여럿 나오는 바람에 우리도 믿을 수밖에 없었어. 게다가 유스틴의 행동도 뒤죽박죽이라 증거에 무게를 실어주고 있어. 슬프지만, 믿지 않을 수 없게 되었지. 하지만 오늘이 재판 날이니 형도 다 듣게 될 거야."

에르네스트의 이야기인즉슨, 불쌍한 윌리엄이 살해된 채 발견된 날 아침 유스틴이 병으로 앓아누워 꼼짝도 못 하게 되었다는 겁니다. 며칠 후 하인 중 한 명이 살인이 일어난 날 밤 유스틴이 입고 있던 옷을 우연히 보다가 주머니에서 어머니의 초상화를 발견했습니다. 살인 유혹을 불러일으켰던 물건으로 추정된 것이지요. 하인은 즉시 초상화를 다른 하인에게 보여주었고, 그 이야기를 들은 하인이 가족들에게는 아무 말도 없이 곧바로 치안판사를 찾아갔답니다. 하인들의 증언에 따라 유스틴이 체포되었습니다. 기소되자마자 이 가엾은 아이가 극심하게 혼란스러워하는 태도를 보이는 바람에 혐의가 확증되는 결과를 낳은 것이지요. 이상한 이야기였지만, 그렇다고 내 믿음이 흔들리지는 않았습니다. 그래서 확신에 차 말했어요.

"다들 잘못 알고 있는 거야. 살인자는 내가 알고 있어. 유스틴, 착하고 가엾은 유스틴은 결백해."

그 순간 아버지가 방으로 들어오셨습니다. 얼굴에 깊이 새겨진 불행이 역력히 보였습니다. 하지만 아버지는 짐짓 쾌활하게 나를 맞이하려고 애쓰셨지요. 슬픔에 차 인사를 나누고 나서 우리에게 닥친 불행이 아닌 다른 이야기를 하려 했으나 에르네스트가 바로 외쳤어요.

"아버지! 형이 불쌍한 윌리엄을 죽인 범인을 알고 있대요."

"불행하지만 우리도 알고 있다." 아버지가 대답하셨습니다. "그렇게 아끼던 아이가 그토록 사악하고 배은망덕한 짓을 저질렀다는 걸 차라리 영원히 몰랐더라면 더 좋았겠다 싶구나."

"아버지, 잘못 알고 계십니다. 유스틴은 아무 죄가 없습니다."

"그렇다면 그 애가 유죄가 되는 일은 하느님이 막으셔야겠지. 오늘 재판을 받을 테니, 그 애가 무죄로 방면되기를 진심으로 바란다."

아버지의 말씀에 마음이 평온해졌습니다. 유스틴은 물론 세상 어떤 사람도 살인범이 아니라고 이미 굳게 확신했으니까요. 따라서 어떤 정황 증거를 내놓아도 유스틴이 유죄판결을 받게 되리라는 두려움은 없었습니다. 이런 확신으로 마음을 가라앉히고, 애타게 재판을 기다리면서도 나쁜 결과는 추호도 예상하지 않았습니다.

곧이어 엘리자베스가 들어왔습니다. 마지막으로 본 후 많은 시간이 흘러서인지 그녀는 아주 다른 모습이 되었더군요. 6년 전에는 어여쁘고 착한 소녀였지요. 누구나 그녀를 사랑하고 아꼈습니다. 그런데 이제 그녀는 몸이나 얼굴에서 모두 성숙한 여인의 자태를 보였습니다. 그 모습이 드물게 사랑스러웠습니다. 훤한 이마는 뛰어난 지성과 솔직한 성격을 드러냈고, 엷은 갈색 눈은 슬픔에 자책까지 더해져 순한 기색을 띠고 있었지요. 풍성한 암갈색 머리칼에 하얀 피부, 가냘프고 우아한 몸매를 지닌 여인이 되어 있었습니다.

엘리자베스는 더없는 애정으로 나를 반겼습니다. "빅토르, 네가 도착하니 희망이 차올라. 어쩌면 불쌍하고 죄 없는 우리 유스틴을 변호할 길을 네가 찾아낼지도 모르잖아. 아! 그 애가 유죄라면 세상 누가 죄인이 아니겠어? 내 무죄를 믿는 만큼 그 애도 무죄라고 믿어. 우리가 겪는 불행이 두 배로 가혹해지는 것만 같아. 사랑스러운 막내를 잃은 것도 모자라 진심으로 사랑하는 가엾은 아이까지 더 가혹한 불운에 빼앗기게 되다니. 그 애가 유죄판결을 받는다면 나는 더 이상 기쁨과는 상관없게 될 거야. 하지만 유스틴은 유죄판결을 받지 않을 거야. 자신 있어, 죄가 없을 거라고. 그럼 난 다시 행복해지겠지. 윌리엄이 죽어 슬프지만 말이야."

"유스틴은 아무 죄도 없어, 나의 엘리자베스." 내가 말했습니다. "무죄가 입증될 거야. 아무것도 겁내지 마. 유스틴이 꼭 방면되리라 믿고 기운 내."

"넌 정말 좋은 사람이야, 빅토르! 다른 사람은 다 유스틴이 범인이라고 믿는단다. 얼마나 비참했는지 몰라. 그건 도저히 불가능한 일이라는 걸 난 알았으니까. 그렇게 끔찍한 편견에서 누구도 자유롭지 못한 걸 보니 절망과 낙담뿐이었어." 엘리자베스는 흐느끼며 말했습니다.

"사랑하는 엘리자베스," 아버지가 말씀하셨습니다. "눈물을 그치거라. 네가 믿듯 유스틴이 결백하다면 판사들의 정의를 믿어보도록 하자. 조금이라도 편파적인 기미가 보이면 내가 막아보마."

7장

재판이 시작되는 열한 시까지 우리는 모두 슬픔에 젖어 시간을 보냈습니다. 아버지를 포함한 다른 가족은 증인으로 법정에 참석할 의무가 있어서 나도 따라 법원으로 갔어요. 정의가 이처럼 철저히 모욕당하는 노릇을 보고 있자니 생으로 고문받는 것 같았습니다. 나의 호기심으로 무법 괴물을 만든 결과로 사랑하는 두 사람이 죽게 될지 곧 결판 날 상황이었으니까요. 한 명은 순진무구함과 기쁨 넘치던 어린아이, 다른 한 명은 누명이 점점 심각해져 끔찍하고 잊지 못할 살인자로 낙인찍혀 훨씬 더 무시무시하게 처형당할 참이었습니다. 게다가 유스틴은 미덕을 많이 갖춘 소녀로 행복한 삶을 누릴 자격이 충분한 품성을 지녔단 말입니다. 그런데 불명예라는 무덤이 이 모든 것들을 지워버릴 참이었고, 그 이유가 바로 나였던 겁니다! 유스틴이 뒤집어쓴 죄의 원흉은 바로 나라고 털어놓고 싶은 마음이 천 번도 더 들이밀었지만, 범죄 현장에 없었던 내가 그런 주장을 한다 해도 미친놈의 헛소리라는 말로 들릴 테고 정작 나 때문에 그 고생을 하는 유스틴의 무죄를 입증하지는 못했을 겁니다.

유스틴은 침착했습니다. 상복 차림이었는데, 안 그래도 늘 마음을 끄는 데가 있던 이 소녀의 안색은 엄숙한 감정 때문인지 절묘한 아름다움을 뿜어내고 있었습니다. 물론 유스틴은 결백을 자신했기에 수천 명이 자신을 빤히 보면서 비난을 퍼붓는 중에도 전혀 떨지 않았습니다. 이 일만 아니었다면 사람들도 유스틴의 미모에 관심을 보였겠지만, 그녀가 저질렀다는 죄질이 워낙 나빠 호감은 흔적을 감추었습니다. 유스틴은 침착했지만, 분명 부자연스럽기도 했습니다. 전에 자신이 보인 혼란스러운 반응이 유죄 증거로 사용된 탓에 용감한 모습을 보이려 작심한 겁니다. 유스틴은 법정에 들어서서 장내를 둘러보다 우리 식구들이 앉은 곳을 금방 알아보았습니다. 우리를 보고 눈물이 어리는 듯했지만, 곧 감정을 다잡더군요. 슬픔 가득하면서도 애정 어린 표정을 보니 유스틴이 추호도 유죄가 아님이 증명되는 것 같았습니다.

재판이 시작되었습니다. 검사의 기소가 끝난 다음, 증인 몇 명이 불려 나왔습니다. 이상한 사실 몇 가지가 결합해 상황은 유스틴에게 불리하게 돌아갔습니다. 유스틴이 결백하다는 사실을 확신하는 나를 빼고는 누구든 충격으로 받아들일 내용이었습니다.

유스틴은 살인이 발생한 날 밤 내내 외출 중이었고, 동이 트기 전 죽은 아이가 나중에 발견된 곳과 멀지 않은 데서 어떤 시장 여자의 눈에 띄었습니다. 여자가 거기서 뭘 하느냐고 묻자 유스틴은 아주 이상해 보이는 얼굴로 혼란에 빠진 듯 이해할 수 없는 대답만 했다는 겁니다. 아침 여덟 시쯤 집으로 돌아왔고 밤을 어디서 샜느냐는 질문에 아이를 찾고 있다고 대답했고, 아이에 대해 무슨 소식을 들은 게 없느냐고 진지하게 물었답니다. 아이의 시신을 보여주자 유스틴은 격렬한 발작을 일으키며 쓰러져 여러 날을 몸져누웠습니다. 그다음에는 하인이 유스틴의 주머니에서 발견한 초상화 목걸이가 증거로 제출되었습니다. 엘리자베스가 더듬거리는 목소리로 그것은 아이가 실종되기 한 시간 전, 자신이 손수 목에 둘러주었던 목걸이가 맞다고 증언하자 법정은 공포와 분노로 술렁였습니다.

유스틴의 자기 변론 차례가 왔습니다. 재판이 진행될수록 그녀의 표정도 바뀌었습니다. 충격과 공포 그리고 불행이 얼굴 전체를 뒤덮었습니다. 눈물을 참느라 애쓰기도 했지만, 변론 지시를 받자 힘을 쥐어짜 떨리지만 또렷한 목소리로 변론을 시작했습니다.

"하느님은 제가 완전히 결백하다는 사실을 아십니다. 하지만 항변한다고 해서 무죄방면을 받지는 못하겠지요. 제게 불리한 증거에 관해 명확하고 단순하게 설명드려서 제 무죄를 이야기하겠습니다. 정황이 의심스럽거나 수상쩍더라도 제가 늘 품었던 심성을 따라 판사님들께서 선처해주시면 좋겠습니다."

그런 다음 유스틴이 한 말은 이러했습니다. 살인사건이 있던 날 밤, 자신은 엘리자베스의 허락을 받아 제네바에서 5킬로미터가량 떨어진 쉔이라는 마을에 있는 숙모님 댁에서 저녁 시간을 보냈다는 겁니다. 아홉 시경 돌아오는 길에 어떤 남자를 만났는데, 그는 실종된 아이가 어디 갔는지 봤느냐고 물었답니다. 이 말에 깜짝 놀란 유스틴은 몇 시간 아이를 찾아다녔고 제네바의 성문이 닫히는 바람에 그날 밤 몇 시간을 어느 오두막집에 딸린 헛간에서 보내야 했지요. 오두막 사람들은 유스틴을 잘 알았지만, 그들을 불러내고 싶지는 않았답니다. 잠도 안 오고 쉴 수도 없었던 유스틴은 헛간을 떠나 다시 내 동생을 찾아 나섰습니다. 아이 시신이 있던 곳 근처로 갔다 하더라도 유스틴은 전혀 몰랐습니다. 시장 여자가 질문했을 때 당황했던 것도 당연합니다. 뜬눈으로 밤을 새웠고 가엾은 윌리엄이 어떻게 되었는지도 모르는 상태였으니 말입니다. 하지만 유스틴은 목걸이에 관해서는 아무 설명도 할 수가 없었습니다.

이 불행한 희생자가 말했습니다.

"잘 알고 있습니다. 목걸이에 대한 정황이 제게 얼마나 불리하고 치명적인지 말입니다. 그러나 제 힘으로는 설명할 수가 없군요. 이에 대해선 어떻게 된 일인지 전혀 모르겠으니, 누군가 제 옷 주머니에 그것을 넣었다는 것 외에 다른 추정은 하기 어렵습니다. 하지만 거기서도 말문이 막히기는 마찬가지입니다. 이 세상에 저를 적으로 삼을 사람은 없다고 생각합니다. 제멋대로 저를 파멸로 몰아갈 만큼 사악한 사람이 있을 턱이 없으니까요. 살인자가 주머니에 넣었을까요? 그가 어떻게 그런 기회를 얻었는지 전혀 모르겠습니다. 설사 저 때문이라 해도 왜 살인자는 보석을 훔쳤다가 그렇게 금방 또 버렸을까요?

이제 정의로운 판사님들께 제 사건의 판결을 맡깁니다. 하지만 희망의 여지는 전혀 보이지 않습니다. 그래도 증인 몇 분이 제 심성에 관해 증언할 수 있도록 허락해주시기를 간청합니다. 그분들의 증언이 제 혐의보다 설득력이 없다면 유죄 판결이 내려지겠지요. 제가 아무리 무죄를 주장하고 살려달라고 애원해도 소용없겠지요."

증인 몇 명이 소환되었습니다. 모두 유스틴을 몇 년간 잘 알고 지내던 사람들이었고 다들 유스틴에 관해 좋은 평가를 내렸습니다. 하지만 그녀가 저질렀다는 범죄에 대한 공포와 혐오 때문에 확신이 없었고 앞으로 나서려 하지 않았습니다. 엘리자베스는 유스틴의 훌륭한 품성과 나무랄 데 없는 품행이라는 마지막 보루마저도 피고에게 아무런 득이 되지 못하는 것을 보면서 격렬한 감정적 동요 속에서도 발언하겠다고 요청했습니다.

엘리자베스가 말을 시작했습니다. "저는 죽은 불쌍한 아이의 외사촌, 아니 누나입니다. 그 애가 태어난 이후, 아니 훨씬 더 이전부터 아이의 부모님께 교육을 받고 함께 살고 있었으니까요. 따라서 이 일에 제가 나서서 말하는 게 적절하지 않다고 여기실지도 모르겠습니다. 하지만 저의 벗인 피고가 친구인 척하는 사람들의 비겁함 때문에 죽음을 눈앞에 두고 있는 지금, 제가 알고 있는 유스틴의 성품에 관해 말씀드릴 기회를 허락해주셨으면 합니다. 저는 피고를 아주 잘 압니다. 한집에 살았던 적이 두 번 있었는데, 한 번은 5년, 또 한 번은 거의 2년간이었습니다. 그 시기 내내 제가 보는 피고는 세상에서 가장 사랑스럽고 자애로운 사람이었습니다. 유스틴은 제 외숙모인 프랑켄슈타인 부인의 임종 병상을 한없는 사랑과 정성을 기울여 지켰고 시중을 들었습니다. 그 후에는 지병이 있던 친어머니도 간호했는데, 유스틴을 아는 사람들은 그 지극한 정성에 한결같이 감탄해 마지않았습니다. 그 후 유스틴은 다시 제 외숙부 댁에서 저희와 함께 살게 되었고, 우리 가족 누구나 그 애를 사랑했습니다. 세상을 떠난 윌리엄과도 따뜻한 정이 넘쳐 누구보다 사랑 넘치는 어머니 같았습니다. 저는 주저 없이 말할 수 있습니다. 증거들이 모조리 유스틴에게 불리하더라도, 그녀가 완전무결하게 결백하다고 믿고 또 믿는다고 말입니다. 유스틴에게는 그런 짓을 저지를 이유가 없습니다. 주요 증거로 제시된 별 볼 일 없는 목걸이로 말하자면, 유스틴이 그걸 정말 갖고 싶어 했다면 기꺼이 줬을 겁니다. 그만큼 저는 그녀를 귀하고 소중하게 여기니까요."

덕이 넘치는 엘리자베스! 그녀의 말에 법정이 웅성거리는 소리가 들렸습니다. 하지만 그것은 엘리자베스의 너그러운 변호를 향한 찬사였을 뿐 가엾은 유스틴에게는 유리할 게 전혀 없었습니다. 대중은 오히려 더 격하게 노했고, 유스틴이 배은망덕의 죄까지 저지른 사악한 인간이라며 한층 더 비난을 퍼부었습니다. 유스틴 자신도 엘리자베스의 증언을 들으며 흐느껴 울었지만, 아무런 대꾸도 하지 않았습니다. 재판 내내 나의 동요와 고뇌는 극한을 치달았습니다. 나는 유스틴의 무죄를 믿었고 또 알고 있었으니까요. 내 동생을 살해한 그 악마(한순간도 그걸 의심한 적은 없습니다)가 섬뜩한 장난으로 이 죄 없는 여인까지 치욕과 죽음으로 몰아넣었다니! 이 끔찍한 상황을 도저히 견딜 수 없었습니다. 대중의 목소리와 판사들의 표정을 따라 판단하건데 이미 불행한 피해자가 유죄판결을 받았음을 알고, 가슴이 미어질 것 같아 밖으로 뛰쳐나갔습니다. 내 고통에 비하면 피고의 고통조차 작아 보일 정도였습니다. 유스틴은 결백의 보루라도 있었지만, 가책의 날카로운 이빨은 내 가슴을 찢어놓고도 손아귀에서 나를 놓아주지 않았으니까요.

비참한 심정으로 그날 밤을 하얗게 밝혔습니다. 아침에 다시 법원으로 갔습니다. 입술과 목이 바싹바싹 타들어가더군요. 생사에 관한 질문을 할 용기가 나지 않았지만, 사람들은 나를 모르지 않았고 경관은 내가 법원에 간 이유를 짐작하고 있었습니다. 투표는 끝났습니다. 모두 검은 표를 던졌고, 유스틴은 유죄 선고를 받았습니다.

그때의 감정을 어떻게 표현해야 할지 모르겠습니다. 전에도 공포라는 감정을 느낀 적이 있어서 이걸 기초로 적절한 표현을 찾으려 애써보았지만, 당시 내가 견뎌야 했던 가슴 저미는 절망은 결코 말로 전달하지 못하겠습니다. 내가 말을 건넸던 사람은 덧붙였습니다. 유스틴은 이미 죄를 자백했다고요. "이렇게 뻔한 사건에서는 자백이 별로 필요 없지만, 그래도 다행이지요. 정황증거가 아무리 결정적이어도 그것만으로 판결을 내리고 싶어 하는 판사는 아무도 없거든요."

집으로 돌아오자 엘리자베스가 판결 결과를 재촉해댔습니다.

"엘리자베스, 네가 예상했던 대로야. 판사들은 죄다 범인 한 명을 놓아주기보다 무고한 사람 열 명을 괴롭히는 걸 좋아하지. 하지만 유스틴이 자백했다고 해."

유스틴의 결백을 굳게 믿던 엘리자베스에게 이 말은 치명타였습니다. "맙소사! 이제 어떻게 인간의 자애로움을 다시 믿을 수 있을까? 친자매처럼 사랑하고 감탄을 보냈던 아이가 어떻게 순진한 미소를 띠고 그런 배신을 한단 말이야? 그 순한 눈빛으로는 잔혹한 짓이나 불쾌한 일을 전혀 저지르지 못할 것 같았는데, 살인이라니."

곧이어 가련한 희생자가 엘리자베스를 보고 싶어 한다는 전갈이 왔습니다. 아버지는 엘리자베스가 가지 않았으면 하셨지만, 알아서 판단하라고 말씀하셨어요. 엘리자베스는 가겠다고 했습니다. "네, 가겠어요. 유스틴이 유죄라 해도 말이어요. 빅토르, 같이 가줘. 혼자서는 안 되겠어." 유스틴을 찾아간다는 생각은 고문이나 다름없었지만, 거절할 수 없었습니다.

우리 둘은 어둠침침한 감방에 들어섰습니다. 유스틴은 감방 한쪽 끝의 짚더미 위에 앉아 있더군요. 두 손은 묶여 있었고 머리는 무릎에 얹은 채였습니다. 유스틴은 우리가 들어오는 것을 보자마자 일어났고, 셋만 남자 엘리자베스의 발치에 몸을 던져 격하게 흐느껴 울었습니다. 엘리자베스도 함께 울었지요.

"오, 유스틴!" 엘리자베스가 말했어요. "어째서 내 마지막 위안까지 빼앗아갔니? 네가 결백하다는 것만 믿고 있었는데. 그때도 정말 괴로웠지만, 지금처럼 참담하지는 않았단 말이야."

"아가씨도 제가 그렇게, 그렇게까지 사악한 인간이라고 생각하시나요? 적들과 한편이 되어 저를 짓밟으시는 건가요?" 유스틴의 목소리는 흐느낌 때문에 막혀버렸습니다.

"일어나렴, 가엾은 아이!" 엘리자베스가 달래듯 말했습니다. "죄가 없는데 왜 무릎을 꿇어? 나는 너의 적이 아니야. 나야말로 증거가 어떻든 너의 결백을 믿었어. 네가 죄를 시인했다는 말을 듣기 전까지 말이야. 그런데 네 말은 그게 아니라는 뜻인 모양이구나. 사랑하는 유스틴, 믿어도 좋아. 네 자백 외에, 너에 대한 확신은 단 한순간도 흔들린 적이 없다는 걸 말이야."

"자백을 하긴 했어요. 하지만 거짓 자백이었어요. 자백하면 사면을 받을 수도 있을까 싶어서요. 하지만 이제 다른 죄상을 모두 합한 것보다 그 거짓말이 더 무겁게 심장을 누르네요. 하늘에 계신 신이시여, 절 용서해주세요! 유죄 선고를 받은 후 고해 신부님이 저를 몰아댔어요. 협박하고 윽박질러댔어요. 결국, 신부님이 말하는 그 괴물이 내가 아닐까 하는 생각이 들기 시작했어요. 신부님은 계속 무죄라고 고집 피우면 최후를 맞이할 때 저를 교회에서 파문하고 지옥 불에 빠지게 될 것이라고 협박했어요. 사랑하는 아가씨, 저를 도와줄 사람이 하나도 없었어요. 모두 제가 치욕과 죽음을 당해도 싼 형편없는 인간이라고 생각했어요. 제가 뭘 할 수 있었겠어요? 그 흉악스러운 시간에 전 거짓말을 하겠다고 굴복한 거예요. 그리고 이제 정말 비참한 신세가 되고 말았네요."

유스틴은 말을 멈추고 흐느끼다 다시 말을 이어갔습니다. "다정한 아가씨, 생각만으로도 끔찍했어요. 축복받은 숙모님께 그토록 귀여움을 받고 아가씨께도 사랑받던 유스틴이 악마가 아니고서는 저지를 수 없는 죄악을 저질렀다고 아가씨가 믿어버릴까 봐서요. 아, 윌리엄! 세상에서 가장 사랑스럽고 축복받은 아이! 이제 곧 천국에서 너를 만나게 되겠구나. 거기서라면 우리 모두 행복하겠지. 그 생각이 위로가 되네요. 누명을 뒤집어쓰고 죽어야 한데도 말이어요."

"오, 유스틴! 잠깐이나마 너를 믿지 못했던 나를 용서해주렴. 왜 그런 자백을 했니? 하지만 슬퍼하지 마라. 내 착한 아이야. 어디서든 네 결백을 알리고 믿어달라고 강하게 말할 거야. 그래도 넌 죽음을 당하겠지. 내 소꿉친구에 동반자, 친자매 이상이었던 유스틴! 이렇게 끔찍한 불행을 겪고 살아갈 자신이 없구나."

"다정한 엘리자베스 아가씨, 울지 마세요. 내세의 아름다운 삶을 생각하며 저를 격려해주시고, 불의와 투쟁으로 점철된 이승의 하찮은 걱정거리에서 저를 해방시켜주셔야죠. 제 훌륭한 벗인 아가씨만큼은 저를 절망으로 몰아넣지 마셔요."

"위로하도록 노력할게. 하지만 두렵구나. 이 끔찍한 불행은 너무 깊고 가슴이 아파 위로조차 허용하지 않을 것 같아서 말이야. 희망이라고는 없잖니. 하지만 신께서 내 가장 사랑하는 유스틴 너를 체념과 이승의 것 너머의 확신과 평온한 체념으로 축복해주시길! 아, 이승의 가식과 엉터리 허위에 신물이 난다! 한 사람이 살해당하고, 또 한 사람은 천천히 자행되는 고문 같은 상황에서 목숨을 빼앗길 상황인데도, 법을 집행한다는 자들은 무고한 사람의 피 냄새가 채 가시기도 전에 자기가 무슨 위대한 일이라도 했다고 믿겠지. 이런 짓을 '응징'이라고 부르면서 말이야. 그게 얼마나 혐오스러운 이름인지! 가장 음울한 폭군이 최악의 복수 욕망을 채우려고 고안해낸 짓보다 더 크고 끔찍한 형벌에나 어울리는 이름이야! 하지만 나의 유스틴, 네가 이토록 비참한 소굴을 벗어나는 영광을 누리지 못하는 이상 이런 말은 전혀 위로가 되지 않아. 아아! 차라리 나도 혐오스러운 세상과 끔찍하게 싫은 자들의 얼굴을 보지 않도록 숙모님과 어여쁜 윌리엄과 함께 평화로이 잠들면 좋겠구나."

유스틴은 맥없이 웃었습니다. "사랑하는 아가씨, 이건 절망이지 체념이 아닙니다. 아가씨가 가르치려는 교훈을 제가 배울 수는 없네요. 다른 이야기를 해주세요. 더 비참해지는 말씀 말고 평화를 주는 말을요."

이런 대화가 오가는 동안 나는 감방 구석에 물러나 있었습니다. 그렇게 해야 나를 사로잡은 끔찍한 고통을 숨길 수 있었으니까요. 절망이라니! 누가 감히 절망을 말한단 말입니까? 이튿날이면 생과 사의 문턱을 넘게 될 가엾은 희생자 유스틴도 나만큼 깊고 쓰린 고통을 느끼지는 못할 겁니다. 나는 이를 악물고 영혼 깊은 곳에서 나오는 신음을 토했습니다. 유스틴이 그 소리를 듣고 흠칫 놀라더군요. 누구 소리인지 알아본 유스틴은 내게 다가오더니 이렇게 말했습니다.

"도련님, 여기까지 와주시고 정말 친절하세요. 제가 유죄라고 생각지 않으셨으면 좋겠습니다."

나는 대꾸할 말이 없었습니다. 엘리자베스가 말했습니다. "그럼, 유스틴. 빅토르는 나보다 더 너의 결백을 확신하고 있어. 네가 자백했다는 말을 듣고도 믿지 않았단다."

"진심으로 고맙습니다. 마지막 순간에 저를 친절하게 생각해주시는 분들께 정말 감사드립니다. 저처럼 가련한 존재에게 타인의 애정은 얼마나 달콤한지요! 벌써 불행의 절반은 사라진 느낌입니다. 이제 평화롭게 죽을 수 있을 것 같아요. 사랑하는 아가씨와 빅토르 도련님이 제 결백을 믿어주시니까요."

고통에 찬 가엾은 유스틴은 타인과 자신을 위로하려 애썼습니다. 그렇게나 바라던 체념 상태에 도달한 것입니다. 하지만 정작 살인자였던 나는 가슴속에 죽지 않고 영생하는 벌레 한 마리가 꿈틀대는 느낌이었습니다. 희망이나 위로 따윈 허용하지 않는 벌레 말입니다. 엘리자베스 또한 흐느껴 울면서 슬퍼했습니다. 그녀의 슬픔 역시 순결한 불행이었습니다. 어여쁜 달빛을 구름이 잠깐 가린다 하더라도 달빛을 흐리게 하지 못하는 것처럼 여전히 순진무구한 불행 말입니다. 고뇌와 절망이 가슴 한가운데를 꿰뚫는 것 같았습니다. 내 안에 지옥을 품고 있는 듯했습니다. 무엇으로도 제거할 수 없는 지옥. 우리는 여러 시간 유스틴과 함께 있었습니다. 엘리자베스는 유스틴과 작별하는 일을 힘겨워했어요. 그녀는 울면서 외쳤습니다. "차라리 너와 함께 죽으면 좋겠어. 이렇게 고통에 찬 세상에서 살 수 없어."

유스틴은 짐짓 명랑한 척했습니다. 사실은 그녀도 쓰라린 눈물을 힘겹게 누르고 있었습니다. 엘리자베스를 껴안고 감정을 반쯤 억누른 채 말했습니다. "안녕히, 다정한 아가씨. 사랑하는 엘리자베스. 내 사랑하는 단 한 사람의 벗. 하느님께서 아가씨께 무한한 축복과 보호를 내려주시기를 빌게요. 아가씨가 겪게 될 불행이 이것이 마지막이길. 살아주세요. 그리고 행복하세요. 다른 이들도 행복하게 해주시고요."

돌아오는 길에 엘리자베스가 말하더군요. "빅토르, 넌 모를 거야. 내가 이 불행한 아이의 결백을 믿을 수 있게 되어 얼마나 안심인지 말이야. 만일 그 애에 대한 신뢰를 배반당했더라면 다시는 평화를 얻지 못했을 거야. 그 애가 유죄라고 믿었던 잠깐이나마 견딜 수 없는 괴로움에 힘들었어. 이제 마음이 가벼워졌어. 무고한 아이가 고통당하는 것이지만, 다정하고 선하다고 믿었던 사람이 내 신뢰를 저버리지 않았으니 그나마 위로가 돼."

다정한 나의 사촌 엘리자베스! 넌 그렇게 생각했지. 네 눈과 목소리처럼 온화하고 순한 생각. 하지만 나는, 나는 그때 인간 쓰레기였습니다. 그때 내가 어떤 비참함을 견뎠는지, 누구도 상상조차 할 수 없을 겁니다.

제2부

1장

몰아치듯 벌어진 일련의 사건들로 한껏 힘든 감정 상태에 빠져 있다가, 그 후에 찾아들어 영혼에게서 희망과 두려움을 모조리 앗아가는 죽은 듯한 고요함 그리고 부인할 수 없는 진실만큼 사람의 마음을 고통스럽게 하는 것은 없습니다.

유스틴은 죽었습니다. 안식을 찾은 겁니다. 하지만 나는 죽지 않았습니다. 내 혈관 속에는 마음껏 피가 흘렀지만, 심장을 짓누르는 절망과 회한은 무엇으로도 없애지 못했습니다. 내 눈에서는 잠이 달아났습니다. 나는 악령처럼 방황했어요. 말로 형언할 수 없을 만큼 끔찍한 짓을 저질렀기 때문입니다. 그뿐 아니라 더 많은 일, 훨씬 더 많은 일이 벌어질 것만 같았습니다(그런 확신이 들었습니다). 원래 내 마음에는 다정함과 미덕에 대한 애정이 넘쳐흘렀습니다. 선한 의도를 갖고 살아왔고, 선의를 실천해 인류를 이롭게 할 순간을 갈망했습니다.

그런데 이제 모든 것이 망가졌습니다. 흡족하게 과거를 돌아보고 새로운 희망을 건져내게 하는 양심의 평화 대신 회한과 죄의식에 붙들려 괴로웠습니다. 회한과 자책은 어떤 말로도 표현할 수 없는 극한 고통의 지옥으로 나를 몰아갔습니다.

지옥 같은 마음 때문에, 최초의 충격에서 완전히 회복되었던 건강이 다시 야금야금 나빠졌습니다. 사람들을 피해 다녔고, 기쁨과 흡족함을 표현하는 소리는 내게 죄다 고문이나 다름없었습니다. 유일한 위안은 고독뿐이었습니다. 죽음처럼 깊고 어두운 고독 말입니다.

아버지는 눈에 띄게 변한 내 성품과 습관을 힘들게 지켜보시다가, 슬픔이 지나쳐 무너지는 것이 얼마나 어리석은 일인지 이성적으로 설득하려 애쓰시더군요. 아버지 말씀은 이러했습니다. "빅토르, 이 아비 마음은 아프지 않을 것 같니? 네 동생을 가장 사랑한 사람은 내가 아니겠니(말씀 중에 아버지 눈에 눈물이 맺혔습니다). 그래도 슬픔을 과도하게 드러내 남은 이들의 불행을 배가시키지 않는 것이 살아남은 사람들에 대한 도리가 아닌가 싶다. 그건 자신에 대한 의무이기도 하고 말이다. 지나친 슬픔은 발전이나 즐거움뿐 아니라 일상의 유익한 일들까지 방해하니까 말이다. 사회에 적응하려면 그렇게 해야 하지 않겠니?"

아버지의 조언은 훌륭했지만, 내 경우에는 하나도 들어맞지 않았습니다. 쓰디쓴 자책이 다른 감정과 섞이지만 않았더라도, 내가 제일 먼저 슬픔을 감추고 친구들을 위로했을 겁니다. 하지만 아버지의 충고에 나는 그저 절망의 눈길로 답했습니다. 그러고는 아버지 눈에 띄지 않는 곳에 숨으려고 애썼지요.

이즈음 우리는 벨리브에 있는 별장에서 지내고 있었습니다. 이곳에 들어와 사는 것이 내게는 특히 다행스러운 변화였습니다. 제네바 성내의 집은 무척 답답했기 때문이었지요. 그곳 성문은 밤 열 시면 잠기는 통에 그 시각 이후에는 호수에 머물 수가 없었거든요. 하지만 벨리브에서 나는 자유였습니다. 식구들이 잠자리에 들면 대부분 호수에 나가 배를 타면서 많은 시간을 보냈습니다. 가끔 돛을 올리고 배를 바람에 맡기기도 했고, 노를 저어 호수 중앙으로 나아간 다음 배를 물살의 흐름에 맡기고 나만의 비참한 상념에 잠기기도 했습니다.

종종 유혹이 찾아들었습니다. 호숫가에 다가갈 때만 간간이 끽끽 대는 박쥐나 개구리를 빼고는 주위가 온통 고요한데, 나 혼자만 천국처럼 아름다운 풍광 속에서 불안하게 방황하며 고요를 깨는 존재라는 생각이 들 때면 호수에 뛰어들고픈 유혹을 느낀 겁니다. 저 호수는 끔찍한 불행을 영원히 덮어주지 않을까 싶은 마음이 들었지요. 하지만 그 유혹을 억눌렀습니다. 용감한 엘리자베스, 고통에 시달리는 엘리자베스를 생각했기 때문이었습니다. 엘리자베스는 소중한 연인이었을 뿐 아니라 내 존재와 떼어낼 수 없는 존재였습니다. 아버지와 살아남은 동생도 생각했습니다. 내가 풀어놓은 악마의 원한에 가족들을 무방비로 노출한 채 버려두는 비열한 짓을 해서야 되겠습니까?

죽고 싶은 순간이 닥칠 때마다 아프게 울었습니다. 평화가 내 마음에 다시 찾아들어 가족들에게 위로와 행복을 줄 수 있기를 기원했습니다. 하지만 불가능한 일이었습니다. 자책이 희망의 불을 모조리 꺼버렸으니까요. 고칠 도리 없는 악행들을 초래한 장본인은 바로 나였습니다. 내가 창조한 괴물이 또 다른 악행을 저지르지는 않을까 매일 두려움에 떨며 지냈습니다. 다 끝난 것이 아니라는 예감, 그 괴물이 과거에 저지른 악행에 대한 기억까지 지워버릴 만큼 거대한 범죄를 또 저지르리라는 막연한 예감이 들었습니다. 사랑하는 존재가 있는 한 두려워할 것은 항상 있었지요. 이 악한에 대한 나의 혐오는 상상 이상으로 어마어마합니다. 그놈을 생각할 때마다 이가 갈렸고 눈에는 불이 났습니다. 다른 생각 없이, 생명을 준 그 존재를 제거하고야 말겠다는 소망만 간절했습니다. 그놈이 저지른 범죄와 악행을 생각할 때면 미움과 복수심이 절제의 한계를 박차고 터져 나왔습니다. 안데스산맥 정상에서 그놈을 떠밀어 바닥에 처박을 수만 있다면 기꺼이 그곳까지 고행의 순례를 떠났을 겁니다. 놈을 꼭 다시 보고 싶었습니다. 놈에게 극한의 분노를 쏟아부은 다음 윌리엄과 유스틴의 죽음에 복수해야 했으니까요.

집은 상갓집이나 다름없었습니다. 아버지는 그간 닥친 끔찍한 일들로 건강에 극심한 타격을 입었습니다. 엘리자베스는 슬픔과 실의에 빠져 더 이상 평범한 일상에서 기쁨을 느끼지 못했습니다. 즐거움을 느끼는 것을 죽은 이들을 모독하는 일로 여겼습니다. 그때 엘리자베스는 철저히 파괴된 순수에게 영원한 슬픔과 눈물을 마치 조공처럼 바치는 중이라고 생각했습니다. 이제 그녀는 어린 시절 나와 함께 호숫가를 돌아다니며 미래의 희망을 나누던 쾌활하고 행복한 사람이 아니었습니다. 그녀는 진중한 사람이 되어, 변덕스러운 운명과 불안정한 인간의 삶에 관해 주로 이야기했습니다.

"빅토르, 유스틴 모리츠의 가엾은 죽음을 생각하면 세상이 더 이상 예전 같지 않아. 전에는 책에서 읽거나 다른 사람에게 들은 악덕과 불의에 관한 이야기를 그저 옛이야기거나 꾸며낸 악이라고 생각했어. 이성적으로는 이해가 되면서도 상상하기는 쉽지 않은, 나와는 먼 이야기로 치부했지. 하지만 우리 집에 불행이 닥치고 나니 이제 사람들이 서로의 피를 갈구하는 괴물로 보여. 그렇지만 나도 마찬가지야. 하나같이 그 불쌍한 아이가 유죄라고 믿었으니까. 유스틴이 정말 그런 죄를 저질렀다면 분명 가장 타락한 짐승이었겠지. 보석 몇 개 때문에 은인이자 친구의 아들, 태어날 때부터 보살피고 친자식처럼 사랑했다고 여겼던 아이를 죽였으니까 말이야! 어떤 인간도 다른 인간에게 죽임당해선 안된다는 데 동의하지만, 그래도 그런 짐승은 인간 사회에 남아 있으면 안 된다고 생각했을 거야. 하지만 유스틴은 결백했어. 그 애가 무죄였다는 것을 알았고 그렇게 느꼈지. 너도 같은 생각이었고. 그것만 봐도 내 생각은 맞는 거야. 아아, 빅토르! 거짓이 진실과 이토록 같아 보인다면 행복을 자신할 수 있는 자가 과연 얼마나 있을까? 벼랑 끝을 향해 걷는 기분이야. 수천 명의 사람이 그곳에 운집해 벼랑 아래 심연으로 떨어지는 것 같아. 윌리엄과 유스틴은 살해당했는데 그 살인자는 달아났어. 놈은 세상을 마음대로 활보하고 있고, 아마 존경받고 있을지도 몰라. 하지만 내가 같은 죄목으로 형장에 서는 운명에 처하더라도, 난 그 비열한 놈과 자리를 바꾸지 않을 거야."

나는 지극한 번민에 빠져 엘리자베스의 말에 귀를 기울였습니다. 살인을 직접 저지른 것은 아니지만, 결과로 보자면 나야말로 진정한 살인자였으니까요. 엘리자베스는 내 표정에서 고통을 읽어내고는 다정하게 내 손을 잡은 채 말했습니다. "세상에서 제일 사랑하는 나의 사촌 빅토르, 마음에 평정을 찾아야 해. 이번 일을 겪은 나의 상심이 얼마나 깊은지는 신만 아시겠지. 하지만 너의 괴로움이 나보다 크구나. 네 얼굴에 떠오르는 절망, 때로는 복수심 가득한 표정 때문에 떨려. 빅토르, 차분하게 마음을 가라앉혀. 네 마음의 평화를 위해서라면 내 목숨이라도 기꺼이 바치겠어. 우리는 꼭 행복해질 거야. 세상에 섞이지 않고 고향 땅에서 조용히 산다면 누가 우리의 평온을 방해할 수 있겠어?"

이 말을 하는 엘리자베스의 눈에서는 눈물이 흘렀습니다. 자신이 전한 그 위로를 자신도 믿지 못했던 겁니다. 하지만 동시에 미소도 지었습니다. 내 속에 숨어 있는 악당을 내쫓겠다는 듯 말입니다. 아버지는 내 얼굴에 그려진 불행의 표정을, 당연한 슬픔이 과장된 것이라고 생각하여 내 입맛에 맞는 재밋거리를 찾는 것이야말로 평정을 되찾는 최고의 방편이라고 여겼습니다. 그런 이유로 아버지는 시골로 이사했던 것이고, 같은 이유로 이번에는 샤모니 계곡으로 소풍을 나가자고 제안하셨습니다. 나는 전에 그곳에 가본 적이 있지만, 엘리자베스와 에르네스트는 처음이었기 때문에 둘 다 그곳 풍광을 몹시 보고 싶다는 말을 자주 했거든요. 아주 경이롭고 숭고한 곳이라는 말을 들었던 것이지요. 결국, 우리는 8월 중순쯤 제네바를 떠나 여행길에 나섰습니다. 유스틴이 죽고 두 달가량 지난 무렵이었습니다.

날씨는 드물게 화창했습니다. 내가 느끼던 비통함이 잠깐 환경을 바꾸는 정도로 쫓아낼 만한 슬픔이었다면 이 여행은 아버지가 의도하셨던 효과를 틀림없이 냈겠지요. 늘 그랬듯 풍광에는 관심이 없지 않았으니까요. 풍광은 가끔씩은 슬픔을 달래주었습니다. 아예 없애지는 못했지만요. 첫날은 마차를 타고 다녔습니다. 아침에 멀리 보이던 산이 점차 가까워지고 있었습니다. 구부러진 길 사이로 지나가던 계곡은 아르브 강으로 형성된 것이었는데 길을 따라가다 보니 점차 가까워졌습니다. 해가 지자, 사방에 거대한 산들과 까마득한 낭떠러지가 솟은 모습이 보였고, 바위 사이를 포효하듯 흐르는 강물 소리, 주위 폭포들에서 물이 쏟아지는 소리가 들렸습니다.

다음 날은 노새를 타고 다녔습니다. 산을 오를수록 계곡은 더 장엄하고 경이로운 자태를 뽐내더군요. 폐허가 된 성들이 소나무 우거진 산 절벽 위로 아슬아슬하게 서 있었고, 맹렬히 흐르는 아르브 강과 나무 사이로 곳곳에 살짝살짝 보이는 작은 집들은 독특하게 아름다운 풍광을 자아냈습니다. 위엄 가득한 알프스산맥은 이곳의 아름다움에 장엄함과 숭고함을 보탰습니다. 피라미드와 돔을 닮은 모양으로 하얗게 빛나는 봉우리들이 우뚝 솟아 있는 광경은 딴 세상, 전혀 다른 종족이 사는 곳 같았습니다.

펠리시에 다리를 건넜습니다. 강 때문에 형성된 협곡이 눈앞에 펼쳐졌습니다. 우리는 협곡 위로 솟은 산을 오르기 시작했어요. 곧 샤모니 계곡으로 들어섰습니다. 샤모니 계곡은 방금 지나온 세르보 계곡보다 경이롭고 숭고했지만, 그림처럼 아름답지는 않았습니다. 눈 덮인 산맥이 샤모니 계곡과 세르보 계곡 간의 경계였지만, 이곳에는 폐허가 된 성이나 비옥한 들판은 없더군요. 대신 거대한 빙하들이 길까지 접근해 있었습니다. 눈사태에 따른 굉음이 들렸고, 눈사태가 지나간 자리에는 연기 같은 것이 피어올랐습니다. 장엄하게 솟은 최고봉 몽블랑이 주변의 뾰족한 봉우리 사이로 솟아올라, 거대한 돔 모양으로 계곡을 굽어보고 있었습니다.

여행하는 동안 때때로 엘리자베스와 같이 다니며 풍광의 다채로운 아름다움을 보여주려 애쓰긴 했지만, 대개는 타고 있던 노새를 괴롭혀 일행보다 뒤처지게 한 다음 비참한 상념에 빠져들곤 했습니다. 또 어떤 때는 노새에 박차를 가해 일행을 추월하기도 했습니다. 가족과 세상 그리고 무엇보다 나 자신을 잊기 위해서였습니다. 일행과 거리가 멀어지면 노새에서 내려 풀밭에 몸을 던지고 두려움과 절망에 짓눌려 있었습니다.

저녁 여덟 시쯤 샤모니에 도착했습니다. 아버지와 엘리자베스는 녹초가 되었지만, 에르네스트는 기쁨에 들떠 있었습니다. 그 애의 즐거움을 방해하는 유일한 상황이라고는 남풍이 불어 다음 날 분명 비가 올 것 같다는 것뿐이었습니다.

일찍 숙소로 들어갔지만, 식구들은 잠을 이루지 못했습니다. 적어도 나는 그랬습니다. 창가에 몇 시간이고 남아, 몽블랑 위에서 뛰노는 파리한 번갯불을 보며 창 아래 아르브 강의 격류에 귀를 기울였습니다.

2장

　다음 날은 여행 안내인의 예측과는 달리 구름만 끼었을 뿐 화창했습니다. 우리는 아르베롱 급류의 발원지에 가 보았고, 저녁녘까지 노새를 타고 계곡 주변을 거닐었습니다. 숭고하고 장대한 풍광이 내게 줄 수 있는 최고의 위안을 주더군요. 풍광 덕에 온갖 시시한 감정에서 벗어나 한껏 고양되었고, 슬픔이 완전히 사라지지는 않았지만 그래도 진정되었습니다. 지난 한 달간 뇌리를 떠나지 않았던 생각이 풍광 덕에 조금 엷어졌습니다. 저녁에 돌아와 피곤했지만, 불행한 마음은 좀 줄어들었습니다. 그래서 지난 얼마간 보였던 모습과 달리 더 명랑한 모습으로 식구들과 이야기를 나누었습니다. 아버지는 좋아하셨고 엘리자베스도 어쩔 줄 모를 정도로 기뻐했지요. "빅토르, 네가 즐거워하니 다들 이렇게 행복해하잖아! 다시는 우울해지면 안 돼!"

　다음 날 아침, 폭우가 쏟아졌고, 산 정상들은 안개에 가려 보이지 않았습니다. 아침 일찍 일어났지만, 평소와 달리 우울했습니다. 비 탓에 슬퍼진 겁니다. 옛 감정들이 다시 살아나 참담해졌습니다. 돌연한 심경 변화를 보면 아버지가 얼마나 상심하실지 알았기 때문에 나를 압도해 버린 이 참담함을 감출 정도로 회복할 때까지 아버지를 피하고 싶었습니다. 가족들은 그날 여관에 머무를 것을 알고 있었고, 비와 습기와 추위에 몸이 익숙해진 터라 혼자서 몽탕베르 산 정상에 오르기로 했습니다. 끊임없이 움직이는 거대한 빙하를 처음 보았을 때 받은 인상을 기억하고 있었지요. 처음 본 빙하의 모습은 숭고한 황홀감으로 나를 휘감았고, 그 황홀감은 영혼에 날개를 달아 흐릿한 세상에서 빛과 기쁨의 세계로 비상하게 했습니다. 경이롭고 장엄한 자연 풍광은 늘 내 정신을 차분하게 했고, 인생의 지나가는 근심을 잊게 하는 힘이 있었습니다. 산행은 혼자 하기로 마음먹었습니다. 길을 잘 알았을 뿐 아니라 동행이 있으면 풍광의 고독한 장관을 놓칠 수 있어서였습니다.

정상으로 오르는 길은 가팔랐지만, 짧게 구부러진 길이 이어져 있어 절벽 같은 정상이지만 올라갈 수는 있었습니다. 가파른 위쪽 풍경은 끔찍하게 황량했습니다. 수천 군데에서 눈사태 흔적이 보였습니다. 부러진 나무들이 땅 여기저기 흩어져 있기도 했고, 완전히 파괴된 나무들도 있었습니다. 또 다른 나무들은 휘어진 채 돌출된 바위에 걸쳐 있거나 다른 나무들 위에 가로질러 놓여 있었습니다.

높이 오를수록 길은 눈 쌓인 골짜기들과 만나고 위쪽에서는 협곡 아래로 돌들이 계속 굴러 내렸습니다. 그런 돌 중 특히 위험한 종류가 있습니다. 큰 소리로 말만 해도 작은 음향의 자극으로 대기가 충격을 받아 사람 머리 위로 돌이 떨어질 수 있었습니다. 소나무들은 키가 크거나 우거지진 않았지만, 거무스름한 생김새 때문에 풍광에는 엄혹함이 한층 더했습니다. 아래 골짜기를 내려다보았습니다. 계곡을 따라 흐르는 강물 위로 거대한 안개가 피어올라 강을 가로질러 흘렀으며, 맞은편에 있는 산들을 화환처럼 짙게 둘러싸고 있었습니다. 산봉우리들은 하나같이 구름 속에 숨어 있었습니다. 어두운 하늘에서는 폭우가 쏟아져 주변 풍광에서 받은 음울함을 한층 돋워놓았습니다.

아아! 대체 왜 인간은 짐승보다 감수성이 우월하다고 뽐내는 것일까요. 그것 때문에 더 의존적인 존재가 되었을 뿐인데 말입니다. 인간의 충동이 배고픔과 목마름과 성적 욕망에만 있다면 다른 것에 의존할 필요가 거의 없는 자유로운 존재가 될 텐데요. 하지만 인간은 불어오는 한 줄기 바람, 우연한 말 한 마디나 그 말이 전하는 풍경에도 마음이 움직이는 존재입니다.

> 누워 잠을 잔다. 꿈은 잠을 독살한다.
>
> 깨어난다. 떠도는 생각에 하루가 더러워진다.
>
> 느끼고 상상하고 생각한다. 웃거나 운다.
>
> 가망 없는 슬픔을 껴안거나, 근심을 떨쳐버린다.
>
> 다 마찬가지다. 기쁨이건 슬픔이건
>
> 그들이 떠나는 길은 여전히 자유다.
>
> 인간의 어제는 내일과 다르리니
>
> 영원한 것은 변화무쌍함뿐!*

---

* Percy Bysshe Shelley(1792~1822). 메리 셸리의 남편인 퍼시 셸리의 시 〈무상에 관하여〉에서.

정상에 올랐을 때는 정오 무렵이었습니다. 얼음으로 뒤덮인 바다가 내려다보이는 바위에 얼마간 앉아 있었지요. 안개가 바다와 주변 산들까지 덮었습니다. 곧이어 산들바람에 구름이 흩어졌고, 나는 빙하 위로 내려갔습니다. 표면이 고르지 않아 바다의 심한 파도처럼 위로 솟아 있거나 아래로 내려가 있었고 군데군데 깊은 틈새가 파여 있었습니다. 벌판처럼 펼쳐진 빙하의 폭은 5킬로미터쯤 되었지만, 건너는 데 거의 두 시간 소요되더군요. 맞은편 산은 수직으로 깎아지른 암석이었습니다. 내가 서 있는 쪽에서 보면 몽탕베르 산은 바로 맞은편으로 5킬로미터 정도 떨어져 있는 셈이었고, 그 위로는 몽블랑이 위풍당당하게 치솟아 있었습니다. 바위 속 움푹 들어간 자리에 들어앉아 이 압도적인 경치를 하염없이 바라보았습니다. 바다, 아니 막막하게 넓은 얼음 강은 언저리의 산들 사이로 굽이쳐 흐르고 있었고, 이 세상 것이 아닌 듯한 산봉우리들이 강의 후미진 곳 위로 솟아 있었어요. 얼음에 뒤덮인 정상의 봉우리들은 구름 위의 햇빛을 받아 반짝이더군요. 슬픔 가득했던 마음에 이제 기쁨 비슷한 것이 차올랐습니다. 나는 소리쳤습니다. "방황하는 영혼들이여, 좁은 침상에서 안식을 누리지 못한 채 떠돌고 있다면 내게 이 희미한 행복이라도 허락해주시오. 아니면 생의 기쁨에서 나를 빼내 길동무로 삼아주시오!"

이렇게 외치고 있는데 갑자기 멀리서 초인적인 속도로 나를 향해 다가오는 인간의 형상이 보였습니다. 내가 조심하며 건넜던 빙판 틈새들을 가뿐히 뛰어넘고 있었습니다. 가까이 다가올수록 그의 몸집 역시 인간보다 크다는 것을 알 수 있었지요. 괴로움이 엄습했습니다. 안개가 눈앞을 가린 듯했고 기절할 것만 같았지만, 싸늘한 산바람에 다시 정신을 차렸습니다. 형상이 가까워질수록 내가 창조한 괴물이라는 것을 알아볼 수 있었습니다(거대하고 소름 끼쳤습니다). 분노와 공포로 전율하면서, 놈이 다가오길 기다렸다가 맞붙어 목숨을 건 싸움을 벌이리라 결심했습니다.

놈이 다가왔습니다. 얼굴에는 경멸과 악의에 쓰라린 번민이 드러나 있었고, 이 세상 것이 아닌 추한 몰골은 사람 눈으로는 볼 수 없을 만큼 무시무시했습니다. 그러나 나는 녀석의 모습을 보고만 있지는 않았습니다. 분노와 증오 때문에 처음엔 입이 떨어지지 않았지만, 분노 가득한 혐오와 경멸을 표현하는 말로 놈을 압도하겠다는 일념으로 마음을 가다듬었지요.

"이 악마야!" 내가 고함쳤습니다. "감히 내게 다가오는 것이냐? 네 형편없는 머리에 내 손으로 퍼부어댈 맹렬한 복수가 두렵지 않은 것이냐? 썩 꺼져라, 벌레같이 더러운 놈아! 아니, 남아서 내 발에 밟혀 가루가 되거라! 아, 네 놈의 하잘것없는 목숨을 죽여 네 놈이 그토록 악마같이 살해한 희생자들을 되살릴 수만 있다면!"

"이런 반응을 예상하고 있었소." 악마가 말했습니다. "인간은 누구나 흉측한 자들을 미워하니까. 그러니 내가 얼마나 밉겠소. 나는 살아 있는 온갖 것보다 훨씬 더 흉측하니 말이오! 하지만 나를 창조한 당신이 피조물인 나를 혐오하고 거부하는군요. 우리 둘 중 하나가 죽어야만 끊을 수 있는 끈으로 묶여 있는 나를 말이오. 당신은 나를 죽일 작정이군요. 감히 어떻게 생명을 갖고 그렇게 장난을 칠 수 있소? 나에게 당신의 의무를 다한다면 나 또한 당신과 인간에게 의무를 다하겠소. 당신이 나의 조건에 동의한다면 당신과 인간들을 평화로이 둘 것이오. 하지만 내

조건을 거절한다면 죽음의 심연처럼 떡 벌어진 입을 채울 작정이오. 당신의 남은 친구들이 흘린 피로 내 굶주림이 사라질 때까지."

"이 혐오스러운 괴물! 너는 악마다! 지옥의 고문도 네가 저지른 죄에 비하면 너무도 가벼운 앙갚음이지. 이 끔찍한 악귀야! 내가 너를 창조했다고 비난하는구나. 그러니 이리 가까이 오너라. 그토록 경솔하게 주었던 생명의 불씨를 꺼뜨려주겠다."

나의 분노는 끝을 몰랐습니다. 녀석에게 달려들었습니다. 한 존재가 다른 존재에게 품을 수 있는 미움이란 미움이 모조리 나를 몰아대는 것 같았습니다.

놈은 내 공격을 가뿐히 피하더니 이렇게 말하더군요.

"진정하시오! 저주받은 내 머리에 증오를 쏟아붓기 전에 먼저 내 말을 들어주길 청하오. 그동안 내가 겪은 고통이 모자라서 불행을 더하려 하는 거요? 삶이 고뇌로 켜켜이 쌓인 것이라 해도, 내게는 귀한 것이니 지킬 생각이오. 잊지 마시오. 날 당신보다 더 강한 존재로 만든 건 바로 당신이라는 사실을 말이오. 키도 더 크고 관절도 탄력이 있소. 그래도 당신에게 대적하겠다는 유혹에 빠지지는 않을 거요. 나는 당신의 피조물이니, 내 본래의 왕이자 주인인 당신에게 심지어 순하게 복종까지 할 생각이오. 당신 역시 제 역할을 해준다면 말이오. 오, 프랑켄슈타인, 다른 모든 이들을 공정하게 대우하면서 나 하나만 짓밟지는 말아주시오. 나야말로 누구보다 그대의 공정함, 심지어 관대함과 사랑을 받아 마땅한 존재란 말입니다. 기억해주시오. 나는 당신이 만든 존재라는 것을. 나는 당신의 아담이어야 하는데 오히려 타락한 천사가 되어버렸소. 그대는 아무 잘못도 저지르지 않은 내게서 기쁨을 박탈했어요. 더없는 행복이 보이는 온갖 곳에서 나 혼자만 돌이킬 수 없이 배척을 당하고 있소. 원래 나는 어질고 선했소. 불행 때문에 악마가 된 겁니다. 나를 행복하게 해주시오, 그러면 다시 선한 자가 되겠소."

"썩 꺼져! 네 말 따위는 듣지 않는다. 너와 내게 공동체 의식 같은 건 있을 수 없어. 우리는 적이다. 꺼져라. 아니면 한쪽이 쓰러질 때까지 싸워 힘을 겨루던지!"

"어떻게 해야 당신 마음을 움직일 수 있단 말입니까? 이렇듯 당신의 선함과 연민을 간청하는 그대의 피조물을 호의로 볼 수 없단 말인가요? 나를 믿어주시오, 프랑켄슈타인. 나는 착한 존재였고, 나의 영혼은 사랑과 인간애로 빛났습니다. 하지만 지금 나는 혈혈단신, 비참한 고독에 빠져 있지 않습니까? 나의 창조주인 당신이 나를 증오하는데, 내게 하등 빚진 것 없는 당신의 동족에게서 무슨 희망을 본단 말입니까? 그들은 나를 발길로 차고 미워합니다. 나의 안식처는 불모의 산과 음울한 빙하뿐입니다.

수많은 나날 이곳을 헤맸소. 두려워할 필요가 없는 얼음동굴이 내겐 거처이자, 인간이 불평하지 않는 유일한 곳입니다. 이 음울한 하늘조차 환호로 맞이할 지경이오. 차라리 하늘이 당신 동족보다 내게 친절하기 때문이오. 많은 사람이 내 존재를 알게 된다면 당신처럼 무장하고 나를 죽이려 들 겁니다. 그런데도 나를 증오하는 그 사람들을 미워하지 말아야 합니까? 원수와 사이좋게 지낼 생각은 없소. 나는 지금 불행하고, 그들도 내 불행을 나눠 가지게 될 거요. 하지만 당신이 내게 배상하면 사람들을 악에서 구할 수 있소. 그게 아니라면 당신이 일을 크게 키우는 셈이 될 거요. 분노의 회오리가 당신이나 당신 가족 그리고 수천 명에게 몰아닥쳐 집어삼킬 거요. 나를 불쌍히 여기고 멸시하지 마시오. 부디 내 이야기를 들어주시오. 이야기를 듣고 나서 나를 버리건 불쌍히 여기건 원하는 대로 판단을 내리시오. 하지만 그 전에 이야기를 들어주시오. 인간의 법은 아무리 잔혹한 죄인에게도 변론할 기회를 주지 않습니까. 내 말에 귀를 기울여주시오, 프랑켄슈타인. 당신은 나를 살인자로 기소해놓고도, 법의 심판을 기다리지도 않고 양심의 가책 하나 없이 당신이 만든 피조물을 파멸시키려 하는군요. 오! 이토록 영원한 인간의 정의라니! 날 살려달라는 게 아니오. 그저 내 말을 들어달라는 것입니다. 그저 내 말을 들어보고, 그렇게 하고 싶고 또 할 수 있다면 당신 손으로 창조한 작품을 죽이면 그만이오."

"생각만으로도 몸서리치게 싫은, 내가 끔찍한 존재를 만들어낸 장본인이라는 사실을 왜 기억하라는 것이지? 혐오스러운 악마! 네가 빛을 처음으로 본 그날에 저주가 있기를! 너를 만든 두 손에 저주가 있기를 (그게 바로 나지만)! 너는 나를 형언할 수 없이 비참하게 만들었어. 널 어떻게 대하면 좋을지 고민할 기운도 없다고. 썩 꺼져! 흉물스러운 모습을 보지 않게 말이다."

"내 창조주여, 그대의 고통을 덜어드리리다." 괴물은 이렇게 말하고는 그 끔찍한 두 손으로 내 두 눈을 가리더군요. 나는 난폭하게 그 손아귀를 뿌리쳤습니다. "이렇게 해서 그대가 혐오하는 모습을 보지 않게 해 드리리다. 그래도 내 말을 들을 수 있으니 나를 가엾게 여기는 마음을 거두지 마시오. 한때 내게 있던 미덕으로 당신에게 청할 것이 하나 있소. 내 이야기를 들어주십사 하는 것이오. 아주 길고 이상한 이야기인데, 이곳 기온은 예민한 당신 감각에는 맞지 않으니 산 위 오두막으로 와주시오. 해가 아직 중천이오. 해가 눈 덮인 암벽 뒤로 숨어 다른 세상을 비추기 전에 내 사연을 듣고 결정할 수 있을 거요. 내가 인간들이 있는 곳을 영영 떠나 해를 끼치지 않는 삶을 살아갈지, 혹은 동족의 재앙이 되어 당신의 파국을 앞당기는 장본인이 될지는 당신에게 달렸소."

말을 마치자 그는 빙상을 가로질러 길을 안내했습니다. 나는 뒤를 따랐습니다. 가슴이 꽉 막혀서, 아무 대답도 하지 않았습니다. 하지만 오두막을 향해 가면서 그가 사용했던 다양한 논거를 가늠해보았고 적어도 그의 이야기를 들어봐야겠다고 작심했습니다. 호기심도 있었지만, 결심을 굳힌 것은 연민이었습니다. 그때까지만 해도 놈이 동생의 살인자라고 여겼으므로 놈이 의심을 확인하는지 부인하는지에만 온통 관심이 쏠려 있었지요. 또 한 가지, 피조물에 대한 창조자의 의무 같은 것을 맨 처음 느꼈습니다. 놈의 악행을 탓하기 전에 놈을 행복하게 해주어야 한다는 의무감이 처음으로 들더군요.

우리는 빙상을 건넜고 맞은편에 있는 암벽을 올랐습니다. 공기는 쌀쌀했고 비가 다시 내리기 시작했습니다. 둘이 오두막으로 들어갔습니다. 괴물은 기쁨에 들떴고, 나는 무겁고 우울한 마음에 짓눌려 있었습니다. 하지만 이야기를 듣는 데는 동의했습니다. 내 끔찍한 동행이 피운 불 가에 앉았습니다. 이제 괴물은 자기 이야기를 시작했습니다.

3장

내가 생겼던 때를 떠올리는 건 정말 어려운 일이오. 모든 사건은 혼돈 천지에 불분명해 보였거든. 갖가지 기이한 감각이 날 사로잡았소. 시각과 촉각과 청각과 후각을 동시에 느꼈어요. 한참이 지나고 나서야 비로소 다양한 감각을 구별하는 법을 습득했소. 기억나는 것은, 점차 강렬한 빛이 신경을 눌러 눈을 감을 수밖에 없었다는 것 정도요. 그러자 어둠이 덮쳐 힘들었소. 하지만 이런 느낌이 들자마자 다시 눈을 떴고, 지금 생각이지만, 그때 다시 빛이 쏟아졌던 것 같소. 내 생각엔 걸어서 아래로 내려갔어요. 곧이어 감각에 큰 변화가 일어났소. 전에는 검고 불투명한 덩어리들이 주위를 둘러싸고 있어 만지거나 보아도 그대로였지만, 이제는 자유롭게 다니면서 모든 장애물을 넘거나 피할 수 있게 된 거요. 빛은 점점 더 나를 누르는 듯했고 열 때문에 걸을수록 피로해졌소. 결국, 그늘이 있을 만한 곳을 찾아다녔소. 잉골슈타트 근처 숲이었지요. 시냇가에 누워 피로를 달래고 있자니 배고픔과 갈증에 고통스러웠습니다. 이런 고통으로 잠들다가 깼고, 몸을 일으켜 나무에 달렸거나 땅에 떨어진 산딸기들을 먹었소. 갈증은 시냇물로 달랬고. 그런 다음 누워 쏟아지는 잠에 빠져들었소.

깨어나니 어두웠어요. 춥고 적막하게 혼자 있으니 본능적으로 좀 두려웠소. 당신이 지내던 집을 나오기 전에 추위를 느끼고 천으로 몸을 덮었지만, 밤이슬을 피하기에는 역부족이었소. 나는 가엾고 무기력하고 비참한 존재였소. 알고 분간할 수 있는 것이라고는 하나도 없었고 온몸을 공격하는 것은 고통스러운 느낌뿐이었어요. 나는 아무것도 몰랐고, 분간할 수도 없었소. 고통으로 온몸이 만신창이가 되어, 주저앉아 펑펑 울어댔소.

머잖아 부드러운 빛이 하늘로 스며들어 기분이 나아졌소. 바로 일어서서 빛나는 형상이 나무들 사이로 솟아오르는 것을 쳐다보았소. 경외감 비슷한 느낌으로 본 것이요. 그 형상은 느리게 움직였지만, 내가 가는 길을 밝혀주었소. 산딸기를 찾아 다시 밖으로 나갔소. 날은 아직 추웠고, 나무 아래서 커다란 외투를 발견하고는 그걸 걸치고 땅에 앉았소. 생각은 뚜렷하지 않고 모든 게 혼란스러웠소. 빛과 배고픔과 목마름 그리고 어둠만이 느껴졌어요. 셀 수 없는 소리가 귀에서 쟁쟁거렸고, 사방에서는 온갖 향기가 나를 맞아주었소. 그저 환한 달만 알아볼 수 있었다오. 즐거운 마음으로 달만 보았어요.

밤낮이 여러 번 바뀌었고 밤의 둥근 달이 한참 이지러지고서야 감각을 따로 분간하는 게 가능해졌소. 마실 물을 주던 맑은 시냇물과 잎사귀로 그늘을 만들어주던 나무들이 차츰 뚜렷이 보이기 시작했어요. 귀를 반겨주던 즐거운 소리가 날개 달린 작은 동물이 내는 소리였음을 처음 알게 되어 기뻤지요. 그게 종종 내 눈에서 빛을 가로막았던 거요. 주위를 둘러싼 대상도 더 정확히 관찰할 수 있었고 지붕 노릇을 해주던 찬란한 빛의 경계도 구분하게 되었어요. 때로는 새들의 즐거운 지저귐을 따라 해보았지만 되지 않았어요. 나름대로 감각을 표현하고 싶었지만, 내게서 터져 나오는 거칠고 불분명한 소리 때문에 겁이 나 다시 침묵하곤 했소.

밤에 달이 사라졌다 작아진 모습으로 다시 나타났소. 그동안 나는 숲에 남아 있었던 거요. 이 무렵 오감은 더욱 명료해졌고, 정신은 나날이 더 많은 생각을 받아들였소. 두 눈은 빛에 익숙해졌고 대상도 올바른 형태로 인식하게 되었소. 곤충과 풀을 구별하게 되었고, 점차 풀의 차이도 알게 되었소. 참새 소리는 거칠 뿐이지만, 찌르레기와 개똥지빠귀 노래는 달콤하고 매력적이라는 것을 알게 되었소.

어느 날, 추위에 짓눌려 있다 방랑하던 걸인들이 남겨놓은 불을 발견해 온기를 느끼고 기쁨에 겨워 어쩔 줄 몰랐어요. 기뻐 흥분한 나머지 불씨에 손을 댔다가 아픔에 비명을 지르며 손을 뺐소. 같은 원인에서 정반대 효과가 나오다니! 참 이상했소. 불의 재료를 살펴보았더니 다행히 나무였소. 얼른 나뭇가지를 모아왔지만, 습기 때문에 타지 않았소. 불을 피우지 못해 괴로웠지만, 가만히 앉아 불의 작용을 지켜보았소. 불 옆에 두었던 젖은 나무가 말라 불이 붙었소. 이 문제를 골똘히 생각해보았소. 다양한 나뭇가지를 만져보다 원인을 알아냈고 많은 양의 나무를 부지런히 모았어요. 말려서 잔뜩 땔감으로 쟁여둘 생각이었소. 밤이 다가와 잠이 밀려들자 불이 꺼질까 봐 몹시 겁이 났어요. 마른 나무와 잎사귀로 조심스레 불을 덮고 젖은 나뭇가지를 그 위에 얹어두었소. 그러고서 외투를 펼친 다음 땅에 누워 잠속으로 빠져들었소.

일어나보니 아침이었소. 처음 한 일은 불부터 살피는 일이었소. 덮어놓은 것들을 걷어내자 부드러운 산들바람이 부채 역할을 해서 불길은 재빨리 살아났소. 이 역시 봐두었다 나뭇가지로 부채를 만들어 불씨가 꺼질 것 같으면 다시 살려냈소. 다시 밤이 되자 불로 열뿐 아니라 빛도 얻을 수 있다는 것을 알고 기뻤소. 불의 이런 점들을 알아내니 음식에도 쓸모가 있었어요. 동물의 내장을 불에 구운 것이 나무에서 얻은 산딸기보다 훨씬 맛이 좋더이다. 여행자들이 남기고 간 음식이었지요. 그래서 나도 같은 방식으로 타다 남은 불에 음식을 놓고 익혀보았어요. 산딸기들은 이렇게 하면 맛이 더 나빠졌지만, 견과류와 뿌리 열매는 맛이 더 좋아지더군요.

하지만 먹을 것이 점점 귀해졌소. 종일 쏘다녀도 고통스러운 허기를 달랠 도토리 몇 알조차 찾지 못하고 허탕 치는 날이 많아졌어요. 먹을 게 없다는 것을 알고 나자 그때까지 머물던 숲을 떠나, 내가 경험한 얼마 안 되는 욕구를 더 쉽게 충족시킬 수 있는 장소를 찾아야겠다는 결심이 들었소. 다른 곳으로 가면서 가장 한탄스러웠던 것은 우연히 구한 불을 놓고 가야 한다는 점이었소. 불을 다시 피우는 방법을 몰랐던 거요. 여러 시간 이 문제를 진지하게 생각했지만, 불을 피우려는 온갖 시도를 포기할 수밖에 없었어요. 외투로 몸을 감싼 채 숲을 가로질러 저무는 해를 향해 떠났소. 사흘을 이렇게 걷다가 드디어 탁 트인 시골을 발견했소. 전날 밤 내린 폭설로 들판은 온통 하얀색이었소. 풍광은 적막했고 대지를 뒤덮은 차고 습한 눈 때문에 발은 꽁꽁 얼어버렸소.

아침 일곱 시 경이었지요. 음식과 거처가 절실했소. 마침내 비탈길 터에 있는 작은 오두막이 보였소. 양치기들을 위해 지은 게 분명했소.

처음 보는 광경이었고, 호기심이 크게 발동해 오두막을 살폈소. 문이 열려 있는 것을 보고 안으로 들어갔소. 어떤 노인이 불 가에 앉아 아침을 만들고 있었소. 소리가 들리자마자 몸을 돌린 노인은 나를 보고는 비명을 지르며 오두막을 나가서는 그 노쇠한 체격으로는 불가능할 것 같은 속도로 들판을 가로질러 달아났소. 그의 외모뿐 아니라 줄행랑치는 모습은 좀 충격이었소. 하지만 나는 오두막의 모습에 금세 매료되었소. 눈과 비가 뚫을 수 없는 곳인데다 바닥도 바짝 말라서 습기라곤 없었으니까요. 당시 내 형편에 그곳은 마치 불의 강에서 온갖 고통에 시달린 지옥의 악마들에게 비친 마귀 소굴 만큼이나 아름답고 신성한 곳으로 보였어요. 양치기가 남긴 아침밥을 게걸스레 먹어치웠는데, 빵과 치즈와 우유와 포도주였소. 포도주는 입맛에 맞지 않았소. 그러고 나자 피로가 몰려들었고 결국 짚더미 사이에 누워 잠이 들었소.

깨어보니 정오였소. 하얀 땅에 환히 비치는 햇살의 온기에 이끌려 다시 길을 나서기로 했소. 오두막에서 찾은 주머니에 나머지 음식을 담은 다음 여러 시간 들판을 가로질러 저물녘에 어느 마을에 당도했어요. 마을의 광경은 기적과도 같았소. 오두막, 말쑥하고 단정한 작은 집과 웅장한 주택의 모습에 차례로 경탄했소. 정원의 채소, 통나무집 창가에 놓인 우유와 치즈가 내 식욕을 건드렸소. 가장 좋아 보이는 집에 들어갔지요. 그런데 문간에 발을 들여놓기가 무섭게 아이들이 비명을 질러댔고 어떤 여자 하나는 아예 기절해버렸소. 나 때문에 마을 전체에 난리가 난 거요. 일부는 달아나고 또 일부는 나를 공격했어요.

결국, 돌멩이를 비롯하여 내게 던진 온갖 것에 맞아 심하게 멍이 든 채, 벌판으로 도망쳐 야트막한 헛간으로 두려움에 떨며 숨었소. 마을에서 보았던 궁전 같은 집들에 비하면 몹시 누추하고 아무것도 없는 곳이었소. 헛간 옆에는 깨끗하고 쾌적한 집이 한 채 있었소. 값비싼 경험을 치른 탓에 그곳으로 들어갈 엄두는 나지 않았소. 내가 몸을 숨긴 곳은 나무로 지은 곳인데 위아래 높이가 하도 낮아 똑바로 몸을 펴고 앉아 있기 힘들었소. 바닥에 나무는 깔려 있지 않았지만, 습한 건 아니었소. 수많은 틈새 사이로 바람이 들이쳤지만, 눈과 비를 피할 수 있으니 그럭저럭 쓸 만한 피난처였소.

이제 이 헛간으로 피해 몸을 눕히고 나니 다행이라는 생각이 들었소. 무자비한 겨울 때문에 힘들고, 야만적인 인간들 때문에 비참하긴 했지만 말이오.

동이 트는 즉시 헛간에서 기어 나왔소. 옆집을 살펴보고 찾아낸 헛간에 계속 있어도 될지를 알아보려던 거였소. 헛간은 집 뒤에 있었고, 양옆에는 돼지우리와 맑은 샘이 있었는데, 한쪽이 열려 있었소. 그 부분으로 내가 기어들어 왔던 거지요. 이제 나를 볼 만한 틈새는 돌과 나무로 모조리 틀어막아 놓고 나갈 때만 옮기게 해두었소. 빛은 돼지우리를 통해 들어오는 게 전부였지만, 그것만으로 충분했소.

거처를 마련하고 깨끗한 짚으로 바닥을 깔아두고 몸을 숨겼소. 멀리서 사람의 형상이 보였기 때문이오. 전날 밤 당한 푸대접이 생생해 그를 믿을 수 없었소. 그래도 먼저 그날 버틸 채비는 해두었소. 훔쳐둔 거친 빵 한 조각과, 컵 한 개를 가지고 나왔는데 그걸로 헛간 옆에 흐르는 깨끗한 물을 편하게 먹을 수 있었소. 바닥이 약간 높아서 늘 건조함이 유지됐고 집 굴뚝과 가까워 그럭저럭 따뜻했소.

이렇게 채비를 마치고는 결심을 바꿀 만한 일이 생기기 전까지는 헛간에서 지내기로 마음먹었소. 전에 지내던 으스스한 숲, 빗물 떨어지는 가지들, 눅눅한 땅에 비하면 낙원이었소. 기분 좋게 아침을 먹고 물을 좀 마시려고 막아둔 널빤지를 치우려는데 발걸음 소리가 들렸소. 틈새로 내다보니 머리에 양동이를 인 젊은 여인이 헛간 앞을 지나가고 있었소. 여인은 젊었고 몸가짐은 부드러웠소. 그때까지 내가 만난 오두막 사람들이나 농장 하인들과는 딴판이었지요. 하지만 옷차림은 허름해서 거친 천의 파란색 페티코트와 리넨 상의뿐이었소. 땋은 금발머리에도 장식 하나 없었소. 참을성 있지만, 좀 슬퍼보였어요. 이 아가씨는 시야에서 사라졌다 15분가량 지나 우유가 좀 들어 있는 양동이를 이고 다시 나타났소. 양동이 무게 때문인지 불편한 걸음걸이로 걷는데 한 청년이 아가씨를 맞이하더이다. 청년의 얼굴에는 더 깊은 우울함이 배어 있었소. 침울한 듯 몇 마디 말을 건네더니 아가씨 머리에서 양동이를 받아다 집까지 직접 운반했소. 아가씨는 그 뒤를 따랐고 둘 다 자취를 감추었지요. 곧이어 청년이 다시 나타났소. 이번에는 손에 연장을 들고 집 뒤쪽 들판을 가로질러 가고 있었소. 아가씨도 집과 마당에서 이 일 저 일을 분주하게 했고요.

내가 머무는 헛간을 살피다 보니, 사람들이 예전에 썼던 창문 하나가 있더군요. 더 이상 사용하지 않아 널빤지로 죄다 막아둔 상태였소. 그렇게 널빤지로 가린 창문에는 거의 눈에 띄지 않는 틈새가 작게 나 있어 한쪽 눈으로 내부를 간신히 볼 수 있었소. 틈새를 들여다보니 작은 방이 보였소. 하얗게 칠한 깨끗한 방이었지만, 가구라고는 거의 없었소. 한쪽 구석에는 작은 불가에 노인 하나가 두 손에 머리를 묻고 암담한 듯 앉아 있었소. 아가씨는 분주히 정리하더니 곧 서랍에서 뭔가를 꺼내 손에 들고 노인 옆에 앉았어요. 노인은 그걸 받아들더니 악기로 연주하기 시작했소. 개똥지빠귀나 나이팅게일 노래보다 더 감미로운 소리가 흘러나오더군요. 사랑스러운 광경이었소. 아름다운 것이라고 는 본 적 없는 나같은 괴물 눈에도 말이오! 노인의 백발과 자애로운 표정에 존경심이 우러나더이다. 아가씨의 부드러운 몸가짐은 참 매력적이었소. 노인은 달콤한 듯 슬픈 곡조를 연주했는데, 그 때문에 상냥한 아가씨가 눈물을 흘리는 게 보였소. 노인은 아가씨가 흐느끼는 소리가 들릴 때까지 눈치채지 못했소. 노인이 몇 마디 소리를 내자 어여쁜 아 가씨는 하던 일을 거두고 노인의 발치에 무릎을 꿇었소. 노인은 아가씨 를 일으키더니 더없는 애정과 다정함으로 미소를 지었소. 기이하고 강 렬한 분위기를 느꼈소. 고통과 기쁨이 뒤섞인 감정이었소. 배고픔이나 추위, 온기나 음식 그 어떤 데서도 전혀 느껴본 적 없는 감정이었소. 나 는 창가에서 물러났소. 이런 감정을 견딜 수 없었소.

곧 청년은 어깨에 장작을 지고 돌아왔소. 아가씨가 문간에서 그를 맞 아 장작을 내리게 도와준 다음 장작을 가져다가 불 속에 넣었소. 그런 다음 아가씨와 청년은 따로 한쪽 구석으로 갔고, 청년은 아가씨에게 커 다란 빵 한 덩이와 치즈 한 조각을 보여주었소. 아가씨는 기뻐 보였고, 마당으로 나가 뿌리 열매와 야채를 가져와 물에 넣은 다음 불 위에 올 려놓았소. 아가씨는 자기 일을 계속했고 그동안 청년은 마당으로 나가 땅을 파고 뿌리 열매를 부지런히 파냈소. 한 시간가량 일하자 아가씨가 합류했고 둘은 집 안으로 들어갔소.

그동안 노인은 골똘히 생각에 빠져 있었소. 하지만 식구들이 나타나 자마자 명랑한 기색을 보이더군요. 이들은 함께 앉아 식사했소. 식사는 금세 끝났소. 아가씨는 다시 집 안을 정리하느라 분주했고, 노인은 청년의 팔에 기대 몇 분가량 햇빛을 받으며 집 앞을 산책했소. 이 훌륭한 두 사람 사이의 대비는 그 무엇보다 아름다웠소. 한 사람은 백발에 자애로움과 애정으로 빛나는 표정의 노인, 또 한 사람은 가냘프고 우아한 몸매에 섬세하고 균형 잡힌 외모를 갖춘 청년이었소. 그러나 청년의 두 눈과 몸가짐에서는 한없는 슬픔과 절망이 배어 나왔소. 노인은 집 안으로 들어갔고, 청년은 아침에 쓰던 연장과 또 다른 연장을 들고 들판을 가로질러 걸어갔소.

금방 밤이 찾아들었소. 하지만 놀랍게도 이 집 사람들은 촛불을 써서 빛을 연장했소. 해가 저문 후에도 옆집 사는 인간들을 지켜보는 즐거움이 끝나지 않아 기뻤어요. 저녁이 되면 아가씨와 청년은 내가 모르는 이 일 저 일에 바빴고, 노인은 다시 악기를 꺼내 들고 아침에 나를 매혹했던 천국의 음악을 연주했소. 노인의 연주가 금방 끝나자 청년은 연주 대신 단조로운 소리를 내기 시작했소. 노인이 연주하는 악기의 화음이나 새들의 지저귐과는 닮은 데가 전혀 없는 소리였소. 그 후 그것이 책 읽는 소리라는 걸 알았지만, 당시 나는 말이나 문자에 관해서는 하나도 몰랐다오.

이 식구들은 잠시 이렇게 시간을 보내다 불을 끄고 들어갔소. 추측컨대 쉬러 갔던 것 같소.

4장

짚더미에 누웠지만 잠은 오지 않았소. 그날 일을 떠올렸어요. 가장 놀라운 것은 이들의 점잖은 태도였소. 이들과 함께 어울리고 싶었지만, 엄두가 나지 않았소. 야만적인 마을 주민들에게 당한 푸대접을 잊을 수 없었으니까. 장차 어떤 행동을 취해야 할지 곰곰이 생각해보더라도 당장은 헛간에서 이 가족들을 지켜보면서 마을 사람들이 왜 그렇게 행동했는지를 찾아봐야겠다고 결심했소.

다음 날 아침, 식구들은 해 뜨기 전에 일어났소. 아가씨는 집을 정돈하고 아침을 준비했고, 청년은 식사를 하고 집을 나섰소.

전날처럼 일상이 지나갔소. 청년은 집 밖에서 온종일 일했고 아가씨는 집 안에서 갖가지 힘든 일을 돌보았소. 노인은 악기를 연주하거나 생각에 빠져 한가로이 시간을 보냈소. 노인이 앞을 보지 못한다는 사실을 곧 알아차렸소. 이 집 아가씨와 청년이 덕망 있는 노인을 향해 보이는 애정이나 존경을 뛰어넘을 만한 것은 없었소. 이들은 노인에게 필요한 모든 작은 일까지 사랑과 존경을 담아 돌보았고, 노인은 자애 가득한 미소로 이들에게 보답했소.

하지만 이들의 행복은 완벽하지는 않았소. 청년과 아가씨는 종종 다른 곳에 가서 우는 것 같았어요. 이들이 불행한 이유는 알 수 없었지만, 나 또한 마음이 참 아팠소. 이렇게 사랑스러운 이들이 불행하다면, 나 같이 불완전하고 고독한 놈이 비참하다 해도 그리 이상할 건 없었지요. 그런데 이 점잖은 사람들은 대체 왜 불행했을까요? 마음에 드는 집(내 눈에는 그렇게 보였소)이 있고 온갖 사치를 다 누리는데. 추울 때 몸을 덥혀줄 불과, 배고플 때 먹을 맛난 음식이 있는데 말이오. 근사한 옷을 입은 데다, 무엇보다 함께 살며 대화를 나누고 매일 사랑과 다정함이 깃든 눈빛을 주고받는데 말이오. 이들의 눈물은 무엇을 뜻하는 것이었을까? 이들은 정말 고통을 표현하고 있었던 걸까? 처음에는 질문의 답을 찾지 못했소. 하지만 주의를 계속 기울이고 시간이 지나면서, 처음에는 몰랐던 많은 일을 알게 되었소.

상당한 시간이 지난 후에야 나는 이 다정한 가족이 불행했던 원인 중 하나를 발견했소. 바로 가난이었소. 이들은 몹시 고통스러울 정도로 빈곤에 허덕이고 있었소. 이들이 먹는 영양분이라고는 집 마당에 나는 채소와 암소 한 마리에게서 얻는 우유가 전부였소. 겨울에는 소에게 먹일 꼴을 구하지 못해 그나마 우유조차 거의 나오지 않았소. 내가 보기에 이들의 굶주림은 아주 심한 것 같았소. 특히 아가씨와 청년이 더한 듯했어요. 노인 앞에만 음식을 놓아드리고 자신은 아무것도 먹지 못할 때가 허다했소.

나는 이런 다정함에 큰 감동을 받았소. 그동안 이들이 저장한 식량 일부를 나 먹자고 밤에 훔쳐왔는데, 그런 행동으로 이들에게 고통을 준 것을 안 다음에는 도둑질을 그만두고 근처 숲에서 구한 산딸기와 견과류, 뿌리 열매로 근근이 허기를 채웠소.

이들의 고된 노동을 도울 수 있는 다른 방법도 찾아냈소. 가족이 쓸 땔감을 모으러 청년이 많은 시간을 써야 한다는 것을 알아내고는, 밤에 그의 연장을 가져다가 사용법을 신속히 알아낸 다음, 여러 날 쓸 수 있는 땔감을 집에 구해다 주었소.

땔감을 모아왔던 첫날, 아침에 문을 열고 밖에 땔감이 쌓여 있는 모습을 본 아가씨가 몹시 놀랐던 모습이 기억나요. 아가씨가 크게 뭐라고 말하자 청년이 왔고, 그 또한 놀라워했소. 그날 청년은 숲으로 가지 않고 집을 수리하고 마당을 돌보면서 시간을 보냈어요. 나는 그 모습을 흡족한 마음으로 보았소.

나는 점차 훨씬 더 중요한 것들을 발견해갔소. 이 가족이 명료한 소리로 경험과 감정을 서로에게 표현한다는 것을 알게 된 거요. 그들이 하는 말 때문에 듣는 사람은 마음과 얼굴에 즐거움이나 괴로움, 미소나 슬픔을 짓는 것도 알았소. 정말 신성한 앎이었소. 나도 그것을 알고 싶다는 열망이 강렬해졌소. 하지만 말을 해보려 할 때마다 좌절했소. 이들의 말은 너무 빨랐고, 사용하는 단어들도 눈에 보이는 사물과는 연관성이 없어 보여, 그들이 가리키는 수수께끼를 풀 만한 단서를 찾아내지 못한 거요. 하지만 전력을 기울인 덕분에, 결국 내가 있던 헛간에서 여러 차례 달이 차고 기울며 시간이 흐른 후, 이 식구들의 대화에 나오는 친숙한 물건들의 이름을 알아냈소. 불, 우유, 빵, 땔감 같은 단어를 습득해 적용하기에 이른 거요. 집에 사는 식구들 이름도 알아냈소. 청년과 아가씨에게는 이름이 여럿 있었지만, 노인의 이름은 아버지라는 것 하나였소. 아가씨는 누이 혹은 아가타라 불렸고 청년은 펠릭스, 오빠 혹은 아들이라 불렸소. 이 소리 각각에 적용되는 관념을 알고 발음할 수 있게 되었을 때 느낀 환희는 이루 말할 수 없었소. '좋은', '사랑하는', '불행한'과 같은 몇몇 단어도 식별했지만, 아직 이해해서 적용할 정도는 아니었소.

겨울을 이런 식으로 보냈소. 이 가족의 점잖은 태도와 아름다움 덕에 나는 이들에게 큰 애정을 품게 되었다오. 이들이 불행하면 나도 우울했고 기뻐하면 나 역시 그 기쁨에 동참했소. 이들 외에 다른 사람은 거의 보지 못했소. 혹여 다른 이가 찾아오면 그 거친 태도와 무례한 발걸음 때문에 내 친구들의 품행이 얼마나 고귀한 것인지를 새삼 더 느끼게 되더이다. 노인은 자식들의 기운을 북돋아주려고 애쓰는 것 같았어요. 가끔 그들을 불러 슬픔을 떨쳐버리라고 하곤 했소. 쾌활한 억양과 선한 표정으로 말하는 노인을 보고 있으면 나조차 기분이 좋아졌소. 아가타는 존경하는 마음으로 아버지의 말에 귀를 기울였고, 이따금 눈물이 차올라도 아버지 모르게 닦으려 애썼소. 아버지의 간곡한 격려를 들을 때면 아가씨의 얼굴과 말투는 좀 더 명랑해지는 것 같았소. 하지만 펠릭스는 그렇지 않았소. 그는 식구 중에 가장 슬픔에 차 있었어요. 아직 미숙했던 내 감각으로 보더라도 그는 식구들보다 더 깊이 아파하는 듯 보였소. 얼굴에는 수심이 더욱 차올랐지만, 목소리만큼은 누이보다 훨씬 명랑했어요. 특히 노인에게 말할 때 그랬소.

이 다정한 사람들의 성향을 사소하게나마 드러내는 사례는 셀 수 없이 많았소. 펠릭스는 가난하고 궁핍한 살림살이에도, 아직 눈 천지인 땅속에서 살며시 몸을 내민 하얗고 작은 첫 꽃을 따다가 좋아라하며 누이에게 주었소. 아침 일찍 누이가 일어나기도 전에 우유 짜는 곳까지 가는 길에 쌓인 눈을 싹 치워놓고, 우물에서 물을 길어다 놓고 별채에서 땔감을 들여다 놓았소. 청년은 별채의 땔감이 보이지 않는 손에 의해 늘 그득히 쌓여 있는 것을 보면서 매번 놀라는 눈치였소. 낮에는 인근 농부의 일을 해주기도 하는 모양이었소. 나갔다가 저녁때나 되어야 들어오는데 땔감을 들고 오지 않았으니까요. 또 다른 때는 마당 일을 하기도 했소. 하지만 서리가 내리는 계절에는 할 일이 거의 없어서 노인과 아가타에게 책을 읽어주곤 했소.

처음에는 책을 읽는다는 게 뭔지 몰라 어리둥절했지만, 펠릭스가 책을 읽을 때는 말할 때와 같은 소리를 많이 낸다는 것을 점차 알게 되었소. 자신이 이해한 말의 기호들을 종이 위에서 찾아낸 것이라고 짐작할 뿐이었지요. 그러자 그 기호들을 알고 싶다는 열망이 솟구쳤어요. 하지만 기호가 상징하는 소리조차 알지 못하는데 그게 어떻게 가능했겠소? 온 힘을 기울여 알아들으려고는 했지만, 대화를 따라갈 정도는 아니었소. 그래도 내 지식은 눈에 띄게 나아졌소. 이 가족에게 나를 드러내고 싶은 마음이 아무리 커도 그들의 언어를 숙달하기 전까지는 안 될 일이었소. 그들의 언어를 알면 혹여나 내 흉한 외양을 넘어갈 수도 있다고 생각한 거요. 내 외모가 기형적이라는 사실 또한 이들의 대조적인 외모를 끊임없이 보면서 알게 된 거요.

이 가족의 완벽한 외모에 나는 경탄했소. 그 우아함과 아름다움과 섬세한 얼굴. 하지만 맑은 연못에 비친 내 모습은 얼마나 끔찍했던지! 처음에는 깜짝 놀라 뒷걸음질 쳤소. 물에 비친 모습이 진정 나라는 것을 믿을 수가 없었소. 하지만 내가 그렇게 무시무시한 괴물이라는 것을 실제로 확인하자 쓰디쓴 실망감과 억울함이 몰려왔소. 아! 그때는 제대로 알지 못했소. 이 비참하게 흉한 몰골이 어떤 치명적 결과를 낳을지 말이오.

별이 따스해지고 낮이 길어지자 눈은 자취를 감추었고, 헐벗은 나무들과 검은 땅이 눈에 보였소. 펠릭스는 이때부터 일거리가 더욱 많아져, 당장 덮칠 듯했던 기아에 대한 우려는 사라졌소. 나중에 알게 되었지만, 이들이 먹는 음식은 거칠긴 해도 건강에 좋은 것이었고 양도 넉넉히 구할 수 있었소. 밭에서는 종류가 다른 채소가 자라기 시작했고, 식구들은 그걸로 양식을 삼았소. 계절이 깊어가면서 이들은 나날이 안정되는 듯했소.

매일 정오가 되면 노인은 아들을 의지해 산책을 했소. 비오는 때는 피했소. 하늘이 물을 쏟아부어 대는 것을 비라고 부른다는 것을 알게 됐소. 비는 빈번히 내렸지만 강풍에 땅은 금세 말랐고 계절은 전보다 훨씬 더 쾌적해졌소.

내 헛간 생활은 늘 같았소. 아침에는 옆집 식구들의 거동을 지켜보다, 각자 일을 하러 흩어지면 잠을 잤어요. 나머지 시간에는 친구들을 관찰하며 보냈소. 식구들이 자리 들어간 후에 달빛이 조금이라도 있거나 별이 반짝이면 숲에 들어가 내가 먹을 식량과 집에서 쓸 땔감을 모았어요. 돌아오는 길에는 필요할 때마다 식구들이 오가는 길의 눈을 치웠고, 펠릭스가 하던 일을 본 대로 했소. 나중에 안 일인데, 이들은 보이지 않는 손이 해놓은 이런 수고에 상당히 놀랐더군요. 이런 일이 있을 때 이들은 '정령'이나 '놀랍다'라는 말을 했지만, 그때는 그게 무슨 뜻인지 몰랐어요.

내 사고도 더욱 활발해졌고, 이 사랑스러운 사람들을 움직이게 하는 동기와 감정을 알아내고 싶다는 마음이 간절해졌소. 펠릭스는 왜 저토록 불행해 보이는지, 아가타는 왜 그리 슬픈 표정을 하는지 알고 싶었소. 행복을 누려야 마땅한 이 식구들에게 행복을 되찾아줄 힘이 어쩌면 내게 있을지도 모른다고 생각했소(멍청한 괴물!). 잠자거나 헛간을 비울 때도 자애로운 눈먼 아버지, 상냥한 아가타 그리고 뛰어난 청년 펠릭스의 모습이 스쳐 지나갔소. 나는 이들을 우월한 존재로 존경했소. 이들은 미래의 내 운명을 결정할 사람들이었소. 이들에게 나를 소개하고 이들이 나를 맞아주는 상상을 수천 번은 했다오. 나를 보면 혐오감이 들겠지만, 내 점잖은 태도와 호감을 자아내는 말로 먼저 호의를 얻고 나면 그다음에는 사랑받을 수 있으리라 생각했소.

이런 생각들로 잔뜩 달떠, 언어를 습득하는 일에 새삼 더더욱 매진했소. 내 몸의 기관들은 몹시 조악했지만 유연했소. 내 목소리는 달콤한 음악을 방불케 하는 식구들의 목소리와는 딴판이었지만, 아는 단어들은 그다지 어렵지 않게 발음할 수 있었소. 마치 우화에 나오는 당나귀와 애완견 이야기와 흡사한 상황이었소.* 하지만 태도는 거칠어도 애정 어린 의도를 가진 순한 당나귀라면 구타와 저주보다는 나은 대접을 받을 만한 가치가 분명히 있소.

봄의 상쾌한 소나기와 따스함에 땅의 모습은 확 변했소. 땅이 이렇게

---

*   당나귀가 애완견처럼 주인의 사랑을 받고 싶어 애완견 흉내를 내다 쫓겨난다는 이야기.

변하기 전에는 동굴에 숨어 있던 것 같던 사람들이 여기저기로 흩어져 다양한 경작 일을 하기 시작했지요. 새들은 더 쾌활하게 지저귀고 나무에서는 잎사귀들이 터져 나오기 시작했소. 낙원처럼 행복한 대지! 바로 얼마 전까지만 해도 음울하고 축축하고 병색이 완연했던 땅이 이제는 신들이 살기에도 손색없는 곳이 되었소. 자연의 매혹적인 풍광에 내 영혼은 잔뜩 들떴소. 과거는 기억에서 지워지고 현재는 평온했으며 미래는 희망의 환한 햇살과 기쁨을 향한 기대로 금빛 찬란했다오.

5장

이제 서둘러 더 뭉클한 사연으로 넘어가려 하오. 과거의 내가 지금의 내가 되게 한 사건들을 이야기하겠소.

봄은 여름을 향해 빠르게 다가갔소. 날씨가 화창해지고 하늘에는 구름 한 점 없었지요. 사막처럼 우울했던 곳이 이제 세상에서 제일 어여쁜 꽃과 녹음으로 피어났소. 나의 감각들은 수천 가지 즐거운 향기와 아름다운 풍광에서 만족과 생기를 얻었어요.

그러던 어느 날, 옆집 사람들이 가끔 힘든 노동을 내려놓고 쉴 때(노인은 기타를 연주했고 자식들은 귀 기울여 들었소) 펠릭스가 형언할 수 없는 시름에 잠겨 있는 것을 보았소. 그는 자주 한숨을 지었소. 한번은 아버지가 연주를 잠시 멈추었소. 아들에게 왜 슬퍼하는지 묻는 것 같았어요. 펠릭스가 쾌활한 억양으로 대답했고 노인은 다시 연주를 시작했소. 그때 누군가가 문을 두드렸소.

말을 탄 숙녀가 농촌 사람을 안내인으로 대동하고 왔소. 그녀는 짙은 색 옷에 검고 두터운 베일을 쓰고 있었다오. 아가타가 무엇인가 질문을 하자 낯선 여인은 감미로운 억양으로 펠릭스의 이름을 발음하는 것으로 대답을 대신했소. 그녀의 목소리는 음악 같았지만, 친구들의 목소리와는 전혀 달랐소. 자기 이름을 듣자마자 펠릭스가 황급히 숙녀에게 다가갔소. 그녀는 그를 보더니 베일을 들어 올렸소. 그러자 천사 같은 미모와 표정을 한 얼굴이 보였소. 윤기 흐르는 칠흑빛 머리칼을 특이하게 땋은 모습이었소. 눈은 짙은 색이었지만, 온유하면서도 생기 넘쳤소. 이목구비는 반듯하게 균형 잡혀 있었고 피부는 경이로운 정도로 희었소. 양 뺨은 사랑스러운 분홍빛으로 발그레했소.

여인을 본 펠릭스는 기쁨으로 황홀한 모양이었소. 얼굴에서는 슬픔이 자취를 감추고 즉시 환희에 도취한 듯한 표정이 떠올랐어요. 그런 기쁨이 가능하리라고는 생각도 못 했소. 두 눈은 광채로 반짝였고 뺨은 즐거움으로 붉어졌소. 그 순간 그가 낯선 사람처럼 아름답다는 생각이 들었소.

여인은 또 다른 감정이 드는 듯 사랑스러운 눈에서 눈물을 훔치며 펠릭스에게 손을 내밀었어요. 펠릭스는 여인의 손에 격정적으로 입을 맞추었고, 그녀를 "내 사랑하는 아라비아 여인"이라고 불렀소. 내가 알아들은 한은 그런 것 같았소. 그녀는 펠릭스의 말을 알아듣지 못하는 것 같았지만, 미소를 지었소. 펠릭스는 여인이 말에서 내리도록 도와주고 안내인을 돌려보낸 후 그녀를 데리고 집으로 들어갔소. 그는 아버지와 이야기를 나누었고, 젊은 아가씨는 노인의 발치에 무릎을 꿇고 키스를 하려 했소. 그러나 노인은 여인을 일으켜 다정하게 안아주었소.

머지않아 눈치챈 것은, 이 이방인이 자신만의 언어로 또렷한 소리를 내는 듯 보였지만, 이 집 식구들의 말을 알아듣지도 못하고 식구들 또

한 그녀의 말을 알아듣지 못한다는 것이었소. 이들은 내가 알 수 없는 몸짓을 많이 만들어 썼소. 그러나 그녀의 존재는 태양이 아침 안개를 없애듯 슬픔을 몰아내고 이 집에 온통 기쁨을 퍼뜨린다는 것을 알았소. 특히 펠릭스가 행복해 보였어요. 그는 즐거움 가득한 미소로 자신의 아라비아 여인을 환대했소. 아가타, 언제나 다정한 아가타는 사랑스러운 이방인의 손에 키스했고, 오빠를 손으로 가리키며 그녀가 올 때까지 오빠에게는 수심이 가득했다는 뜻으로 보이는 몸짓을 했소. 이렇게 몇 시간이 흘렀고, 그사이 이들의 얼굴은 내가 사연을 알 길 없는 기쁨을 발산했소. 곧이어 보니 이방인은 언어를 배우려 하는 것 같았소. 식구들을 따라 소리 하나를 되풀이하는 것을 보고 짐작한 거요. 그러자 나도 같은 방법을 써서 목적을 이루어야겠다는 생각이 퍼뜩 들었지요. 첫 수업 때 단어를 스무 개가량 익혔는데, 대부분은 내가 이미 아는 것이었지만, 그래도 다른 단어들은 유익했소.

밤이 되었고, 아가타와 아라비아 여인은 일찍 잠자리에 들었소. 펠릭스는 여인과 헤어질 때 그녀의 손에 입을 맞추며 "잘 자요, 사랑하는 사피"라고 말했소. 그는 훨씬 늦게까지 깨어 아버지와 이야기를 나누었소. 여러 차례 그녀의 이름을 되풀이했기 때문에 사랑스러운 손님이 대화의 주제임을 알 수 있었어요. 사연을 알아들으려고 온 힘을 쏟았지만 불가능했소.

다음 날 아침, 펠릭스는 일하러 나갔고, 보통 때처럼 아가타가 일을 마치자 아라비아 여인은 노인의 발치에 앉아 그의 기타를 들고 가락 몇 개를 연주했소. 넋을 잃을 만큼 음악이 아름다워 내 눈에는 슬픔과 기쁨이 뒤섞인 눈물이 흘렀소. 그녀는 노래도 불렀소. 그녀의 목소리는 숲속의 나이팅 게일처럼 한껏 부풀어 올랐다가 사그라지는 한 편의 풍요로운 카덴차*였소.

여인은 노래를 마치고 아가타에게 기타를 건넸소. 아가타는 처음에는 사양했지만, 간단한 곡조를 연주하며 달콤한 억양으로 노래도 불렀소. 이방인의 경이로운 곡조와는 달랐지요. 노인은 황홀한 표정으로 몇 마디 말을 했고, 아가타는 사피에게 그 말을 설명해주려 애썼소. 노인은 사피의 음악이 자신에게 더없는 기쁨을 주었다고 하는 듯했소.

이제 전처럼 평온한 나날이 지나갔소. 친구들의 얼굴에 슬픔이 아니라 기쁨이 차올랐다는 것이 유일한 차이였지요. 사피는 늘 명랑하고 행복했소. 사피와 나는 언어 실력이 급속히 늘었고 두 달 후에는 나를 보호해주는 이 집 식구들의 말을 대부분 알아듣게 되었소.

그러는 동안 검은 땅은 풀로 뒤덮였고 푸른 강둑에는 달콤한 향기와 보기 좋은 꽃이 흐드러지게 피어났소. 마치 달빛이 비추는 숲 사이에서 창백하게 빛나는 별들 같았소. 햇볕은 점점 더 따스해지고 밤도 맑고 훈훈해졌소. 한밤의 호젓한 산책은 최고의 즐거움이었소. 해가 늦게 지고 일찍 뜬 탓에 길게 할 수는 없었지만 말이오. 마을에 처음 왔을 때 겪은 대우를 또 받게 될까 봐 두려워 낮에 밖으로 나가는 일은 엄두조차 내지 못했던 것이오.

하루하루 면밀한 주의를 기울이며 보냈소. 하루빨리 언어에 숙달하고 싶어서였소. 아라비아 여인보다 내 실력이 더 빨리 향상되었다고 뻐

---

*   cadenza, 연주자나 독창자가 자신의 기량을 맘껏 뽐내는 부분 ─편집자

겨도 될 거요. 아라비아 여인은 새 언어를 제대로 이해하지 못했고 억양도 틀렸지만, 나는 거의 모든 단어를 이해하고 따라 할 수 있었소.

언어 실력이 향상되면서 문자도 배웠소. 이방인 사피가 글을 배우고 있었기 때문에 가능했지요. 문자를 습득한 덕에 기쁨과 경이로움의 광활한 지대가 내 앞에 펼쳐졌소.

펠릭스가 사피를 가르칠 때 썼던 책은 볼니*의 『제국의 폐허』(*Ruins of Empires*)라는 제목의 책이었소. 펠릭스가 책을 읽으면서 아주 상세히 내용을 설명해주지 않았더라면 난 취지를 몰랐을 거요. 펠릭스가 한 말에 따르면 자신이 이 책을 고른 이유는 선언조로 말하는 문체가 동양 사상가를 모방하는 틀로 구성되어 있었기 때문이었소. 이 책을 통해 나는 역사에 대해 대략 알게 되었을 뿐 아니라 세상에 현존하는 여러 제국을 일별하는 견해를 얻었소. 책은 세상 다양한 나라들의 관습과 정부, 종교에 관해 통찰을 주었소. 게으른 아시아인, 그리스인의 놀라운 천재성과 정신 활동, 초기 로마인이 치른 전쟁들과 이들의 경이로운 미덕—그리고 이 강력한 제국이 이후 쇠퇴와 몰락을 겪은 사연—과 기독교의 기사도와 왕들에 관한 것도 알게 되었소. 유럽 반대편에 있는 아메리카를 발견한 일에 관해서도 들었는데, 그곳 원주민의 불행한 운명에 대해서는 읽으면서 사피와 함께 울었소.

이 경이로운 이야기를 들으며 나는 이상한 감정에 휩싸였어요. 인간이란 정말 그토록 강하고 훌륭한 덕성을 갖추었으며 아름다운데, 동시

---

* 프랑스의 역사가이자 사상가.

에 어떻게 그토록 사악하고 부도덕할 수 있단 말인가? 어떤 때는 온갖 사악한 원칙을 물려받은 자손에 불과한 듯하다가도, 또 다른 때는 고결함과 신성함을 모두 담고 있는 듯 보이기도 했소. 위대한 인간, 덕망을 갖춘 인간이 된다는 것은 감성을 갖춘 존재에게 일어날 수 있는 최고 영예인 듯 보였소. 반면 사악하고 부도덕해지는 것은 많은 기록에서 나오듯 최악의 타락과 같아, 눈먼 두더지나 해롭지 않은 벌레보다 더 비참한 상태로 떨어지는 듯했소. 인간이라면서 어떻게 친구를 살해할 수 있는지, 심지어 법과 정부가 존재하는 이유가 무엇인지 한참 동안 이해할 수가 없었소. 악행과 유혈에 관한 상세한 이야기를 알게 되자 경이로움은 사라지고 혐오와 반감으로 외면하기에 이르렀소.

이 집 식구들의 모든 대화는 내게 새로운 경이의 세계를 열어주었소. 펠릭스가 아라비아 여인에게 들려주는 가르침을 귀 기울여 듣는 동안 인간 사회의 희한한 체제를 알게 되었소. 재산 분배, 막대한 부와 궁상스러운 빈곤, 계급, 가문 그리고 고귀한 혈통에 관한 이야기도 알게 되었지요.

이런 말들을 알면서 나 자신에게 눈길을 돌리게 되었소. 당신 동족인 인간들이 가장 높이 치는 소유물은 부와 결합한 순수하고 고귀한 혈통이더군요. 부나 혈통 중 하나만 있어도 존경은 받지만, 둘 다 없다면 매우 드문 경우가 아니라면 대부분 선택된 소수의 이익을 위해 힘을 탕진할 운명에 처한 부랑자나 노예로 간주되더이다.

그렇다면 나는 무엇이었던가? 나는 내 창조와 창조주에 관해 완전히 무지했소. 내게는 돈도 친구도 어떤 종류의 재산도 없다는 것은 잘 알고 있었소. 게다가 나는 흉측한 기형에 혐오스러운 외모를 부여받았소.

심지어 인간이 가진 본성조차 내게는 없었지요. 인간보다 더 민첩하고 하잘것없는 음식으로도 연명하는 일은 할 수 있었습니다. 혹한과 혹서에 견디는 힘도 더 컸소. 키도 인간보다 훨씬 컸소. 주위를 보아도 나 같은 존재는 보지도 듣지도 못했소. 그렇다면 나는 세상의 한 점 얼룩에 불과한 괴물일 뿐인가? 인간 누구든 보면 달아나는 존재, 연을 끊어버린 존재였나?

이러한 생각 때문에 내가 겪은 고뇌는 당신에게 묘사할 수조차 없소. 고뇌를 떨치려 무던히 노력했지만, 아는 것이 늘어갈수록 슬픔은 커졌소. 아, 차라리 원래 살던 숲에서 영원히 살았더라면, 배고픔과 갈증과 열 말고는 아무것도 알거나 느끼지 않았더라면 더 좋았을 것을!

지식에는 얼마나 기이한 성질이 있는지요! 이미 알게 된 것은 바위에 붙은 이끼처럼 머릿속에 들러붙어 떨어질 줄 모른다오. 이 모든 생각과 감정을 떨쳐내고 싶을 때도 있었소. 하지만 고통을 극복할 방법은 하나밖에 없었습니다. 그것은 죽음이라는, 두렵지만 이해할 수 없는 상태임을 알았지요. 나는 미덕과 선한 감정들을 숭앙했고, 옆집 식구들의 다정한 태도와 쾌활한 자질을 사랑했지만, 이들과 교류할 길은 철저히 막혀 있었소. 기껏해야 이들이 보지 못하고 알지 못할 때 몰래 알게 되는 것뿐이었지요. 이런 식의 교류로는 친구들 틈에 끼고 싶다는 욕망이 충족되기는커녕 커져만 갈 수밖에 없더이다. 아가타의 다정한 말, 아름다운 아라비아 여인의 생기발랄한 미소는 나를 위한 것이 아니었소. 노인의 온화한 조언과 사랑받는 펠릭스의 활발한 대화도 나와는 거리가 멀었소. 나는 그저 비참하고 불행한 괴물일 뿐이었소!

그 밖에 다른 교훈은 훨씬 더 깊게 내게 다가왔소. 남녀 차이, 아이들의 탄생과 성장에 관해서도 알게 되었소. 아버지가 갓난아기의 미소와 더 자란 자식의 생기 가득한 예고 없는 행동을 사랑스러워한다는 것, 어머니의 삶 전체와 관심은 아이들을 향한 귀중한 의무를 어떻게 감당할 것인지에 몰려 있다는 것, 아이의 머리와 생각은 점점 커지고 지식을 얻는다는 것 그리고 형제자매뿐 아니라 한 인간을 다른 인간과 상호 유대로 묶어주는 다양한 관계가 있다는 것도 알게 되었소.

그러나 내 친구들과 친척들은 어디 있단 말인가? 내가 갓난아이였던 시절을 지켜본 아버지도, 미소와 어루만짐으로 축복해준 어머니도 없었어요. 있었다 해도 내 과거는 이제 모조리 검은 한 점의 얼룩, 아무것도 알아볼 수 없는 공백처럼 다가왔소. 내가 기억하는 첫 순간부터 나는 키와 몸집이 지금과 똑같았소. 나를 닮은 존재를 본 적도 없었고, 나와 소통하겠다는 사람도 본 적 없소. 나는 무엇이었던가? 질문은 계속되었지만 대답은 나지막한 신음뿐이었소.

이런 감정의 향방에 관해서는 곧 설명하겠소. 하지만 지금은 이 작은 집 식구들 이야기로 돌아가도록 해주시오. 이들 사연을 통해 나는 분노, 기쁨, 경이로움 등 갖가지 감정을 느꼈지만, 결국 모든 감정은 늘 내 보호자들(천진한 마음으로, 절반쯤은 고통스러운 자기기만으로 이 집 사람들을 그렇게 부르고 싶었다오)에 대한 사랑과 존경심이 더해지는 것으로 결말나곤 했소.

6장

시간이 좀 더 흐른 뒤에야 내 벗들의 내력을 알게 되었소. 이들의 사연은 내 마음에 깊은 인상을 남겼소. 나처럼 아예 경험 없는 존재에게는 수많은 사건 각각이 흥미롭고 경이로웠소.

이 집에 사는 노인의 이름은 드라세였소. 그는 프랑스의 명망 있는 가문 출신이었고, 거기서는 윗사람과 동류들에게 존경과 사랑을 받으며 꽤 오랫동안 부유하게 살았소. 그의 아들은 조국에 충성하도록 자랐고, 아가타는 저명한 숙녀들과 같은 대접을 받으며 살았소. 내가 이곳에 오기 몇 달 전, 이 집 식구들은 크고 호화로운 도시 파리에서 친구들에게 둘러싸여, 미덕과 세련된 지성 그리고 취향 등이 일정 수준의 부유함과 함께할 때 누리는 온갖 즐거움을 만끽하며 살았소.

사피의 아버지가 바로 이 식구들이 몰락한 원인이었소. 사피의 아버지는 터키 상인으로 수년간 파리에 살았는데 내가 잘 모르는 이유로 정부의 미움을 사게 되었소. 사피가 아버지와 살기 위해 콘스탄티노플에서 파리에 도착한 그날, 그는 체포되어 감방에 갇혔소. 결국, 재판을 거쳐 사형선고까지 받았소. 부당한 선고였음은 명명백백했소. 파리 전체가 분노했지요. 그가 사형선고를 받은 것은 범죄 혐의가 있어서가 아니라 종교가 다르고 부자였기 때문이라고 다들 판단했소.

펠릭스는 당시 그 재판정에 있었는데, 판결을 듣고는 솟아나는 공포와 분노를 어찌할 수 없었소. 그 순간 펠릭스는 사피의 아버지를 구해야겠다고 엄숙히 맹세했고 백방으로 방법을 찾으러 다녔소. 감옥에 들어가려고 여러 번 시도했으나 다 무산되자, 건물 중 경비가 없는 쪽에서 창살이 튼튼한 창문, 즉 이 불운한 이슬람교도가 갇힌 지하 감방을 비추는 창문 하나를 찾아냈소.

그는 사슬에 묶인 채 야만적인 사형 집행을 절망스럽게 기다리고 있었소. 펠릭스는 밤에 그 창살 쪽으로 다가가 구출 계획을 알렸소. 터키인은 기뻐하고 놀라워하며 펠릭스의 실행 의지에 불을 붙이려고 보상과 부를 약속했지요. 펠릭스는 제안을 단칼에 거절했소. 그러나 아버지 면회가 허락되어 찾아온 사피가 몸짓으로 적극 감사를 표현하며 사랑스러운 모습을 보이자, 펠릭스는 자신의 노고와 위험을 온전히 보상해 줄 보물이 죄수에게 있다는 걸 인정할 수밖에 없었소.

이 터키인 죄수는 딸이 펠릭스의 마음에 들었다는 사실을 알아채고, 자신을 안전한 곳으로 옮겨주면 그 즉시 딸과 결혼하게 해주겠다고 약속하며 펠릭스를 확실히 자기편으로 삼으려 했소. 펠릭스는 너무 여린 사람이라 이런 제안을 받아들이기 어려워했지만, 그렇게만 된다면야 최고로 행복할 거로 보았소.

그 후 상인의 탈출 준비를 진행하는 동안 이 사랑스러운 여인에게서 온 여러 통의 편지로 펠릭스의 열의는 더욱 달아올랐소. 사피는 아버지의 하인이자 프랑스어를 아는 한 노인의 도움을 받아 연인의 언어로 자기 생각을 표현할 방법을 찾은 것이었소. 그녀는 가장 열렬한 표현을 써 가며 아버지를 돕는 그에게 감사를 전하면서, 자기 운명이 가혹하다며 부드럽게 한탄했소.

내게 이 편지 사본이 있소. 헛간에서 지내는 동안 글 쓰는 도구를 구했기 때문에 가능했소. 편지는 대개 펠릭스나 아가타의 수중에 있던 것인데, 당신에게 드리고 가리다. 내 이야기가 진실이라는 것을 입증해줄 거요. 하지만 지금은 해가 진 지 오래되었으니 편지의 핵심을 말할 시간밖에 없겠군요.

사피에 따르면 어머니는 기독교를 믿는 아랍인이었는데 터키인들에게 잡혀 노예 신세로 전락했다가 미모 덕분에 사피 아버지의 마음을 얻어 결혼했소. 어머니 이야기를 하는 내내 사피는 들뜨고 열의가 넘쳤소. 어머니는 자유로운 몸으로 태어나, 자신을 억누르던 속박을 거부했기 때문이지요. 어머니는 딸에게 기독교 교리를 가르쳤고 더 고결한 지성의 힘과 영혼의 독립을 향해 가라고 가르쳤소. 이슬람교를 섬기는 여신도에게는 금지된 덕목이었지요. 사피의 어머니는 세상을 떠났지만, 그 가르침만은 사피의 마음에 지울 수 없을 만큼 깊이 아로새겨졌소. 아시아로 돌아가 이슬람 여인들이 생활하는 하렘에 유폐된 채 유치한 놀이나 하며 살아갈 것을 생각하면 끔찍해 견디기가 힘들 지경이었소. 이제 거대한 이상과 미덕을 따르는 고결함에 익숙해진 사피의 영혼에는 전혀 걸맞지 않은 삶이었던 거요. 이런 상황에서 기독교인과 결혼해 여자들도 사회에서 지위를 얻어 살 수 있다는 가능성은 그녀에게 큰 매력으로 다가왔소.

터키 상인의 사형 집행일이 잡혔소. 하지만 전날 밤 그는 이미 감방을 탈출해 아침이 되기도 전에 파리에서 몇 킬로미터 떨어진 곳에 있었지요. 펠릭스는 자기 아버지와 누이, 자신의 이름으로 여권을 마련해두었소. 그는 아버지께 계획을 미리 알렸고, 아버지는 아들의 계략을 도와, 여행을 구실로 집을 떠나 딸과 함께 파리의 외딴곳에 숨었소.

펠릭스는 프랑스를 가로질러 리옹까지 그리고 몽스니를 지나 리보르노까지 탈출한 이들을 안내했고, 상인은 그곳에서 터키령 영토로 들어갈 적기를 기다리기로 했소.

사피는 아버지가 떠날 때까지 함께 있기로 했고, 상인은 떠나기 전에 자신을 탈출시켜 준 은인과 딸을 결혼하게 해주겠다는 약속을 다시 확인했소. 펠릭스는 결혼을 기다리며 부녀와 함께 남았지요. 그사이 펠릭스는 이 아라비아 여인과 함께 즐겁게 시간을 보냈고, 사피 역시 소박하고 진심 어린 애정을 드러냈소. 이들은 통역의 도움으로, 가끔은 표정을 통역 삼아 대화를 나누었소. 사피는 고국 땅의 천국 같은 노랫가락을 들려주었지요.

터키인은 두 사람의 교제를 허락했고 젊은 연인에게 희망을 불어넣었지만, 사실 마음속으로는 완전히 다른 계획을 품고 있었소. 딸을 기독교인과 결혼시키는 일이 몹시 싫었지만, 미온적인 반응을 보이면 펠릭스가 분노할까 봐 두려워한 것이오. 지금 묵고 있는 이탈리아령에서 펠릭스를 배신한다면, 그가 자신의 운명을 좌지우지할 수 있다는 것을 잘 알았소. 따라서 펠릭스가 더 이상 필요하지 않을 때까지 계속 속이다가 출국할 때 몰래 딸을 데리고 달아나려고 수천 가지 꾀를 동원해 머리를 굴렸던 것이지요. 그의 이런 계획은 파리에서 당도한 소식 덕에 더 빨리 실행할 수 있었소.

프랑스 정부는 죄수의 탈출 소식에 크게 분노했고, 탈출을 도운 자를 색출해 체포하려고 온갖 노력을 기울였소. 펠릭스의 계획은 금세 탄로 났고, 드라세와 아가타는 투옥되었소. 이 소식에 펠릭스는 달콤한 꿈에서 화들짝 깨어났소. 눈이 멀고 연로한 아버지와 다정한 누이가 고약한 악취가 진동하는 지하 감방에 갇혀 있는데 자신은 자유로운 공기를 마시고 사랑하는 여인과 함께 즐겁게 지냈던 것이오. 펠릭스는 고통스러웠소. 그는 재빨리 터키 상인과 일정을 조율했고, 펠릭스가 이탈리아로 돌아오기 전에 터키인이 탈출할 좋은 기회를 잡으면 사피는 리보르노의 수녀원에서 지내기로 했소. 펠릭스는 사랑스러운 아라비아 여인과 헤어져 서둘러 파리로 돌아왔고, 법의 처분에 자신을 맡겼소. 드라세와 아가타를 자유롭게 하기 위함이었지요.

그러나 펠릭스의 계획은 실패로 돌아갔소. 식구들은 재판 전에 다섯 달이나 감방에 갇혀 있어야 했고, 재판 결과 재산을 전부 빼앗기고 고국에서 영원히 추방당했소.

이들은 독일의 작은 오두막집에 숨어 비참하게 살았소. 내가 이들을 발견한 곳이지요. 펠릭스는 곧 알게 되었소. 자신과 가족이 공전의 억압을 견뎌가며 구해냈던 그 터키인은, 은인이 빈곤과 무능의 상태로 전락한 것을 알자마자 딴마음을 품어 선의와 명예를 배신하고 딸과 함께 이탈리아로 떠나버렸다는 사실을 말이오. 나중에 그는 펠릭스에게 입에 풀칠이나 하라며 푼돈 얼마를 보내 더욱 모욕을 주기도 했소.

이것이 펠릭스의 마음을 좀먹은 사연이었고, 처음 보았을 때 그가 가족 중에서 가장 불행해 보인 이유였소. 가난은 견딜 수 있었고 고난이

미덕의 보상이라 치면 영광으로 여길 수도 있었지만, 터키인의 배신 그리고 사랑하는 사피를 잃어버렸다는 사실은 돌이킬 수 없이 쓰디쓴 불행이었소. 그런데 이제 아라비아 여인이 당도했으니 그의 영혼은 새로운 생명을 받은 것이나 다름없었지요.

펠릭스가 재산과 지위를 모조리 잃었다는 소식이 리보르노에 전해지자, 상인은 딸에게 연인 생각은 다 버리고 자신과 고향으로 돌아갈 채비를 하라고 명했소. 천성이 너그러웠던 사피는 이러한 아버지의 명령에 분개했소. 아버지를 설득하려 했지만, 아버지는 폭군처럼 되풀이해 명령하고는 화를 내며 떠났소.

며칠이 지나자 터키인은 딸의 숙소로 급히 들어와서는, 리보르노의 거처가 발각된 것 같다면서 자기가 곧 프랑스 정부로 넘겨질 수도 있다고 말했소. 그래서 그는 콘스탄티노플까지 자신을 데려다줄 배를 구했고 몇 시간 후 출발 예정이라고 했소. 믿을 만한 하인을 남겨 딸을 돌보게 하고 아직 리보르노에 당도하지 않은 더 많은 재산을 취해 여유 있을 때 뒤따라오도록 할 심산이었던 게요.

혼자 남게 되자 사피는 이런 비상 상황에서 자신에게 어울리는 행동 계획을 결정했소. 터키에서 살아가는 것은 생각만 해도 끔찍했어요. 종교도 정서도 모두 맞지 않았기 때문이오. 자기 수중에 들어온 아버지의 문서를 통해 연인이 강제 추방되었다는 소식을 알았고 거처도 알아냈지요. 그녀는 얼마 동안 망설이다 결국 결심했소. 자기 몫의 보석 몇 점과 약간의 돈을 들고 터키어를 아는 리보르노 토박이 하녀를 데리고 이탈리아를 떠나 독일로 향한 거요.

사피는 드라세의 오두막집에서 100킬로미터쯤 떨어진 마을에 안전하게 도착했는데, 그곳에서 그만 하녀가 병에 걸려 목숨이 위험해졌소. 사피는 헌신적으로 하녀를 간호했지만 불쌍한 여자아이는 세상을 떠났고, 그렇게 해서 사피는 언어도 관습도 전혀 모르는 이 나라에 홀로 남겨진 거요. 그러다가 다행히 좋은 사람들을 만났소. 이탈리아 하녀가 예전에 목적지를 언급한 적이 있는데, 그녀가 죽은 후 이들이 머물던 집 안주인의 도움 덕분에 사피는 연인이 사는 집에 무사히 도착했던 거요.

7장

　이제까지의 이야기가 내가 사랑하는 이 집 식구들의 사연이오. 나는 깊은 인상을 받았소. 이 사연 속에 나온 사회생활에서 내가 배운 것은 인류의 미덕을 우러러보되 악덕은 지양해야 한다는 것이었소.

　그때까지 범죄는 아득히 멀게만 느껴졌어요. 내 눈앞에는 항상 자애로움과 너그러움이 존재했으니까요. 저렇게 훌륭한 자질을 많이 요구받고 드러내야 하는 분주한 현장에 나도 참여해 행동하고 싶다는 욕망이 내면에서 일어났소. 하지만 내 지성의 진전에 대해 설명하자면 그해 8월 초에 일어난 한 가지 사건을 빠뜨리고 넘어갈 수 없겠구려.

　어느 날 밤 늘 그랬듯이 근처의 숲을 찾아 식량을 모으고 보호자들을 위한 땔감을 들고 오다가 가죽으로 된 여행 가방을 땅에서 발견했소. 가방에는 옷 몇 벌과 책 몇 권이 들어 있었소. 선물을 받은 것 같은 반가운 마음에 물건을 들고 헛간으로 돌아왔소. 다행히 책들은 내가 오두막에서 익힌 언어로 되어 있었소. 『실낙원』과 『플루타르코스 영웅전』 한 권 그리고 『젊은 베르테르의 슬픔』이었소. 이 귀중한 보물들을 얻게 되어 무척 기뻤소. 이제 내 친구들이 일상의 일에 몰입할 동안 나는 이 책들을 공부하고 지적 능력을 닦았소.

이 책들이 나에게 미친 영향을 어떻게 설명해야 할지 모르겠소. 책들은 내 마음속에 새로운 심상과 감정을 한없이 일으켜, 가끔 환희에 이를 만큼 내 마음을 고양하기도 했지만 대개는 절망의 나락으로 떨어뜨리기 일쑤였소. 『젊은 베르테르의 슬픔』은 소박하고 감동적인 이야기도 흥미로웠지만, 이제껏 애매하게만 생각되던 사물에 대한 통찰이 수도 없이 등장해 사색하고 놀라워할 만한 것들이 끊이지 않았소. 이 책에 묘사된 온화하고 가정적인 태도는 자아 밖 대상들에 대한 드높은 정서 및 감정과 결합되어, 내가 보호자들 사이에서 겪은 경험뿐 아니라 마음속에 항상 살아 있던 욕구와 잘 어울렸지요. 하지만 나는 베르테르야말로 내가 이제껏 보고 상상했던 누구보다 더 거룩한 존재라고 생각했소. 그의 성격에는 가식이라곤 없었지만, 깊이를 모르고 침잠하기도 했소. 죽음과 자살에 대한 치밀한 논설에서는 경이로움마저 느낄 지경이었소. 이런 주장에 동감한다고는 말하지 못했지만, 내 마음은 주인공의 의견 쪽으로 기울었고, 그가 죽자 나는 정확히 이해하지 못했지만 흐느껴 울었소.

그러나 책을 읽을수록 읽는 내용에 나의 감정과 처지를 더 많이 이입하게 되더군요. 읽고 경청하던 책 속 인물들과 나 자신이 한편으로는 비슷하면서도 다른 한편으로는 기이하게 달라 보였소. 그들에게 공감했고 부분적으로는 이해도 했지만, 내 정신은 아직 형성되지 못한 상태였소. 누구 하나 의지하거나 관계를 맺지 못했으니까요. 길은 자유롭게 떠나면 그만이었고, 내가 죽어도 슬퍼할 사람 하나 없었소. 몸은 흉측했고 덩치는 거대했소. 이건 무슨 뜻일까? 나는 누구일까? 나는 무엇일까? 나는 어디서 왔을까? 내 목적지는 어디일까? 질문이 끝없이 떠올랐지만, 답을 찾을 길이 없었소.

나에게 온 『플루타르코스 영웅전』은 고대 공화국들을 최초로 건국한 영웅들의 역사를 담고 있었소. 이 책이 내게 미친 영향은 『젊은 베르테르의 슬픔』과는 사뭇 달랐지요. 베르테르의 상상력에서 배운 것은 낙담과 우울이었소. 하지만 플루타르코스는 드높은 사유를 가르쳐주었소. 혼자만의 생각에서 맴돌 따름인 비참한 나의 상태를 높은 곳으로 끌어올려 과거의 영웅들을 존경하고 사랑하게 한 것이오. 내가 읽은 많은 내용은 내 이해력과 경험을 초월하는 것이었소. 왕국이나 광활한 나라, 장대한 강, 무한한 바다 같은 것은 혼란스럽긴 해도 모르지 않았소. 하지만 도시라든가 많은 사람의 운집에 관해서는 아는 바가 전혀 없었소. 내가 인간 본성을 공부했던 유일한 학교는 보호자들의 집이 전부였기 때문이오.

그런데 『플루타르코스 영웅전』은 새롭고 강력한 여러 장면을 소개했소. 공직을 맡은 사람들이 자기 종족을 통치하거나 학살하는 내용에 관해서도 읽었소. 미덕을 향한 열망과 악에 대한 혐오가 마음속에서 강렬하게 일어나는 것을 느꼈소. 미덕이니 열망이니 하는 단어들을 내가 이해하는 범위 안에서였지만 말이오. 그런 단어들은 쾌락과 고통이라는 감정과 연관해서 적용할 수 있을 정도로 상대적인 개념일 뿐이었소. 나는 이러한 감정에 이끌려 로물루스나 테세우스보다 누마, 솔론, 리쿠르고스처럼 평화적인 통치자들을 숭앙하게 되었소. 내 보호자들의 삶에서는 가장이 책임을 다하고 있었고, 아마도 이러한 생활로 내 머리에 그런 인상이 더욱 확고히 자리 잡은 것 같소. 영광과 학살의 열망에 타오르는 젊은 군인을 통해 인간을 맨 처음 알았더라면 다른 감정에 취했을지도 모를 일이오.

그러나 『실낙원』이 일깨워준 감정은 다른 책과는 완전히 달랐고 훨씬 심오했소. 내 손에 들어온 다른 책들처럼 이 책 역시 실제 역사라고 생각하며 읽었소. 전능한 신이 피조물들과 싸우는 장면은 온갖 경이와 외경심을 일깨웠어요. 나와 비슷한 점에 놀라 여러 상황을 내 처지와 빗대어보곤 했소. 아담과 마찬가지로 나 역시 기존의 어떤 존재와도 연계되지 않고 창조되었소. 하지만 아담이 처한 상태는 다른 모든 면에서 나와는 달랐소. 아담은 신의 손에서 완벽한 피조물로 태어났소. 창조주의 특별한 보살핌을 받아 행복하고 번영을 누리는 존재였지요. 그는 더 탁월한 본성을 지닌 존재들과 대화를 나누고 그들에게서 지식을 얻는 특권을 누렸소. 반면 나는 비참하고 무기력하고 고독했소. 내 처지에 대한 상징으로는 사탄이 더 적합하다고 생각한 적이 여러 차례였소. 내 보호자들의 행복한 모습을 보면서 사탄이 그러했듯 쓰라린 시샘 덩어리가 내 안에서 치밀어 올랐기 때문이오.

이런 감정을 더욱 강화하고 확인해준 사건이 더 있었소. 헛간에서 살기 시작한 직후 나는 당신의 실험실에서 가져온 옷 주머니에서 종이들을 발견했소. 처음에는 무시했지만, 그 속의 기호를 알아볼 수 있게 되어 부지런히 읽기 시작했소. 그 문건은 나를 창조하기 전, 넉 달 동안 당신이 기록한 일기였소. 당신은 이 문서에 작업의 진행 상황을 단계별로 상세히 기록했더군요. 그것과 더불어 집 안에서 일어났던 일에 관한 설명도 있었소. 당신도 분명히 이 일기를 기억할 거요.

여기 있소. 내 저주받은 기원과 관련된 사항이 모조리 적혀 있소. 내가 세상에 나올 무렵의 역겨운 정황들이 세세하게 펼쳐져 있었어요. 불쾌하고 끔찍한 내 몸에 관해서도 당신은 상세히 묘사해 놓았더군요. 자신이 느낀 공포뿐만 아니라 나라는 존재가 지워지지 않는 공포 그 자체라고 그려놓았소. 읽을수록 역겨워졌소. 나는 번민에 빠져 "내가 생명을 얻은 그날이 증오스럽다!"라며 울부짖었소. "저주스러운 창조자! 어째서 당신조차 역겨워 등을 돌릴 만큼 흉악한 괴물을 빚었습니까? 신은 연민을 갖고 자기 모습을 따라 아름답고 매혹적인 존재로 인간을 창조했소. 그러나 내 모습은 당신의 추악한 부분을 닮았고 그렇기 때문에 더욱 끔찍하오. 사탄에게는 그를 숭배하고 격려해줄 동료 악마들이 있었지만, 나는 고독할 뿐 아니라 혐오의 대상일 뿐이오."

낙담과 고독에 빠져 여러 시간 이런 생각을 했소. 하지만 오두막 사람들의 미덕과 다정함과 관대한 성품을 생각하면서 자신을 타일렀소. 내가 그들의 미덕을 동경한다는 것을 알게 되면 그들도 연민을 갖고 내 몸의 기형을 넘어가 줄 것이라고 말이오. 아무리 흉측한 괴물이라고 해도, 연민과 우정을 갈망하는 자를 문간에서 내칠 수 있겠는가? 최소한 절망하지 말고, 내 운명을 결정할 오두막 식구들과의 대면을 위해 만반의 준비를 하자고 결심했소. 실행은 몇 개월 후로 미루었소. 이 일의 성공에 달린 의미가 너무나 컸기에 실패에 대한 두려움이 나를 사로잡았기 때문이었소. 그뿐 아니라 날마다 새로운 경험으로 내 이해력도 상당히 발전했기 때문에 몇 달 정도 더 지혜를 보탠 다음에 일을 시작하고 싶은 마음도 있었소.

그러는 동안 오두막집에는 몇 가지 변화가 일어났소. 사피는 이 집 사람들 사이에 행복을 퍼뜨리는 존재였지요. 게다가 집안 형편도 풍족해진 것 같았소. 펠릭스와 아가타는 놀이와 대화에 더 많은 시간을 보냈고, 일할 때도 하인들의 도움을 받았습니다. 부유한 것 같지는 않아도 만족스럽고 행복해 보였지요. 식구들의 감정은 고요하고 평온했던 반면 내 감정은 나날이 혼란스러워지기만 했소. 아는 것이 쌓일수록 내가 얼마나 처참한 외부자인지만 절실히 느끼게 되더이다. 그래도 희망은 버리지 않았지만 물속에 내 모습이 비칠 때나 달빛에 내 그림자가 비치는 모습을 보면 그것이 다 덧없는 허상이고 변덕스러운 그늘에 불과한데도 희망을 붙잡기가 힘들더군요.

몇 달 이내로 받자고 작심한 심판에 대비해 두려움을 물리치면서 자신을 단련하려 모진 애를 썼소. 때로는 내 생각을 자유롭게 풀어놓기도 했소. 이성의 고삐에서 놓여난 내 생각은 낙원을 자유롭게 돌아다니면서, 내 감정에 공감해주고 내 우울을 명랑함으로 풀어줄 사랑스러운 존재들을 감히 상상하기도 했소. 이들의 천사 같은 얼굴이 내게 웃음 띤 위안을 불어넣어 주었소. 하지만 모두 꿈일 뿐이었소. 내 슬픔을 위로하거나 나와 생각을 나눌 이브는 없었으니까. 나는 혼자였소. 아담이 자신을 빚은 창조주에게 간청했던 일이 기억났소. 하지만 내 창조주는 어디 있단 말인가? 그는 나를 버렸소. 그래서 나는 쓰디쓴 마음으로 그에게 저주를 퍼부었소.

가을이 그렇게 지나갔소. 놀랍고도 슬펐소. 나뭇잎이 시들어 떨어지고 숲과 사랑스러운 달을 처음 보았던 때처럼 자연은 다시 메마르고 황량한 모습을 띠고 있었소. 그러나 으스스한 날씨에는 관심을 기울이지도 않았소. 내 몸은 더위보다 추위를 더 잘 견딜 수 있는 구조였으니까.

그래도 내게 가장 큰 기쁨은 꽃과 새들을 구경하면서, 여름의 온갖 화사한 모습을 바라보는 것이었단 말이오. 이들이 나를 버리자 오두막 식구들에게 더욱 신경을 쓰게 되었소. 이들의 행복은 여름이 지나가도 전혀 줄어들 줄 몰랐소. 이들은 서로 사랑하고 교감했소. 서로에게 의지한 덕에 비록 주위에서는 여러 불운이 있었지만 이들의 기쁨은 방해받지 않았소. 이들을 보면 볼수록 보호와 친절을 바라는 마음은 더 커져 갔소. 내 마음은 사랑스러운 이 사람들에게 나를 알리고 사랑받고 싶어 미칠 지경이었소. 나를 향한 그들의 다정한 얼굴을 보는 것이야말로 내 최고의 야심이었소. 이들이 경멸과 공포로 내게서 등을 돌릴 거라는 생각은 감히 떠올릴 수조차 없었소. 이 집 문간을 찾은 가난한 사람이 쫓겨난 적은 한 번도 없었소. 물론 나는 그런 약간의 음식이나 잠자리보다는 훨씬 더 소중한 보물을 바라긴 했소. 바로 친절과 연민을 원했지요. 내게 그런 자격이 전혀 없다고는 생각하지 않았소.

겨울이 깊어졌소. 내가 생명으로 태어난 후 사계절을 다 보낸 셈이었소. 이때 내 신경은 온통 오두막집 보호자들에게 나를 소개하려는 계획을 향해 있었소. 많은 계획을 곱씹어보았지만, 결국 눈먼 노인 혼자 있을 때 집으로 들어가는 계획을 택했소. 전에 나를 보았던 사람들이 공포에 떨었던 이유는 부자연스레 흉측한 나의 외모 때문이라는 걸 파악할 정도의 머리는 있었으니까요. 내 목소리는 거칠지라도 끔찍하지는 않았소. 그래서 노인의 자식들이 집에 없을 때 그의 선의를 얻는다면 중재를 받을지도 모른다고 생각했던 거요. 젊은이들도 노인 덕에 나를 관대하게 받아줄 수도 있다고 말이오.

땅에 흩어진 붉은 낙엽 위로 햇살이 비쳐 온기까지는 아니더라도 생기가 퍼져나가던 어느 날, 사피, 아가타 그리고 펠릭스가 긴 산책에 나섰고 노인은 원해서 집에 홀로 남게 되었소. 자식들이 나가자 노인은 기타를 들고 슬프지만 달콤한 곡조를 몇 개 연주했소. 이제껏 들었던 어느 곡조보다 애달프고도 달콤했소. 처음에는 노인의 얼굴이 기쁨으로 환해졌지만, 연주를 계속하면서 얼굴에는 어떤 염려와 슬픔이 나타나더군요. 결국, 악기를 내려놓은 노인은 앉아서 깊은 사색에 잠겼소.

심장은 미친 듯 뛰었소. 지금이야말로 바로 심판의 시간, 희망을 확정 짓거나 두려움이 현실로 변할 시간이었소. 하인들은 인근 축제에 가고 없었소. 오두막 안팎이 모두 고요했소. 정말 좋은 기회였소. 하지만 막상 계획을 실행하려니 사지의 힘이 빠져 땅바닥에 주저앉고 말았소. 하지만 다시 일어섰소. 쓰러지지 않으려 온 힘을 다 쓰면서 은신처를 가리려 헛간 앞에 놓아두었던 널빤지들을 치웠소. 맑은 공기에 다시 정신을 차리고 결심을 다잡고는 오두막 문간으로 다가갔소.

문을 두드렸소.

"거기 누구시오?" 노인이 말했소. "들어오시오."

안으로 들어가 노인에게 말했소. "저는 떠도는 나그네입니다. 잠시 쉬어야 해서 말입니다. 몇 분만 불 앞에 있게 해주시면 정말 감사하겠습니다."

"들어오시오." 드라세 노인이 말했소. "필요한 걸 드릴 수 있도록 해보겠소. 하지만 애석하게도 자식들은 집에 없고 나는 눈이 보이지 않아, 미안하지만 음식을 대접하기가 어려울 것 같소."

"친절하신 주인 어르신, 신경 쓰지 마십시오. 음식은 제게 있습니다. 그저 온기와 휴식만 있으면 됩니다."

나는 앉았고 침묵이 이어졌소. 일분일초가 소중하다는 걸 알고 있었지만, 어떤 식으로 대화를 시작해야 할지 갈팡질팡했소. 그때 노인이 말을 걸었소.

"손님 말을 들어보니 동향 분인 것 같군요. 프랑스인인가요?"

"아닙니다. 하지만 프랑스인 가족에게 배워 프랑스어만 알아들을 수 있습니다. 지금 저는 제가 진심으로 사랑하는 친구들에게 보호를 구하러 가는 길입니다. 그 친구들의 호의에 희망을 걸고 있습니다."

"친구들은 독일인들인가요?"

"아닙니다. 프랑스인들입니다. 그런데 화제를 바꾸어도 되겠습니까? 저는 불행하고 버림받은 놈입니다. 주위를 둘러봐도 천지에 친척도 친구도 없습니다. 제가 만나러 가는 다정한 이들은 저를 본 적도 없고 저를 알지도 못합니다. 제 마음은 두려움으로 가득합니다. 친구들이 있는 곳에서 실패하면 전 영원히 이 세상에서 추방된 존재가 될 테니까요."

"절망하지 마시오. 친구가 없다는 것은 정말 불행입니다만, 인간의 마음은 빤한 이기심의 편견만 없다면 형제애와 자비심이 넘친답니다. 그러니 희망을 버리지 말고, 친구들이 선하고 다정한 이들이라면 절망하지 마십시오."

"그분들은 친절한 분들입니다. 세상에서 가장 훌륭한 이들이지요. 하지만 불행하게도 그들은 제게 편견이 있습니다. 저는 선한 품성의 소유자이고, 지금껏 어떤 해도 끼치지 않은 데다 어떤 면에서는 오히려 도움이 되어왔습니다. 그런데 치명적인 편견이 친구들의 눈을 가리고 있어선지 다감하고 친절한 친구를 보아야 하는 눈으로 혐오스러운 괴물만 볼 뿐입니다."

"진정 비극이군요. 하지만 당신이 정말 잘못이 없다면 그들이 진실을 깨우치게 할 수는 없는 건가요?"

"그게 바로 제가 하려는 일입니다. 그 때문에 수많은 두려움이 엄습합니다. 저는 이 친구들을 깊이 사랑합니다. 그들은 모르지만, 저는 지난 몇 달간 날마다 그들에게 친절한 일을 해주었습니다. 하지만 그들은 제가 자신들을 해치려 한다고 생각하고 있고 저는 그 편견을 극복하고 싶습니다."

"친구들은 어디 살고 있나요?"

"근처입니다."

노인은 말을 멈추었다 다시 이어갔소.

"감추지 말고 자세한 사연을 말해준다면 혹시 내가 그들에게 진실을 깨우쳐줄 수 있을지도 모르지요. 나는 눈이 보이지 않고 당신의 얼굴을 판단할 수 없지만, 말씨로 보아 당신이 진실한 사람이라는 생각이 듭니다. 나는 가진 것도 없고 망명자에 불과하지만, 어떤 식으로든 동포에게 도움이 된다면 진정으로 기쁠 것 같소."

"훌륭하신 분이군요! 감사합니다. 어르신의 너그러운 제안을 받아들이겠습니다. 어르신은 친절로 저를 흙먼지 자욱한 땅에서 일으키셨습니다. 어르신의 도움으로 인간 사회와 연민으로부터 밀려나지 않으리라 믿습니다."

"당치 않습니다! 설사 당신이 정말 범죄자라 하더라도 그래서는 안 됩니다. 누군가를 사회에서 밀어낸다면 그를 미덕으로 인도하기는커녕 절망으로 몰아넣게 되니까 말이오. 나 역시 불행하다오. 나와 내 식구들은 무고한데도 유죄 선고를 받았소. 그러니 내가 당신의 불행에 공감할 수 있을지 판단해보시구려."

"어떻게 감사를 드려야 할까요? 어르신은 제 최고의 유일한 은인이 신데 말입니다. 어르신의 입술에서 생전 처음 저를 향한 친절의 말을 들었습니다. 이 은혜는 영원히 잊지 않겠습니다. 어르신의 인간애를 보니 앞으로 만나게 될 친구들과도 잘되리라는 확신이 생깁니다."

"친구들의 이름과 거주지를 알 수 있을까요?"

나는 말을 멈추었소. 이제 결단의 순간이 다가왔다는 생각이 들어서 였소. 이 순간, 영원히 행복을 박탈당하던가 선물로 받던가 둘 중 하나 가 되는 것이었소. 노인의 말에 대답하기 위해 굳건해지려 했지만, 허 사였어요. 남은 힘이 다 소진되었기 때문이오. 나는 의자에 무너지듯 주저앉아 큰 소리로 흐느꼈소. 그 순간 젊은 식구들의 말소리가 들렸 소. 낭비할 시간이 없었소. 노인의 손을 부여잡고 소리쳤소.

"지금이 그때입니다! 저를 구해주십시오. 보호해주십시오! 제가 찾 는 친구들은 어르신과 어르신의 가족분들입니다! 심판 때 저를 버리지 말아주십시오!"

"하느님 맙소사!" 노인이 외쳤소. "당신은 누구요?"

바로 그 순간 오두막집 문이 열렸소. 펠릭스와 사피와 아가타가 들어 왔소. 나를 본 그들의 얼굴에 떠오른 공포와 경악을 무슨 말로 형언할 수 있을까요? 아가타는 졸도했고 사피는 친구를 미처 챙기지도 못한 채 집 밖으로 뛰쳐나갔소. 펠릭스가 달려들어 초인과 같은 힘으로 노인 의 무릎에 매달려 있던 나를 떼어냈소. 분노에 사로잡힌 펠릭스는 그대 로 돌진해 나를 땅에 쓰러뜨리고 막대기로 나를 난폭하게 때려댔소. 나 는 사자가 영양을 갈가리 찢듯이 그의 사지를 찢어놓을 수도 있었소.

하지만 쓰디쓴 슬픔에 마음이 가라앉아 그러지 않았소. 나를 다시 내리치려는 펠릭스의 모습을 보고, 고통과 괴로움에 휩싸여 오두막집을 뛰쳐나왔고, 혼란에 빠져 눈에 띄지 않게 헛간으로 숨었소.

8장

저주스러운 창조자! 나는 왜 죽지 않았을까요? 어째서 나는 바로 그 순간, 당신이 멋대로 안겨준 존재의 불꽃을 꺼버리지 않은 것일까요? 모르겠소. 그때도 난 아직 절망에 사로잡히지 않았던 모양이오. 그때 느낀 감정은 분노와 복수였소. 오두막집과 거기 사는 이들을 신나게 파멸시키고 비명과 불행을 실컷 즐길 수도 있었소.

밤이 오자 은신처를 나와 숲을 헤매고 다녔소. 이제는 발각될까 봐 두려워하는 마음일랑 아랑곳하지 않고 숨겨왔던 괴로움을 무시무시한 울부짖음으로 터뜨렸소. 올가미를 부순 야수나 마찬가지였소. 내 앞을 막는 것들을 마구 부수면서 수사슴처럼 빠르게 숲을 휘젓고 다녔소. 오! 얼마나 비참한 밤이었던지! 차가운 별들은 날 조롱하는 듯 밝게 빛났고 벌거숭이 나무들은 머리 위에서 가지를 흔들어대더군요. 이따금 새들의 달콤한 목소리가 고요한 사위를 뚫고 나오곤 했소. 나만 빼고 다들 쉬거나 즐기고 있는 듯했소. 나는 지옥을 품은 대장 악마 같았고, 나를 불쌍히 여기는 자가 아무도 없다는 것을 알고는, 차라리 나무들을 마구 뽑아 주변을 온통 망가뜨린 다음 주저앉아 폐허를 만끽해볼까 하는 마음도 들었소.

하지만 이런 건 오래 가지도 못할 사치스러운 감정이었소. 과도하게 몸을 움직이며 애를 쓴 탓에 몸은 녹초가 되었고 절망으로 무기력에 빠져 축축한 풀밭에 푹 쓰러지고 말았으니까. 세상에 있는 무수한 인간 중에 날 불쌍히 여기거나 도와줄 사람 하나 없었던 거요. 그런데 그 적들에게 내가 왜 친절한 마음을 품어야 한단 말이오? 그 순간부터 나는 인간이라는 종족에 영원한 전쟁을 선포했소. 그중에서도 나를 만들어 놓고 견딜 수 없는 불행으로 밀어낸 자와 전쟁을 벌일 작정이었소.

해가 떠올랐소. 사람들 목소리가 들렸고, 나는 그날 은신처로 돌아가는 일은 불가능하다는 것을 알았소. 무성한 덤불 아래 몸을 숨기고 상황을 곰곰이 생각해보며 시간을 보내기로 했소.

상쾌한 햇살과 맑은 공기 덕에 어느 정도 평온함을 찾을 수 있었소. 오두막집에서 벌어진 일을 떠올리자 지나치게 성급한 결론을 내렸다는 생각이 들기 시작한 거요. 내가 부주의하게 행동한 게 분명하오. 내가 한 말이 노인의 호의를 끌어낸 건 확실했는데, 내 모습을 노출해 자식들을 공포에 빠뜨리다니 바보 같은 짓이었소. 드라세 노인과 좀 더 친해지고 나서 차츰 가족들에게 나를 알렸어야 마땅했소. 그들이 마음의 준비를 할 수 있게 말이오. 하지만 내 실수가 돌이킬 수 없을 정도라는 생각은 들지 않았소. 결국, 오랜 고민 끝에 오두막으로 돌아가 노인을 찾아 이야기하여 그를 내 편으로 만들기로 작정했소.

이런 생각에 마음이 차분해져 오후에는 깊은 잠에 빠져들었소. 하지만 피가 끓는 통에 평온한 꿈이 날 찾아오게 가만히 두지 않더군요. 전날의 끔찍한 장면이 눈앞에 계속 펼쳐졌소. 여자들은 달아나고 화가 난 펠릭스가 아버지 발치에서 나를 떼어내던 때 말이오. 기진맥진한 채로 잠에서 깨어났소. 이미 밤이 된 걸 알고 은신처에서 몰래 나와 먹을 것을 찾아 나섰소.

배고픔을 달래고 난 후 익숙한 길을 따라 오두막집으로 가려고 발걸음을 옮겼소. 모든 것이 평온했소. 헛간으로 기어들어 가, 식구들이 일어나기까지 기대감에 차서 조용히 기다렸소. 하지만 일어날 시간이 지나고 해가 중천에 떴는데도 사람들은 나타나질 않더군요. 끔찍한 불행이 감지되는 통에 몸이 심하게 떨려왔소. 오두막 안은 어두웠고 인기척 하나 들리지 않았소. 그 긴장감이 주는 고통은 이루 말할 수 없을 지경이었소.

이윽고 시골 사람 둘이 지나가다 오두막 근처에서 발길을 멈추더니 요란스러운 몸짓으로 대화하더군요. 오두막 사람들의 언어와는 말이 다른 통에 알아들을 수는 없었소. 좀 있다 펠릭스가 다른 남자와 함께 다가왔소. 나는 깜짝 놀랐소. 그날 아침 그가 오두막을 나서지 않은 걸 알고 있었기 때문이오. 그가 왜 뜬금없이 거기 나타났는지 알아내려고 초조하게 기다리며 대화를 엿들었소.

"석 달치 집세를 내야 하고 밭의 작물을 다 잃게 되는 건 알고나 있는 건가? 부당한 이득을 챙기고 싶진 않으니 자네 결정을 며칠만 더 고려해보게." 같이 온 남자의 말이었소.

"다 소용없습니다." 펠릭스가 대답했소. "이 오두막에서는 다시 살 수 없습니다. 아까 말씀드린 사건 때문에 제 아버지의 목숨이 위험합니다. 아내와 여동생은 그 공포에서 결코 회복되지 못할 겁니다. 더 이상 설득하려 들지 마십시오. 그 집에선 더 이상 세를 살지 않을 테니 소유권을 가져가고 여기서 떠나게 해주세요."

펠릭스는 이 말을 하면서 심하게 몸을 떨었소. 두 사람은 오두막으로 들어가 몇 분쯤 있다 떠났소. 그 후로 드라세 가족을 영영 보지 못했소.

나는 그날, 헛간에서 완전한 절망의 구렁텅이에 빠진 채로 남은 시간을 보냈소. 나를 보호해줄 이들은 떠났고, 그로써 나와 세상을 이어주던 유일한 연결고리가 끊어진 거요. 처음으로 복수와 증오의 감정이 가슴에 차올랐소. 굳이 억누르려 애쓰지도 않았소. 격한 감정의 흐름에 나를 맡긴 채 인간을 해치고 죽일 생각만 들었소. 친구들, 드라세의 온화한 목소리, 아가타의 부드러운 눈빛과 아라비아 여인의 절묘한 미모를 생각하면 나쁜 생각이 사라지고 눈물이 솟구쳐 어느 정도 마음이 가라앉기도 했소. 하지만 그들이 나를 퇴짜놓고 버렸다는 생각이 들면 새삼 격렬한 노여움이 돌아왔소. 인간에게 해를 가할 수 없어 사나운 분노를 물건에 퍼부어댔소.

밤이 깊어지자 불이 잘 붙는 이런저런 물건을 오두막 주위에 놓아두었소. 그런 다음 밭에 있는 농작물 흔적을 깡그리 없앤 다음, 달이 지고 작전 개시할 때를 초조하게 기다렸소.

밤이 더 깊어지자 숲에서 강한 돌풍이 일어나 하늘에서 어슬렁거리던 구름을 순식간에 흩어버렸소. 세찬 눈사태처럼 휩쓰는 돌풍이 내 영혼에도 어떤 광기 같은 것을 일으켜 이성과 사고의 경계를 모조리 파괴해버리더군. 마른 나뭇가지에 불을 붙이고는 저주스러운 오두막 주위를 분노에 가득 차 춤추듯 돌았소. 두 눈은 서쪽 지평선에 고정한 상태였소. 지평선 끝에 달이 살짝 걸쳐 있더군. 달이 마침내 완전히 지평선

뒤로 숨자 나는 불붙인 가지를 흔들었소. 달이 졌고 나는 크게 절규하며 모아놓은 짚과 히스 관목 가지들과 덤불에 불을 붙였소. 바람이 불을 부채질한 통에 오두막은 순식간에 불길에 휩싸였고 오두막에 들러붙은 불길은 파국으로 갈라진 혀처럼 집을 핥아댔소.

어떤 도움을 받더라도 집을 건질 수 없다는 확신이 들자마자 현장을 떠나 숲으로 피신했소. 이제 세상이 내 앞에 있는데 어디로 발걸음을 옮겨야 하나? 불행의 현장에서 멀리 도망치기로 작심했소. 하지만 증오와 경멸의 대상인 내게는 어느 나라나 끔찍하기는 매한가지였소. 결국, 당신 생각이 떠오르더군요. 문서에서 당신이 내 아버지, 창조주임을 알아낼 수 있었으니까 말이오. 이런 때 내게 생명을 준 사람을 찾아가는 것만큼 적합한 일이 또 어디 있겠소? 펠릭스가 사피에게 가르친 과목 중에는 지리도 있었소. 지리를 통해 지구상 여러 나라의 상대적 위치도 익혀두었소. 당신은 제네바를 고향으로 언급했소. 나는 제네바로 가기로 작정했소.

내가 어떻게 방향을 가늠했을까요? 목적지에 당도하려면 남서쪽으로 가야 한다는 건 알고 있었소. 길잡이라곤 태양뿐이었소. 지나치는 도시 이름도 몰랐고 다른 사람에게 물어볼 수도 없었소. 그러나 절망하지 않았소. 구원을 청할 사람은 당신밖에 없었지. 물론 당신에게 느끼는 감정이라고는 증오뿐이었소. 감정도 심장도 없는 창조주! 당신은 내게 지각과 정념을 준 다음 내버려 인류에게 공포와 경멸의 대상이 되게 했지. 인간 형상을 한 다른 존재로부터 인정받으려 했지만 끝내 받지 못했고, 그것을 당신에게서 얻어내기로 결심했소. 동정을 얻고 보상해달라고 요청할 만한 사람도 당신밖에 없었기 때문이오.

여행은 길었고, 고생도 극심했소. 내가 오래 머물던 곳을 떠날 때는 늦가을이었소. 인간을 만날까 봐 두려워 밤에만 이동했소. 주위 자연은 시들어갔소. 태양은 열기를 잃었고 비와 눈이 내렸소. 세차게 흐르던 강은 얼어붙었소. 땅은 딱딱하고 차가웠고 벗은 몸을 드러내 쉴 곳도 찾지 못했소.

아, 대지! 내 존재의 근원인 그 땅에 얼마나 저주를 퍼부었던지! 온화한 본성은 사라지고 내면은 온통 울분과 원한으로 변했소. 당신이 사는 곳에 다가갈수록 마음에서 복수심이 타올랐소. 눈이 내리고 강은 얼어붙었지만, 쉬지 않았소. 이따금 일어난 사건들 덕에 방향을 놓치지 않았고, 이 나라의 지도도 갖게 되었소. 하지만 길에서 멀리 벗어나 헤맨 적도 여러 차례였고, 번민 때문에 편안한 휴식은 불가능했소. 사건 사건마다 울분과 불행만 더 커져갔을 뿐이요. 그리고 해가 온기를 되찾고 대지가 다시 푸르러질 무렵 스위스 국경에 도착했을 때 일어난 한 사건 탓에 나의 원한과 공포는 특별한 방식으로 굳어졌소.

대체로 낮에는 쉬고, 밤이 찾아와 사람들의 눈을 확실히 피할 때만 길을 나섰소. 그런데 어느 날 아침 오솔길이 숲속 깊은 곳으로 이어진 것을 보고 해가 진 후에도 계속 가기로 했소. 이른 봄날이었던 그날은 사랑스러운 햇살과 훈훈한 공기 덕분에 모질어진 내 마음마저 쾌활해지더군요. 오랫동안 죽은 듯했던 온화하고 즐거운 감정이 되살아났소. 이런 감정이 낯설어 좀 놀란 나는 감정이 이끄는 대로 흘러가기로 했소. 내 고독과 추한 외모를 잊고 감히 행복을 꿈꾸었던 거요. 부드러운 눈물이 내 뺨에 다시 흘렀고 심지어 젖은 눈을 들어 이런 기쁨을 준 신성한 태양을 향해 감사드리기까지 했소.

숲속으로 구불구불 난 오솔길을 따라 계속 걷다 보니 어느새 숲의 경계였소. 옆에는 깊고 물살이 빠른 강이 있었고 나뭇가지는 대부분 강쪽으로 구부러져 있었소. 가지는 신선한 봄의 새싹을 틔우고 있더군요. 여기서 잠시 발길을 멈추고 어느 길로 가야 할지 몰라 머뭇거리는데, 어떤 목소리가 들려왔소. 급히 노송나무 그늘에 몸을 숨겼소.

제대로 숨지도 못했는데, 젊은 아가씨 하나가 내가 숨어 있는 쪽으로 달려오는 거요. 누군가로부터 도망치는 듯 깔깔 웃으며 뛰어오는 것이었소. 강물이 낭떠러지와 연결된 쪽으로 달리던 아가씨는 돌연 발을 헛디뎌 급류에 빠지고 말았소. 나는 숨은 곳에서 황급히 뛰쳐나와 세찬 급류를 힘들게 뚫고 아가씨를 끌고 강변으로 나왔소. 여인은 의식이 없었고, 나는 온갖 수단을 써서 여인을 다시 움직이게 하려 애썼소. 그때 갑자기 시골 청년 하나가 다가와 하던 일을 멈추었소. 그는 나를 보자마자 달려들더니 아가씨를 내 품에서 억지로 떼어내고는 숲속 깊은 곳으로 황급히 가버렸소. 나도 속도를 내어 그들을 따라갔소. 왜 그랬는지는 모르겠어요. 그런데 남자는 내가 다가오는 걸 보더니 갖고 있던 총을 내게 겨누고 방아쇠를 당겼소. 나는 땅바닥에 쓰러졌고 나를 쏜 자는 더 속력을 내어 숲속으로 사라졌소.

이것이 내가 베푼 일에 대한 보상이었소! 한 인간을 죽음에서 구했는데 보답으로 나는 이제 살과 뼈가 으스러지는 끔찍한 고통으로 몸부림쳐야 했던 것이오. 조금 전까지 품고 있던 호의와 온정이라는 감정은 사라지고 이가 갈리는 지옥 같은 분노만 남았소. 고통에 격분한 나는 인간 전체를 영원히 증오하고 이들에게 복수하기로 맹세했소. 하지만 부상으로 인한 극심한 통증이 엄습했소. 맥박이 멈추고 나는 의식을 잃었소.

몇 주 동안 숲속에서 상처를 치료하려 안간힘을 쓰면서 비참하게 지냈소. 어깨로 총알이 들어갔는데 총알이 몸에 남아 있는지 관통했는지 알 수 없었어요. 어쨌거나 총알을 빼낼 재간은 없었소. 나에게 이런 상처를 입히다니, 너무 부당하고 은혜를 모르는 짓이라는 생각이 내 마음을 짓눌러 더욱 고통스러웠소. 날마다 복수를 맹세했소. 그동안 겪어야 했던 부당한 대우와 번민을 보상하고도 남을 통렬하고 치명적인 복수 말이오.

몇 주가 지나 상처가 나아 다시 길을 떠났소. 밝은 햇살이나 부드러운 봄바람에도 내 고통은 더 이상 줄지 않았소. 기쁨은 죄다 내 고독한 신세를 모욕하는 조롱일 뿐이었고, 애초부터 기쁨을 누리도록 만들어진 인생이 아니었다는 사실로 한층 더 괴로웠소.

그러나 고생길에도 끝이 보이기 시작했지요. 그로부터 두 달 후 제네바 근교에 도착했으니까. 도착했을 때는 저녁 무렵이었소. 제네바 주변 들판에 은신하면서 어떻게 당신에게 접근해야 하나 궁리했소. 피로와 허기에 짓눌린 데다 불행한 마음에 저녁 산들바람도, 쥐라산맥 너머로 해가 지는 장관도 즐길 수 없었소.

그쯤 살짝 잠이 들어 약간이나마 고통스러운 생각에서 벗어났는데, 어여쁜 아이 하나가 다가오는 바람에 잠을 설치고 말았소. 아이는 어린애 특유의 장난기 가득한 모습으로 내가 있는 후미진 곳으로 달려 들어왔소. 아이를 바라보자니 문득 좋은 생각이 떠올랐소. 아이는 편견이 없고 흉측한 모습을 두려워할 만큼 오래 살지도 않았으니 이 아이를 붙잡아 가르쳐 동무로 데리고 살면 사람 사는 세상에서 나도 그렇게 외롭지는 않을 것 같다는 생각이 들었던 거였소.

이런 충동에 휩싸여 지나가던 아이를 붙잡아 내 쪽으로 끌고 왔소. 아이는 내 모습을 보자마자 손으로 눈을 가리더니 날카로운 비명을 지르기 시작했소. 얼굴을 가린 손을 억지로 떼어낸 다음 내가 말했소.

"꼬마야, 왜 그러니? 너를 해칠 생각 없어. 내 말 좀 들어봐."

아이는 격렬하게 반항하더군요. "놔줘. 이 괴물아! 흉측한 놈! 나를 잡아먹고 갈기갈기 찢어버리려는 거지! 넌 사람 잡아먹는 괴물이지! 놔주지 않으면 아버지한테 이를 테야!"

"꼬마야, 넌 다시는 아버지를 볼 수 없어. 나와 함께 가야 해."

"이 끔찍한 괴물아! 놔줘. 우리 아빠는 높은 행정관이야. 프랑켄슈타인 씨란 말이야. 아버지가 널 혼내줄 거야. 넌 감히 날 붙잡아두지 못해."

"프랑켄슈타인이라고! 너는 내가 복수를 다짐한 원수네 집 아이로구나. 너를 첫 희생 제물로 삼아야겠다."

아이는 계속 몸부림치면서 날 절망스럽게 하는 욕설을 퍼부어댔소. 아이의 고함을 틀어막으려 목덜미를 잡았더니 잠시 후 아이의 숨이 끊어져 내 발치에 쓰러졌소.

내게 희생된 아이를 물끄러미 바라보고 있자니 환희와 함께 지옥 같은 승리감에 가슴이 벅차오르더군. 나는 손뼉을 치며 고함쳤소. "나도 절망을 만들어낼 수 있다. 내 적은 난공불락의 존재가 아니다. 아이의 죽음으로 그도 절망을 느낄 테고 수많은 다른 불행이 겹치면서 고통받고 파멸할 것이다."

아이에게 시선을 고정한 채 잠자코 있는데 아이 가슴에서 뭔가 반짝이는 게 보였소. 꺼내 보니 정말 사랑스러운 여인의 초상이었소. 원한에 사무쳐 있었는데도 그 초상에 마음이 누그러져 자꾸 보게 되더군요. 진한 속눈썹으로 둘러싸인 여인의 검은 눈과 사랑스러운 입술을 보며 잠시 기쁨을 느꼈소. 하지만 곧 분노가 되살아났소. 이렇듯 아름다운 이가 주는 기쁨을 영원히 누릴 수 없다는 엄연한 사실이 기억났기 때문이오. 내가 바라보고 있는 초상 속 여인이 나를 본다면 저 천사같이 상냥한 태도가 혐오와 공포로 돌변하리라는 사실도 떠올랐소.

이런 생각으로 다시 분노를 느꼈다는 사실이 놀라운 거요? 나는 그저 그 순간 내가 절규와 고뇌를 분출하는 대신 사람들 사이로 돌진해 인류를 파멸시키다가 죽지 않은 게 더 놀라울 뿐이오.

이런 느낌에 사로잡혀 살인을 저지른 곳을 떠나 좀 더 후미진 은신처를 찾다가 어떤 여인이 근처를 지나는 모습을 보았소. 젊은 여인이었고, 손에 쥔 초상화 속 여인처럼 아름답지는 않았지만, 그래도 호감 가는 외모에다 한창 사랑스럽게 피어나는 청춘이었소. 여기 이 아가씨도 나를 제외한 모든 사람에게 미소를 짓겠구나 하는 생각이 들었소. 그녀는 내가 친 덫을 빠져나갈 수 없을 터였소. 펠릭스에게서 얻은 교훈과 잔인한 인간의 법 덕분에 짓궂은 장난을 실행에 옮기는 법을 알게 된 것이오. 아가씨에게 몰래 다가가 초상화 목걸이를 옷자락 사이에 확실하게 끼워 넣어두었소.

며칠 동안 근처를 배회했소. 때로는 당신을 보게 되기를 바라면서 때로는 세상과 이 불행을 영원히 떠나겠다고 다짐하면서 말이오. 마침내 나는 이 산맥을 향해 정처 없이 걸었소. 산속 수많은 장소를 구석구석 헤매고 다니면서 오직 당신만이 만족하게 할 수 있는 불타는 정념에 사로잡혔소. 당신이 내 요구를 들어주겠다고 약속할 때까지는 당신을 떠날 수 없소.

나는 고독하고 불행합니다. 사람들은 나와 어울리지 않을 것이오. 하지만 나처럼 흉측하고 끔찍하게 생긴 존재라면 날 거부하지 않겠지요. 내 동반자는 나와 똑같은 종족에 똑같은 결함이 있어야 합니다. 당신은 그런 존재를 창조해야 하오.

9장

괴물은 말을 마치더니 대답을 바라는 듯 나를 물끄러미 바라보았습니다. 하지만 당황하고 어리둥절한 나머지 괴물의 제안을 온전히 이해할 만큼 생각을 정리할 수가 없었습니다. 그는 말을 이어갔습니다.

"내가 함께 정을 나누며 살 수 있도록 여자를 만들어주시오. 당신만이 할 수 있는 일이오. 당신은 나의 이 요구를 거부할 수 없소."

그가 오두막 사람들 사이에서 평화롭게 살았던 사연을 이야기하는 동안 희미해졌던 분노는 이야기 후반부에 이르자 다시 타올랐습니다. 나는 타오르는 분노를 더 이상 억제할 수 없었습니다.

"거절하겠다." 나는 대답했습니다.

"어떤 고문을 해도 내게서 동의를 끌어내진 못할 것이다. 네놈이 나를 세상에서 가장 비참한 인간으로 만들 수 있을지는 몰라도, 비열한 일까지 하게 만들진 못해. 너와 같은 존재를 또 하나 만든다면 둘의 사악함이 합쳐져 세상을 황폐화시킬 것이다. 썩 꺼져! 난 이미 답했다. 날 아무리 괴롭혀도 절대 동의할 수 없다."

"당신은 잘못 생각하고 있군요." 악한이 말했습니다.

"게다가 난 당신을 협박하는 것이 아니라 설득하는 것이요. 내가 사악해진 것은 불행하기 때문이오. 인류 전체가 날 기피하고 미워하지 않소? 나를 창조한 당신도 나를 갈가리 찢어 승리하려 하니까. 기억해보시오. 인간이 날 연민의 눈으로 봐주지 않는데 왜 나는 그래야 하는지 말해보시오. 나를 저 얼음 틈바구니로 밀어 넣어 당신이 직접 만든 내 육신을 망가뜨리더라도 당신은 그걸 살인이라 하지 않겠지. 인간이 날 경멸하는데 왜 나는 인간을 존중해야 하는 거요? 인간이 친절을 주고받으며 함께 살아가게만 해준다면 나 또한 해는커녕 나를 받아준 데 감사의 눈물을 흘리며 도움이 되는 일이라면 뭐든 할 것이오. 하지만 그렇게 될 순 없을 거요. 인간의 감각은 우리의 하나 됨을 막는 넘을 수 없는 장벽이니까. 그렇다 해도 비굴한 노예처럼 굴종하지는 않을 셈이오. 내가 받은 상처를 복수할 셈이오. 애정이 아니라면 두려움을 일으킬 거요. 특히 나를 창조한 최고 원수인 당신에게 꺼뜨릴 수 없는 증오를 맹세하는 바요. 조심하시오. 내가 당신을 파멸시키고 말 테니. 당신이 세상에 태어난 시각을 저주하도록 당신 마음이 황폐해질 때까지 결코 끝내지 않을 거요"

이 말을 하는 놈에게서 악마 같은 분노가 생생히 살아났습니다. 그의 얼굴이 끔찍하게 일그러져 사람의 눈으로는 도저히 볼 수 없을 지경이었지요. 그러나 놈은 즉시 마음을 가라앉힌 다음 말을 이어갔습니다.

"당신을 설득할 작정이었소. 이렇게 격하게 분노해봐야 나에게 해만 될 뿐이니까. 당신은 내가 이렇게 격앙된 이유가 당신 때문이라고 생각하지 않을 테니까. 혹시라도 누군가가 내게 호의적인 감정을 품는다면 나는 그에게 백배 천배로 보답할 거요. 그 한 사람을 위해 인류 전체와도 화해할 생각이 있단 말이오! 그렇지만 나는 지금 실현되지 못할 행복한 꿈에 젖어 있는 셈이오. 내 요청은 합리적이고 온당하오. 나만큼 추악한 여자 피조물을 만들어주시오. 크게 만족스럽지 않더라도 그것이 내가 받을 수 있는 전부이니 만족하겠소.

그렇소. 우리는 세상에서 단절된 채 괴물로 살아갈 것이오. 하지만 바로 그런 이유로 서로 더 깊이 아끼고 사랑할 것이오. 우리 삶이 크게 행복하지는 않겠지만, 남들에게 해를 끼치지는 않을 것이고 지금 내가 느끼는 불행에서도 자유롭겠지요. 오! 나를 창조한 이여, 제발 나를 행복하게 해주시오! 은혜 하나를 베풀어 당신에게 감사하는 마음을 갖게 해주시오! 연민을 품는 내 모습을 보게 해달란 말이오! 나의 청을 거절하지 말아주시오!"

마음이 흔들리더군요. 그의 청을 수락했을 때 다가올 결과를 생각하면 온몸이 떨렸지만, 그 주장에는 일리가 있다는 느낌이 들었습니다. 그의 이야기 그리고 그가 지금 드러내는 감정은 괴물이 섬세한 감성을 갖고 있다는 증거였습니다. 괴물을 창조한 나는 힘닿는 한 그를 행복하게 할 의무가 있지 않겠습니까? 내 감정이 변한 것을 눈치챈 그는 다시 말했습니다.

"당신만 동의한다면 당신이나 다른 인간이 다시는 우리 모습을 보지 않도록 하겠소. 남아메리카의 광활한 황야로 가겠소. 우리가 먹는 것은 인간의 음식과 다릅니다. 배를 채우겠다고 양이나 아이들을 해치지 않아요. 어린 양과 새끼 염소를 죽이지 않습니다. 도토리와 산딸기만으로도 충분히 영양을 섭취할 수 있소. 내 동반자의 본성도 나와 똑같아서 같은 음식에 만족할 것이오. 마른 잎으로 잠자리를 만들고, 햇살은 인간을 비추듯 우리를 비추고 우리가 먹을 음식을 익어가게 할 것이오. 내가 당신에게 제시하는 그림은 평화롭고 인간적이니 이마저 부정한다면 제멋대로 힘을 휘두르는 잔인한 짓이라는 것을 당신도 느낄 거요. 지금껏 내게 동정이라고는 없었던 당신이지만, 그 눈에 연민이 보이는군요. 이 절호의 순간을 놓치지 않고 내가 간절히 원하는 것을 당신이 약속할 수 있도록 설득하고 싶소."

나는 대답했습니다. "너의 제안은 사람 사는 곳을 떠나 들판의 짐승을 벗 삼아 야생에서 살겠다는 것이구나. 인간의 사랑과 연민을 그토록 바라는 네가 그렇게 추방당한 삶을 어떻게 견딘다는 말이냐? 맹세컨대 너는 틀림없이 다시 돌아와 인간의 친절을 구할 테고 또다시 그들의 증오를 만나겠지. 그러면 사악한 정념이 다시 살아날 테고 이번에는 동반자가 파괴에 함께할 것이다. 이건 안 될 일이다. 이야기를 끝내자. 동의할 수 없어."

"당신의 감정이란 얼마나 변덕스러운지! 조금 전까지만 해도 내 이야기에 마음이 움직인 듯하더니 내가 불평을 좀 했다고 다시 마음을 닫은 거요? 내가 사는 이 땅과 나를 만든 당신을 걸고 맹세하겠소. 당신이 만들어줄 동반자와 함께 인간이 사는 지역을 떠나 가능한 한 가장 황량한 곳에서 살겠다고 말이오. 내 사악한 정념은 멀리 달아날 것이오. 연민을 만나게 될 테니. 내 삶은 조용히 흘러갈 것이고, 죽는 순간에도 나를 만든 당신을 저주하지 않겠소."

그의 말은 내게 기묘한 영향을 끼쳤습니다. 그를 동정하게 되고 때로는 위로할 마음까지 들더군요. 하지만 흉측한 몸집이 움직이면서 말하는 모습을 보니 그 감정은 다시 두려움과 증오심으로 변했습니다. 이런 감정을 억누르려 애썼습니다. 그에게 동정심까지는 품을 순 없더라도 내가 충분히 줄 만한 작은 행복조차 빼앗을 권리는 없다는 생각이 들었습니다.

"해를 끼치지 않겠다고 맹세한단 말이지. 하지만 네가 이미 보여준 악의만으로도 널 불신할 수밖에 없지 않을까? 이마저도 더 큰 앙갚음으로 승리를 더욱 만끽하려는 속임수일 수도 있지 않은가?"

"어떻게 이럴 수가 있소? 당신에게 연민을 불러일으켰다고 생각했는데, 당신은 내 마음을 부드럽게 하고 나를 무해하게 할 수 있는 유일한 방법을 거부하겠다는 거요? 유대와 사랑이 없다면 내게 남은 몫이란 증오와 악덕뿐이오. 하지만 다른 이를 사랑하게 된다면 내 범죄의 근원이 사라지고, 그러면 누구에게도 눈에 띄지 않는 존재가 될 거요. 강요당했던 지긋지긋한 고독 때문에 내가 그렇게 악했던 거요. 그러니 동등한 존재와 함께 산다면 미덕도 반드시 살아날 것이오. 다감한 존재의 애정을 느끼고, 그러면 존재와 사건의 사슬에 나도 엮이게 되겠지요. 지금은 이렇게 외면당하고 있지만."

그가 말한 모든 사연과 다양한 주장을 잠시 곰곰이 생각해보았습니다. 그가 처음 태어났을 때 보여주었던 미덕의 가능성 그리고 오두막 사람들이 드러낸 혐오와 경멸로 그 친절한 감정이 모두 시들어버린 다음의 일도 떠올렸지요. 그에게 있는 힘과 위협도 빠짐없이 생각했습니다. 빙하의 얼음동굴에서 살아가고, 아무도 오를 수 없는 절벽에 몸을 숨길 수 있는 괴물이라면 내가 도저히 대적할 수 없는 존재인 게 분명했습니다. 한참을 생각에 잠겨 있다가 결국 그의 요구를 들어주는 것이 그와 동료 인간에게 공정한 처사라는 결론을 내렸습니다. 그래서 그를 향해 몸을 돌려 말했습니다.

"네 요구에 응하겠다. 단 엄숙히 맹세해라. 추방 생활에 동행할 여자를 넘겨받자마자 유럽뿐 아니라 인간과 가까운 다른 모든 장소에서도 영원히 떠나겠다고 말이다."

"맹세하겠소." 그가 울부짖었습니다. "태양과 저 푸른 하늘에 대고 맹세하오. 당신이 내 기도를 들어준다면 당신은 내 모습을 다시는 보지 못할 거요. 집으로 가서 일에 착수해주시오. 말할 수 없이 불안한 마음으로 일의 진척을 지켜볼 것이오. 당신이 준비되면 나타날 테니 두려워 마시오."

이 말을 하고 그는 느닷없이 나를 두고 떠나버렸습니다. 아마도 내 마음이 바뀔까 봐 겁이 났던 모양입니다. 날아가는 독수리보다 더 날쌔게 산을 내려가는 모습이 보이는가 싶더니 이내 그 모습도 굽이치는 얼음 바다 사이로 사라졌습니다.

그의 말을 듣다 보니 하루가 훌쩍 지났더군요. 그가 떠날 무렵에는 이미 해가 기울어 지평선에 걸려 있었습니다. 서둘러 골짜기로 내려가지 않으면 사방에 암흑이 몰려들 판이었습니다. 그러나 마음이 천근 같아 발걸음이 굼떴습니다. 그날 벌어진 일들을 곱씹으면서 좁은 산길을 굽이굽이 내려오는 동안 넘어지지 않게 발을 내딛는 일이 쉽지 않았습니다. 한밤중이 되어서야 길 중턱에 있는 쉼터에 당도해 샘물 옆에 앉았습니다. 구름이 지나갈 때면 가려졌던 별들이 나타나 빛나곤 했습니다. 거무스름한 소나무들이 눈앞으로 솟아올랐고 부러진 나무가 여기저기 쓰러져 있었습니다. 진정 장엄한 광경이었습니다. 마음속에 이상한 생각들이 일더군요. 나는 쓰라리게 울었고 괴로움에 두 손을 맞잡고 소리쳤습니다.

"별과 구름 그리고 바람아! 모두 나를 조롱하려 하는구나. 진심으로 내가 불쌍하다면 아무것도 느끼지 않게, 아무것도 기억하지 못하게 해다오! 날 그저 무(無)가 되게 해다오! 그렇게 할 수 없다면 어서 사라져 버려. 없어지라고! 날 그저 어둠에 버려줘."

비참하고 미친 생각들이었습니다. 하지만 영원히 깜박이며 빛나는 별들이 얼마나 무겁게 나를 짓눌렀는지, 돌풍이 불 때마다 나를 태우려고 열풍이 몰아치기라도 하는 듯해 얼마나 귀를 곤두세웠는지 형언할 수 없을 지경입니다.

동이 트고 나서야 샤모니 마을에 도착했습니다. 밤새 내 귀환을 기다리며 잠들지 못했던 가족들은 수척하고 이상한 내 모습을 보자 마음을 가라앉히지 못했습니다.

다음 날 우리는 제네바로 돌아갔습니다. 아버지가 샤모니에 온 것은 내 기분을 바꿔주고 마음의 평정을 되찾게 해주려는 것이었지만, 그 처방은 오히려 치명적이었습니다. 내가 겪는 듯한 넘치는 괴로움을 도저히 설명할 수 없던 아버지는 서둘러 집으로 향했습니다. 조용하고 단조로운 일상생활을 하다 보면 이유가 무엇이든 내 고통이 차츰 줄어들 것으로 바라면서 말이지요.

나는 가족이 취하는 모든 조치에 그저 따를 뿐이었습니다. 사랑하는 엘리자베스의 상냥한 애정도 깊은 절망에 빠진 나를 건져내기엔 역부족이었습니다. 악마와 한 약속이 마음을 짓눌러댔습니다. 마치 단테의 지옥에서 위선자들이 입었던 쇠로 된 승복을 걸친 것만 같았습니다. 땅과 하늘의 온갖 즐거움이 내 앞에서 꿈처럼 지나갔습니다. 생생하게 실감으로 다가오는 것은 오직 그 생각뿐이었지요. 가끔은 광기에 사로잡혀 있거나, 아니면 수많은 더러운 짐승이 내게 끝없이 고문을 가하는 광경을 보면서 절규하고 쓰디쓴 신음을 내뱉었다면 놀라시겠습니까?

하지만 이런 감정도 차츰 가라앉았습니다. 별 관심은 없었지만 그래도 일상으로 돌아갔습니다. 최소한 어느 정도의 평온함은 찾은 셈이었지요.

Frankenstein

제3부

1장

제네바로 돌아온 후 하루하루, 또 몇 주가 흘렀지만, 일을 다시 시작
할 용기를 내지는 못했습니다. 실망한 악마의 보복도 두려웠지만, 이
작업이 주는 역겨움을 극복할 수 없었던 겁니다. 여자를 만들려면 다시
몇 달간 깊이 연구하고 힘든 조사에 몰두해야만 한다는 사실이 새삼 떠
올랐습니다. 영국의 어느 철학자가 몇 가지를 발견했다는 소식을 들었
는데 그걸 알아야 이 일에 성공할 수 있었지요. 그래서 그 일로 영국을
방문해야 한다고 아버지에게 허락을 받을 생각도 했지만, 온갖 핑계를
대며 최대한 시일을 늦추려 애썼습니다. 되찾고 있는 마음의 평정을 다
시 망가뜨릴 결심이 도저히 서지 않더군요. 그때까지 쇠약해졌던 몸도
이제 많이 회복되었고, 불행한 약속을 떠올리지만 않으면 기분도 훨씬
더 좋아지고 있었습니다. 아버지는 내가 이렇게 나아지는 것을 기쁘게
바라보셨고 내게 남은 우울함을 지우는 최상의 방법을 찾는 데 몰두하
셨지요. 다가오는 햇빛을 집어삼킬 것 같은 어둠과 함께 이따금 발작이
찾아오듯 우울감이 달려들었습니다. 그럴 때면 완전히 혼자가 되어 피

난처를 구하곤 했지요. 며칠이고 온종일 호수에서 작은 배를 탄 채 시간을 보냈습니다. 구름을 바라보고 호수의 파문에 귀를 기울이며 고요히 그리고 무기력하게 말입니다. 상쾌한 공기와 환한 햇살은 언제나 어느 정도 평안을 회복하게 해주었습니다. 그리고 집에 돌아오면 전보다 밝게 미소 지으며 친구들의 인사에 답했습니다.

어느 날 이렇게 산책을 마치고 돌아왔을 때 아버지가 따로 부르더니 말씀하셨습니다.

"사랑하는 아들아, 네가 예전의 즐거움을 되찾고 원래 모습으로 돌아가는 듯해 무척 기쁘다. 하지만 넌 아직 불행하고 우리와 어울리기를 피하고 있어. 한동안 이유를 몰라 어쩔 줄 몰랐는데 어제 갑자기 한 가지 생각이 떠오르더구나. 내 생각이 맞는다면 네가 확인해주겠지. 이런 일을 마음에만 담아두는 것은 쓸데없을 뿐 아니라 우리 모두의 불행만 겹겹이 쌓는 일이 될 테니까 말이다."

아버지가 꺼내신 말씀에 온몸이 심하게 떨렸습니다.

"아들아, 솔직히 말해 나는 네가 사촌과 결혼하기를 늘 고대해왔다. 그렇게 되면 우리 가족의 안락함이 매듭지어질 테고, 쇠약해지는 내 말년에 의지처도 되고 말이다. 너희 둘은 어릴 적부터 서로 아주 가까웠지. 공부도 같이 했고 성품과 취향도 더할 나위 없이 잘 어울렸다. 하지만 인간의 경험이란 맹목적일 때가 많은 법이니 내 계획에 가장 도움이 된다고 여겼던 것이 어쩌면 인생을 망쳐버렸는지도 모르겠구나. 네가 엘리자베스를 아내로 삼겠다는 마음이 전혀 없이 누이동생으로만 바라보고 있을지 모르니 말이다. 아니면 사랑하는 다른 여자를 만났는데 사촌과의 정혼을 지키는 것이 명예라고 생각해서 고민하다가 지금처럼 괴로워하는 것은 아닌가 한다."

"아버지, 안심하세요. 저는 엘리자베스를 진심으로 깊이 사랑하고 있습니다. 엘리자베스처럼 제 마음에 따뜻한 사랑과 존경의 감정을 일으키는 여인을 아직 본 적이 없어요. 제 미래의 희망과 계획은 우리가 결혼할 것이라는 기대와 하나처럼 움직이는걸요."

"사랑하는 빅토르, 네 마음을 이렇게 말해주니 지금껏 제대로 느끼지 못했던 기쁨이 솟아나는구나. 네 마음이 그렇다면 우리는 틀림없이 행복해질 수 있을 거다. 최근에 일어난 일로 마음에 그늘이 드리워져 있어도 말이다. 그래도 네 마음을 이토록 거세게 움켜쥔 침울함은 없애주고 싶다. 그러니 말해다오. 당장 결혼식을 올리는 것을 반대하는지 아닌지 말이다. 우리 가족은 불행했고, 최근 일어난 사건들 때문에 내 나이와 약해진 몸 상태에 꼭 필요한 일상의 평온함까지 잃었다. 너는 아직 젊지만, 상당한 재력이 있으니 일찍 결혼한다 해도 장래의 명예나 네가 세운 계획에 방해가 되지는 않을 거야. 하지만 내가 네게 행복을 강요하거나, 네가 결혼을 미룬다고 해서 내가 언짢아한다고 생각하지는 말거라. 내 말을 곡해하지 말고 있는 그대로 해석해서 확실하고 진지하게 대답해주면 좋겠구나."

아버지 말씀에 조용히 귀를 기울였고, 어떤 대답을 할 수가 없어 가만히 있었습니다. 수만 가지 생각을 머릿속에서 재빨리 굴리면서 어떤 결론을 내보려고 안간힘을 썼지요. 아! 엘리자베스와 당장 결혼한다는 생각은 두렵고 절망스러운 것이었습니다. 아직 이행도 못했는데 깨뜨릴 엄두조차 낼 수 없는 엄중한 약속에 매인 몸이었으니까요. 약속을 지키지 못한다면 나와 사랑하는 식구들에게 어떤 수많은 불행이 가해

질지 알 수 없었습니다. 나를 땅으로 끌어당기는 죽음의 추를 목에 그냥 단 채 축제를 벌일 수 있을까? 내 의무를 이행하고 괴물이 동반자와 함께 떠나도록 해야만 했습니다. 그래야만 평화를 기대했던 결혼의 기쁨을 온전히 만끽할 수 있겠지요.

그러려면 영국 여행을 나서거나 내 작업에 꼭 필요한 지식을 발견한 영국의 자연철학자들과 긴 서신 교환에 돌입해야 한다는 사실도 기억났습니다. 하지만 서신을 주고받는 방법은 느리고 만족스럽지 못했습니다. 이대로 집에 있는 일만 아니라면 좋았습니다. 변화가 필요했지요. 1~2년 가족에게서 떨어져 다른 풍광이 있는 곳에서 다양한 일을 하면서 보낸다는 생각도 마음에 들었습니다. 혹시 그사이에 무슨 일이라도 벌어져 평화와 행복을 느끼며 가족에게 돌아갈 수도 있으니까요. 약속을 이행하고 괴물이 떠나거나, 아니면 무슨 사고라도 생겨서 그놈이 죽고 노예 같은 내 신세가 영원히 끝날 수도 있을 테니까요.

이런 생각에 떠밀려 아버지께 대답을 드렸습니다. 영국을 방문하고 싶다면서 고향에 평생 살기 전에 여행하며 세상을 둘러보고 싶다고 구실을 댔지요. 진짜 이유는 감춘 채.

간절하게 청을 드리자 아버지는 쉽게 동의하셨습니다. 이렇게 너그럽고 자식의 뜻을 존중하는 부모는 세상에 없지요. 계획은 금방 세웠습니다. 내가 스트라스부르까지 가 있으면 클레르발이 합류할 계획이었습니다. 네덜란드의 몇몇 고장에서 잠깐 시간을 보내고 클레르발과 나는 주로 영국에 체류할 작정이었습니다. 돌아올 때는 프랑스를 경유해서 오고, 기간은 2년 정도로 합의했어요.

아버지는 내가 제네바에 돌아오자마자 엘리자베스와 결혼할 것이라는 생각에 즐거워하셨습니다. "2년은 금세 지나갈 테고 이번을 마지막으로 네 행복도 더 이상 방해받지 않을 거야. 정말 모두가 함께하고, 희망이든 공포든 우리 가족의 평안을 방해하지 않는 날이 오기를 간절히 바란단다."

"아버지 계획에 만족합니다." 내가 대답했습니다. "그때쯤이면 우리 모두 지금보다 더 현명하고 행복하겠지요." 나는 한숨 지었습니다. 그러나 아버지는 다정하게도 내가 낙담한 이유를 꼬치꼬치 캐지 않았습니다. 그저 새로운 풍광과 여행의 즐거움이 나를 평온하게 해주길 바라셨습니다.

여행 채비를 마쳤지만 어떤 예감 하나가 계속 나를 두렵고 불안하게 했습니다. 내가 없는 동안 가족들은 원수가 있다는 것도 모른 채 무방비로 공격에 노출될 판이었습니다. 내가 떠났다는 사실에 괴물이 분개할 수도 있었으니까요. 하지만 놈은 내가 어딜 가든 끝까지 따라오겠다고 약속했습니다. 그러니 영국까지도 나를 따라오지 않겠습니까? 상상만으로도 끔찍했지만, 가족은 안전하다는 뜻이니 어떻게 보면 위안이 되기도 했습니다. 오히려 놈이 고향에 있을까 봐 괴로웠지요. 내가 만든 괴물의 노예로 살아가는 내내 순간의 충동에 따라 살았는데, 당시 느낌으로는 그 악마가 내 뒤를 따를 것이고, 위험한 계략으로 가족이 위험하게 되지는 않을 듯했습니다.

8월 말에 출발하기로 했고, 외국 생활은 2년 정도로 예상했습니다. 엘리자베스는 내가 떠나는 이유에 동의했지만, 견문을 넓히고 지식을 배양할 기회를 함께 갖지 못해 아쉬워했지요. 그래도 작별인사를 하면서 그녀는 흐느껴 울었고 행복하고 평온한 마음으로 돌아오라고 신신

당부했습니다. "우리 모두 너만 의지해. 네가 불행하다면 우리 마음이 어떻겠어?"

나를 신고 떠날 마차에 몸을 던졌습니다. 목적지도 몰랐고 주위로 스치는 풍경에도 무심했습니다. 쓰라린 괴로움으로 화학 실험 도구들을 짐 속에 함께 챙기도록 지시해야 한다는 것만 기억했어요. 외국에 있는 동안 약속을 지키고 돌아올 때는 가능하면 자유로운 몸이 되기로 결심했으니까요. 아름답고 장엄한 풍광을 수도 없이 지나쳤지만, 음울한 상상에 가득 차 있어서 아무것도 눈에 들어오지 않았습니다. 그저 여행의 목적지와 내가 해야 할 일에만 신경이 곤두서 있었지요.

며칠 동안 무기력하게 보내며 장거리를 지나친 후 스트라스부르에 도착해 이틀간 클레르발을 기다렸습니다. 친구가 왔습니다. 아, 슬프게도 우리 둘은 얼마나 달랐는지요! 클레르발은 새 풍광을 만날 때마다 생생하게 느꼈습니다. 석양의 아름다움을 보며 즐거워했고 해가 뜰 때는 더욱 행복하게 새날을 시작했습니다. 그는 시시각각 변하는 풍광의 색채와 하늘을 가리키며 외쳤습니다. "이게 바로 산다는 거야. 지금 내가 살아 있는 게 느껴진다구! 이봐 친구, 프랑켄슈타인. 자네는 왜 그렇게 우울하고 슬픈 건가?"

사실 나는 음울한 생각에 사로잡혀 저녁별이 지는 모습도, 라인강에 비친 황금빛 일출도 보지 못했습니다. 그러니 친구여, 사실 내 생각을 듣는 것보다는 기쁨이 가득한 채 풍광을 관찰했던 클레르발의 일기를 보는 편이 훨씬 더 즐거울 겁니다. 비참한 쓰레기에 불과했던 나는 즐거움으로 통하는 길목의 문을 죄다 닫아버렸던 그 저주에 쫓기고 있었습니다.

배를 타고 라인강을 따라 스트라스부르에서 로테르담까지 내려가서 런던으로 가는 배를 타기로 클레르발과 합의했습니다. 항해하면서 버드나무가 무성한 섬들을 숱하게 지나쳤고, 여러 아름다운 도시도 보았지요. 하루는 만하임에서 지냈고 스트라스부르를 떠난 지 닷새째 되는 날 마인츠에 도착했습니다. 마인츠 아래 라인강을 따라 내려가는 풍경은 훨씬 더 그림 같았습니다. 강은 빠르게 아래로 흐르면서 높지는 않지만 가파른 절경을 자랑하는 언덕 사이로 굽이쳐 흘렀지요. 폐허가 된 성들이 보였습니다. 검고 빽빽한 숲에 둘러싸여 접근하지 못하게 높은 낭떠러지 가장자리에 위태롭게 서 있더군요. 라인강에서도 이 지역은 특히 다채로운 경치를 자랑합니다. 바위투성이 언덕들, 거대한 절벽을 내려다보는 폐허의 성들이 있는 곳 아래로 검은 라인강이 세차게 흐르는 지점을 지나다가 갑자기 암반 돌출된 곳을 돌아가면 풍성한 포도밭과 경사진 초록빛 강둑 그리고 굽이치는 강과 사람들로 북적이는 도시가 펼쳐지거든요.

여행하던 시기가 마침 포도 수확기여서 배를 타고 강물을 따라 내려가다 보면 일꾼들의 노랫소리가 들렸습니다. 울적하고 침울한 마음에 내내 어지럽던 나조차도 기분이 좋아질 정도였습니다. 배 바닥에 누워 구름 한 점 없이 파란 하늘을 바라보면 오랫동안 낯설었던 평온함을 다시 들이마시는 느낌이었습니다. 내 기분이 이 정도니 앙리의 느낌은 누가 묘사할 수 있겠습니까? 그는 동화의 나라로 들어가 인간이 맛보지 못하는 행복을 느끼는 것 같았습니다.

그는 이렇게 말했습니다. "내 나라에서 가장 아름다운 풍경도 보았고 루체른과 우리(Uri)에 있는 호수도 가보았어. 눈 덮인 산맥들이 거의 깎아지르듯 수직으로 물까지 내려와 꿰뚫을 수 없는 검은 그림자를 드리우고 있었지. 화사한 모습으로 눈을 안심시키는 녹음 가득한 섬들이 없었다면 음침하고 슬픈 광경이었을 거야. 폭풍우에 요동치는 호수의 모습도 보았지. 바람에 호수의 물결이 소용돌이치는 모습을 보면 거대한 바다에서 물기둥이 솟구치는 모습은 과연 어떨지 상상해볼 수 있지. 산맥의 발치로 파도가 맹렬하게 달려드는 곳에서 어떤 성직자와 애인이 휩쓸려가 버렸는데, 밤바람이 잠잠해져 정적이 깔리면 죽어가는 그들의 목소리가 아직도 들린다고 하더군. 발레의 산들과 보(Vaud) 지방에도 가봤어. 그런데 빅토르, 이 나라의 경치는 경이로웠던 그 모든 경치보다 더 마음에 든다. 스위스의 산맥이 더 장대하고 기이하긴 해. 하지만 이 기막힌 강둑에는 이제껏 봤던 어떤 것과도 비교할 수 없는 매력이 있더라고. 저 절벽 끝에 걸린 성을 봐. 아름다운 나무들이 녹음에 가려져 있는 섬 위의 성도 한번 봐. 그리고 지금 포도밭 사이로 걸어오는 일꾼들 그리고 산의 후미진 곳에 반쯤 숨어 있는 마을도. 아, 분명 이곳을 지키는 정령은, 빙하를 쌓거나 사람들이 범접할 수 없는 봉우리에 칩거하는 내 나라의 정령보다 인간과 훨씬 더 조화를 이루는 게 분명해."

클레르발! 사랑하는 내 친구! 지금도 네 말을 기록하면서 네가 받아 마땅한 찬사를 곰곰이 떠올리니 참 기쁘다. 내 친구 클레르발은 "자연이라는 시"에서 나온 존재였습니다. 그는 자기 마음의 감수성에 한껏 취해 자유롭고 열정적인 상상력을 세련되게 다듬었습니다. 그의 영혼은 불타는 애정으로 넘쳤고, 우정은 세속적인 사람들이 상상 속에서나 찾아보라고 할 만큼 헌신적이고 경이로웠습니다.

하지만 인간의 공감으로는 친구의 열망을 만족하게 할 수 없었어요. 그저 감탄하는 눈으로 자연 풍광을 보는 사람들과 달리 클레르발은 자연을 열렬히 사랑했습니다.

> 세차게 우는 폭포는
> 격정처럼 그의 곁을 맴돌았다.
> 높은 바위, 산 그리고 깊고 어두운 숲,
> 이런 색채와 형상은 그 시절 그에게
> 욕망이자 감정 그리고 사랑이었으니,
> 생각이 제공하는 더 먼 매력도,
> 눈을 빌리지 않는 흥밋거리도
> 전혀 필요하지 않았다.*

그러던 그는 지금 어디 있는가? 그토록 다정하고 사랑스러운 존재가 영영 사라져버렸단 말인가? 기발하고 장엄한 아이디어와 상상력으로 충만했던 지성은 한 세계를 창조했고, 그 세계는 창조자가 있을 때만 존재한다. 이제 그 지성은 사라져버렸단 말이냐? 이제 그 지성은 내 기억 속에만 존재한단 말인가? 아니, 그렇지 않아. 신과 같은 모습으로 아름다움을 발산하던 네 육신은 썩었지만, 네 정신만은 여전히 이 불행한 벗을 찾아 위안을 주고 있구나.

---

* William Wordsworth(1770~1850). 워즈워스의 「틴턴 수도원」에서 인용.

갑자기 슬픔을 쏟아내어 미안합니다. 아무 효력 없는 이 말은 비할 데 없는 미덕을 갖춘 앙리에게 바치는 작은 헌사일 뿐입니다. 이런 말이나마 하면 그를 기억하면서 생기는 벅찬 슬픔이 조금 달래집니다. 이야기를 계속하지요.

우리는 쾰른을 지나 네덜란드 평원으로 내려갔습니다. 남은 여정은 역마차를 타고 가기로 했습니다. 역풍이 불어 물살이 느려지는 바람에 배를 타면 도움이 되지 않았기 때문이었습니다.

이곳부터는 아름다운 경치에서 오는 흥미를 더 이상 느끼기 힘들었습니다. 며칠 후 로테르담에 도착했고, 그곳부터는 바닷길로 영국까지 갔지요. 12월 하순의 청명한 아침, 처음으로 영국의 하얀 절벽들을 보았습니다. 템스강 변 기슭은 새로운 풍광을 선사했습니다. 평평한 강기슭은 평원인데 비옥했고 마을마다 사연이 서려 있었습니다. 우리는 틸버리 요새를 보고 스페인 무적함대를 떠올렸지요. 그레이브센드, 울위치, 그리니치 같은 곳은 심지어 고향에서도 들어본 적이 있었습니다.

마침내 런던의 무수한 첨탑이 보였습니다. 그중에서도 세인트폴 대성당이 우뚝 솟아 있었고, 영국사에서 유명한 런던 탑도 보였습니다.

2장

우리는 당분간 런던에서 쉬며 보내기로 했습니다. 이 멋지고 유서 깊은 도시에서 몇 달간 지내기로 했거든요. 클레르발은 당시 명망을 날리던 천재 및 인재들과 사귀고 싶어 했지만, 내게 그런 일들은 부차적인 목적일 뿐이었습니다. 나는 약속을 지키기 위한 정보 수집에 주로 몰두했기 때문에, 저명한 자연철학자들 앞으로 쓴 소개장들을 들고 와 활용했습니다.

공부하면서 행복했던 시절에 이 여행을 했더라면 말할 수 없는 기쁨을 느꼈을 겁니다. 그러나 내 존재는 이미 시들어버렸기 때문에, 내가 끔찍하게 몰두하는 주제에 관한 정보를 줄 만한 사람만 만났습니다. 사람들과 함께하는 일은 짜증스럽기만 했습니다. 혼자 있을 때는 하늘과 땅의 풍경으로 마음을 채울 수 있었고, 앙리의 목소리가 마음을 달랬으며 이렇게 자신을 속여 덧없는 행복을 누릴 수 있었습니다. 그러나 분주하고 무심하게 즐거워하는 사람들 얼굴을 보면 절망만 되살아났습니다. 나와 다른 사람들 사이에는 도저히 넘을 수 없는 장벽이 보였습니다. 윌리엄과 유스틴의 피로 봉인된 장벽이었지요. 그 이름과 연루된 사건을 생각하면 내 영혼은 고뇌로 가득 찼습니다.

그러나 클레르발에게는 예전의 내 모습이 보였습니다. 그는 탐구심이 강했고 경험과 가르침을 열망했지요. 관습의 차이를 관찰하는 일은 그에게 배움과 기쁨의 마르지 않는 원천이었습니다. 그는 늘 분주했습니다. 슬프고 낙담한 나의 태도만이 그 즐거움을 방해했습니다. 나는 가능한 한 이런 감정을 숨기려 애썼습니다. 근심이나 비통한 회상을 할 필요가 없는, 새로운 환경에 들어선 사람이 당연히 누려야 할 즐거움을 방해하고 싶지 않아서였습니다. 같이 가자는 제안을 다른 약속을 핑계로 여러 번 거절하고는 혼자 남곤 했습니다. 그러면서 새로운 존재를 창조하는 데 필요한 재료를 모으기 시작했습니다. 이 일은 머리 위로 물이 한 방울씩 계속 떨어지는 고문과 같았습니다. 작업에 바치는 생각 하나하나가 극한의 고뇌 거리였고, 이 일과 관련해 던진 말 하나하나에 입술이 떨리고 심장이 두근거렸습니다.

런던에서 몇 달을 보낸 후 우리는 옛날 제네바에서 우리를 찾아왔던 한 스코틀랜드 사람의 편지를 받았습니다. 자기 고향의 아름다운 경치에 관해 말하면서 여행 일정을 늘려 자기가 사는 북쪽의 퍼스로 오지 않겠느냐고 묻더군요. 클레르발은 이 초대에 기꺼이 응했습니다. 나 역시 사람들과 어울리는 게 싫었으나, 산과 강 그리고 자연이 자기 거처로 삼아 빚어놓은 경이로운 작품을 다시 보고 싶었습니다.

영국에 도착한 때가 10월 초였는데 이제 2월이었습니다. 그래서 3월 끝 무렵에 여행을 시작하기로 정했습니다. 에든버러로 향하는 대로를 따라가는 대신 윈저, 옥스퍼드, 매틀록 그리고 컴벌랜드 호수를 거쳐

7월 말에 목적지에 도착하기로 했지요. 나는 모아두었던 화학 실험 도구들과 재료를 챙겼고, 스코틀랜드 북부 고원지대 외딴곳에서 일을 마칠 생각이었습니다.

3월 27일에 런던을 떠났습니다. 윈저에서 며칠 지내며 아름다운 숲을 산책했지요. 윈저는 우리 같은 산지 사람에게는 새로운 풍광이었습니다. 거대한 떡갈나무들과 풍부한 사냥감, 기품 넘치는 사슴 무리가 신기하기만 했습니다.

거기서 다시 옥스퍼드로 향했지요. 옥스퍼드에 들어서자 150년 전 이곳에서 일어났던 사건에 관한 소소한 기억이 머릿속에 가득 떠오르더군요. 찰스 1세가 군대를 소집했던 곳이 바로 이곳이었습니다. 온 나라가 찰스 1세가 주장했던 명분을 버리고 의회와 자유의 기치를 따랐을 때도 이 도시만은 여전히 왕에게 충성했습니다. 불행한 왕과 동지들, 온화한 포클랜드,* 오만한 가워, 왕비와 왕세자에 대한 기억으로 이들이 한때 살았을 이 도시 구석구석이 아주 흥미롭게 느껴지더군요. 과거의 정령이 이곳에 머물렀고 우리는 기쁘게 그 발자취를 뒤쫓았습니다. 과거를 상상하면서 이런 즐거움을 만끽하지 않았더라도 도시의 모습은 그 자체로 찬탄을 자아낼 만큼 아름다웠습니다. 고풍스러운 대학들은 한 폭의 그림 같았어요. 거리는 장엄할 정도였고, 옆에서 흐르는 어여쁜 아이시스 강**의 잔잔하고 광활한 수면에는 고목들에 둘러싸인

---

*   청교도 혁명 당시 왕당파와 의회파의 중재에 애썼던 인물.
**   옥스퍼드에서 템스강을 부르는 이름.

위풍당당한 탑과 첨탑, 돔 들이 비쳤습니다.

　이러한 풍광을 만끽하면서도 내 즐거움은 과거 기억과 미래에 대한 예상으로 쓰디쓴 괴로움이 되곤 했습니다. 나는 평화와 기쁨에 어울리는 존재로 태어났습니다. 어릴 때는 불만을 품은 적이 없었습니다. 혹여 권태와 불만에 빠지더라도 아름다운 자연경관을 바라보고 인간이 만든 훌륭하고 숭고한 것들을 공부하다 보면 항상 흥미가 되살아나고 기분이 쾌활해지곤 했지요. 그렇지만 이제 나는 벼락을 맞아 말라 죽은 나무에 불과했습니다. 내 영혼은 이미 번개에 유린당한 겁니다. 내가 살아남은 것은 남이 보기에 딱하고 스스로 혐오스럽기 그지없는 망가진 인간의 모습을 보여주기 위해서라는 느낌까지 들었습니다. 그마저도 곧 죽어버릴 테지만요.

　클레르발과 나는 꽤 긴 시간을 옥스퍼드에서 보냈습니다. 도시 주변을 산책하면서 영국사에서 가장 역동적인 시기와 연관된 장소를 모조리 찾아보려 했지요. 작은 탐험 여행으로 시작했던 여정은 계속해서 등장하는 유적들로 길어지곤 했습니다. 저명한 햄던*의 묘지와 그가 쓰러진 전장을 방문했습니다. 잠깐은 영혼이 고양되어 저급하고 비참한 두려움을 뛰어넘어 자유와 희생이라는 신성한 관념을 생각했습니다. 지금 보고 있는 묘지와 들판은 자유와 희생을 보여주는 기념비이자 기념물이었지요. 잠시나마 날 옥죄던 사슬을 떨쳐버리고 자유롭고 고결한 영혼이 되어 주위를 둘러보았습니다. 하지만 철의 족쇄는 이미 내 살을

---

* 　찰스 1세에 맞선 의회파 지도자. 옥스퍼드 인근에서 전사했다.

파고든 터라 나는 다시 가라앉아, 몸을 떨며 절망에 빠져 비참한 자신으로 돌아가고 말았습니다.

우리는 섭섭한 마음으로 옥스퍼드를 떠나, 다음 머물 곳인 매틀록으로 향했습니다. 이곳 주변의 시골 풍광은 스위스의 풍경과 많이 닮았습니다. 그러나 규모는 모두 더 작았고 푸른 언덕에는 하얀 알프스라는 왕관이 없었지요. 고국에서는 소나무 우거진 산들이 늘 알프스의 보살핌을 받고 있었으니까요. 매틀록에서는 신기한 동굴과 작은 자연사 박물관을 방문했습니다. 진기한 유물들이 세르보와 샤모니에서와 같은 방식으로 진열되어 있더군요. 앙리가 샤모니라는 이름을 말했을 때 몸이 떨렸습니다. 결국, 무서운 장면을 연상하게 하는 매틀록을 서둘러 떠났습니다.

더비에서 계속 북쪽으로 가면서 컴벌랜드와 웨스트모어랜드에서 두 달을 보냈습니다. 마치 스위스의 산들에 둘러싸여 있는 느낌이었습니다. 산의 북쪽 등성이에 아직 녹지 않고 남아 있는 눈과 호수 그리고 험한 물길 모두가 내게는 친숙하고 정겨운 광경이었어요. 여기서도 친구를 좀 사귀었는데, 이들 때문에 행복이라는 기만에 속을 뻔했습니다. 클레르발의 기쁨은 나와는 비교도 할 수 없을 만큼 컸습니다. 재능 있는 이들과 어울리면서 클레르발의 견문은 더 넓어졌고, 재주가 없는 이들과 어울릴 때는 상상한 것 이상의 무한한 가능성을 자기 본성에서 발견했지요. "평생 여기서 살아도 될 것 같아. 이 산속에서는 스위스나 라인강도 별로 아쉽지 않을 것 같구나." 친구의 말이었습니다.

그렇지만 친구는 여행자로 살다 보면 즐거움 속에서도 많은 고통이 함께함을 깨달았습니다. 여행자는 늘 팽팽한 긴장 상태에 있어야 하고,

휴식 좀 취하려면 뭔가 새로운 것이 나타나 휴식을 방해합니다. 새 것에 주목하다가도 또 다른 새 것이 나타나 이전 것은 여행자의 버림을 받지요.

컴벌랜드와 웨스트모어랜드의 다양한 호수를 방문한 지 얼마 되지 않아 그곳 주민들 몇몇과 정이 들었지만, 스코틀랜드 친구와 약속한 시간이 다가오는 바람에 그들과 헤어져 다시 길을 나서야 했습니다. 나로서는 별로 아쉽지 않았어요. 한동안 괴물과 한 약속 이행에 게을렀기 때문에 그 악마가 실망해서 무슨 짓을 벌일까 봐 두려웠으니까요. 스위스에 남아 친지들에게 복수할지도 모를 일이었습니다. 이런 생각이 뇌리에서 떠나지 않아 매 순간이 고통스러웠습니다. 그렇지 않았으면 평화롭게 휴식을 취할 수 있었을 텐데요.

열에 들뜬 듯 조급한 마음으로 편지를 기다렸습니다. 편지가 늦어지기라도 하면 비참해지고 무수한 두려움에 기운을 낼 수가 없었고, 편지가 왔을 때 발신인이 엘리자베스나 아버지라면 차마 읽고 운명을 확인할 용기가 나지 않았습니다. 악마가 내 뒤를 쫓아와 친구를 죽여 나의 태만을 벌할 것이라는 생각도 가끔 들었습니다. 이런 생각에 사로잡히면 한순간도 앙리 곁을 떠나지 못하고 파괴자의 분노를 상상하며 그림자처럼 붙어 다니면서 친구를 보호하려 했습니다. 내가 엄청난 범죄를 저지르고 양심의 가책에 쫓기는 사람 같다는 느낌이 들었습니다. 내겐 죄가 없었지만, 범죄만큼이나 치명적이고 끔찍한 저주를 자초한 건 사실이었으니까요.

맥없는 눈과 마음으로 에든버러를 방문했습니다. 그러나 이 도시는 아무리 불행한 인간이라도 흥미를 갖게 만드는 곳이더군요. 클레르발은 에든버러를 옥스퍼드만큼 좋아하지는 않았습니다. 그는 옥스퍼드의 고풍스러움이 더 마음에 들었던 겁니다. 그러나 신도시 에든버러의 아름다움과 질서정연함, 낭만적인 성 그리고 세계에서 가장 쾌적한 환경이라 할 수 있는 아서즈 시트*, 성 버나드의 우물과 펜트랜드 힐스를 보면서 친구는 다시 명랑한 기분에 가득 차 찬사를 늘어놓더군요. 하지만 나는 여행의 목적지에 도달하고 싶어 마음이 조급했습니다.

일주일 후 에든버러를 떠나 쿠퍼, 세인트앤드루스를 거쳐 테이 강둑을 따라 스코틀랜드 친구가 기다리고 있는 퍼스에 당도했습니다. 그러나 나는 낯선 사람들과 웃으며 대화를 나눌 만한 상태가 아니었고 손님 역할을 맡은 사람이 감당해야 하는 쾌활함으로 그들의 기분에 맞추고 싶지도 않았습니다. 그래서 클레르발에게는 혼자서 스코틀랜드를 돌아다니고 싶다고 말했어요. "너는 여기서 즐겁게 지내고 나와 다시 만나. 한두 달 정도 자리를 비우겠지만, 제발 부탁이니 내 길을 막지 말아 줘. 잠깐이나마 내가 평화와 고독을 즐기게 해줘. 돌아올 때는 훨씬 가벼운 마음으로 너한테 더 어울리는 사람이 되어 돌아올게."

앙리는 나를 만류하려 했지만, 이미 내 마음이 확고히 기운 것을 보고 단념하더군요. 자주 편지하라고 간청했습니다. "나도 너와 같이 갔으면 좋겠다." 그가 말했습니다. "알지도 못하는 스코틀랜드 사람들보다 네 고독한 산책길에 함께했으면 좋겠다고. 그러니 서둘러 돌아와 나를 다시 편안하게 해줘. 네가 없으면 불가능한 일이야."

---

*   '아서 왕의 왕좌'라는 뜻으로 에든버러에 있는 풍광 좋은 언덕을 말한다.

친구와 헤어진 후 스코틀랜드의 외딴 지역에 들어가 혼자 일을 마치기로 마음먹었습니다. 괴물이 뒤를 따라와, 작업을 끝내면 내 앞에 나타나 동반자를 받아갈 거라는데 추호의 의심도 없었으니까요.

이런 결심으로 북부 고지대를 가로질러 오크니 제도의 가장 외딴 섬에 거처를 정하고 작업하기로 했습니다. 이런 일에 더할 나위 없이 적합한 곳이었습니다. 바위 하나로 이루어진 섬이었는데 높은 쪽은 끝없이 파도가 때려댔습니다. 땅이 척박해 변변찮은 소 몇 마리 먹일 꼴과 그곳 주민이 먹을 귀리밖에 나지 않았습니다. 주민은 다섯 명이었는데 야위고 수척한 사지를 보니 그곳 생활이 얼마나 비참한지 알 수 있겠더군요. 채소와 빵이라는 호사를 누리려면, 심지어 깨끗한 물이라도 구하려면 8킬로미터나 떨어진 본토로 가야 했습니다.

섬 전체에는 초라한 오두막 세 채뿐이었는데 내가 도착했을 때 그중 한 채가 비어 있었습니다. 그 집을 빌렸습니다. 방은 두 개뿐이었고, 그마저도 빈궁함을 여실히 보여주는 지독히 누추한 공간이었습니다. 지붕을 얹은 짚은 내려앉고 벽에 칠한 회는 다 벗겨졌으며 문 경첩도 떨어져 나가고 없었습니다. 집수리를 지시하고 가구를 좀 사들여 집을 내 것으로 만들었습니다. 이 집에 사는 이들이 궁핍과 비참한 가난으로 마비된 상태가 아니었더라면 틀림없이 깜짝 놀랄 사건이었지요. 그러나 사실 사람들은 아무도 내 일을 쳐다보거나 귀찮게 하지 않았고, 내가 준 약간의 음식과 옷에 대해서도 변변히 고마워하지도 않았습니다. 이들이 겪는 시련이 너무 커서 인간이 지닌 거친 감각마저도 무뎌진 것이지요.

이렇게 외진 곳에 틀어박혀 오전에는 일에 매진했습니다. 그러나 저녁 시간이 되어 날씨가 허락하면 돌투성이 해변을 걸으면서 포효하듯 발치로 밀려오는 파도 소리를 들었습니다. 단조로우면서도 변화무쌍한 풍경이었습니다. 나는 스위스를 생각했습니다. 이 황량하고 무시무시한 풍광과는 전혀 다른 곳이었지요. 언덕은 포도나무로 뒤덮여 있고 평원에는 오두막집으로 빽빽한 곳. 아름다운 호수에는 푸르고 온화한 하늘이 비치고, 바람이 호수를 어지럽힐 때면 아무리 큰 요동도 이 거대한 바다의 포효에 비하면 팔팔한 아기의 놀이처럼 아기자기한 곳 말입니다.

처음 도착했을 때는 아침에 일하고 저녁에 나가는 식으로 작업했지만, 진척될수록 점점 짜증과 두려움이 몰려왔습니다. 가끔 마음을 잡을 수 없어 며칠 동안 실험실에 들어가지 못하거나, 또 어떨 때는 일을 마무리 짓기 위해 밤낮없이 일하기도 했습니다. 정말 괴로운 과정을 거쳐야 했습니다. 처음 실험하던 때는 어떤 광기에 눈이 멀어 끔찍한 실험의 실체를 보지 못했습니다. 일의 결과물에만 생각이 꽂혀 그 과정의 공포를 외면한 겁니다. 하지만 이제 내 피는 차갑게 식어 있었고, 마음은 내 손이 하는 일에 메스꺼움을 자주 느꼈습니다.

혐오스럽기 그지없는 일에 몰두해야 하는 상황, 작업 현장 외에는 단 한 순간도 이목을 끌 게 없는 고독한 상황에서 마음의 균형은 점점 깨졌습니다. 불안하고 초조했습니다. 매 순간 나를 박해하는 자를 만나게 될까 봐 두려웠습니다. 눈을 들면 그토록 무서워하던 것을 보게 될까 봐 겁이 나서 가끔은 땅바닥만 노려보고 앉아 있기도 했지요. 혼자 있다가 동반자를 내놓으라며 그놈이 나타날까 봐 두려워 사람들이 없는 곳으로 가는 것조차 무서웠습니다.

그러는 동안에도 계속 일했기 때문에 작업은 상당히 진척되었습니다. 떨리는 마음으로 완성되기만 간절히 바랐습니다. 일이 잘 끝나리라는 희망이 있었기에 감히 의심하지는 않았지만, 거기에는 막연히 불길한 예감이 뒤섞여 있었습니다. 이런 예감 때문에 속이 역겨워지곤 했습니다.

3장

어느 날 저녁 나는 실험실에 앉아 있었습니다. 이미 해는 졌고 달이 바다에서 막 떠오르고 있었어요. 일하기에는 빛이 충분치 않아 작업을 접을지 아니면 더 공을 들여 일을 마칠지 고민했습니다. 앉아 있다 보니 여러 생각이 떠오르더군요. 생각이 꼬리를 물고 떠올라 내가 지금 하는 일이 어떤 결과를 가져올지에 미쳤습니다.

3년 전 나는 오늘처럼 연구에 매진하여 악마를 창조했고 그 악마의 비할 데 없는 만행은 내 심장을 파괴했으며 이제는 가장 쓰디쓴 회한으로 나를 채웠습니다. 이제 나는 또 다른 존재를 창조하기 직전이었고 그 존재의 성향에 대해서도 역시 알지 못했습니다. 새 존재는 자신의 짝보다 천 배 더한 악의로 살인과 불행을 그 자체로 즐길 수도 있었습니다. 괴물은 인간이 사는 곳을 떠나 사막에 숨겠다고 맹세했지만, 새 존재는 나에게 그렇게 약속한 적이 없습니다. 그 여자 역시 생각이 가능한 이성적 동물이 될 것이 확실한데, 자신이 태어나기 전에 맺은 약속을 거절할 가능성도 있었던 겁니다. 두 존재가 심지어 서로를 싫어할 수도 있었습니다. 이미 살고 있던 피조물은 흉측한 자기 모습을 증오하는데 눈앞에 자신과 같은 모습의 여자가 나타나면 더 큰 증오심을 품지 않을까요? 여자 역시 남자를 혐오하며 그에게서 등을 돌리고 인간의 우월한 아름다움을 원할 수도 있습니다. 여자가 떠나면 남자는 다시 혼자가 될 테고 동족에게조차 버려지는 도발에 더욱 화가 날지도 모르는 일입니다.

이들이 설사 유럽을 떠나 신세계의 사막에서 살더라도 악마가 목말라했던 교감의 결과로 자식이 생길 것이고, 악마 종족이 지상에 번식할 수도 있습니다. 그렇게 되면 지구는 인간이 살기에 위험하고 공포 가득한 곳이 될 수도 있지요. 내 이익을 위하려고 영원히 이어질 후세대에 이런 저주를 남길 권리가 내게 있는가? 내가 창조한 존재의 궤변에 마음이 움직였던 때도 있었습니다. 그의 기괴한 위협에 충격을 받아 분별력을 잃었던 게지요. 그러나 이제 내가 괴물에게 한 약속이 얼마나 사악한 것인지 처음으로 깨달음이 왔습니다. 미래 세대가 나를 인류의 역병 같은 자로, 즉 제 한 몸을 건사하려고 전 인류의 생존을 주저 없이 희생양으로 삼은 이기적인 존재로 저주할 것이라는 생각에 전율이 일었습니다.

몸서리나고 심장이 주저앉는 것 같았습니다. 그때 고개를 들자 악마가 달빛을 받아 창틀 옆에 서 있는 것이 보였습니다. 자신이 요청한 일을 수행하는 나를 응시하며 소름 끼치는 웃음을 짓느라 괴물의 입가에는 주름이 잡혔습니다. 그렇습니다. 그는 나의 여행길을 뒤쫓아왔던 것입니다. 숲을 배회하고, 동굴에 몸을 숨기고, 광막하고 황량한 들판에서 은신처를 찾았겠지요. 그러다 이제 일의 진척 상황을 확인하고는 약속을 이행하라고 재촉하러 나타난 것입니다.

물끄러미 바라보는 괴물의 얼굴에는 극도의 악의와 배신의 표정이 드러났습니다. 광기에 사로잡힌 나는 그와 똑같은 존재를 하나 더 만들어준다던 약속을 생각해내고는 감정이 북받쳐 올라, 작업 중이던 존재를 갈기갈기 찢어버렸습니다. 괴물은 자기 미래의 행복이 달려 있던 피조물이 내 손에서 망가지는 모습을 보자 사악한 절망과 복수심으로 울부짖으며 사라졌습니다.

나는 방을 나와 문을 잠근 다음 다시는 일을 재개하지 않겠다고 엄숙히 맹세했습니다. 그러고서 떨리는 발걸음으로 거처에 돌아왔습니다. 나는 혼자였습니다. 암울함을 쫓아주고 가장 참혹한 몽상으로 인한 역겨운 압박감을 덜어줄 사람이 옆에 한 명도 없었습니다.

몇 시간이 지나도록 창가에서 하염없이 바다를 바라보았습니다. 바람이 숨을 죽인 탓에 바다에는 거의 움직임이 없었습니다. 자연은 고요한 달빛 아래 쉬고 있었지요. 어선 몇 척만 바다 위에 점점이 떠 있었고, 이따금 부드러운 산들바람은 어부들이 상대를 부르는 목소리를 실어 날랐습니다. 정적이 얼마나 깊은지 미처 깨닫지 못했는데 갑자기 바닷가에서 노 젓는 소리가 들려 깜짝 놀랐습니다. 어떤 사람이 집 근처에 배를 대는 것이었습니다.

몇 분 후 문이 삐걱거렸습니다. 누군가 부드럽게 문을 열려는 듯했습니다. 머리끝에서 발끝까지 떨렸습니다. 누구인지 알 것 같은 예감이 들어 집에서 멀지 않은 오두막에 사는 농부를 깨우고 싶었지요. 그러나 무서운 꿈을 꿀 때 종종 그러하듯 온몸에 기운이 빠져 꼼짝도 할 수 없었어요. 위험이 임박해 도망치고 싶어도 마치 그 자리에 뿌리를 내리기라도 한 듯 아무 소용도 없었습니다.

이윽고 복도를 따라 걸어오는 발소리가 들리더니 문이 열리고 내가 그토록 두려워하던 괴물이 나타났습니다. 그는 문을 닫고 내게 다가오더니 감정을 억누르는 듯한 목소리로 말했습니다.

"당신이 시작했던 일을 스스로 파괴하다니 대체 의도가 뭐지? 감히 약속을 깨뜨리려는 것인가? 나는 온갖 고생을 겪으며 불행을 감내해왔어. 당신과 함께 스위스를 떠나왔지. 버드나무 무성한 섬들을 따라 라인강변을 기고 그 언덕 봉우리까지 넘었어. 영국의 황야와 스코틀랜드 광야에서 몇 달을 살았지. 헤아릴 수 없는 피로와 추위와 굶주림도 견뎌냈어. 그런데 감히 내 희망을 짓밟으려는 건가?"

"꺼져버려! 약속은 파기다. 네놈만큼 흉측하고 사악한 괴물을 다시는 만들지 않겠어."

"넌 노예야! 전에는 합리적으로 설득하려 했지만, 이제 너는 사정을 봐줄 가치조차 없는 놈인 게 드러났어. 내게 힘이 있다는 걸 기억해라. 지금도 너 자신이 괴롭다고 생각하겠지만, 앞으로는 햇살마저 증오할 지경으로 네놈을 비참하게 할 수 있다. 네놈은 내 창조자지만, 나는 네 주인이다. 내 말에 복종하라!"

"내가 약해 빠졌던 시간은 이제 지나갔다. 이제 네가 힘을 휘두를 시간이 왔구나. 하지만 아무리 협박한들 나는 악행을 저지르지 않겠다. 그래 봐야 오히려 함께 악행을 저지를 동반자를 만들지 않기로 한 내 결정이 옳았다는 확신만 들겠지. 제정신이라면 죽음과 불행을 즐거워하는 악마를 내가 세상에 풀어놓을 것 같으냐? 당장 꺼져! 내 의지는 확고하고 네 말은 내 분노만 키울 뿐이다."

괴물은 내 결연한 표정을 보더니 아무 힘 없는 분노로 이를 갈더군요. "인간은 누구나 가슴에 품을 동반자를 찾고 짐승조차 짝을 찾는데 나만 혼자여야 한단 말이냐? 내게도 사랑의 감정이 있었지만, 돌아온 건 혐오와 경멸뿐이었어. 너라는 인간, 날 증오해도 좋다. 하지만 조심해! 앞으로 너는 공포와 불행으로 시간을 보내게 될 거고, 곧 벼락이 떨어져 네 행복을 영영 앗아갈 것이다. 나는 참담한 불행에 빠져 허우적거리는데 네놈은 행복할 것 같으냐? 다른 열정은 다 짓밟혀도 복수심은 남는다. 앞으로는 복수가 빛이나 양식보다 내게 더 소중할 것이다! 내가 죽을 수도 있겠지. 하지만 먼저 너, 독재자이자 고문관인 너는 네 불행을 응시하는 태양을 저주하게 될 것이다. 조심하라. 나는 두려울 게 없고 그렇기에 더 강하다. 간교한 뱀처럼 너를 지켜볼 것이고 맹독으로 너를 찌를 것이다. 인간인 네가 내게 입힌 상처를 후회하게 만들어줄 테다."

"이 악마, 멈추어라. 원한에 찬 그런 말로 공기를 더럽히지 마라. 네놈에게 이미 내 결심을 선포했고, 나는 그런 위협에 꺾일 만큼 겁쟁이가 아니다. 꺼져라. 내 마음은 바뀌지 않는다."

"좋다. 간다. 그러나 기억해라. 네놈의 결혼식 날 밤에 내가 함께 있어주지."

나는 뛰쳐 가며 소리쳤습니다. "이 악당 놈아! 내 사형 집행장에 서명하기 전에 네놈 안전부터 챙겨야 할 것이다!" 놈을 잡으려 했지만, 간단히 나를 피해 신속하게 집을 나갔습니다. 몇 분 후 그가 탄 배가 보이더니 쏜살같이 물살을 가르며 파도 속으로 사라졌습니다.

사방은 다시 고요해졌지만, 괴물이 남긴 말들이 귓전에서 울려댔습니다. 분노로 이글거리는 마음으로 내 평화를 죽인 놈을 쫓아가 바다에 처박고 싶었습니다. 어지러운 마음으로 분주하게 방을 서성이는 동안 수천 가지 이미지가 상상 속에서 떠올라 나를 괴롭히고 쏘아댔습니다. 왜 그놈을 따라가 목숨을 걸고 싸워 결판내지 않은 것인가? 나는 오히려 일을 악화해 그놈이 떠나게 방치했고, 놈은 유럽 본토로 방향을 잡은 겁니다. 그놈의 탐욕스러운 복수심에 쓰러질 다음 희생자는 생각만 해도 몸서리가 쳐졌습니다.

놈이 했던 말이 다시 떠올랐습니다. "네놈의 결혼식 날 밤에 함께 있어주지." 그렇다면 그날이 바로 내 운명이 종결될 시각이었습니다. 나는 그 시각에 죽을 테고 놈의 악의도 충족되는 동시에 꺼질 것이었습니다. 두렵지는 않았어요. 하지만 사랑하는 엘리자베스에게 생각이 미치자 몇 달 만에 눈물이 흘러내렸습니다. 사랑하는 사람을 야만적으로 빼앗기고 흘릴 그녀의 눈물과 한없는 슬픔이 생각났기 때문입니다. 그리고 다짐했습니다. 격렬히 싸워보지도 않고 적 앞에 무너지지는 않겠다고 말입니다.

그렇게 밤이 지나고 바다에서 해가 떠올랐습니다. 마음도 더 차분히 가라앉더군요. 그걸 차분하다고 부를 수 있다면요. 사실, 격한 분노가 절망의 심연으로 가라앉았을 뿐이었습니다.

집을 나섰습니다. 지난밤 원수와 설전을 벌인 공포의 현장을 떠나 바닷가로 걸어 나갔습니다. 바다는 나와 다른 사람들 사이에 가로놓인 넘지 못할 장벽 같았어요. 아니, 차라리 그랬으면 좋겠다는 바람이 나를 휘감았습니다. 저 메마른 바위에서 생을 보내고 싶었습니다. 활기는 없겠지만, 갑작스러운 불행이 닥치는 일은 피할 수 있을 테니까요. 집에 돌아간다면 내가 희생당하거나, 가장 사랑하는 사람들이 내가 창조한 악마의 손아귀에서 죽어가는 모습을 보게 될지도 모릅니다.

불안한 유령처럼 섬을 배회했습니다. 사랑하는 모든 것에서 분리된 채 말입니다. 정오가 되어 해가 더 높이 뜨자 풀밭에 누워 깊은 잠에 빠지고 말았습니다. 그 전날 밤 내내 깨어 있었기 때문에 신경이 날카로운 상태였고, 주변을 경계하고 불행한 마음에 빠져 눈에는 핏발이 서렸지요. 깊이 잠을 자고 나자 기운이 좀 나더군요. 깨어났을 때는 다시 전처럼 인류의 구성원이 된 듯한 느낌이었고 지난 일을 더 차분히 생각하기 시작했습니다. 그러나 악마의 말은 장례식 종소리처럼 여전히 귓가에 울렸습니다. 마치 꿈처럼 들렸지만, 실상은 선명하고 무거운 현실이었습니다.

해가 훨씬 더 기울었지만, 여전히 바닷가에 앉아 귀리 빵을 게걸스레 먹으며 식욕을 달래고 있었습니다. 그때 어선 한 척이 다가와 내게 꾸러미를 하나 주었습니다. 꾸러미에는 제네바에서 온 편지들과 자신과 함께하자고 간청하는 클레르발의 편지가 들어 있었습니다. 우리가 스위스를 떠난 지 1년이 다 되어 가는데 아직 프랑스에는 가보지 못했다는 말이었습니다. 그리고 내게 고독한 섬을 어서 떠나 일주일 후 퍼스에서 자신과 만나 향후 계획을 짜자고 했습니다. 이 편지 덕에 나는 어느 정도 삶으로 돌아왔고, 이틀 후 섬을 떠나기로 했습니다.

하지만 떠나기 전에 할 일이 있었습니다. 생각만 해도 떨렸습니다. 화학 실험 도구를 챙기는 일이었는데 그렇게 하려면 끔찍한 일을 했던 방으로 들어가서 도구들을 만져야 했던 겁니다. 보기만 해도 역겨운 광경이었습니다. 다음 날 아침 동이 트자마자 용기를 쥐어짜 잠긴 실험실

문을 열었습니다. 내가 파괴했던 반쯤 완성된 피조물의 잔해가 마룻바닥에 널려 있었습니다. 살아 있는 인간의 몸을 난도질한 것 같은 기분이 들었어요. 잠시 발길을 멈추고 마음을 가라앉힌 뒤에 방으로 들어갔습니다. 떨리는 손으로 실험 도구를 옮겼지만, 농부들의 공포와 의구심을 살 흔적을 남겨둬서는 안 되겠다는 생각이 들더군요. 결국, 잔해를 바구니에 담고 돌을 잔뜩 같이 넣어 그날 밤 당장 바다에 던져야겠다고 작심했습니다. 그동안 바닷가에 앉아 실험 기구를 닦고 정리하는 일에 매진했습니다.

악마가 나타났던 밤 이후 내 감정에 일어났던 변화는 철저하고 완벽했습니다. 예전에는 우울한 절망에 빠져 내가 한 약속을 어떻게든 지켜야 한다고 생각했어요. 결과가 어떻든 완수해야 한다고 말이지요. 하지만 이제 눈을 덮었던 막이 걷힌 느낌이었습니다. 처음으로 모든 게 명료했습니다. 작업을 재개해야 한다는 생각은 한순간도 들지 않았습니다. 두 귀에 선명하게 들린 위협이 생각을 짓눌렀지만, 그 일을 마쳤다 해도 재앙은 피하기 어려워 보였습니다. 이미 결심은 단호했지요. 처음 창조한 괴물과 비슷한 것을 또 만드는 일은 더없이 저급하고 극악무도한 이기적인 행동일 뿐이었습니다. 다른 결론으로 이어질 생각 따위는 마음에서 모조리 지워버렸습니다.

새벽 2시에서 3시 사이에 달이 떴습니다. 작은 배에 바구니를 싣고 해변에서 6킬로미터 정도 노를 저어 나왔습니다. 풍광은 완벽할 정도로 고요했습니다. 몇 척의 배가 육지로 돌아오고 있어서, 나는 그 배들을 피해 더 멀리 나아갔습니다. 끔찍한 범죄를 저지르는 기분이 들어선지 타인과 접촉하는 게 살 떨리게 두려웠습니다. 한순간 밝았던 달이 돌연 짙은 구름에 가려졌습니다. 바로 그 찰나의 어둠을 틈타 바다에 바구니를 던졌습니다. 바구니가 꼬르륵 하고 가라앉는 소리를 주의 깊게 듣고 나서 배를 저어 현장을 떠났습니다. 하늘에는 구름이 끼어 있었지만, 공기는 청명했습니다. 느닷없이 불어 닥친 북동풍이 쌀쌀했지만 그 바람에 오히려 기운이 나고 쾌적한 느낌으로 충만해졌습니다. 그런 덕에 바다 위에 좀 더 머무르기로 하고는 키를 고정한 채 바닥에 몸을 펴고 누웠습니다. 구름이 달을 가리고 주위가 흐려지자 배가 물살을 가르는 소리 외에는 아무것도 들리지 않았습니다. 그 소리에 마음이 가라앉은 나는 곧 깊은 잠에 빠져들었습니다.

이런 상태로 얼마나 오래 누워 있었는지는 모르겠습니다. 깨어나 보니 해가 벌써 상당히 높이 떠 있더군요. 바람이 세게 불었고 파도는 끊임없이 작은 배를 위협했습니다. 북동풍으로 보아 처음 나선 해안에서 훨씬 멀리 떠내려온 것이 틀림없었어요. 진로를 바꿔보려 했지만, 다시 한번 그랬다가는 배에 물이 잔뜩 고일 것 같았습니다. 바람을 타는 수밖에 없었습니다. 솔직히 좀 두려웠다는 고백을 해야겠군요. 나침반도 없고 지리도 낯설어 해 위치 파악도 별 도움이 되지 못했습니다. 드넓은 대서양에서 표류하다 굶주림의 고통을 겪을 수도 있고, 사방에서 포효하는 어마어마한 바닷물에 빨려 들어갈 수도 있었습니다. 해변을 떠나온 지 벌써 몇 시간째라 갈증이 심해 몹시 괴로웠지만, 이건 고난의 서곡에 불과했습니다.

하늘을 처다보니 바람 때문에 밀려간 구름 자리에 또 다른 구름이 들어와 있었습니다. 바다는 마치 내 무덤처럼 보였지요. 고함을 질러댔습니다. "악마야, 네 임무는 이미 이루어졌다!" 엘리자베스, 아버지 그리고 클레르발을 생각했습니다. 또한, 절망적이고 무시무시한 몽상에 빠져들었습니다. 이제 그 풍광은 거의 잊혔지만, 아직 생각만 해도 몸서리가 납니다.

이렇게 몇 시간이 흘렀습니다. 수평선을 향해 해가 서서히 기울자 바람이 잦아들어 부드러운 산들바람으로 변했고 부서지던 파도도 사라졌습니다. 그러나 다시 파도가 높이 일어 멀미가 심해졌습니다. 키도 잡을 수 없을 만큼 멀미에 시달렸는데, 느닷없이 남쪽으로 고원이 펼쳐진 광경이 보였습니다.

극도의 피로와 심한 불안감을 몇 시간 동안 견디며 탈진해 있다가 돌연 살아날 것이 확실해지자 마음에는 따뜻한 기쁨이 홍수처럼 밀려들었고 눈물이 왈칵 쏟아지더군요.

우리 인간의 감정이란 얼마나 변덕스럽고, 극한의 불행을 겪으면서도 끝내 놓지 못하는 생에 대한 애착은 얼마나 기이한지요! 옷을 찢어 돛을 하나 더 만들어 올린 다음 육지를 향해 열심히 배를 저었습니다. 육지는 험준하고 바위가 많아 보였지만, 다가가 보니 문명의 흔적을 금방 찾을 수 있었습니다. 바닷가의 배들을 보니 문명 속 인간이 사는 곳에 돌아왔다는 실감이 나더군요. 육지 구석구석을 주의 깊게 살피다가 작은 곶 뒤에 솟아오른 첨탑이 눈에 들어왔습니다. 몸이 많이 지쳐 있던 상태라 먹을 것을 구하러 마을로 향하기로 했습니다. 다행히 수중에는 돈이 있었습니다. 곶을 돌아가자 작고 단정한 마을과 꽤 근사한 부두가 눈에 들어와 거기 들어갔습니다. 예기치 못했던 탈출의 기쁨에 심장은 여전히 뛰었습니다.

배를 고치고 돛을 정리하는 사이에 내가 있는 곳으로 사람들이 몰려

들었습니다. 내가 나타난 탓에 꽤 놀란 모양이었습니다. 하지만 이들은 나를 도와주기는커녕 서로 귓속말로 쑥덕거리며 손짓을 했습니다. 다른 때 같으면 걱정이 됐을 상황이었지요. 하지만 그때는 그들이 영어를 쓰는 것을 알아채고 영어로 말을 걸었습니다.

"여러분, 안녕하세요? 죄송하지만 이 마을의 이름을 좀 알려주시겠습니까? 여기가 어딥니까?"

"곧 알게 될 거요." 어떤 남자가 통명스럽게 대꾸했습니다. "당신 취향에 별로 맞지 않는 곳에 온 것 같군그래. 하지만 숙소를 구할 수는 없을 거라 내 장담하지."

낯선 사람에게서 이토록 무례한 대답을 듣고는 몹시 놀랐습니다. 게다가 잔뜩 인상을 구기고 화가 난 표정을 한 일행의 표정을 보면서 좀 불안했습니다.

"왜 그리 통명스럽게 말하십니까?" 내가 물었습니다. "이방인을 이토록 불친절하게 대하는 게 영국인의 관습은 아닐 텐데요."

"영국 관습은 어떤지 모르지만, 범죄자를 혐오하는 게 아일랜드의 관습이오." 남자의 말이었습니다.

이 기이한 대화가 오가는 동안 구경꾼은 급속히 늘었습니다. 그들의 얼굴에 뒤섞인 호기심과 분노에 나 역시 짜증이 났지만, 슬슬 걱정도 되었습니다. 여관으로 가는 길을 물어도 말해주는 이가 없었습니다. 앞으로 걸어 나가자 사람들이 나를 따라와 에워싸고 웅성거리더군요. 그때 험상궂게 생긴 남자가 내 어깨를 툭 치더니 이렇게 말하는 겁니다. "이봐요, 선생. 나를 따라 커윈 씨 집으로 가서 신원을 말해주시오."

"커윈 씨가 누구신가요? 왜 내가 신원을 밝혀야 합니까? 이곳은 자유국가 아닌가요?"

"물론 정직한 사람에게는 충분히 자유로운 나라지요. 커윈 씨는 이곳의 치안판사요. 당신은 판사에게 어젯밤 여기서 살해된 채 발견된 신사의 죽음에 관해 해명해야 할 거요."

이 말에 소스라치게 놀랐지만, 곧 정신을 가다듬었습니다. 나는 무죄였습니다. 쉽게 증명할 수 있는 문제였고요. 결국, 말없이 안내인을 따라나섰고 마을에서 가장 좋은 저택에 도착했습니다. 피로와 허기로 금방이라도 쓰러질 것 같았지만, 사람들이 날 에워싸고 있어 젖 먹던 힘까지 내야 한다는 생각이 들었습니다. 쇠약한 모습을 보이면 두려움이나 죄책감으로 오해를 살 염려가 있었으니까요. 그때만 해도 나는 얼마 안 있어 나에게 덮칠 어마어마한 비극을 상상도 하지 못했습니다. 엄청난 공포와 절망으로 굴욕이나 죽음에 대한 두려움마저도 모조리 날려버릴 정도였으니까요.

여기서 잠깐 쉬어야겠습니다. 이제부터 이야기할 끔찍한 사건을 세세한 부분까지 명확히 떠올리려면 남은 힘을 남김없이 끌어모아야 하기 때문입니다.

4장

　나는 곧 치안판사에게 불려갔습니다. 판사는 자애로운 인상의 노인으로 차분하고 온화한 태도를 보였지요. 그러나 나를 바라보는 눈길은 꽤 엄했습니다. 그는 나를 데려온 사람들에게 돌아서더니 누가 이 사건에 증인으로 나설 것이냐고 묻더군요.

　여섯 명 정도가 나섰는데 판사는 그중 한 사람을 지목했습니다. 그의 증언에 따르면 전날 밤 그는 아들과 처남 대니얼 뉴전트를 데리고 고기잡이를 나갔는데, 열 시경 강한 북풍이 불어 부두로 배를 돌렸습니다. 아직 달이 뜨지 않아 캄캄한 밤이었습니다. 부두에 배를 대지 않고 평소대로 3킬로미터 더 밑에 있는 작은 만에 배를 댔습니다. 그가 고기 잡는 연장을 들고 앞서 걸었고, 아들과 처남은 약간 거리를 두고 뒤를 따랐습니다. 모래사장을 따라 걸어가다가 그는 발치에 뭔가 걸려 벌렁 넘어지고 말았습니다. 아들과 처남이 달려왔고, 손에 든 등불을 비추어 보니 시체였습니다. 아무리 봐도 이미 죽어 있었습니다. 처음에는 익사한 시체가 파도에 휩쓸려 왔다고 짐작했습니다. 그러나 자세히 보니 옷

이 젖지 않았고 아직 온기도 남아 있었다는 겁니다. 그들은 곧장 근처
어느 노파의 오두막으로 옮겨 소생시키려 애썼으나 허사였습니다. 시
신은 스물다섯 살 정도로 보이는 잘생긴 청년이었습니다. 목에 손가락
자국이 검게 남은 것 외에는 폭력의 흔적이 없는 것으로 보아 목 졸려
죽은 게 분명했습니다.

이 남자의 증언 앞부분을 들을 때까지만 해도 전혀 관심이 없었습니
다. 그러나 손가락 자국 이야기가 나오자 살해당한 동생이 떠올라 심하
게 동요가 오더군요. 사지가 덜덜 떨리고 눈앞이 뿌옇게 흐려져 의자에
몸을 기대야 했습니다. 치안판사는 예리한 눈으로 나를 관찰했고, 당연
히 내 행동거지를 수상쩍게 여겼습니다.

아들의 증언도 아버지와 다름없었습니다. 그러나 그다음에 불려 나
온 대니얼 뉴전트는 매형이 넘어지기 직전에 바닷가에서 멀지 않은 곳
에서 한 남자가 탄 배를 분명히 보았다고 증언했습니다. 별빛에 비친
모습으로 봤을 때 방금 내가 타고 상륙한 바로 그 배가 틀림없다는 것
이었습니다.

해변에 사는 여자가 증언을 이어갔습니다. 그녀는 시체가 발견되었
다는 소식을 듣기 한 시간 전, 어부들이 돌아오기를 기다리며 오두막
문간에 서 있다가 어떤 남자 하나가 탄 배가 바닷가에서 떠나는 걸 보
았다고 증언했습니다. 시체가 발견된 그 해변이었습니다.

또 다른 여자는 시체를 옮겨 간 집의 주인이었는데 어부들의 증인이
맞다고 확인해주었습니다. 그때까지만 해도 몸에는 온기가 남아 있었
다더군요. 그래서 사람들은 청년의 몸을 침대에 눕히고 몸을 문질러댔
고 대니얼이 약제상을 부르러 마을로 갔지만, 남자의 숨은 이미 꺼졌더

랍니다.

내가 배에서 내린 일과 관련해 몇 사람이 추가로 조사를 받았습니다. 그들은 전날 밤 밤새도록 강한 북풍이 불어댔기 때문에 내가 몇 시간 동안 파도와 싸우다가 도리 없이 출발했던 지점으로 돌아왔을 가능성이 높다고 했습니다. 게다가 그들이 보기에는, 내가 시체를 다른 곳에서 옮겨왔고 이 해변을 잘 모르는 것처럼 보였으므로, 처음 시체를 유기한 곳에서 마을까지 거리를 전혀 모른 채 항구에 들어왔을 것이라고 말했습니다.

커윈 판사는 이러한 증언을 들은 다음 시신이 안치된 방으로 나를 데리고 들어가려 했습니다. 내가 시신을 보고 어떤 반응을 보이는지 살펴보려고 했던 것 같습니다. 그 청년이 어떻게 죽었는지 사람들이 설명할 때 내가 보인 극도의 불안감 때문이었을 겁니다. 결국, 나는 치안판사와 다른 몇 명에게 이끌려 여관으로 갔습니다. 우여곡절 많았던 밤에 일어난 기이한 우연에 충격을 받지 않을 수 없었습니다. 하지만 시신이 발견된 시각에 내가 머물던 섬의 주민 여럿과 이야기를 나누고 있었기 때문에 사건 결과에 마음이 흔들릴 일은 없었습니다.

시신이 있는 방으로 들어가 관이 위치한 곳까지 안내받았습니다. 시신을 본 순간의 기분을 어떻게 설명할 수 있을까요? 그 끔찍한 순간을 생각하면 아직도 공포로 타 들어가는 느낌이 듭니다. 그 끔찍한 순간을 떠올리기만 해도 시신의 정체를 알게 된 후 전율과 고통이 나를 휘감았던 때의 기억이 살아납니다. 죽은 앙리 클레르발의 시신이 내 앞에 누워 있는 모습을 본 순간, 재판도, 함께 있던 치안판사나 증인들의 존재도 내 기억에서 꿈처럼 사라져버렸습니다. 나는 숨을 쉴 수 없어 헐떡였습니다. 시신을 와락 끌어안고 외쳤습니다. "내가 벌인 간계가 너마저, 내가 가장 사랑하는 앙리 네 목숨마저 앗아갔단 말이냐? 이미 두 사람이 죽었는데, 또 다른 희생자들이 운명을 기다리고 있구나. 하지만 너 클레르발, 내 친구, 나의 은인이…."

인간의 몸으로는 감당하지 못할 괴로움에 나는 심한 발작을 일으켜 밖으로 실려 나왔습니다.

발작이 지나간 다음에는 고열이 났습니다. 두 달 동안 사경을 헤맸지요. 나중에 들은 바로는 내가 열에 들떠 끔찍한 헛소리를 내뱉었답니다. 나는 자신을 윌리엄, 유스틴 그리고 클레르발의 살인자라고 외쳐댔습니다. 때로는 간호하는 이들에게 나를 괴롭히는 악마를 죽일 수 있도록 도와달라고 간청하기도 했습니다. 괴물의 손가락이 내 목덜미를 쥐고 있다는 느낌에 사로잡혀 번뇌와 고통으로 비명을 지르기도 했습니다. 다행히 모국어를 썼던 덕에 커윈 씨 외에는 내 말을 아무도 알아듣지 못했어요. 하지만 내 몸짓과 비통한 아우성만으로도 증인들이 겁을 먹기에는 충분했습니다.

나는 왜 죽지 않았을까요? 그 어떤 인간보다 불행한 내가 왜 망각과 휴식 속으로 꺼져 들어가지 못했을까요? 죽음은 맹목적으로 자식을 사랑하는 부모에게 남은 유일한 희망인 아이들, 꽃처럼 피어나는 자식들을 수없이 앗아갑니다. 얼마나 많은 신부와 젊은 연인이 건강과 희망으로 한껏 피어났다가 다음날 벌레들과 무덤에서 썩어갔던가요! 나는 도대체 무엇으로 만들어졌기에 이토록 수레바퀴 돌 듯 새로운 고문처럼 가해지는 충격을 그토록 자주 겪고도 살아남았던 걸까요?

하지만 나는 살아야 하는 저주를 받은 존재였습니다. 두 달 후 꿈에서 깨보니 감방 안 초라한 침대에 누워 있더군요. 주변에는 간수, 걸쇠 그리고 지하 감방의 온갖 너절한 물건이 보였습니다. 기억하기로 잠에서 깨어 의식을 회복했던 때는 아침이었습니다. 무슨 일이 일어났는지 구체적인 것들은 다 잊어버렸고, 어떤 큰 불행이 돌연 나를 덮친 듯한 막연한 느낌만 남아 있었습니다. 그러나 주변을 둘러보다 창살 있는 창문과 감방의 허름한 꼴을 보니, 지나간 일의 기억이 섬광처럼 되살아나 신음을 내뱉었습니다.

신음 소리에 내 옆 의자에 앉아 잠들었던 노파가 깨어났습니다. 고용된 간병인으로 간수의 아내였습니다. 그 여자의 표정에는 그 계층 사람들의 흔한 특징인 온갖 나쁜 자질이 그대로 드러나 있었습니다. 불행을 연민 없이 보는 일에 익숙해진 사람들 얼굴에서 으레 보이는 거칠고 짙은 주름이 잔뜩 팬 얼굴이었지요. 말투에서는 지독한 냉담함이 묻어났습니다. 내게 영어로 말을 거는데 목소리를 들으니 아플 때 들어본 목소리 같더군요.

"이제 좀 살 만하시오?"

나도 영어로 대답했습니다. 힘이라고는 없는 목소리였지요. "그런 것 같습니다. 하지만 이 모두가 사실이고 정말 제가 꿈을 꾸는 게 아니라면, 살아서 이런 불행과 고통을 겪게 되어 한탄스럽군요."

"그 문제라면," 노파가 대꾸했습니다. "당신이 죽인 신사 이야기라면 당신은 차라리 죽는 편이 더 나았을 거요. 톡톡히 죗값을 치르게 될 테니까요. 하지만 다음 재판이 열려야 교수형을 당하겠지요. 뭐, 그건 내 알 바 아니고요. 나야 당신을 낫게 하라고 간병인으로 보낸 사람이니까 양심껏 의무를 다할 거요. 다들 그렇게만 하면 좋겠구먼."

방금 사경을 헤매다 간신히 살아난 사람에게 그토록 매정한 말을 내뱉을 수 있는 여자가 보기 싫어 돌아누웠습니다. 하지만 기운이 없어 지나간 일을 곱씹어볼 수도 없었습니다. 내가 살아온 일생이 꿈처럼 눈앞에 스쳐 지나가더군요. 때로는 이게 다 사실인가 의심도 들었습니다. 이 모든 일에 현실감이라고는 전혀 없었으니까요.

눈앞에 떠다니던 이미지들이 차츰 명료해지면서 열에 시달렸습니다. 어둠이 주위를 짓누르고 있었습니다. 사랑이 담긴 온화한 말씨로 나를 달래주는 사람은 아무도 없었습니다. 붙들어줄 다정한 손길도 없었어요. 의사가 와서 약을 처방해주고 노파가 약을 가져다주었지만, 의사는 무심하고 부주의했고 노파의 얼굴에는 무자비한 표정이 선명했습니다. 사형을 집행하고 돈을 챙길 집행자 외에 누가 살인자의 운명에 관심이나 갖겠습니까?

처음에는 이렇게 부정적인 생각이 앞섰지만, 머지않아 커윈 씨가 내게 지극한 친절을 베풀었다는 사실을 알게 되었습니다. 그는 가장 좋은 감방을 마련해주었고(그래 봐야 형편없었지만) 의사와 간병인을 보내준 장본인이었습니다. 물론 나를 보러 오는 일은 거의 없었습니다. 세상 모든 이들의 괴로움을 덜어주고 싶다는 열의가 있는 사람이었지만, 살인자의 고뇌와 비참한 발광까지 보고 싶지는 않았던 겁니다. 그래서 그는 내가 방치되는 것은 아닌지 가끔 보러 올 뿐이었습니다. 그나마 한참만에 들러서는 잠깐 있다 갈 뿐이었지요.

몸이 점차 회복되고 있던 어느 날, 나는 의자에 앉아 있었습니다. 눈은 반쯤 뜬 채 뺨은 죽은 사람처럼 창백한 납빛이었습니다. 우울과 불행에 휩싸인 채 풀려나 비참한 세상에 나가 살 바에는 여기 남아 죽는 것이 낫겠다는 생각을 자주 했지요. 한 번은 유죄를 인정하고 법정형을 받을까 하는 생각까지 들었습니다. 가엾은 유스틴보다 죄 많은 몸이니까요. 이런 생각을 하는데 감방 문이 열리더니 커윈 판사가 들어오더군요. 그의 얼굴에는 동정과 연민이 가득했습니다. 자기 의자를 내 의자 쪽으로 끌어당기더니 프랑스어로 말했습니다.

"이곳에 있는 게 충격이 크겠지요. 좀 더 편하게 해드릴 방법이 없겠습니까?"

"감사합니다. 하지만 말씀하신 건 제게 아무 의미 없습니다. 온 세상 어디에서도 제가 받을 안식은 없으니까요."

"당신처럼 기이한 불운을 겪은 분에게는 낯선 이의 연민이 별 위로가 되지 못한다는 것을 잘 압니다. 하지만 머지않아 이 암울한 곳을 떠나게 될 겁니다. 범행 혐의를 벗겨줄 만한 증거를 분명 확보할 테니까요."

"전혀 관심 없는 문제입니다. 기이한 불행이 연달아 일어난 탓에 전 세상에서 가장 불행한 사람이 되었습니다. 지금도 과거에도 박해와 고통에 시달린 사람에게 죽음이 온다 해서 그리 나쁠 게 있겠습니까?"

"최근에 일어난 희한한 우연들보다 더 불행하고 고통스러운 일은 또 없을 겁니다. 놀라운 우연 때문에 당신은 환대로 유명한 이 해변에 도착하자마자 바로 체포되어 살인자 혐의를 받게 되었습니다. 그런 후 처음 본 광경이 어떤 악마의 손에 알 수 없는 방식으로 살해되어 당신 앞에 놓인 친구의 시신이었지요."

커윈 씨의 말에 새삼 고통스러운 기억이 떠올라 마음이 심란했지만, 한편으로는 그가 나에 관해 너무나 잘 알고 있다는 사실에 놀라웠습니다. 내 얼굴에 나타난 놀란 기색을 보며 커윈 씨는 서둘러 말했습니다.

"당신이 앓아눕고 하루 이틀 지난 후에야 당신 옷을 볼 생각이 들었습니다. 당신이 겪는 불행과 병에 관해 친지들에게 알릴 단서라도 찾으려고 말입니다. 편지 여러 통을 찾아냈는데 그중 하나가 부친이 보낸 것임을 알 수 있었습니다. 즉시 제네바로 편지를 썼습니다. 편지를 보낸 지 거의 두 달이 되어 가는데 당신은 아직 아픕니다. 지금도 떨고 있군요. 어떤 충격도 견뎌낼 상태가 아닌 것 같습니다."

"가장 끔찍한 사건보다 지금 느끼는 불안감이 수천 배 더 끔찍합니다. 그간에 또 살인이 일어난 건지 이제 내가 또 누구의 죽음을 슬퍼해야 하는지 말해주십시오."

"가족들은 모두 무사합니다." 커윈 씨가 온화하게 말했습니다. "그리고 친구분이 면회를 오셨습니다."

어떤 생각의 흐름으로 그렇게 떠올렸는지 모르겠지만, 순간 살인자가 내 불행을 비웃고 클레르발의 죽음으로 날 괴롭히기 위해, 지옥 같은 놈의 욕망에 다시 날 끌어들이려고 찾아왔다는 생각이 들었습니다. 손으로 눈을 가린 채 괴로움에 소리를 질러댔습니다.

"오! 데리고 가요! 절대 그를 만나지 않을 겁니다. 제발, 들어오지 못하게 해요!"

커윈 씨는 심란한 듯 나를 바라보았습니다. 죄책감이 아니라면 그런 절규를 할 리가 없다고 생각한 탓이었지요. 그래서 그런지 몹시 엄한 말투로 말하더군요.

"젊은이, 부친이 여기까지 오셨다는 소식을 들으면 그토록 심한 반감이 아니라 반가움을 보일 줄 알았는데 말이지."

"아버지라고요!" 외치는 그 순간, 얼굴 전체와 몸 근육 하나하나에 긴장이 풀리고 괴로움은 기쁨으로 돌변했습니다. "정말 아버지가 오셨단 말입니까? 정말, 정말 친절하시군요. 그런데 아버지는 어디 계신가요? 어째서 빨리 오시지 않는 거죠?"

내 태도가 급변하자 치안판사는 놀라면서도 기뻐했습니다. 처음에 울부짖었던 것은 일시적 착란이라 생각했는지 예전의 온화한 태도를 보이더군요. 판사가 일어나 간병인과 함께 방에서 나가자 잠시 후 아버지가 들어오셨습니다.

순간, 그 무엇도 아버지의 방문보다 더 큰 기쁨을 줄 수 없었습니다. 나는 두 팔을 벌리며 외쳤습니다.

"아버지, 무사하신 겁니까! 엘리자베스와 에르네스트도요?"

아버지는 가족들이 잘 있다는 사실을 여러 차례 확인해주셨고, 내 관심을 끄는 화제만 말씀하시면서 우울한 내 기운을 북돋워주려 애쓰셨어요. 하지만 아버지는 감방이 쾌활함에 어울리는 장소가 아니라는 것을 금방 느끼셨습니다. "아들아, 어떻게 이런 곳에 있을 수 있단 말이냐!" 아버지는 창살 달린 창문과 감방의 비참한 꼴을 보고 슬프게 말씀하셨습니다. "행복하자고 여행을 떠났건만 무슨 불행한 운명이 너를 뒤쫓는 것 같구나. 게다가 가엾은 클레르발은…."

불행하게 살해당한 벗의 이름은 내 쇠약해진 몸으로 버티기에는 과한 충격이었습니다. 눈물이 흘렀습니다.

"아! 맞아요, 아버지." 내가 대답했습니다. "가혹하기 이를 데 없는 운명이 제 머리 위에 걸려 있습니다. 살아서 그 운명을 끝내야 합니다. 그게 아니라면 앙리의 관 위에서 죽었어야 마땅합니다."

오랜 시간 대화를 나눌 여유는 없었습니다. 내 건강 상태가 위태로워 마음을 평온하게 해주는 조처가 필요했기 때문이지요. 커윈 판사가 들어와 힘을 너무 소진하면 안 된다고 엄히 일렀습니다. 하지만 아버지가 오신 것은 선한 천사가 나타난 것 같은 효과를 일으켜 내 건강은 서서히 회복되었습니다.

병이 나은 후에는 어떻게 해도 흩어지지 않는 깊은 우울함에 휩싸였습니다. 클레르발의 이미지가 늘 눈앞에 있었습니다. 살해당해 핼쑥한 모습으로 말입니다. 이런 생각을 하다 몇 번이고 심각한 발작을 일으켰고, 주위 사람들은 위험한 병이 다시 나타날까 봐 두려워했지요. 아! 왜 이렇게 불행하고 가증스러운 목숨을 부지했던 것일까요? 분명 내 운명을 완수해야 한다는 뜻이었을 겁니다. 이제 그 운명도 끝이 가까워지고 있었습니다. 머지않아 죽음이 찾아와 이 뛰는 맥박을 끊을 테고 먼지가 되도록 나를 누르는 이 고뇌의 짐에서 벗어날 수 있겠지요. 정의를 실현하면 나 또한 안식을 취할 수 있을 것입니다. 당시에는 죽음이 아득했습니다. 죽고 싶다는 생각은 늘 머릿속에 있었는데도 말입니다. 몇 시간씩 꼼짝없이 아무 말도 하지 않고 앉아, 뭔가 강력한 변화가 일어나 나와 내 파괴자를 폐허 속에 묻어버리기만을 기원했습니다.

순회 재판이 열리는 시기가 다가왔습니다. 감방에 갇힌 지 벌써 석 달이었습니다. 몸은 아직 쇠약해서 병이 재발할 위험은 늘 있었지만, 재판이 열리는 곳까지 거의 160킬로미터를 가야 했습니다. 커윈 판사는 목격자들을 모으고 내 변호를 준비하는 일을 처리해주었습니다. 그 덕에 범죄자로 사람들 앞에 모습을 드러내는 굴욕은 면할 수 있었습니다. 이 사건은 사형 여부를 결정하는 재판까지는 가지 않았기 때문이었지요. 친구의 시신이 발견된 시각에 내가 오크니섬에 있었다는 사실이 입증되어 배심원들은 기소를 기각했고, 사면 2주일쯤 후 나는 석방되었습니다.

아버지는 내가 억울한 혐의를 벗고 다시 신선한 공기를 마시고 고국으로 돌아가게 되어 몹시 기뻐하셨지요. 하지만 나는 아버지처럼 기쁘지가 않았습니다. 내겐 지하 감방의 벽이나 궁전의 벽이나 똑같이 혐오스러울 뿐이었습니다. 생명의 잔은 영원히 독으로 오염되었습니다. 행복하고 즐거운 이들에게 햇살이 비치듯 내게도 햇살이 비쳤지만, 주위를 둘러보아도 짙고 끔찍한 어둠뿐이었어요. 어떤 빛으로도 뚫을 수 없는 암흑 속에서 나를 노려보는 것은 희미하게 빛나는 두 눈뿐이었습니다. 때로 그 눈은 길고 짙은 속눈썹 달린 눈꺼풀이 거의 감긴 채 힘없이 죽어가는 앙리의 눈빛이기도 했고, 잉골슈타트의 내 방에서 처음 보았던 그때 흐릿하게 번들거리는 괴물의 눈빛이기도 했습니다.

아버지는 내 안에서 사랑의 감정을 되살리려고 애쓰셨어요. 곧 돌아가게 될 제네바와 엘리자베스 그리고 에르네스트 이야기를 하셨지요. 하지만 그런 이야기들은 내 속에서 깊은 신음만 끌어낼 뿐이었습니다. 가끔은 정말 행복하고 싶다는 바람도 들었어요. 우수 어린 기쁨에 젖어 사랑하는 엘리자베스를 떠올리기도 했지요. 혹은 향수병에 허덕이며 어린 시절 그토록 사랑했던 푸른 호수와 물살 빠른 론강을 한 번만 더 보고 싶다는 마음이 들기도 했습니다. 하지만 대체로 나는 아무것도 느낄 수 없는 마비 상태에 빠져 세상 무엇보다 신성한 자연 절경이나 감방 풍경이나 다 똑같이 느껴졌습니다. 이런 무감각을 이따금 뒤흔드는 것은 발작처럼 찾아드는 번민과 절망뿐이었지요. 그럴 때면 혐오스러운 내 목숨을 끝장내려 했습니다. 끔찍하게 폭력적인 행동을 저지르지 않으려면 끊임없이 경계하며 자신을 지켜봐야 했습니다.

감방을 떠날 때 어떤 사람이 했던 말이 기억납니다. "그 인간, 살인은 저지르지 않았을지 몰라도 분명 양심은 더러운 인간일걸." 그 말은 충격이었습니다. 더러운 양심! 그래요, 분명 내 양심은 더러웠습니다. 윌리엄, 유스틴 그리고 클레르발까지 내가 만든 지옥 같은 계략으로 죽었으니까요. 나는 외쳤습니다. "누구의 죽음으로 이 비극이 끝날 것인가? 아! 아버지, 이 절망적인 나라에 계시면 안 됩니다. 어딘가 저 자신, 제 존재 그리고 세상 전부를 잊을 수 있는 곳으로 절 데려가주세요."

아버지는 내 바람을 잘 들어주셨습니다. 커윈 판사께 작별을 고하고 서둘러 더블린으로 향했지요. 정기선이 순풍을 받아 아일랜드를 떠나, 내겐 말 못 할 불행의 땅이었던 그 나라를 영원히 떠나게 되자 무거운 짐을 벗는 느낌이 들었습니다.

시각은 자정이었습니다. 아버지는 선실에서 잠자리에 드셨고 나는 갑판에 누워 하늘의 별을 보며 철썩이는 파도 소리에 귀를 기울였습니다. 내 눈에서 아일랜드를 보이지 않게 해준 어둠이 반가웠고 곧 제네바를 본다 생각하니 달뜬 기쁨에 맥박이 요동치더군요. 과거는 끔찍한 악몽으로 눈앞에 선명했습니다. 나를 실은 배, 혐오스러운 아일랜드 해안에서 나를 멀리 데려다주려 불어오는 바람 그리고 나를 둘러싼 바다 모두 내게 강력하게 외쳐대는 듯했습니다. 내가 그 어떤 환상에 속고 있는 게 아니라는 사실 그리고 친구이자 가장 아끼는 동행 클레르발이 내가 창조한 괴물 손에 희생되었다는 사실 말입니다. 기억 속에서 내 인생 전체를 곱씹어보았습니다. 제네바에서 가족과 함께 살던 때의 평온한 행복, 어머니가 돌아가신 일 그리고 잉골슈타트로 떠나던 일. 추악한 원수를 만들어내도록 나를 몰아간 광기를 기억하고 몸서리쳤습니다. 괴물이 처음 살아나던 날 밤도 떠올렸어요. 더 이상 기억을 따라갈 수 없었습니다. 무수한 감정에 짓눌려 비통한 눈물을 흘렸습니다.

열이 내린 후 밤마다 아편을 약간씩 복용하는 버릇이 생겼습니다. 약의 힘을 빌리지 않으면 목숨을 이어가는 데 필요한 휴식을 얻을 수 없었으니까요. 수많은 불행한 기억에 짓눌려 약 복용량을 두 배로 늘렸고 곧 깊이 잠들었습니다. 하지만 잠을 자도 온갖 상념과 고뇌에서 해방되어 쉴 수는 없었습니다. 꿈속에서 나를 두렵게 하는 수천 가지가 나타났습니다. 아침이 밝아오면 악몽 같은 것에 가위가 눌렸어요. 목덜미에는 악마의 손길이 느껴지는데 아무리 발버둥 쳐도 벗어날 수 없었습니다. 신음과 비명이 귓전에 울렸습니다. 나를 간호하시던 아버지는 불안에 몸서리치는 나를 깨워 우리가 탄 배가 들어가고 있던 홀리헤드 항구*를 가리키셨습니다.

---

*   영국의 북서쪽 끝에 있는 항구.

5장

　우리는 런던에 가지 않고 영국을 횡단해 남쪽의 포츠머스로 갔다가
배를 타고 르아브르 항으로 가기로 했습니다. 이런 계획을 택했던 이
유는 사랑하는 클레르발과 얼마 안 되는 평화의 시간을 누렸던 장소들
을 다시 보기 두려웠기 때문이었습니다. 친구와 함께 찾아가 만났던 사
람들을 다시 만난 자리에서, 살인 사건에 관한 이런저런 질문을 견뎌야
한다고 생각하니 끔찍했어요. 다시 떠올리기만 해도 그때 여관에서 친
구의 시신을 봤을 때 느낀 아픔이 되살아났으니까요.
　아버지는 내가 다시 건강을 회복하고 마음의 평화를 되찾을 수 있도
록 모든 바람과 힘을 쏟으셨습니다. 아버지의 다정함과 살뜰한 관심은
끝이 없었어요. 내 슬픔과 우울은 끈질겼지만, 아버지는 절망하지 않으
셨습니다. 때로 아버지는 내가 살인 혐의에서 벗어나야 한다는 수모로
깊이 괴로워한다고 생각하시고는 자존심이라는 것이 얼마나 덧없는
것인지 입증하시고 애쓰셨지요.
　"아! 아버지." 나는 외쳤습니다. "아버지는 저를 정말 모르세요. 저 같

은 쓰레기가 자존심을 느낀다면 인간과 인간의 감정 그리고 정념에 그야말로 굴욕일 겁니다. 유스틴, 가엾고 불행한 유스틴도 저만큼이나 죄가 없었지만, 같은 혐의를 뒤집어쓰고 죽었지요. 그 죽음의 원인이 바로 접니다. 제가 그 애를 죽인 겁니다. 윌리엄, 유스틴 그리고 앙리까지 모두 제 손에 죽은 거란 말입니다."

내가 감방에 있을 때 아버지는 내가 같은 주장을 하는 걸 여러 번 들으셨지요. 이렇게 자책하면 아버지는 때로는 해명을 바라시는 듯 보였지만, 때로는 내가 정신착란에 빠져 그런 말을 한다고도 생각하셨어요. 아플 때 하던 생각을 회복되어서도 계속 한다고 말이지요. 나는 해명하길 피했고 내가 창조했던 비열한 괴물에 관해서는 계속 침묵을 지켰습니다. 미친 사람 취급을 받을 거라는 느낌이 들어 영영 혀를 사슬로 묶어놓았습니다. 이 치명적인 비밀을 털어놓을 수만 있다면 무슨 짓이라도 했을 텐데 말입니다.

이런 식으로 말할 때면 아버지는 대경실색한 얼굴로 말씀하셨지요. "무슨 말이냐, 빅토르? 미쳤니? 아들아, 제발 간청하는데 다신 그렇게 우기지 마라."

"전 미친 게 아닙니다." 나는 열띤 어조로 외쳤습니다. "제 진실은 제 작업을 내려다본 해도 하늘도 다 압니다. 저는 아무 죄 없는 희생자들을 살해한 장본인입니다. 그들은 제 술책 때문에 죽었어요. 그들의 목숨을 살릴 수만 있다면 천 번이라도 제 피를 방울방울 흘리겠어요. 아버지, 저는 정말 인류 전체를 희생할 수는 없단 말입니다."

이런 식의 결론으로 아버지는 내가 정신착란 증세를 보인다고 확신하셨고, 화제를 얼른 다른 데로 돌려 내 생각의 방향을 바꾸려 하셨지요. 아버지는 아일랜드에서 벌어졌던 사건에 관한 기억을 가능한 한 지우고 싶어 하셨기 때문에, 그 일을 넌지시 언급하는 일조차 피하셨고 내가 겪은 불행에 관해 말하는 것조차 듣기 힘들어하셨습니다.

시간이 지나면서 나는 좀 더 침착해졌습니다. 마음속에는 불행이 똬리를 틀었지만, 내가 저지른 죄상들에 관해 횡설수설하는 일은 더 이상 없었습니다. 내 죄상들을 잊지 않는 것으로 충분했기 때문이지요. 만천하에 자기 실체를 선포하길 바라는 오만한 목소리를 자해에 가까운 의지력으로 억눌렀습니다. 얼음 바다로 여행을 떠난 후 이제 내 태도는 어느 때보다 평온하고 침착해졌습니다.

5월 8일 르아브르 항에 도착한 다음 곧장 파리로 떠났습니다. 파리에서 아버지가 일이 있으셔서 몇 주 동안 지체했지요. 엘리자베스가 보낸 편지를 파리에서 받았습니다. 내용은 이랬습니다.

빅토르 프랑켄슈타인에게

내 소중한 벗,

파리에서 보낸 숙부님 편지를 받고 얼마나 기뻤는지 몰라. 이젠 네가 아주 먼 거리에 있지도 않고 2주 안에 널 볼 수 있다는 희망이 있으니까 말이야. 불쌍한 내 사촌 빅토르, 넌 얼마나 아팠을까! 제네바를 떠날 때보다 네 얼굴에는 병색이 더 짙어졌겠구나. 이번 겨울은 불안과 긴장에 시달리느라 그 어느 때보다 불행하게 지나갔어. 그래도 네 얼굴에서 평온함을 볼 수 있기를, 네 마음에 평안과 고요함이 남아 있기를 바라.

하지만 1년 전 너를 그토록 불행하게 했던 감정이 여전히 남아 있을까 봐, 시간이 흘러 오히려 더 깊어졌을까 봐 두려워. 수많은 불운이 너를 짓누르는 이런 때 너를 괴롭히고 싶진 않아. 하지만 숙부님이 떠나시기 전에 나눈 대화 때문에 널 만나기 전에 말해둘 게 좀 있어.

말해둘 것? 엘리자베스가 말할 것이 뭐지? 넌 이렇게 반문할 수도 있겠지. 정말 그렇게 말한다면 내 질문은 이미 답을 얻은 셈이니 그냥 네 사촌으로 있으면 돼. 하지만 너는 멀리 떨어져 있고, 혹시 이런 이야기를 두려워하면서도 기뻐할 수도 있으니까. 그럴 가능성 때문에 여러 차례 네게 말하고 싶었지만, 차마 용기가 나지 않아 하지 못했던 말을 편지로 쓰는 일은 더 이상 미룰 수가 없단다.

빅토르, 너도 잘 알겠지만, 우리가 아기였던 시절부터 네 부모님은 우리의 결혼을 간절히 바라셨어. 너나 나나 어렸을 때부터 이런 이야기를 듣고, 커서 언젠가 반드시 일어날 일로 고대하라고 배웠지. 우리는 어린 시절 친한 소꿉친구였고, 나이가 들면서도 서로에게 소중하고 귀한 친구로 살았다고 생각해. 하지만 남매 중엔 더 친밀한 결합을 바라는 일 없이 서로를 향해 깊은 애정만 보이는 경우도 종종 있으니 혹시 우리도 그런 경우가 아닐까? 말해줘, 누구보다 소중한 빅토르. 부탁인데 대답해줄래? 우리 두 사람의 행복을 걸고 분명하게 진실을 말해줘. 누구 다른 사람을 사랑하는 건 아니니?

너는 여행을 다녔고 잉골슈타트에서 몇 년을 보냈어. 솔직히 말하는 건데, 지난 가을 네가 너무도 불행한 모습으로 누구와도 어울리지 않고 고독으로 달아나던 걸 보니, 네가 우리 결합을 바라지 않는다고, 네 뜻과 다른 상황에서 그저 부모님 소원을 들어드려야 할 의무에 묶인 것은 아닌지 생각할 수밖에 없었어. 하지만 그런 생각은 잘못된 거야. 빅토르, 고백하지만, 나는 너를 사랑해. 그리고 현실이 될지 모르는 미래에 관한 꿈속에서 넌 언제나 내 변함없는 친구이자 동반자였어.

하지만 나는 내가 행복한 것 이상으로 네 행복도 바라는데, 네가 자유롭게 선택한 결정이 아니라면 우리 결혼은 나를 영원히 비참하게 만들 거야. 지금도 난 울면서 생각해. 네가 참담한 불행에 시달리다 명예라는 말에 매여 원래의 너로 회복시킬 수 있는 사랑과 행복이라는 유일한 희망마저 포기할 수도 있다는 생각이 들었어. 너를 깊이 사랑하는 내가 네 희망의 장애물이 되어 네 불행을 열 배로 증폭시킬 수도 있다니…. 아, 빅토르 걱정 마. 네 사촌이자 소꿉친구는 널 진심으로 사랑하니까 네가 이런 생각을 한다고 해도 비참해지진 않을 테니. 행복해라, 내 동무야. 대답해달라는 청 하나만 들어준다면, 이 세상 무엇도 내 평온함을 깨뜨릴 힘은 없을 거라고 안심해도 좋아.

이 편지 때문에 심란해하진 말아줘. 힘들다면 내일이나 그다음 날, 아니면 돌아올 때까지 답장하지 않아도 돼. 숙부님이 네 건강에 대한 소식은 전해주실 테니 말이야. 이 편지 혹은 내가 기울인 어떤 다른 노력 덕분에 우리가 만날 때 네 입가에 떠오르는 미소 한 점만 볼 수 있다면 다른 행복은 필요 없겠어.

17××년 5월 18일 제네바에서

엘리자베스 라벤차

이 편지 때문에 잊고 있던 한 가지, 악마의 협박이 되살아났습니다. "네놈의 결혼식 날 밤 함께 있어주지!" 이것이 내가 받은 선고였고, 결혼식 날 밤 악마는 갖은 수단을 써서 나를 파멸시키고, 내 시련을 얼마라도 위로해줄 수 있는 약간의 행복마저 빼앗아갈 터였습니다. 그날 밤 놈은 내 죽음으로 자신의 범죄를 완성할 작정이었습니다. 그래, 그렇게 해. 틀림없이 죽음을 불사한 싸움이 벌어질 것이고 놈이 승리한다면 나는 평화로이 잠들어 나를 지배하던 그 힘도 끝을 보게 되겠지요. 놈이 패배한다면 나는 자유의 몸이 될 테고요. 아! 그런 자유가 대체 뭐란 말입니까? 가족들이 눈앞에서 살해당했고 집은 불탔고 땅은 황무지가 되었으며 집도 없이 무일푼으로 떠도는 신세가 된 농부와 비슷한 자유겠지요. 그런 것이 내 자유라면 자유였습니다. 엘리자베스라는 보물을 내가 갖고 있다는 사실을 제외하고 말입니다. 아! 그렇게 되면 나는 죽을 때까지 벗어나지 못할 끔찍한 회한과 죄책감도 함께 느껴야 하겠지요.

다정하고 사랑스러운 엘리자베스! 그녀의 편지를 읽고 또 읽었습니다. 좀 누그러진 감정이 몰래 스며들어 감히 사랑과 기쁨이라는 낙원의 꿈을 속삭이려 하더군요. 그러나 사과는 이미 따서 먹어버린 상태였고, 천사는 모든 희망에서 나를 쫓아버렸습니다. 그럼에도 엘리자베스를 행복하게 해줄 수만 있다면 나는 죽을 수도 있었습니다. 괴물이 협박을 실행한다면 죽음은 불가피했습니다. 결혼한다면 그 운명을 재촉하는 게 아닐까 생각해보았습니다. 분명 내 파국은 몇 달 일찍 찾아올 수도 있겠지만, 내가 결혼을 미룬다면 괴물은 더 끔찍하게 복수할 수단을 찾아낼 수도 있었습니다. 결혼식 날 밤 나와 함께 있겠다고 다짐했더라도, 그사이에는 평화를 보장해준다는 뜻으로 받아들일 수는 없었습니다. 그 협박 직후 지금껏 쏟게 한 피도 부족하다는 듯 클레르발을 살해했으니까요. 결국, 결혼을 통해 엘리자베스와 아버지를 행복하게 할 수 있다면 내 목숨을 노리려는 적의 계획 따위를 고민하느라 한시라도 지체할 수는 없다고 마음먹었습니다.

이런 마음 상태로 엘리자베스에게 편지를 썼습니다. 차분하고 애정 가득한 편지였지요. "사랑하는 내 여인 엘리자베스, 지상에 우리를 위한 행복이 거의 남아 있지 않을까 봐 두렵다. 언젠가 우리가 만끽할 수 있는 행복이 있다면, 그건 모조리 네 안에 모여 있어. 쓸모없는 두려움은 버려. 내 삶 그리고 충만한 기쁨을 향한 노력은 오직 네게만 바칠 거야. 내겐 비밀이 하나 있어, 엘리자베스. 무시무시한 비밀이야. 털어놓으면 네 온몸이 공포로 얼어붙을 만한. 내 불행에 놀라기는커녕 그런 일을 겪고 내가 어떻게 살아남았는지 오히려 놀랄 거야. 결혼식 다음 날 네게 불행과 공포로 얼룩진 내 사연을 털어놓을게. 사랑하는 엘리자베스, 우리 둘 사이에는 비밀이 없어야 하잖아. 하지만 부탁인데 그때까지는 이 이야기를 언급하지 말아줘. 진심으로 간절히 애원하는 것이니 들어줄 거라 믿는다."

엘리자베스의 편지가 도착하고 일주일쯤 지났을 때 우리는 제네바로 돌아갔습니다. 엘리자베스는 따스한 애정으로 우리를 맞이했어요. 하지만 내 수척한 몰골과 열에 달뜬 뺨을 보자 그녀는 눈물을 흘렸습니다. 그녀는 더욱 여위어 전에 날 매혹하게 했던 천사 같은 생기를 많이 잃었더군요. 하지만 온화함과 연민이 가득한 부드러운 표정 덕에 나처럼 피폐하고 불행한 사람에게 더 어울리는 동반자가 되어 있었습니다.

그때 누렸던 평온함은 오래가지 못했습니다. 기억이 되살아나면 광기도 함께 나타났습니다. 지난 일을 생각할 때면 나는 광기에 휩싸였습니다. 맹렬한 분노로 불타오르기도 하고 우울하고 낙담해 있기도 했지요. 말도 하지 않고 주위를 보는 일도 없이 내게 덮친 무수한 불행에 넋을 잃고 멍하니 앉아 있곤 했습니다.

이런 발작에서 나를 끌어내는 힘은 오직 엘리자베스에게만 있었어요. 내가 열기에 들떠 있을 때면 부드러운 목소리로 달랬고, 무감각한 마비 상태에 빠지면 인간의 감정을 불어넣어 주곤 했습니다. 그녀는 나와 함께 울었고 나를 위해 울어주었습니다. 이성이 돌아오면 타이르고 체념을 불어넣으려 노력했어요. 아! 그저 불행할 뿐이라면 체념하면 그만이겠지만, 죄인에게는 평화란 없습니다. 회한의 번민으로 과다한 슬픔에 빠져 가끔 누리는 감정적 사치는 독이 되어버렸습니다.

집에 도착한 후 얼마 지나지 않아 아버지는 엘리자베스와 바로 결혼하라고 하셨습니다. 나는 침묵을 지켰습니다.

"그럼, 혹시 달리 사랑하는 사람이 있는 거니?"

"없습니다. 저는 엘리자베스를 사랑하고 있고 결혼 날을 기쁘게 고대하고 있어요. 그러니 날짜를 정해주세요. 살든 죽든 엘리자베스의 행복을 위해 절 바치겠습니다."

"빅토르, 그렇게 말하지 마라. 무거운 불행이 집 안에 닥치긴 했다만, 우리에게 남은 것들을 잘 지켜야지. 떠난 사람에 대한 우리의 사랑을 살아 있는 사람들에게 옮기자꾸나. 남은 사람은 많지는 않겠지만, 사랑의 유대, 같이 겪은 불행이라는 유대로 끈끈하게 엮일 테니 말이다. 시간은 우리의 절망을 진정시킬 거고, 소중한 사람들이 새로 생겨 잔인하게 빼앗긴 사람들 자리를 대신할 거야."

아버지는 그렇게 말씀하셨습니다. 하지만 협박당한 기억이 되돌아왔습니다. 지금껏 괴물이 피를 보는 죄악을 저지르는 동안 전지전능한 능력을 보였으니 나로서는 물리칠 수 없는 놈이라고 생각했습니다. 그러니 놈이 "네놈의 결혼식 날 밤 함께 있어주지"라고 말했을 때 내 운명은 이미 피할 수 없이 정해진 것이었습니다. 하지만 엘리자베스를 잃지 않을 수만 있다면 내 죽음은 전혀 불행한 일은 아니었어요. 그래서 흡족한 얼굴, 심지어 쾌활하기까지 한 얼굴로 엘리자베스가 동의만 한다면 열흘 후에 결혼식을 하자는 아버지 말씀에 흔쾌히 동의했고 이렇게 정한 것으로 내 운명을 봉인했다고 생각했습니다.

하느님 맙소사! 단 한 순간이라도 악마 같은 원수의 끔찍한 의도를 생각했더라면, 이 불행한 결혼에 동의하는 대신 고향 땅에 영원히 추방되어 친구 없이 방랑자로 세상을 떠돌았을 겁니다. 하지만 괴물은 마치 마법의 힘이라도 가진 듯 내가 자신의 진짜 의도를 보지 못하도록 했지요. 결국, 나는 자기 죽음만 대비하다가, 훨씬 더 소중한 희생자의 죽음을 재촉한 셈이 되었습니다.

정해진 결혼식 날짜가 다가올수록 비겁함 때문인지 불길한 예감 때문인지 심장이 내려앉는 느낌이었습니다. 하지만 나는 신난다는 표정으로 감정을 숨겼습니다. 이로써 아버지의 얼굴에는 미소와 기쁨이 서렸지만, 항상 나를 지켜보는 엘리자베스의 섬세한 눈은 속이지 못했습니다. 엘리자베스는 평온하게, 욕심 없이 결혼을 기다렸지만, 과거의 불행으로 새겨진 근심에서 자유롭지 못했습니다. 지금 확실하고 생생한 행복으로 보이는 것이 머지않아 잡을 수 없는 꿈으로 흩어지고, 깊고 영원한 회한 외에는 흔적조차 남기지 않을까 봐 두려웠던 겁니다.

결혼식 준비가 진행되었습니다. 하객들도 맞이했습니다. 모두 미소를 띠고 있었지요. 나는 마음을 갉아먹는 불안을 가능한 한 닫아두고 외견상으로는 아버지의 계획을 열심히 따랐습니다. 모든 것이 잘해야 내 비극을 돋보이게 하는 역할만 할 뿐인데도 말이지요. 콜로니 근처에 집도 샀습니다. 전원의 즐거움을 만끽하면서도 제네바에서 가까워 아버지를 매일 볼 수 있는 곳이었습니다. 아버지는 에르네스트가 학교 공부를 따라갈 수 있도록 제네바 성내를 떠나고 싶어 하지 않으셨거든요.

그사이 나는 괴물이 공공연히 공격할 때를 대비하여 내 신변을 방어하는 데 필요한 조치를 빈틈없이 취해두었습니다. 권총과 단검을 늘 지니고 다녔고 괴물의 술책을 항상 경계했습니다. 덕분에 마음이 훨씬 더 평온해졌어요. 결혼식 날짜가 가까워질수록 협박이 오히려 망상처럼 느껴져 내 평온함을 깨뜨리지 않아도 된다는 생각이 들었고, 신성한 혼례가 다가오고 결혼식은 별다른 사고 없이 잘 치러질 것이라는 말이 계속 들리자 결혼 후 행복은 더 확실해지는 듯했습니다.

엘리자베스는 행복해 보였습니다. 나의 평온한 태도가 그녀의 마음을 잠잠하게 했거든요. 하지만 내 소망과 운명이 완성될 당일이 되자 그녀는 우울해했고, 불행한 예감에 젖은 모습이었습니다. 어쩌면 엘리자베스 역시 결혼식 다음 날 내가 털어놓겠다고 약속한 끔찍한 비밀을 생각하고 있었는지도 모르겠습니다. 그동안 아버지는 기쁨에 넘쳐 계셨기 때문에 결혼식 준비를 하느라 분주한 통에 당신 조카의 우울함을 그저 신부의 수줍음 정도로만 생각하셨습니다.

예식을 치른 후 아버지 집에서 성대한 피로연이 열렸습니다. 엘리자베스와 나는 그날 오후와 밤을 에비앙에서 지내고 다음 날 콜로니로 돌아가기로 되어 있었지요. 날씨가 맑고 순풍이 불어서 배를 타고 가기로 했습니다.

이때가 내 인생에서 행복이라는 감정을 마지막으로 느꼈던 시기입니다. 우리가 탄 배는 쾌속으로 나아갔습니다. 햇볕은 뜨거웠지만, 차양 아래서 햇볕을 피하며 아름다운 풍광을 감상했습니다. 가끔 호수 한편으로는 몽살레브 산과 몽탈레그르 강의 쾌적한 강둑이 보였고 아득히 멀리 만물을 굽어보는 아름다운 몽블랑이 보였습니다. 눈 덮인 작은 산들이 무리를 이루고 몽블랑을 흉내 내느라 헛수고를 하고 있었습니다. 장엄한 쥐라 산이 반대편 강둑을 따라 어두운 면면을 뽐내며 고국을 떠나려는 야심을 막았고, 이 땅을 정복하려는 침략자들에게는 넘을 수 없는 장벽을 드리우고 있었지요.

엘리자베스의 손을 잡았습니다. "내 사랑, 슬퍼하고 있구나. 아! 내가 그동안 겪었던 일 그리고 앞으로 겪을 일을 안다면, 넌 적어도 오늘 하루만큼은 내가 허락받은 이 평온함과 해방감을 절망 없이 맛보게 해주려고 애쓰겠지."

"걱정 마, 사랑하는 빅토르," 엘리자베스가 대답했습니다. "아무것도 널 괴롭히지 않았으면 좋겠어. 그리고 내 얼굴에 쾌활한 기쁨이 보이지 않더라도 마음은 행복하니 안심해. 우리 앞에 열린 미래의 꿈에 지나치게 의존하진 말라고 뭔가가 속삭이지만, 그런 불길한 말에는 귀를 기울이지는 않으려 해. 우리가 얼마나 빨리 가고 있는지 봐. 때로는 흐릿하다가 또 때로는 몽블랑 정상 위로 솟아오르는 구름이 아름다운 풍광을 훨씬 더 흥미롭게 해주잖아. 맑은 물에서 헤엄치는 수많은 물고기도 한번 봐. 바닥의 조약돌 하나하나까지 다 보일 지경이네. 물이 정말 맑아서 바닥의 조약돌 하나하나를 다 알아볼 수 있을 정도야. 얼마나 멋진 날이야! 어쩌면 온 자연이 이토록 행복하고 평온해 보이는지!"

엘리자베스는 이렇게 우리의 생각을 우울한 주제에서 돌려보려고 애썼습니다. 하지만 그녀의 감정은 기복이 심했습니다. 잠깐 눈빛이 기쁨에 반짝이다가도 어느 순간 다른 상념에 빠지길 되풀이했지요.

해가 지고 있었습니다. 우리는 드랑스 강을 지나며 높은 언덕 사이의 가파른 낭떠러지와 낮은 언덕 사이의 골짜기들을 보았어요. 이 지점에서 알프스산맥이 호수에 가까워졌고, 우리는 동쪽 경계선을 이루는 산맥들이 원형 분지를 이루는 곳으로 접근했습니다. 에비앙의 첨탑이 주변 숲과 겹겹이 이어지는 산들 아래쪽에서 반짝이고 있었습니다.

그때까지 놀라운 속도로 우리를 데려다준 바람은 해질 무렵이 되자 가벼운 미풍으로 잦아들었습니다. 부드러운 바람에 호수에는 잔물결만 일었고, 호숫가로 다가가자 나무들이 바람에 기분 좋게 흔들렸습니다. 꽃과 건초의 산뜻한 냄새가 미풍에 실려 왔어요. 배에서 내릴 무렵 해는 지평선 아래로 가라앉았습니다. 호숫가에 발을 내딛자, 머지않아 나를 사로잡은 채 영원히 달라붙어 떨어지지 않을 근심과 두려움이 되살아났습니다.

6장

상륙했을 때는 여덟 시였습니다. 우리는 석양을 즐기면서 잠깐 호숫가를 산책하다 여관으로 들어갔고, 어둠에 희미해졌지만 아직은 윤곽이 뚜렷한 호수와 숲과 산의 사랑스러운 정경을 오래도록 바라보았습니다.

남쪽에서 잦아들었던 바람은 이제 서쪽에서 거세게 불었고, 높이 떴던 달은 이제 지기 시작했습니다. 구름은 달아나는 독수리보다 빠르게 달을 스쳐 지나며 달빛을 흐려놓았습니다. 호수에는 시시각각 변하는 하늘의 모습이 비쳤고 막 일기 시작한 파도로 더 부산해졌습니다. 돌연 폭우가 세차게 쏟아지기 시작했습니다.

낮에는 그럭저럭 침착했습니다. 그러나 밤이 되어 사물의 형체가 흐려지자마자 마음속에 온갖 두려움이 일었습니다. 초조함과 경계심이 일어 가슴 곁에 숨긴 권총을 움켜쥐고 있었어요. 소리가 날 때마다 겁났습니다. 그러나 내 목숨을 호락호락 내놓지는 않을 것이며 나든 원수든 한쪽이 끝장날 때까지 맞서 싸우기로 마음을 다잡았습니다.

엘리자베스는 불안해하는 내 모습에 겁이 나고 무서워 한동안 말없이 바라보다 마침내 물었습니다. "사랑하는 빅토르, 왜 그렇게 불안해하는 거야? 뭘 그렇게 두려워하는데?"

"오! 걱정하지 마, 평정심을 잃지 마, 엘리자베스." 내가 대답했습니다. "오늘 밤이야. 그러면 모두 안전해질 거야. 하지만 오늘 밤은 무서워, 정말 두렵다."

이런 상태로 한 시간이 지나갔을 무렵, 아내는 곧 닥칠 싸움을 얼마나 끔찍하게 여길지 하는 생각이 돌연 뇌리를 스치더군요. 그래서 아내에게는 먼저 잠자리에 들라고 하고는 원수의 상황을 어느 정도 파악할 때까지는 아내에게 가지 않겠다고 작심했습니다. 엘리자베스가 내 곁을 떠난 다음 한동안 집 안 복도를 서성이며 원수가 숨어 있을 만한 후미진 곳을 샅샅이 살폈습니다. 그러나 아무런 흔적도 찾을 수 없었습니다. 운 좋게도 어떤 일로 적이 사악한 협박을 실행에 옮기지 못하는 게 아닌가 하는 생각이 들었습니다.

그 순간 갑자기 소름 끼치게 날카로운 비명이 들렸습니다. 엘리자베스가 들어간 방에서 나는 소리였습니다. 비명을 듣는 순간, 일이 어떻게 된 건지 한꺼번에 파악이 됐고, 두 팔은 축 늘어지고 온몸의 근육은 갑자기 말을 듣지 않았습니다. 혈관에서 피가 흘러내리는 게 느껴졌고 사지 끝은 저려왔습니다. 얼마 동안은 이런 상태였습니다. 비명이 다시 들려 방으로 뛰어 들어갔습니다.

세상에 맙소사! 난 왜 그때 죽지 않은 것일까요! 왜 난 여기 살아서 세상 최고의 희망이자 가장 순전한 여인이 죽임당한 이야기를 하는 것인지요. 엘리자베스는 그런 상태로 거기 있었습니다. 생명이 빠져나가

미동 하나 없이 침대에 내팽개쳐져, 머리는 축 늘어지고, 창백하고 일그러진 얼굴은 머리카락에 절반쯤 가려진 채로 말입니다. 지금도 어디를 보건 눈에 선합니다. 핏기 없는 두 팔과 힘없이 늘어진 몸… 살인자가 아내를 침대 위에 내던진 그 모습이. 이런 꼴을 보고도 살아 있다니! 아! 목숨은 질기고도 또 질겨 가장 환영받지 못하는 곳에 더 모질게 들러붙는 법입니다. 한순간 나는 기억을 잃었습니다. 의식을 잃고 쓰러진 것이지요.

정신을 차려 보니 여관에 묵고 있던 사람들이 나를 에워싸고 있었습니다. 그들의 얼굴에는 숨 막히는 공포심이 나타났지만, 그런 공포는 나를 짓누르는 감정에 비하면 그저 시늉이나 그림자에 불과했어요. 사람들에게서 벗어나 엘리자베스의 시신이 있는 방으로 들어갔습니다. 내 사랑, 내 아내, 바로 얼마 전까지만 해도 살아 있던, 한없이 소중한 사람. 이제 그녀는 처음 볼 때와 달리 머리를 팔에 고이고 얼굴과 목에 손수건을 덮어놓아 꼭 잠을 자는 것처럼 보였습니다. 달려가 아내를 꼭 껴안았지만, 죽어 싸늘하게 늘어진 팔다리는 지금 품에 안은 여인이 내가 사랑하고 아끼던 엘리자베스가 아니라고 말하고 있었습니다. 살인자의 손자국이 목덜미에 남아 있었고 입술에서는 더 이상 숨이 나오지 않았습니다.

절망과 고뇌에 허덕이며 아내를 보고 있다가 문득 눈을 들었습니다. 좀 전까지만 해도 창문 쪽이 어두웠는데, 방을 밝히는 노랗고 창백한 달빛이 보이자 공포감이 엄습했습니다. 창의 덧문은 활짝 열려 있었습니다. 뭐라 할 수 없는 두려움에 사로잡혀 있는데, 열린 창가에 끔찍하고 혐오스러운 형상이 보였습니다. 싱긋한 비웃음이 괴물 표정에 떠올랐습니다. 놈은 악마 같은 손가락을 들어 아내의 시신을 가리키며 나를 조롱하는 듯했습니다. 황급히 창가로 달려가 가슴에서 권총을 꺼내 쏘았습니다. 하지만 괴물은 몸을 피해 뛰어내리더니 번개처럼 빠르게 달려가 호수로 뛰어들었습니다.

총성이 났다는 이야기에 사람들이 방으로 모여들었습니다. 나는 괴물이 자취를 감춘 자리를 손으로 가리켰고 우리는 배를 타고 놈의 자취를 뒤쫓았습니다. 그물도 던져봤지만 허사였습니다. 몇 시간을 그렇게 보낸 후 우리는 절망해 돌아왔고 대부분의 동행은 달아났다는 그놈이 내 망상의 소산이라고 생각했습니다. 배에서 내린 후 그들은 부근 일대를 계속 수색했습니다. 여러 조로 나뉘어 사방으로 흩어져 숲과 포도밭을 뒤졌습니다.

나는 같이 가지 않았습니다. 이미 지칠 대로 지쳐 있었어요. 흐릿한 막이 눈을 덮었고 피부는 고열로 타들어 갔습니다. 이런 상태로 침대에 누워 무슨 일이 벌어졌는지 제대로 의식조차 하지 못했습니다. 두 눈은 잃어버린 뭔가를 찾으려는 듯 정처 없이 방안을 헤맸습니다.

마침내 아버지가 엘리자베스와 내가 돌아오기만 간절히 고대하고 있으리라는 사실 그리고 나 혼자 돌아가야 한다는 사실이 떠올랐습니다. 이런 생각에 눈물이 차올라 한참을 울었습니다. 그러면서도 머리로는 다양한 문제 사이를 떠돌며 내 불행과 원인을 따졌습니다. 경악과 공포의 구름에 둘러싸여 어찌할 바를 몰랐습니다. 윌리엄의 죽음, 유스틴의 사형, 클레르발의 타살 그리고 마지막으로 아내의 죽음까지. 심지어 그 순간에도 유일하게 남은 친지들이 괴물의 악의에 희생될지도 몰랐습니다. 지금 이 순간 아버지가 괴물의 손아귀에 잡혀 몸부림치고 계시거나 에르네스트가 죽어 괴물 발치에 누워 있을지도 모를 일이었습니다. 이 생각에 몸서리친 나는 다시 움직이기 시작했습니다. 벌떡 일어나 최대한 서둘러 제네바로 돌아가기로 했습니다.

말을 구하지 못해 배를 타고 호수로 돌아가는 수밖에 없었지만, 호수에는 역풍이 부는 데다 비까지 억수같이 쏟아졌습니다. 그래도 아직 아침이 채 밝지 않아 밤까지는 도착할 수도 있을 것 같았습니다. 노 저을 사람들을 고용하고 나도 직접 노를 잡았어요. 몸을 쓰다 보면 마음의 괴로움도 덜어지는 것을 늘 경험했기 때문입니다. 하지만 당시 나는 주체할 수 없는 슬픔에 극한의 괴로움까지 견디느라 아무런 기운도 낼 수 없었습니다. 결국, 노를 던져버리고 두 손에 머리를 묻고 마음속에 떠오르는 온갖 음울한 생각에 자신을 맡겼습니다. 고개를 들면 행복했던 시절, 친숙했던 풍경이 보였습니다. 이제는 혼령이자 추억이 된 엘리자베스와 바로 전날 함께 보던 풍경 말입니다.

하염없이 눈물이 흘렀습니다. 비가 잠시 그쳤고 몇 시간 전처럼 물고기들이 노는 모습이 보였어요. 엘리자베스가 보던 물고기들이었습니다. 인간의 마음이 가장 견디기 어려운 것이 급작스러운 변화입니다. 햇살도 비칠 것이고 구름도 낮게 드리울 수 있지만, 그 무엇도 전날과 같아 보이지는 않았습니다. 악마는 미래의 행복에 대한 마지막 희망까지 앗아가 버렸습니다. 나만큼 비참한 생명체는 없었습니다. 이렇게 끔찍한 사건은 인간사에서 유일했습니다.

그런데 나는 왜 이 압도적인 마지막 사건을 겪은 후에 굳이 이것을 설명하고 있을까요. 내 사연은 공포로 가득한 이야기이고 이제 절정에 다다랐으니 앞으로 할 이야기는 당신에게 지루할 수밖에 없습니다. 사랑하는 친지들을 한 사람씩 모두 잃고 나 혼자 남았다는 것 정도만 알면 될 겁니다. 기운이 다 소진되었으니 내 끔찍한 사연의 남은 부분은 몇 마디로 간략하게 말씀드리지요.

나는 제네바에 당도했습니다. 아버지와 에르네스트는 아직 살아 있었습니다. 하지만 아버지는 내가 들고 간 소식에 무너지고 말았습니다. 지금도 눈에 선한 아버지는 점잖고 훌륭한 분이셨는데 말입니다! 이제 아버지의 눈길은 공허하게 떠돌았습니다. 당신께 기쁨과 즐거움을 한껏 주던 딸 이상의 조카딸을 잃었기 때문입니다. 아버지는 온갖 사랑을 다 쏟아 엘리자베스를 애지중지하셨어요. 말년에 애정을 쏟을 이가 거의 남지 않은 가운데 남아 있는 사람들에게는 더 큰 애착을 가지셨던 것이지요. 그 백발에 불행을 안기고 아버지를 불행 속에서 시들어가게 한 악마에게 저주가 있을지어다! 아버지는 쌓여가는 불행의 무게를 견디지 못했고, 결국 뇌졸중이 발병해 며칠 만에 내 품에서 세상을 떠나셨습니다.

그 후 나는 어떻게 되었느냐고요? 모르겠습니다. 감각을 잃어버린 나를 짓누르는 것은 사슬과 어둠뿐이었습니다. 가끔 어린 시절의 친구들과 꽃이 만발한 초원과 아름다운 계곡을 돌아다니는 꿈을 꾸기도 했지만, 깨어보면 지하 감방이었어요. 우울감이 찾아들었지만, 차츰 내가 처한 불행과 상황을 명료히 파악할 수 있게 되더군요. 그런 다음 감방에서 나왔습니다. 나중에 알고 보니 사람들이 나를 정신병자로 판단해 여러 달 독방에서 지냈던 것입니다.

그러나 이성을 되찾는 동시에 복수에 눈을 뜨지 않았더라면 자유는 내겐 무익한 선물이었을 것입니다. 과거의 불행한 추억에 짓눌릴 때면 원인을 곰곰이 생각하기 시작했습니다. 내가 창조한 괴물, 내 손으로 세상에 보내 파멸을 자초한 비참한 악마 말입니다. 괴물을 떠올릴 때마다 미칠 듯한 분노가 치솟았고 놈을 손아귀에 붙잡아 그 저주받은 머리에 보기 좋게 복수를 가하길 바라고 또 열렬히 기원했습니다.

내 증오심은 무익한 소망의 단계에만 갇혀 있지도 않았습니다. 나는 괴물을 잡을 최선의 방책을 고민하기 시작했고, 석방된 지 한 달쯤 지났을 무렵 괴물을 잡을 목적으로 시내에 있는 형법 판사를 찾아가 고발할 것이 있다고 말했습니다. 우리 가족의 살인자를 알고 있으니 가진 권한을 다 이용하여 살인자 체포에 힘을 써달라고 요구했어요.

치안판사는 관심과 호의로 내 말을 들어주었습니다. "걱정 마십시오. 그 악당을 잡기 위해 어떤 수고와 노력도 아끼지 않겠습니다."

내가 대답했습니다. "고맙습니다. 그렇다면 지금부터 제가 하는 진술을 잘 들어주십시오. 너무 기이한 이야기라 그렇습니다. 믿을 수밖에 없는 진실한 것이 없다면 제 말을 믿지 않으실까 봐 두렵습니다. 꿈이라고 치부하기에는 앞뒤가 잘 연결된 이야기이고, 저 또한 거짓을 말할 마음이 조금도 없습니다." 판사에게 이런 말을 할 때 내 태도는 강렬하면서도 차분했습니다. 나를 파괴한 놈을 죽을 때까지 쫓겠다는 결심은 이미 서 있었습니다. 이 목표가 내 번민을 가라앉혔고 일시적으로나마 나를 삶과 화해하게 했지요. 내 사연을 간략하게 말하되 단호하고 정확하게, 욕설이나 감탄사를 전혀 섞지 않고 설명했습니다.

치안판사는 처음에는 하나도 믿지 못하는 눈치였지만, 이야기가 계속되면서 관심을 더 기울였고 흥미도 보였습니다. 때로는 공포로 전율하고 때로는 경악하는 얼굴이었지만, 불신의 기색은 전혀 없었습니다.

이야기를 마치고 나서 말했습니다. "제가 고발하려는 자가 바로 이런 자입니다. 판사님께서 이 괴물의 체포와 처벌에 전심전력을 해주시길 간청합니다. 그것이 치안판사로서 판사님의 의무이고, 판사님도 인간으로서 이런 일을 집행하는 데 반대하지 않으시리라 믿고 바랍니다."

이 말에 치안판사의 표정이 상당히 달라지더군요. 애초에는 유령이나 초자연적 현상 이야기를 듣는 듯 반신반의하는 태도로 내 이야기를 들었지만, 결국 공식적인 집행 요청을 받자 의심이 물밀 듯 다시 덮친 모양이었습니다.

하지만 그의 대답은 부드러웠습니다. "선생이 괴물을 추적하는 일에 가능한 한 모든 도움을 제공하겠습니다. 그러나 말씀하시는 괴물은 제가 아무리 노력해도 물리칠 수 없는 괴력을 가진 것 같습니다. 얼음 바다를 건너고 인간이 침범조차 못할 동굴과 은신처에 몸을 숨기는 짐승을 과연 누가 추적할 수 있겠습니까? 게다가 범행을 저지른 지 벌써 여러 달이 지났는데, 놈이 어떤 장소를 돌아다니는지 혹은 어느 지역에 살고 있는지 짐작할 수 있는 사람도 없습니다."

"틀림없이 제가 거주하는 지역 근처를 맴돌고 있을 겁니다. 혹여 알프스산에 은신했다고 하면 샤무아* 사냥하듯 놈을 잡을 수 있습니다. 하지만 판사님 생각은 잘 알겠습니다. 제 이야기를 믿지 않으니 저의 원수를 추적해 놈이 받아 마땅한 벌을 내릴 의향이 없으시군요."

말하는 내 눈에 분노가 번득이자 치안판사는 위협을 느끼는지 움찔

---

*   알프스의 영양.

했습니다. "잘못 아셨습니다. 최선을 다할 겁니다. 그리고 제 능력으로 괴물을 잡을 수만 있다면 범행에 어울리는 죗값을 반드시 치르게 할 겁니다. 그러나 놈이 정말 지금 말씀하신 능력을 갖추고 있다는 점을 감안하면, 애석하지만 현실적으로 체포가 불가능할 뿐 아니라 적절한 조치를 모조리 취한다 해도 선생께서는 실망할 일에 마음의 준비를 하셔야 할 것 같군요."

"안 됩니다. 놈은 꼭 잡아야 합니다. 하지만 제가 무슨 말을 하더라도 소용없겠지요. 판사님께는 제 복수가 전혀 중요한 일이 아니니까요. 저도 복수가 죄악이라는 것은 인정하지만, 지금은 복수야말로 제 영혼을 온통 집어삼키는 유일한 열망이 되었습니다. 제가 사회에 풀어놓은 살인마가 아직 살아서 돌아다니고 있다는 것을 떠올리기만 해도 말로 표현할 수 없는 분노가 끓어오릅니다. 판사님이 제 정당한 요구를 거절하시니 제게 남은 수단은 하나뿐입니다. 살아서든 죽어서든 놈을 없애는 일에 제 온 힘을 쏟을 겁니다."

말을 하면서도 극도의 동요 때문에 몸이 부르르 떨렸습니다. 내 태도에는 광기가 서려 있었습니다. 뭔가 과거의 순교자들이 갖고 있었다는 도도한 격정 같은 것이 있었지요. 하지만 헌신이나 의협심과는 한참 다른 생각에 마음을 뺏긴 상태로 보이는 제네바 치안판사에게는 이렇듯 잔뜩 고양된 내 정신 상태가 많은 부분 광기로 보였을 것입니다. 그는 유모가 아이를 달래듯 나를 진정시키려 애썼고, 내 이야기를 다시 정신착란의 소산으로 돌렸습니다.

"이봐요!" 나는 고함을 쳐댔습니다. "지혜롭다는 오만에 차 있는 당신은 정말 무지하기 그지없군요! 그만둬요. 당신은 자기가 무슨 말을 하는지도 모르고 있단 말입니다."

나는 화가 나고 심란한 마음으로 재판소를 뛰쳐나온 다음, 뭔가 다른 방법을 강구하러 물러났습니다.

7장

    당시 나는 자발적 사고가 완전히 불가능한 상태였습니다. 나는 분노에 쫓기고 있었고 복수심에서 힘과 평안을 얻었습니다. 복수심이 내 감정의 틀을 만들었고 앞일을 계산하고 평정심을 유지하게 했습니다. 그렇지 않았더라면 아마 정신착란에 걸리거나 죽어버렸을 겁니다.

    내 첫 번째 결심은 제네바를 영원히 떠나는 것이었습니다. 행복하고 사랑받던 시절에는 그토록 소중했던 고국이 고통에 빠져 있던 내게는 증오의 대상일 뿐이었습니다. 돈을 마련하고 어머니의 보석을 좀 챙긴 다음 제네바를 떠났습니다.

    이렇게 해서 내 방랑이 시작되었습니다. 죽어서야 끝날 방랑이었지요. 광활한 땅을 건넜고 사막과 야만적인 나라에서 방랑자들이 흔히 만나는 온갖 역경도 견뎠습니다. 어떻게 살아남았는지는 생각조차 나지 않습니다. 쇠약해진 사지를 모래밭에 내동댕이치고 누워 차라리 죽게 해달라고 빌었던 적이 수도 없이 많았으니까요. 그래도 목숨을 부지한 것은 복수 때문이었습니다. 원수를 살려둔 상황에서는 감히 죽을 수도 없었습니다.

　제네바를 떠나면서 첫 번째로 심혈을 기울인 일은 악마 같은 원수의 뒤를 쫓을 단서를 찾는 것이었습니다. 하지만 계획은 불확실했습니다. 결국, 어느 길로 가야 할지 확신도 없이 몇 시간씩 도시 경계 주위를 헤매고 다녔지요. 밤이 다가오자 나도 모르게 윌리엄과 엘리자베스, 아버지가 잠든 묘지 입구에 가 있더군요. 묘지로 들어가 식구들의 묘비로 다가갔습니다. 바람에 부드럽게 살랑거리는 나뭇잎 소리를 제외하면 사위는 고요했습니다. 어둠이 짙게 깔려 무심한 구경꾼조차 침통하고 엄숙하다고 느낄 만한 풍광이었지요. 애도하는 사람 머리 주위로 떠난 이들의 영혼이 스치듯 지나다니며, 보이지는 않아도 느낄 수는 있는 그림자를 드리우는 것 같았습니다.

　이러한 풍광에서 깊은 슬픔을 느낀 뒤에는 곧 격분과 절망이 찾아들었습니다. 그들은 가고 나는 남았습니다. 그들을 죽인 살인마 역시 살아 있었고, 그를 죽이려면 나는 지친 육신을 질질 끌고 다녀야만 했습니다. 풀밭에 무릎을 꿇고 땅에 입을 맞추면서 떨리는 입술로 외쳤습니다. "지금 무릎 꿇은 신성한 대지와 내 근처를 헤매는 영혼들 그리고 지금 내가 느끼는 깊고 영원한 슬픔까지 모두 걸고 맹세합니다. 그대, 오 밤이여 그리고 그대를 지배하는 정령들을 걸고 맹세합니다. 이 불행을 가져온 악마를 끝까지 추적하겠다고 말입니다. 죽을 때까지 싸우다가 둘 중 하나가 죽을 때까지 원수를 뒤쫓겠습니다. 이 목적 하나만을 위해 목숨을 부지할 것입니다. 이 귀한 복수라는 목적을 결행할 때까지는 영영 보지 않으려 했던 태양을 다시 보고 대지의 푸른 풀도 다시 밟을 것입니다. 죽은 자의 영혼들이여, 그리고 방랑하는 복수의 집행자들이

여, 나를 도와 이 일을 결행할 수 있게 도와주십시오. 저주받은 지옥의 악마가 고뇌를 깊이 들이마시게 해주십시오. 지금 나를 고문하는 절망을 원수도 느끼게 해주십시오."

탄원하는 기도를 시작할 때는 엄숙함과 외경심에 가득 차 있었기 때문에 죽은 식구들이 내 기도를 듣고 인정해주리라는 확신으로 차올랐습니다. 하지만 기도가 끝날 때는 분노에 목이 메어 말조차 제대로 나오지 않았습니다.

기도에 대한 대답으로 밤의 정적을 뚫고 크게 울리는 사악한 웃음소리가 들렸습니다. 그 웃음소리는 오랫동안 무겁게 귓전을 울렸습니다. 산에 부딪쳐 메아리가 울려 퍼졌습니다. 지옥이 나를 조롱하고 비웃으며 주변을 에워싼 느낌이었습니다. 그 순간 광기에 휩싸여 비참한 목숨을 끊어버려야 했습니다. 하지만 난 이미 맹세를 했고, 복수하려면 살아야만 했지요. 웃음소리가 잦아들고 잘 아는 혐오스러운 목소리가 또렷이 속삭였습니다. 분명 내 귀 가까운 곳인 것만 같았습니다. "다행이군. 이 비참하고 한심한 종자야! 살겠다고 결심했다니 잘했군그래."

소리가 나는 쪽을 향해 쏜살같이 달려갔습니다. 하지만 악마는 내 손아귀를 빠져나가고 말았습니다. 갑자기 커다랗고 둥그런 달이 떠올라 섬뜩하고 뒤틀어진 놈의 모습을 환히 비추었습니다. 놈은 인간의 속도라고는 할 수 없을 정도로 빠르게 도망쳤습니다.

놈의 뒤를 쫓아갔습니다. 그 후로도 여러 달 동안 놈을 추적하는 일에만 매달렸지요. 실낱같은 단서를 따라 굽이치는 론강을 따라가 보았지만, 헛일이었습니다. 푸른 지중해가 나타났습니다. 그리고 이상한 우연으로 놈이 밤을 틈타 흑해로 향하는 배에 몸을 숨기는 모습을 보았지요. 같은 배를 탔지만, 놈은 도망쳤습니다. 무슨 수를 썼는지는 모르겠습니다.

타타르와 러시아의 황야 한가운데서도 놈은 나를 따돌렸지만, 나는 끝까지 추적했습니다. 소름 끼치는 괴물의 등장에 놀란 농부들이 놈의 행적을 일러줄 때도 있었습니다. 놈의 흔적을 완전히 놓치면 내가 절망으로 죽을까 봐 놈이 일부러 자취를 남겨 길을 인도하기도 했지요. 머리 위로 눈이 내리면 하얀 평원 위로 괴물의 거대한 발자국이 보였습니다. 이제 막 인생을 시작하는 당신이, 근심은 낯설고 고뇌도 모르는 당신이 내가 느꼈고 여전히 느끼고 있는 것을 어떻게 이해할 수 있을까요? 추위와 궁핍과 피로는 내가 견뎌야 했던 고통 중에서 가장 하찮은 것에 불과했습니다. 악마의 저주를 받은 나는 영원한 지옥을 지고 다녔습니다.

하지만 착한 정령도 내 발걸음을 따라다니며 길을 인도했고, 심하게 불평이라도 하면 넘지 못할 것 같은 곤경에서 돌연 나를 구해주곤 했습니다. 때로 허기를 이기지 못하고 지쳐 쓰러지면 사막에 먹을 것이 준비되어 있어 기운과 활력을 되찾게 해주었습니다. 시골 농부들의 끼니처럼 변변치 않은 먹거리였지만, 내가 도움을 청했던 정령들이 가져다준 것임이 틀림없었습니다. 온통 메마르고 하늘에 구름 한 점 없어 목이 갈증으로 타들어 갈 때면 작은 구름이 나타나 하늘이 흐려졌고, 그후 몇 방울 떨어진 비가 내 목숨을 구하고 사라지기도 했습니다.

가능한 한 강줄기를 따라다녔지만, 놈은 이런 길은 피했습니다. 시골 사람들이 주로 모여 살고 있었기 때문이었지요. 다른 곳에서는 인적이 거의 없어서 대개는 길에서 만난 야생동물을 잡아먹고 연명했습니다.

수중에 돈이 있었기 때문에 돈을 줘서 사람들을 내 편으로 만들기도 하고, 아니면 짐승을 잡으면 내 것을 조금만 챙기고 불과 조리 도구를 빌려주는 사람들에게 나눠 주곤 했습니다.

이렇게 지내는 삶은 사실 지긋지긋했습니다. 오직 잠들 때만 기쁨을 맛보았지요. 오, 달콤한 잠! 비참함을 견디기 힘들면 잠에 빠져들곤 했고, 그러면 꿈이 나를 달래 황홀한 기분까지 느꼈습니다. 나를 지켜주는 정령들이 이런 행복의 순간, 아니 행복의 시간을 만들어준 덕분에 순례를 마칠 힘을 계속 낼 수 있었습니다. 이렇듯 잠깐씩 숨 돌리는 시간마저 없었다면 역경에 무릎 꿇고 쓰러졌겠지요.

낮에는 밤이 올 거라는 희망으로 버틸 수 있었습니다. 잠들면 친구들, 아내, 사랑하는 고국을 볼 수 있었습니다. 아버지의 자애로운 얼굴을 다시 보고, 엘리자베스의 낭랑한 목소리를 듣고, 건강과 젊음을 만끽하는 클레르발도 보았습니다. 고생스러운 행군에 지칠 때면 밤이 올 때까지 내가 꿈을 꾸는 것이라고, 밤이 되면 내 소중한 사람들의 품 안에서 현실을 만끽할 수 있다고 스스로 다독였어요. 그들을 향한 내 사랑은 너무도 가슴 저몄습니다. 깨어 있을 때조차 내 마음을 온통 사로잡았던 그들의 사랑스러운 모습에 필사적으로 매달렸고, 여전히 살아 있다고 믿으려고 무진 애썼습니다. 그런 때마다 내 안에서 불타던 복수심은 죽어버리고, 악마를 파멸시키기 위해 가는 이 길은 내 영혼의 열렬한 욕망이라기보다는 오히려 하늘이 내린 사명, 나 스스로 의식하지 못하는 어떤 힘이 기계적으로 가한 충격처럼 느껴졌습니다.

내게 쫓기던 괴물이 무엇을 느꼈는지는 모르겠습니다. 놈은 가끔 나무껍질이나 돌에 글귀를 새겨 길을 안내하고 내 분노를 자극했습니다.

"나의 지배는 아직 끝나지 않았다"(새겨진 글귀 중 알아볼 수 있는 것이었습니다). "살아 있으라, 내 힘은 완벽하다. 나를 따르라. 나는 북극의 영원한 빙하를 쫓을 테니. 내가 거뜬히 이겨내는 추위와 서리의 고통을, 너는 그곳에서 절절히 느끼게 되리라. 네가 너무 늦게 따라오는 게 아니라면 이 인근에서 죽은 토끼를 볼 것이다. 먹고 힘을 얻어라. 어서 와라, 내 원수. 우리에겐 목숨을 걸고 벌여야 할 결투가 남아 있지 않은가. 하지만 그 전에 너는 고되고 비참한 시간을 견뎌내야 할 거야."

나를 비웃는 악마! 다시 맹세하노니 네놈에게 반드시 되갚아줄 것이다. 비참한 악마인 네놈을 어떻게든 쫓아가 고문하고 죽이리라. 놈과 나 둘 중 하나가 죽을 때까지 추적을 그치지 않겠다. 그때가 되면 사랑하는 엘리자베스와 지금 이 순간에도 내 지겨운 노동과 끔찍한 순례에 대한 보상을 기다리고 있을 사람들을 환희에 가득 차 다시 만나리라.

북쪽으로 추적을 계속하는 동안 눈발은 굵어졌고, 추위는 견딜 수 없을 정도로 극심해졌습니다. 농부들은 오두막에 틀어박힌 채 나오지 않았고, 혹한에 견디는 극소수의 사람만 밖으로 나와, 굶주림을 잊게 할 먹이를 찾아 은신처에서 나온 동물들을 사냥했습니다. 강은 얼음으로 뒤덮여 물고기 한 마리도 잡을 수 없었습니다. 끼니를 구할 수 없게 된 것입니다.

내 추적이 고되면 고될수록 원수의 승리감은 커져만 갔습니다. 놈이 남긴 글귀 중에는 이런 말도 있었습니다. "준비하라! 네 고역은 이제 시작이다. 짐승의 털을 몸에 두르고 식량을 챙겨라. 우리가 곧 시작할 여정에서, 영원한 나의 증오를 만족시킬 고통을 네게 안길 테니."

놈의 조롱은 오히려 나의 용기와 끈기를 다지게 했습니다. 꼭 성공적으로 목표를 이루어내겠다고 결심했습니다. 하늘에 도움을 간청하면서 지치지 않는 열정으로 여정을 계속했습니다. 광막한 사막을 건너, 마침내 아득히 멀리 바다가 나타나 수평선을 보게 되었습니다. 오! 이곳 바다는 남쪽의 푸른 바다와는 얼마나 다른 모습이던지! 온통 빙하로 뒤덮인 바다는 훨씬 더 황량하고 거칠 뿐 아니라 땅과 구분조차 되지 않았습니다. 저 옛날 그리스인들은 아시아 언덕에서 지중해를 보고 기쁨의 눈물을 흘렸고 이제 고생이 끝났다며 환희에 젖었다고 했다지요. 나는 눈물을 흘리지는 않았지만, 무릎을 털썩 꿇고 벅찬 심정으로 나를 지켜준 정령들에게 감사를 드렸습니다. 원수의 간계에도 불구하고 그와 맞서 싸워 담판을 지을 수 있도록 내가 바라던 곳으로 인도해준 정령들에게 말입니다.

그보다 몇 주 전에 나는 썰매와 개 몇 마리를 구해 상상하기 힘든 속도로 설원을 달렸습니다. 놈도 마찬가지 장비를 갖고 있었는지는 모릅니다. 하지만 어쨌건 예전에는 추적에서 뒤처지기만 하다 이제는 놈을 따라잡고 있다는 걸 알게 되었지요. 처음 바다를 보았을 때는 괴물이 나보다 하루 정도 앞섰는데, 놈이 해변에 도착하기 전에 길을 막아서고 싶었습니다.

용기를 더 내어 전진해, 이틀 후에는 바닷가 어느 초라한 마을에 도착했습니다. 마을 주민들에게 악마에 관해 물어 정확한 정보를 얻었습니다. 주민들 말로는, 장총 한 자루와 권총 여러 자루로 무장한 커다란 괴물이 전날 밤 도착해 무시무시한 외모로 겁을 주는 바람에 외딴 오두막에 사는 사람들이 도망쳤다고 했습니다. 괴물은 주민들의 겨울 식량을 모조리 가져다가 썰매에 싣고, 훈련된 개들을 여러 마리 잡아다 썰매에 묶은 후 그날 밤 당장 바다를 가르며 길을 떠났습니다. 공포에 질린 주민들은 기뻐했습니다. 괴물이 간 방향에 육지라고는 없었기 때문입니다. 얼음이 깨져 놈이 급사하거나 영원한 서리로 얼어 죽을 거라고 이들은 짐작했습니다.

이 소식을 듣고 잠시 낙담했습니다. 놈이 나를 피해 아예 도망쳐버렸던 것입니다. 이제 태산 같은 대양의 빙하를 가로질러 끔찍하고 끝도 없는 여정을 시작해야 할 판이었습니다. 마을 주민 중에도 추위를 오래 견딜 수 있는 사람은 거의 없는데, 따뜻하고 화창한 기후에서 나고 자란 내가 그런 추위를 버티고 살아남을 거라고는 도저히 기대할 수 없었습니다. 하지만 괴물이 살아서 이기고 있다는 생각만 해도 분노와 복수심이 거친 파도처럼 다시 돌아와 다른 감정을 모조리 집어삼켜 버렸습니다. 잠시 휴식을 취하는 사이, 죽은 자들의 영혼이 내 주위를 돌아다니며 복수에 매진하라고 부추겼습니다. 그렇게 해서 여정에 필요한 물건을 챙겼습니다.

내 육지용 썰매를 얼어붙은 바다의 울퉁불퉁한 표면에 맞게 개조한 썰매로 교환했고 물자를 넉넉히 준비해 육지를 떠났습니다.

그 후로 며칠이 흘렀는지는 짐작도 못하겠네요. 참담한 고역을 견뎌 냈습니다. 마음속에서 타오르는 영원하고 정당한 복수심이 없었다면 결코 견디지 못했을 겁니다. 드넓고 험준한 빙산들이 앞길을 막기 일쑤였고, 바닷물이 녹으면서 나는 우레 같은 굉음도 여러 차례 목숨을 위협했습니다. 하지만 서리가 다시 내려 바닷길은 안전해졌지요.

내가 소진한 식량의 양으로 추정컨대 이 길을 시작한 후 3주 정도 지난 것 같았습니다. 희망이 끊임없이 미루어져 다시 마음을 칠 때면 낙심과 슬픔의 쓰디쓴 눈물을 쥐어 짜냈습니다. 나는 절망이라는 짐승의 먹이가 되어 비참한 고통 아래 곧 무너질 것만 같았습니다. 그러던 어느 날 썰매를 끌던 불쌍한 동물들이 지독하게 고된 노동 끝에 간신히 경사진 얼음산 정상에 올랐는데, 그중 한 마리가 지쳐 죽어버렸습니다. 눈앞에 펼쳐진 아득히 광활한 광경을 번민에 가득 차 바라보았습니다. 바로 그때 어스름 깔린 평원 위에서 검은 얼룩이 눈에 띄었습니다. 얼룩의 정체를 파악하고자 눈을 부릅뜨고 바라보다가 썰매와 거기 타고 있던 뒤틀어진 익숙한 형체를 알아보고는 환호성을 질렀습니다.

오! 마음에 다시 희망이 끓어올랐습니다! 뜨거운 눈물이 차올랐지만, 악마가 잘 보이지 않을까 봐 두려워 황급히 닦아냈습니다. 그러나 뜨거운 눈물이 남아 시야가 흐릿해졌고, 결국 감정을 이기지 못하고 큰 소리로 흐느꼈습니다.

그러나 지체할 때가 아니었어요. 죽은 개를 떼어내 남은 개들의 짐을 덜어주고 먹이를 넉넉하게 주었습니다. 개들에게는 휴식이 꼭 필요했기에 한 시간가량 쉬게 했지만, 다급한 마음에는 짜증이 치밀었습니다. 다시 길을 떠났습니다. 놈이 탄 썰매는 여전히 잘 보였고, 잠깐씩 빙하 덩어리가 길 사이로 끼어들어 앞을 가릴 때만 제외하면 그 후로는 놈을 시야에서 놓치는 일은 없었습니다. 오히려 눈에 띄게 거리를 좁히고 있었습니다. 이틀가량 쫓은 결과 1.5킬로미터 정도 거리에 있는 원수를 보고 심장이 쿵쾅거리며 뛰었습니다.

이제 막 대적이 내 손아귀에 당장 잡힐 것만 같은 찰나, 돌연 모든 희망이 꺼져버렸습니다. 그 어느 때보다 더 완벽하게 놈의 자취를 놓치고만 겁니다. 빙하가 갈라지는 소리가 들렸습니다. 우레 같은 해빙의 굉음이 점점 더 불길하고 끔찍하게 들려왔고, 발밑에서는 물이 포효하며 불어 오르기 시작했습니다. 앞으로 나아가려 애썼지만 헛일이었습니다. 바람이 거세지고 바다가 으르렁거렸습니다. 지진처럼 엄청난 충격과 함께 빙하가 쪼개지더니 어마어마한 굉음을 내며 갈라졌습니다. 빙하가 쪼개지는 사태는 곧 끝났지만, 불과 몇 분 만에 바다의 격랑이 나와 원수 사이를 갈라놓았고, 결국 산산조각 난 얼음덩이 위에서 표류하는 신세가 되고 말았습니다. 유빙은 시시각각 작아졌고 나는 참혹한 죽음을 맞을 상황이었습니다.

이런 상태로 끔찍한 시간이 한참 흘렀습니다. 개도 여러 마리 죽었고 나 역시 거듭되는 고통에 시달리다 못해 쓰러지기 일보 직전이었지요. 바로 그때 당신 배가 정박해 우리에게 구조와 도움의 희망을 안겨준 겁니다. 이렇게 최북단까지 항해하는 선박이 있으리라고는 상상조차 하지 못했던 터라 배를 보고는 경악했습니다.

나는 곧 썰매 일부를 부수어 노를 만들었고, 그 덕에 엄청난 피로에 싸여 이 빙하 조각을 뗏목 삼아 당신의 배가 있는 쪽으로 노를 저어 올 수 있었습니다. 만일 당신의 배가 남쪽으로 간다고 하면 목표를 버리느니 차라리 바다의 자비에 목숨을 맡기겠다고 결심한 터였지요. 당신을 설득해 계속 원수를 추적할 수 있게 배를 한 척 달라고 하고 싶었지요. 그런데 당신네 배가 북쪽을 향하고 있던 겁니다. 당신이 나를 배에 태웠을 때는 완전히 기진맥진한 상태라 겹겹이 겪은 고생에 무릎을 꿇고 무너져 죽어도 이상할 게 없었지요. 나는 여전히 죽음이 두렵습니다, 사명을 완수하지 못했으니까요.

아! 나를 지켜주는 정령은 도대체 언제 나를 악마에게 데려가 내가 열망하는 휴식을 허락해줄까요? 아니면 나는 죽고 놈은 살아남아야만 하는 걸까요? 월턴, 약속해주십시오. 만일 내가 죽는다면 놈이 달아나지 못하게 하겠다고 말입니다. 놈을 찾아내 죽여 내 복수를 마무리하겠다고 말입니다.

내가 감히 당신에게 내 순례를 넘겨받아 이제껏 겪은 고난을 견뎌달라고 부탁할 수 있겠습니까? 나는 그렇게 이기적인 인간이 아닙니다. 하지만 내가 죽은 후 놈이 다시 나타난다면, 복수의 집행자들이 당신에게 놈을 데려온다면 그때는 절대 살려두지 않겠다고 약속해주십시오. 놈이 첩첩이 쌓인 내 슬픔을 짓밟고 승승장구하면서 나 같은 폐인을 다시 만들지 못하도록 말입니다. 놈은 유창한 달변으로 마음을 얻습니다. 나 또한 놈의 말에 맥을 못 추었으니까요. 그러나 놈을 믿으면 안 됩니다. 놈의 영혼은 배신과 악의로 가득 차 생김새 못지않게 끔찍합니다. 괴물의 말을 들으면 안 됩니다. 윌리엄, 유스틴, 클레르발, 엘리자베스, 아버지 그리고 불쌍한 빅토르의 영혼을 불러 놈의 심장에 검을 꽂아주십시오. 내가 근처를 떠돌며 칼을 정확히 인도할 것입니다.

월턴의 편지

17XX년 8월 26일

마거릿 누나, 이 기이하고 무서운 사연을 다 읽었겠지. 누나도 공포로 피가 얼어붙는 것 같지 않아? 나는 지금 이 순간에도 피가 굳는 것 같거든. 프랑켄슈타인은 이따금 돌연한 번뇌에 사로잡혀 이야기를 차마 이어나가지 못했어. 또 어떤 때는 목이 메더라도 예리한 목소리로 번민 가득한 말들을 힘겹게 내뱉기도 하고 말이야. 섬세하고 아름다운 눈은 분노로 번득이다가도 무거운 슬픔에 한없이 가라앉기도 하고 끝없는 불행에 젖어들기도 해. 얼굴과 말투를 다잡고 고요한 목소리로 감정적 동요의 흔적도 전혀 없이, 세상에 있을 리 만무한 끔찍한 사건들을 이야기할 때도 있어. 그러다가도 화산이 폭발하듯 돌연 분노로 광기 가득 찬 표정을 띠고 자신을 괴롭힌 괴물을 향해 날카로운 소리로 저주를 퍼붓기도 하고 말이야.

그의 이야기는 일관성도 있고, 단순한 진실을 담고 있었어. 하지만 솔직히 말해 그의 사연에 신빙성을 부여한 건 그가 보여준 펠릭스와 사피의 편지들이나 우리 배에서 목격한 괴물의 모습이었어. 의심할 여지가 없지. 놀라고 경이로워 어쩔 줄을 모르겠어. 가끔 프랑켄슈타인에게 피조물을 어떻게 만들었는지 자세한 내용을 알아내려고 할 때도 있었어. 하지만 그 문제에 관해서는 그야말로 난공불락이더군.

"벗이여, 제정신이 아닌 겁니까?" 그는 이렇게 말하더군. "그런 무분별한 호기심으로 어떤 결과를 맞이하게 될 것 같나요? 세상에 악마 같은 원수를 만들어주려는 겁니까? 그렇지 않다면 무슨 의도로 그런 질문을 하는 거죠? 부디 마음을 가라앉히고 평정을 찾으십시오! 내 불행에서 교훈을 얻고 불행을 자초하지 말아요."

프랑켄슈타인은 내가 자기의 과거사를 기록했다는 사실을 알아내고는 보여달라고 했어. 그러더니 여러 군데를 고치고 덧붙이더군. 주로 그가 원수와 나눈 대화에 생기와 영혼을 불어넣기 위해서였지. "내 사연을 글로 보존해주셨으니, 잘못된 내용을 후세에 전하도록 두진 않으려고요."

　이렇게 일주일이 흘러갔어. 그사이 내가 들은 건 인간의 상상력이 만들어낸 그 어떤 이야기보다 더 기괴한 이야기였어. 내 생각과 영혼의 모든 감정은 온통 이 손님에게 빠져 있었어. 이 이야기와 그의 고상하고 신사다운 태도로 그런 관심이 일었지. 나는 그를 위로해주고 싶어. 하지만 그렇게 한없는 불행에 빠진 사람, 위로라고는 한 점의 꿈조차 꿀 수 없는 사람에게 어떻게 죽지 말고 살아가라고 충고할 수가 있을까? 그럴 수는 없어! 지금 그가 누릴 수 있는 유일한 기쁨은 산산조각으로 부서진 마음을 평온한 죽음으로 정리하는 것이니까 말이야. 다만 그도 한 가지 위안만은 누리고 있어. 고독과 착란에서 온 위안이지. 꿈을 꿀 때면 친구들과 대화를 나눈다고 생각하는 그는 이런 만남으로 불행을 달래거나 복수심에 다시 불을 지피고 있는 거지. 그는 이들이 망상의 소산이 아니라 머나먼 세계 아득한 땅에서 자신을 만나러 실제로 오는 존재라고 믿고 있어. 이런 믿음으로 그의 몽상은 내겐 진실이나 다름없이 인상적이고 흥미로워.

　우리 대화가 늘 프랑켄슈타인의 과거와 불행에만 국한된 건 아니야. 그는 문학 일반의 온갖 논점에 관해 지식이 풍부할 뿐 아니라 통찰력도 예리해. 언변은 힘차고 감동적이지. 그가 슬픈 사건에 관해 이야기하거나, 연민이나 사랑의 감정을 일으키려고 애쓸 때면 눈물 없이는 들을 수가 없을 지경이야. 폐인이 된 지금도 이토록 고결하고 신과 같은데 한창때는 얼마나 눈부시고 아름다웠을까. 본인 역시 자신의 가치를 알았고, 얼마나 무너졌는지도 느끼는 듯했어.

　그는 이렇게 말했지. "젊을 때는 내가 뭔가 위대한 업적을 이룩할 운명이라고 느꼈습니다. 나의 감정은 심오했고, 냉정한 판단력도 갖추고 있어 걸출한 업적을 이루기에 모자람이 없었습니다. 남들은 중압감을 느꼈을 상황에서도 나는 오히려 타고난 가치를 생각하며 지탱할 수 있었습니다. 인류 동포에게 유용할 수도 있는 재주를 쓸모없는 슬픔으로 낭비하는 건 범죄라고 생각했어요. 내가 완성한 작품을 곰곰이 생각해 보면 지각 있고 합리적인 동물을 창조하는 일이었으니 평범한 과학자들과 위상이 동등하다고 할 수는 없었습니다. 하지만 연구를 처음 시작했을 때 나를 지탱했던 이런 감정은 지금은 오히려 나를 더 비참한 바닥으로 처박을 뿐입니다. 내 꿈과 희망은 이제 아무런 의미도 없어요. 감히 전지전능함을 탐했던 대천사처럼 나 역시 영원한 지옥의 사슬에 묶여 있습니다.

나의 상상력은 활기가 넘쳤고, 분석과 응용 능력은 탁월했습니다. 이런 자질들을 통합해 생각을 잉태하고 인간 창조를 실행에 옮겼습니다. 작업을 진행하면서 몽상에 잠기던 때를 떠올리면 지금도 그때의 열정이 느껴질 정도입니다. 내가 가진 능력에 의기양양하기도 하고 그 효과를 생각하며 흥분에 사로잡혀 생각 속에서 천국의 땅을 밟고 다녔습니다. 아주 어린 시절부터 드높은 희망과 고고한 야심을 품었지요. 그러나 지금의 나는 얼마나 참담하게 추락했는지요. 오! 벗이여, 당신이 예전 내 모습을 안다면, 지금처럼 굴욕적인 상태의 나를 알아보지 못했을 겁니다. 내 마음에 낙담이 찾아드는 일이라고는 거의 없었습니다. 고고한 운명이 나를 주관하는 것만 같았습니다. 하지만 결국 나는 추락했고 다시는, 앞으로 다시는 일어날 수 없겠지요."

그렇다면 이토록 놀라운 사람을 놓칠 수밖에 없는 걸까? 나는 친구를 갈망해왔어. 나와 공감하고 나를 사랑해줄 사람을 찾아왔지. 봐, 이 사막같이 황량한 바다 위에서 그런 사람을 찾아냈단 말이야. 하지만 그를 만나 그의 가치를 알게 되자마자 잃게 될 것 같아 두려워. 그가 다시 삶과 화해하도록 해야 할 텐데, 그는 그런 생각을 거부하고 있어.

"고맙습니다, 월턴." 그가 말했어. "이렇게 한심한 위인에게 베풀어준 친절에 감사드립니다. 하지만 새 인연과 새 사랑을 이야기하면서 당신은 가버린 이들을 대신할 사람이 있다고 생각하나요? 세상 어떤 이가 내게 클레르발과 같을 것이며, 세상 어떤 여인이 엘리자베스를 대신할 수 있을까요? 특별히 뛰어난 자질 때문에 강하게 움직이는 애정이 아니더라도, 어린 시절의 벗들은 나중에 성장해서 사귀는 친구들이 갖지 못한 힘을 우리 마음에 발휘합니다. 그 벗들은 우리가 갖고 있던 어린 시절의 성정을 잘 알고 있고, 그런 본성은 훗날 아무리 변한다 해도 완전히 없어지지는 않지요. 게다가 어린 시절 친구들은 우리가 품은 동기가 진실한가를 훨씬 더 정확히 분별하고 우리 행동을 엄정하게 판단할 수 있습니다.

어릴 적에 그런 싹수가 보이지 않는다면, 남매는 자기 형제자매가 사기치거나 속인다고 의심하지 않습니다. 반면 아무리 가깝다 해도, 자라서 사귄 친구는 자신도 모르게 상대를 의심할 수 있지요. 하지만 내가 누린 우정은 익숙하고 친밀했을 뿐 아니라, 친구들의 미덕 덕분에 더욱 값지고 귀중했습니다. 어디를 가든 나를 달래는 엘리자베스의 목소리 그리고 클레르발과 나누었던 대화가 내 귀에 속삭이듯 맴돌 겁니다. 그들은 죽었어요. 그러나 이런 고독 속에서도 나를 지탱해 목숨을 부지하게 하는 것은 단 하나의 감정뿐입니다. 동포 인류에게 유용한 작업이나

기획에 참여 중이라면 그 일을 끝내기 위해 살 수도 있겠지요. 하지만 그것은 내 운명이 아닙니다. 나는 내가 생명을 준 존재를 쫓아가 파괴해야 합니다. 그때가 되면 비로소 이 땅에서 내가 해야 할 소명이 완수되니 난 죽어도 좋습니다."

9월 2일

사랑하는 누나,

사면초가의 위험에 에워싸여, 소중한 영국 땅과 더욱더 소중한 그 땅의 친구들을 다시 볼 수 있을지 알지 못한 채 이 편지를 쓰고 있어. 탈출구가 도무지 보이지 않는 얼음 산맥이 사방을 포위하는데 당장이라도 우리 배와 충돌할 것 같아. 함께 배를 타자고 설득해 데려온 용감한 선원들은 나만 바라보고 도움을 청하지만, 나 또한 속수무책이야. 우리가 지금 끔찍한 처지에 놓인 것은 사실이지만, 그래도 나는 아직 용기와 희망을 버리지 않았어. 우리는 살아남을 수 있을 거야. 만일 살아남지 못한다면 세네카의 교훈을 따라 불만 없이 죽음을 맞으려고 해.

하지만 마거릿 누나, 누나의 마음은 어떨까? 내가 죽었다는 소식을 듣지 못하고 내가 돌아오기만 초조하게 기다리겠지. 수년의 세월이 흐르고 때로 절망이 찾아들겠지만, 희망 고문도 끝나지 않을 거야. 오! 사랑하는 누나. 누나의 간절한 기대가 무너져 상심하리라는 생각을 하면 내가 죽는 것보다 더 끔찍해. 그래도 누나한테는 남편과 사랑스러운 아이들이 있으니 행복할 수 있을 거야. 부디 하느님의 축복으로 누나가 행복하기를!

내 불행한 손님은 더할 나위 없이 따뜻한 연민의 눈길로 나를 바라보고 있어. 내게 희망을 불어넣으려 애쓸 뿐 아니라 자기도 목숨을 중히 여긴다고 말해. 이 바다에서 지금과 유사한 사고가 다른 항해자들에게 얼마나 자주 일어나는지 알게 해줘. 그러면 나도 모르게 일이 잘될 것이라는 예감이 들어. 선원들조차 그의 말에서 힘을 느끼고 있어. 그가 말을 하면 선원들은 이제 절망하지 않아. 그는 선원들의 원기를 살려주고, 선원들은 그의 목소리를 들으면서 이 광대한 빙하 산들이 두더지가 파 놓은 둔덕에 불과해 인간의 의지 앞에서 사라진다고 믿는 거야. 하지만 이런 감정이 오래가진 않아. 날마다 기대가 좌절되고 희망이 멀어지면서 선원들의 마음도 두려움으로 가득 차 있거든. 이런 절망감 때문에 선상 반란이라도 일어나지 않을까 걱정하고 있어.

9월 5일

방금 아주 드문 사건이 일어났어. 이 편지가 누나에게 영영 닿지 못하더라도 적지 않고는 도저히 배길 수 없을 것 같아. 우리 배는 아직 빙산에 에워싸여 있고, 빙산끼리 서로 부딪치기라도 하면 그 사이에서 배가 부서질 위험이 시시각각 닥치고 있어. 추위가 지독해서 불행한 동료 여럿이 벌써 이 황량한 곳에서 죽고 말았어. 프랑켄슈타인의 건강도 하루가 다르게 나빠지고 있어. 그의 눈빛은 여전히 뜨겁게 타오르지만, 기력이 많이 소진되어 몸을 갑자기 움직이기라도 하면 순식간에 무너져 죽은 사람처럼 보이는 상태에 빠지곤 해.

지난 편지에서 선상 반란이 일어날까 봐 두렵다고 썼지. 오늘 아침, 친구의 야윈 얼굴—눈은 반쯤 감고 사지는 힘없이 늘어져 있었지—을 바라보며 앉아 있었어. 그런데 선원 여섯 명이 선실로 들어오겠다고 요구하는 바람에 정신이 번쩍 들었어. 선원들이 들어오자 우두머리가 내게 말했어. 자신은 나와 담판 짓도록 선원 중에서 뽑힌 대표인데 내가 거절할 수 없는 정당한 요구를 하러 왔다고 말이야. 빙산에 갇혀 영영 벗어날 수 없을지 모르지만, 혹시라도 빙산이 흩어져 자유롭게 드나들도록 물길이 열리는 행운이 찾아온다 해도, 내가 무모하게 무리한 여정을 고집해 선원들을 또 새로운 위험에 빠뜨리지 않을까 겁난다는 말이었어. 요구인즉슨 배가 풀려나 항해를 자유로이 할 수 있게 되면 항로를 곧장 남쪽으로 잡겠다는 엄숙한 약속을 해달라는 것이었지.

이 말에 마음이 심란해졌어. 나는 절망하지도 않았지만, 배가 풀려나더라도 귀향한다는 생각은 해본 적이 없었거든. 하지만 이런 요구를 거절할 명분이 있을까? 아니, 거절하는 것 자체가 가능은 할까? 망설이다가 답을 하려는데, 처음에는 아무 말도 없었던, 아니 아예 말을 들을 힘조차 없어 보이던 프랑켄슈타인이 몸을 일으키는 거야. 눈빛은 번득이고 뺨은 잠시 살아난 생기로 붉게 물들어 있었지. 그는 선원들을 향해 몸을 돌리더니 이렇게 말했어.

"무슨 뜻입니까? 당신들 대장에게 도대체 무슨 요구를 하는 겁니까? 그렇게 쉽게 당신들 계획에 등을 돌린단 말입니까? 영광의 원정이라고 하지 않았습니까? 그렇다면 어째서 그것이 영광스러울까요? 남쪽 바다처럼 길이 순조롭고 잔잔해서가 아니라 위험과 공포로 점철된 길이

기 때문입니다. 새로운 사건이 일어날 때마다 여러분이 강건하다는 것을 드러내고 용기를 보여줘야 하기 때문이지요. 그런 이유로 원정이 명예로운 과업인 게지요. 앞으로 여러분은 인류에 공헌한 사람들로 칭송받을 겁니다. 여러분의 이름은 명예와 인류의 선을 위해 죽음을 맞이한 용감한 사람들의 반열에 오를 겁니다. 그런데 지금, 처음 출현한 위험 앞에서 여러분의 용기가 크고 무서운 시험대에 올랐다고 잔뜩 겁을 먹고 추위와 위험을 감내할 힘이 없었던 자들로 후세에 전해지는 것에 만족하려 하는군요. 그러면 춥다고 따뜻한 불 가로 돌아가 버린 딱한 인간이 되는 겁니다. 그렇다면 이런 준비도 필요 없었을 겁니다. 스스로가 소심한 비겁자라는 걸 입증하려고 이토록 먼 곳까지 와서 대장까지 실패의 굴욕으로 끌고 들어갈 필요도 없겠지요. 오! 대장부가 되시오. 아니, 그 이상의 존재가 되십시오. 목표에 꾸준히 매진하고 바위처럼 꿋꿋해지십시오. 얼음 덩어리는 여러분의 심장과는 재질이 다릅니다. 얼음은 변하기 쉬우니 당신들이 의지만 갖는다면 여러분을 감당할 수 없습니다. 이마에 치욕스러운 낙인을 찍고 가족에게 돌아가지 마십시오. 싸워 이긴 영웅이 되어 돌아가십시오. 적에게서 등을 돌리는 게 무엇인지 모르는 그런 영웅이 되어 돌아가십시오."

그의 목소리는 강약과 고저를 적절히 조절해 여러 감정을 표현했고 눈빛은 숭고한 의도와 영웅적 용기로 충만해 있었어. 선원들은 감동할 수밖에 다른 도리가 없었지. 서로 바라보며 아무 말 못하더군. 내가 말했어. 일단 물러가 프랑켄슈타인이 한 말을 곱씹어보라고 말이야. 그들이 계속 반대한다면 북쪽 항로를 고집하지는 않겠지만, 깊이 생각해보고 용기를 되찾기 바란다고 말했어.

선원들은 물러났고 나는 친구 쪽을 바라보았어. 그는 무기력 상태에 빠져 생명력을 거의 빼앗긴 모습이었어. 이 모든 일의 결말이 어떻게 날지 나도 알 수 없어. 목표를 달성하지 못하고 치욕스레 돌아가느니 차라리 죽고 싶은 마음이야. 두렵지만, 그렇게 돌아가는 게 내 운명이 아닐까 싶어. 영광과 명예를 떠올리며 용기를 얻지 못하는 선원들이 자기 의지로 지금의 고난을 계속 이겨낼 수는 없을 테니 말이야.

9월 7일

주사위는 던져졌어. 우리가 여기서 죽지 않는다면 돌아간다는 데 동의했지. 비겁함과 우유부단 때문에 내 희망이 이렇게 무참히 깨져버렸어. 아무것도 발견하지 못하고 실망한 채 돌아가는 거야. 이런 부당함을 인내로 견디려면 내가 가진 것보다 더 많은 지혜와 달관이 필요해.

9월 12일

이제 다 끝났어. 영국으로 돌아가고 있어. 인류의 이익이라는 희망도 영광도 다 잃었어. 내 친구도 잃었지. 그래도 이 아픈 상황을 사랑하는 누나에게 자세히 이야기해볼게. 영국으로 그리고 누나가 있는 곳으로 이렇게 둥둥 떠가고 있지만, 절망하지 않으려고 해.

9월 9일, 얼음이 움직이기 시작했어. 천둥 같은 포효 소리가 아득한 곳에서 들리면서 사방에서 섬들이 쪼개지고 갈라졌어. 금방이라도 위험이 닥칠 위기 상황이었어. 하지만 가만히 손 놓고 있을 수 없어 주로 불행한 손님에게 관심을 쏟았어. 병세가 지독히 나빠져 침대에만 누워 지내야 했거든. 우리가 탄 배 뒤쪽에서 얼음이 깨지더니 북쪽으로 세차게 몰려갔어. 서쪽에서 미풍이 불어 11일에는 남쪽으로 향하는 항로가 완전히 열렸지. 이 광경을 본 선원들은 고국 귀환이 확실해졌다고 생각해 환호성을 터뜨렸어. 요란하고 긴 환호성이었지. 설핏 잠이 들었던 프랑켄슈타인이 일어나 소동의 원인을 묻더군.

"곧 영국으로 돌아가게 되어 환호성을 지르는 겁니다."

"그럼, 정말 돌아갑니까?"

"아! 안타깝지만, 그렇습니다. 선원들의 요구에 더 이상 버틸 수가 없네요. 뜻을 어기고 그들을 사지로 내몰 수는 없으니 돌아가야겠지요."

"정 뜻이 그러시다면 그렇게 하십시오. 하지만 나는 가지 않습니다. 대장은 목표를 포기할 수 있을지 몰라도, 나의 목표는 하늘이 부여한 것이니 감히 포기할 수 없습니다. 내 몸은 쇠약하지만, 내 복수를 돕는 정령들이 틀림없이 충분한 힘을 줄 겁니다." 그는 이 말을 하며 침대에서 벌떡 일어나려 했지만, 그 움직임이 무리가 되었는지 쓰러져 기절하고 말았어.

그가 정신을 차린 건 한참 후였어. 아예 목숨이 끊어진 게 아닐까 여러 차례 의심도 들었어. 마침내 눈을 뜨긴 했지만, 호흡이 힘들어 말을 하지 못했어. 의사는 안정제를 처방하고는 환자를 방해하지 말고 절대 안정을 취하게 하라고 했지. 막간에 나한테는 친구가 살 시간이 몇 시간밖에 안 남았다고 말해주었어.

사형선고가 내려진 셈이니 나는 슬퍼하며 인내하는 일 외에 아무것도 할 수가 없었어. 침대 곁에 앉아 그를 지켜보았어. 눈을 감고 있기에 잠이 들었다고 생각했어. 그러나 잠시 후 힘없는 목소리로 나를 부르더니 가까이 오라면서 말하더군.

"아! 내가 의지하던 힘이 이제 다 없어졌어요. 곧 죽을 거라는 예감이 듭니다. 내 적이자 가해자인 괴물은 여전히 살아 있겠지요. 월턴, 이제 죽어가는 마당에 전에 내가 보였던 불타는 증오와 극렬한 복수심을 여전히 품고 있다고 생각하진 마십시오. 그래도 적의 죽음을 바라는 내 마음은 정당하다고 느낍니다.

최근 며칠간 생애 최후의 나날을 보내면서 과거의 내 행적을 되짚어 보았습니다. 흠이 있다고 생각하지는 않습니다. 뜨거운 광기로 분별을 잃은 상태에서 이성적인 존재를 창조했으니, 내 힘닿는 한 그에게 행복과 안녕을 보장해주어야 했습니다. 그게 제 의무였으니까요. 하지만 훨씬 더 중요한 것이 있었습니다. 동포 인류에 대한 의무 말입니다. 그 의무가 내게는 더 중요한 관심사였습니다. 훨씬 더 많은 사람의 행복과 불행이 거기 달려 있었으니까요. 이런 절박한 생각으로 첫 피조물이 동반자를 창조해달라고 했던 요구를 거절했던 겁니다. 거절은 정당했습니다. 놈은 비길 데 없는 악의와 이기심을 드러냈고 내 친구들을 살해했습니다. 비범한 감각과 행복과 지혜를 지닌 존재들을 파괴하는 데 갖은 애를 썼습니다. 복수심을 향한 놈의 갈증이 어디서 끝날지는 나도 모릅니다. 자신이 불행한 존재이니 또 다른 이를 불행에 빠뜨릴 수 없다면 죽어야 하겠지요. 그를 죽이는 것이 사명이었지만, 나는 실패하고 말았습니다. 이기적이고 사악한 동기에 고무되어 내가 미처 마치지 못한 일을 마무리해달라고 대장인 당신께 부탁드렸지요. 이제 다시 한번 같은 청을 드립니다. 하지만 이번에 저를 이끄는 동기는 이성과 미덕입니다.

이 일을 하기 위해 고국과 친구들을 버리라고 청할 수는 없습니다. 게다가 이제 대장이 영국으로 돌아가면 놈을 만날 기회가 거의 없을 겁니다. 그래도 이런 점들을 잘 고려하여 행할 의무와 균형 맞추는 일은 대장께 맡깁니다. 제 판단과 사고는 죽음이 다가온 탓에 이미 흐트러졌습니다. 내가 옳다고 생각한다고 해서 대장께 해달라고 부탁할 수는 없습니다. 여전히 열정에 사로잡혀 잘못된 생각을 하는지도 모르니까 말입니다.

놈이 계속 살아남아 악행의 도구가 될 수밖에 없다는 사실이 괴롭습니다. 다른 면에서 보면 이 시간, 곧 해방되리라 기대할 수 있는 지금 이 시간이야말로 지난 몇 년을 통틀어 내가 누린 최고의 행복입니다. 세상을 떠난 사랑하는 이들의 영혼이 눈앞에 아른거리니 어서 빨리 그 품으로 달려가렵니다. 안녕히, 월턴! 평온함에서 행복을 찾고 야심을 피하십시오. 과학과 발견으로 명망을 얻으려는, 무고해 보이는 야심이라 하더라도 말입니다. 그런데 내가 왜 이런 말을 하는 것일까요? 나는 이런 희망을 품었다가 망했어도 다른 사람들은 성공할지도 모르는 일인데 말입니다."

말할수록 목소리가 희미해지더니 마침내 기운을 쓰느라 완전히 지쳐 아예 침묵에 빠져들었어. 반 시간쯤 후에 다시 말을 해보려 했지만, 끝내 못했지. 그는 힘없이 내 손을 꼭 잡고 영영 눈을 감았어. 온화한 빛 같던 미소도 그 입술에서 덧없이 사라졌지.

마거릿 누나, 이토록 고귀한 영혼을 소유한 이가 속절없이 요절한 것을 보고 내가 무슨 말을 할 수 있겠어? 무슨 말을 해야 누나에게 내 깊은 슬픔을 전할 수 있을까? 내가 할 수 있는 말이라고 해봐야 죄다 어울리지도 않고 턱없이 미약하기만 해. 눈물이 흐르고 마음은 실망의 구름이 끼어 캄캄할 뿐이야. 하지만 이제 영국을 향해 항해하고 있으니 그곳에서 위로를 찾겠지.

무슨 소리가 들려. 한밤중에 무슨 징조이기에 이런 소리가 나는 것일까? 순풍이 불고 있고, 갑판의 보초도 별 움직임이 없는데 말이야. 또 소리가 나. 인간의 목소리 같지만, 훨씬 더 거칠어. 프랑켄슈타인의 시신이 놓인 선실에서 나는 소리인 것 같아. 가서 살펴봐야겠어. 사랑하는 누나, 잘 자.

하느님 맙소사! 방금 굉장한 일이 벌어졌어! 떠올리기만 해도 현기증이 나. 벌어진 일을 자세히 설명할 힘이 있는지 모르겠어. 하지만 이 놀라운 대단원의 재앙이 없다면 내가 기록해 온 이야기는 미완으로 남겠지.

선실로 들어갔어. 불운했던 내 사랑하는 친구의 시신이 누워 있었지. 그런데 시신 위에 몸을 굽히고 있던 그 형체를 형용할 말을 도저히 찾지 못하겠어. 몸집은 거대했지만, 균형이 맞지 않고 조잡하고 비뚤어져 있었어. 관 위로 몸을 구부린 채라 길고 헝클어진 머리카락에 얼굴이 가려져 있었어. 하지만 거대한 손 하나가 뻗어 나와 있는데 색깔이나 질감이 미라를 방불케 했어. 내가 선실로 들어오는 소리를 들은 괴물은 비탄과 공포의 절규를 내뱉다가 멈추고는 창문으로 펄쩍 뛰어올랐어.

그의 얼굴만큼 무시무시하고 혐오스럽고 오싹하게 추악한 건 평생 한 번도 본 적이 없을 정도야. 나도 모르게 두 눈을 감고, 이 파괴자에 대한 의무를 기억해내려 애썼어. 결국, 가지 말라고 그를 불러 세웠지.

그는 발길을 멈추더니 놀란 눈빛으로 나를 보았어. 그러더니 자기 창조자의 시신 쪽으로 돌아섰어. 내가 거기 있다는 사실을 잊은 것 같았어. 온몸 구석구석 몸짓 하나하나가 통제할 수 없는 뜨거운 분노로 활활 타오르는 것 같았어.

"저 사람 또한 내 희생자요!" 그가 외쳤어. "그를 살해함으로써 내 범죄 행각도 끝이 났군요. 불행으로 점철되었던 내 존재 역시 끝을 향해 가고 있소! 오, 프랑켄슈타인! 관대하고 헌신적인 자여! 이제 와서 그대에게 용서를 빈다 한들 무슨 소용이 있을까? 나는 그대가 사랑하는 모든 걸 파멸시킴으로써 돌이킬 수 없이 그대를 파멸시켰는데. 아! 싸늘하게 식었군. 내게 대답을 주지는 못하겠군요."

목이 멘 목소리였어. 죽어가는 친구의 마지막 부탁을 들어주기 위해 괴물을 처치해야겠다는 처음의 생각은 호기심과 동정심이 뒤섞인 마음 때문에 일단 유보하게 되더군. 이 어마어마하게 큰 존재에게 다가갔지. 다시 눈을 들어 그의 얼굴을 바라볼 용기가 나지 않았어. 괴물의 흉측한 용모에는 뭔가 끔찍하고 이 세상 것이 아닌 느낌이 있었어. 말을 하려 했지만, 입술에서 말려들어가 나오지 않았어. 괴물은 미친 듯 두서없이 자책을 늘어놓고 있었지. 폭풍처럼 휘몰아치는 격정이 잠시 가라앉은 틈을 타 용기를 짜내어 말을 걸었어.

"이제 와 후회한들 무슨 쓸모가 있겠소. 극단적으로 잔인무도한 복수를 자행하기 전에 양심의 소리에 귀 기울이고 쓰라린 가책에 주의를 기울었더라면 프랑켄슈타인은 아직 살아 있었을 거요."

"당신, 지금 꿈을 꾸고 있는 겁니까? 그럼 내가 고뇌와 자책을 전혀 몰랐다고 생각하는 겁니까? 이 사람은…." 괴물은 시신을 가리키며 말을 이어갔다. "이 사람은 죄악을 저지르면서도 나만큼 고통스러워하지는 않았습니다. 아! 잊히지 않는 범행의 세세한 과정에서 내가 겪어야 했던 고통의 만분의 일도 아프지 않았단 말입니다. 나는 끔찍한 이기심 때문에 몰아치듯 계속 죄악을 저질렀지만, 내 심장에는 가책의 독기가 서려 있었습니다. 클레르발의 신음이 내 귀에 음악 같았을 거라 생각하는 겁니까? 내 심장은 사랑과 연민을 느낄 수 있도록 만들어졌다고요. 불행에 짓눌려 죄악과 증오를 품게 되었을 때도 당신이 상상도 할 수 없는 고문 같은 아픔 없이는 그 지독한 폭력을 견뎌낼 수 없었단 말입니다.

클레르발을 살해한 후, 나는 비탄에 빠져 스위스로 돌아갔습니다. 프랑켄슈타인이 가엾게 여겨졌습니다. 두려울 만큼의 연민이었습니다. 나 자신이 혐오스러웠습니다. 하지만 나의 존재와 거기 수반되는 말 못할 고통을 일으킨 장본인이 감히 행복을 꿈꾸고 있다는 걸 알게 되었을 때, 내게 비참과 절망만 잔뜩 안긴 주제에 나는 영원히 금지당한 감정과 열정을 누리려 한다는 걸 깨달았을 때, 무력한 질투와 쓰디쓴 분노가 복수심의 허기를 힘입어 나를 가득 채웠습니다. 내가 했던 협박을 기억해냈고 그 일을 집행해야겠다고 결심했습니다. 치명적인 고통을 자초하는 짓임을 알면서도 나는 충동적 본능의 주인이 아닌 노예 상태였기 때문에 그 본능을 혐오하면서도 순순히 따랐습니다. 하지만 엘리자베스가 죽었을 때, 아니, 그때도 비참하지 않았습니다. 깊디깊은 절망에 빠져 감정은 모조리 떨쳐냈고 고뇌는 모두 억눌러 버렸으니까요. 그 후로 악은 나의 선이 되었습니다. 여기까지 몰리자 이젠 자발적으로 선택했던 악에 내 본성을 적응시키는 수밖에 도리가 없었습니다. 끔찍한 악마의 계획을 완수하는 일이 식을 줄 모르는 열망이 되었습니다. 그리고 이제 모두 끝이 났군요. 저기 내 마지막 희생자가 있으니!"

처음에는 괴물의 불행한 이야기를 들으면서 감동을 받았어. 그러나 괴물의 달변과 설득력에 대해 프랑켄슈타인이 했던 이야기를 떠올리고는 생명 없는 친구의 시신에 눈길을 돌리자, 내 안에서 다시 분노가 활활 타오르는 거야.

"이 저주받은 괴물! 여기 와서 네놈이 초래한 참담한 상황 앞에서 신세 한탄을 하는 거냐. 한데 모여 있는 건물들을 향해 횃불을 던진 다음 폐허 속에 앉아 타들어가는 도시를 보며 그 몰락을 슬퍼하는 짓과 뭐가 다른가. 이 위선적인 악마! 네놈이 애도하는 프랑켄슈타인이 아직 살아 있다면 네놈은 그를 저주받은 복수의 희생양으로 삼을 테지. 그러니 네놈이 느끼는 감정은 연민이 아니다. 그저 악행을 가할 희생자가 이제 네놈 손아귀에서 벗어났으니까 슬퍼할 뿐이지."

그 존재가 내 말을 끊으며 말하더군.

"오, 그게 아니오. 그렇지 않습니다. 물론 내가 어떤 목적으로 행동했는지를 보고 판단한다면 그런 오해를 할 수도 있을 거요. 그러나 나는 내 불행에 공감해줄 사람을 찾는 게 아니오. 그런 사람은 없을 테니까. 처음에 공감을 구했던 것은 미덕에 대한 애정, 나의 온몸과 마음에서 흘러넘치던 행복과 사랑의 감정, 동참하고 싶은 마음을 알아달라는 것이었소. 그러나 이제 그때의 미덕은 내게 그림자에 불과하게 되었고 행복과 애정은 쓰고 혐오스러운 절망으로 변했으니, 이제 와서 무슨 공감을 구하겠소? 고통이 지속한다 해도 혼자서 견뎌내는 데 나는 만족하오. 죽는다 해도, 혐오와 불명예가 기억을 짓누르고 있다는 사실에 불만이 없소.

한때는 미덕과 명성과 기쁨을 꿈꾸며 내 상상을 달렸어요. 한때는 이 외모를 참아주고 내가 보이는 훌륭한 자질들을 사랑해줄 존재들과 만나고 싶다는 헛된 희망을 품었습니다. 명예와 헌신이라는 고차원적 생각에서 양분을 얻었습니다. 그러나 이제 죄악 때문에 가장 미천한 짐승보다 못한 존재로 전락했소. 어떤 범죄도, 어떤 악행도, 어떤 악의도, 어떤 불행도 나에 비할 수 없습니다. 내가 저지른 끔찍한 짓들을 하나씩 돌이켜보면, 한때 숭고하고 초월적인 미와 장대한 선의 비전으로 생각이 꽉 차 있던 존재였다는 게 도저히 믿기지 않습니다. 그러나 내 말은 사실입니다. 타락한 천사가 사악한 악마가 되는 법이지요. 하지만 신과 인간의 원수들조차 외로움을 나눌 벗과 동료가 있소. 그러나 나는 철저히 혼자요.

프랑켄슈타인을 친구라 부르는 당신은 내가 저지른 범행과 그의 불행을 알고 있는 것 같군요. 그러나 그가 아무리 상세하게 이야기해주었다 한들, 무력한 희망에 시들어가며 견뎌내야 했던 불행한 세월을 요약할 수는 없었을 겁니다. 그의 희망을 망가뜨렸지만, 나는 내 욕망을 충족시킬 수 없었습니다. 영원히 뜨겁고 허기로 가득한 욕망이었소. 나는 여전히 사랑과 우정을 갈구했지만, 계속 거절당했소. 그런데도 여기에 불의가 없단 말입니까? 인류 전체가 내게 죄를 지었는데, 유일한 범죄자라는 굴레는 왜 나만 써야 하는 겁니까? 어째서 당신은 자기 친구를 경멸하며 문간에서 몰아낸 펠릭스를 미워하지 않는 건가요? 어째서 자기 아이를 구해준 은인을 죽이려 했던 시골 사람을 비난하지 않지요? 아니, 이 사람들은 덕스럽고 흠 없는 존재일 테니까! 비참하게 버려진 나는 추한 괴물이니 면박당하고 발길에 차이고 짓밟히는 게 마땅하겠지요. 지금까지도 이러한 불의를 떠올리면 피가 끓습니다.

하지만 내가 쓰레기라는 건 사실입니다. 사랑스럽고 힘없는 이들을 무참히 죽였으니까요. 죄 없는 이들이 잠자는 사이에 목을 졸랐고, 나나 살아 있는 다른 존재를 한 번도 해한 적 없는 사람의 목덜미를 잡아 죽음으로 몰아넣었습니다. 인간 중에서도 사랑과 존경을 받아 마땅한 탁월한 인물인 내 창조자를 불행으로 몰아넣었소. 심지어 결코 치유할 수 없는 파멸의 길로 그를 쫓은 것입니다. 저기 그가 창백하고 싸늘한 몸으로 누워 있군요. 당신은 나를 미워하지요. 그러나 그 증오는 나 스스로 느끼는 혐오감에 차마 비길 수 없을 겁니다. 살인을 행한 손을 지켜보고 살인하는 상상을 처음 품었던 마음을 생각하며, 내 두 눈이 이 두 손을 보고, 그 끔찍한 상상이 내 생각을 뒤쫓는 일이 더 이상 없기를 염원할 뿐입니다.

내가 미래에 악행의 도구가 될까 봐 두려워하지 마시오. 내 일은 거의 다 끝났으니까요. 당신이나 다른 인간의 죽음은 내 존재를 마무리하고 할 일을 끝내는 데 필요하지 않습니다. 필요한 건 나의 죽음뿐입니다. 이 희생을 지체하지도 않겠소. 나는 당신 배에서 내려 여기로 날 데려다준 얼음 뗏목을 타고 지구 최북단으로 떠날 겁니다. 내 장례식용 장작을 모아 화장용으로 쌓고 이 비참한 육신을 재가 되도록 태워, 행여 나 같은 존재를 더 창조하려는 호기심 많고 불경한 인물이 보더라도 남은 유골에서 아무것도 알아보지 못하게 할 겁니다. 나는 죽을 겁니다. 지금 나를 야금야금 파먹는 고통도 더 이상 느끼지 못할 테고, 채울 수도 꺼뜨릴 수도 없는 정념의 먹이가 될 일도 없겠지요.

나를 존재하게 한 이는 이미 죽었습니다. 이제 내가 세상에서 사라지면 우리 두 사람의 기억도 금세 사라지겠지요. 태양도 별도 보지 못하고 뺨을 간질이는 바람도 느끼지 못하게 되겠지요. 빛, 감정 그리고 감각이 사라질 것입니다. 이런 상황에서도 나는 행복을 찾아야 합니다. 몇 년 전 이 세상이 주는 이미지들이 내게 처음 열렸을 때, 여름의 쾌활한 열기를 느끼고 바스락거리는 잎사귀와 지저귀는 새 소리를 들었을 때 그리고 이것들이 내게 전부였을 때는 죽는 것이 두려워 흐느꼈을 겁니다. 하지만 이제 죽음은 내게 남은 유일한 위로입니다. 범죄에 더럽혀지고 쓰디쓴 회한에 갈가리 찢긴 내가 죽음 외에 무엇으로부터 안식을 찾겠습니까?

부디 안녕히! 이제 난 당신을 떠납니다. 당신은 내 눈이 보게 될 마지막 인간이 되겠지요. 이제 작별이오, 프랑켄슈타인! 아직 살아 있어 내게 복수심을 품고 있다면, 내가 죽는 대신 살아 있어야 그 복수심을 더 잘 키웠을 텐데. 하지만 그러지 못했지. 당신은 내가 더 큰 불행을 초래할까 봐 두려워 나를 파멸시키려 했소. 하지만 혹시라도, 내가 모르는 방식으로 당신이 아직 느끼고 생각할 수 있다면 나를 불행하게 만들고자 내 목숨을 원하지는 않을 거요. 당신이 아무리 처참하게 부서졌다 한들, 내 괴로움이 당신보다 아직 훨씬 크니까. 회한의 쓰라린 가책은 죽음이 영원히 상처를 덮어버리지 않는 한 상처 속에서 끝없이 곪아갈 테니까."

괴물은 슬프고 엄숙한 열정으로 부르짖었어. "그러나 머지않아 나는 죽겠지요. 그리고 지금 내가 느끼는 이 감정을 더는 느끼지 못할 겁니다. 타오르는 아픔도 곧 끝나겠죠. 의기양양하게 장례식의 장작더미에 올라, 고문하는 불길의 고통 속에서도 기뻐할 겁니다. 화염이 잦아들면 나의 재는 바람에 휩쓸려 바다로 날아갈 겁니다. 내 영혼은 평화로이 잠들 것이고, 행여 영혼이 생각한다 해도 분명 이런 식은 아닐 것입니다. 이제 안녕히."

괴물은 이렇게 말하며 선실 창문에서 펄쩍 뛰어 배 가까이 놓인 얼음 뗏목에 올라탔어. 그리고 순식간에 세찬 파도에 떠밀려 어둠 속으로 아득히 사라져갔지.

해제

창조자가 통제하지 못하는 피조물의 탄생

오수원

1. 메리 셸리: SF의 창시자

"우리 장르는 200년 전, 메리 셸리라는 19세 천재 소녀의 발명품이 죠." 한 SF 소설가는 자신의 장르에 관해 소개할 때 이 말을 즐겨한다고 언급했다. 특정 문학 장르, 그것도 남성의 전유물로 회자되는 과학을 소재로 한 SF의 창시자가 여성이라는 사실에 대한 자부심이 고스란히 느껴지는 소개말이다. 아닌 게 아니라 이 소설가의 말대로『프랑켄슈타 인 혹은 현대판 프로메테우스』(*Frankenstein or the Modern Prometheus*, 이 책의 원 제, 이후『프랑켄슈타인』)는 최소한 영문학에서는 최초의 SF로 알려진 장르 소설이다.

『프랑켄슈타인』이전 작품 중에서도 비슷한 장르로 거론되는 작품은 여러 편 있다. 토머스 무어의『유토피아』, 조너선 스위프트의『걸리버 여행기』, 볼테르의『미크로메가스』등이 좋은 예다. 그러나 이들 작품 은 과학 지식을 본격적으로 다루었다기보다 정치나 사회 현실을 비판 하는 도구로 과학을 이용하는 정도였기 때문에 SF라기보다는 풍자문학으로 읽힌다. 반면 메리 셸리는 '갈바니즘'(galvanism, 생체전기로 생명 활동의 메커니즘을 규명하려 한 이탈리아의 해부학자이자 생리학자 갈바니의 이론—옮긴이)이라는, 당시로는 첨단인 과학 이론을 적극 활용하여 새로운 테크놀로지가 가져올 가능성과 이에 따르는 윤리와 책임이라는 철학적 담론을 '생명의 창조'라는 독창적인 이야기에 엮어 기괴하면서도 아름답게 그려냈다.

이 작품이 빚어지던 때를 눈여겨보자. 당시는 프랑스혁명의 열기가 국경을 넘나들고, 모범과 규범을 강조하던 고전주의 미학과 정신이 열정과 불안 속에서 새 아우라로 대체되던 격동의 낭만주의 시대였다. 산업혁명의 발달로 하루가 다르게 새 기술과 이론이 탄생하던 자본주의 도약기였지만, 여성의 지적 활동과 집필은 여전히 편견과 악평에 시달리던 19세기 초, 남다른 가정환경과 지적 배경을 지닌 이 젊은 여성 작가는 이후 다양한 해석과 창조의 원천이 될 만한 고전을 탄생시켰다.

메리 셸리의 『프랑켄슈타인』은 사실 친구들 사이에 시작한 괴담 짓기 경쟁의 산물이었다. 1816년 5월, 당시 메리 고드윈 울스턴크래프트(Mary Godwin Wollstonecraft, 훗날 메리 셸리)는 미래에 남편이 될 퍼시 셸리와 의붓 자매 클레어 클레어몬트와 함께 스위스를 방문했다. 이들은 당시 망명 중이던 바이런 경을 제네바 호숫가의 디오다티 별장에서 만났다. 바이런의 별장에는 그의 주치의이자 훗날 브램 스토커가 낸 『드라큘라』의 전신이 된 뱀파이어 이야기를 쓴 저자 폴리도리도 함께 있었다. 그전 해 인도네시아의 탐보라 화산 대분화 탓에 세계적으로 '여름이 사라진 해'로 유명했던 1816년, 연신 내리는 비와 추위로 나들이가 녹록지 않았던 어느 날, 바이런은 자리에 모인 이들에게 무서운 이야기를 하나씩 써보자는 흥미로운 제안을 내놓았다. "우연히 알게 된 독일의 귀신 이야기들을 재미 삼아 주고받다가 … 비슷한 이야기를 지어내고 싶다는 장난기"(『프랑켄슈타인』1판 서문)가 발동한 것이다.

메리는 이미 별장에 오기 전부터 당시 전개되던 산업혁명의 주제였던 과학적 에너지 활용, 특히 갈바니의 생체전기 실험에 큰 관심을 보였다. 전기는 열이나 자기와 달리 지속해서 만들기 쉽지 않아 골치였는데 18세기 들어 전기를 생성하는 다양한 장치가 개발되면서 전기에 관한 사람들의 관심도 크게 늘었다. 게다가 과학이 식자층의 여가 문화로 자리 잡아가던 당시 전기 실험은 대중 과학 강연의 대표 주제였다. 당대의 지식인이었던 윌리엄 고드윈의 가정에서 태어난 메리 역시 이러한 강연을 찾아다니곤 했다. 『프랑켄슈타인』은 전기, 화학, 해부학, 생리학 등의 발달 및 당시 과학자들의 생명 창조에 대한 고민을 배경으로 하는 셈이다. 『프랑켄슈타인』의 초판 서문에서도 셸리는 소설의 바탕이 되는 사건이 "다윈 박사를 포함해 독일의 몇몇 생리학자들이 전혀 불가능한 것은 아니라고" 생각해온 것이며 상상이 기초가 된 소설이지만, "순전한 상상으로만 초자연적 공포 이야기를 짜낸 것은 아니"라는 점을 강조했다.

2. 작품 해설

1) 줄거리

총 3부로 이루어져 있고, 월턴이라는 화자가 소개하는 프랑켄슈타인 이야기 그리고 그가 전하는 괴물 이야기라는 복잡한 서사구조를 지닌

이 소설의 대략적인 줄거리는 다음과 같다.

　탐험가 월턴은 북극으로 향하던 중 얼어붙은 바다에서 조난당한 남자를 구조한다. 며칠 후 건강을 회복한 남자는 자신의 이름이 빅토르 프랑켄슈타인이라고 밝힌 후 경이로운 체험담을 이야기하기 시작한다. 그는 생명의 원리를 탐구했고 그 결과 인조인간을 만드는 데 성공했다. 그러나 이상적 인간을 만들겠다는 애초의 야심과 달리 거대하고 추한 괴물이 태어난다. 공포에 사로잡힌 프랑켄슈타인은 피조물을 방치한 채 실험실을 뛰쳐나오고 괴물 역시 자취를 감춘다.

　괴물은 홀로 떠돌다 어느 시골 마을의 한 가족 옆에 둥지를 틀고 독학으로 인간의 말을 습득하지만, 혐오스러운 외모 탓에 사회에서 학대와 소외를 겪는다. 괴물은 자신의 창조자를 찾아와 고난과 깨달음으로 점철된 과거사를 털어놓은 후 자신과 비슷하게 흉측한 용모를 한 반려자를 새로 창조해달라며 간절히 부탁한다. 처음에는 괴물의 설득을 받아들여 또 하나의 피조물을 만들려던 프랑켄슈타인은 결국 창조를 포기한다. 분노한 괴물은 프랑켄슈타인의 가족과 친구와 약혼자를 살해한다. 복수의 화신이 된 프랑켄슈타인은 괴물을 쓰러뜨리기 위해 유럽 전역을 떠돌다 마침내 북극까지 괴물을 쫓아와 월턴을 만난다. 이야기를 마친 프랑켄슈타인은 복수를 실행하지 못하고 선상에서 숨을 거둔다. 뒤이어 괴물이 배에 나타나고, 자신의 창조자가 죽었다는 것을 알게 된 후 절규하며 자신도 죽을 것이라며 사라진다.

2) 과학 발전의 명암, 그 원형을 엿보다

소설의 배경은 북극이다. 19세기 사람들에게 북극은 오늘날 우주 공간이나 다름없이 미개척지였다. 프랑켄슈타인이라는 이름의 과학자(프랑켄슈타인은 20세기 대중문화를 통해 괴물 이름으로 알려졌으나 원래는 소설의 주인공인 과학자의 이름이다―옮긴이)가 시체를 조합해 소위 '인조인간'을 만든다는 이야기도 신을 벗어나 생명의 본질을 설명할 수 있다는 새로운 과학적 사고방식의 산물이다. 과학자가 인조인간을 만든 방법도 당시 최신 기술이었던 '전기'였다. 메리 셸리는 에라스무스 다윈의 생명체에 대한 가설과 개구리 뒷다리에 전극을 연결해 꿈틀거리게 만든 갈바니의 실험을 알고 있었고, 이를 자기 이야기 속에 집어넣었다.

그런데 메리 셸리는 이런 재료를 조합해 과학 발전의 성과를 드러내는 동시에 그 한계 역시 놓치지 않는다. 과학과 이성의 힘으로 만들어낸 새로운 생명체를 보고 당황해 달아나는 주인공의 모습은, 과학기술이 더욱 발전한 미래가 낙관적이지만은 않을 거라는 예감을 보여준다. 프랑켄슈타인은 생명을 탄생시킬 수 있었지만, 그 생명으로 무엇을 어떻게 해야 할지 전혀 알지 못했다. 결국, 그는 자신이 창조해낸 피조물에게 가족과 친지와 연인을 잃고 스스로도 죽음을 맞는다.

부제 "현대판 프로메테우스"가 보여주듯 『프랑켄슈타인』은 현대적 신화나 책임에 대한 우화로 읽을 수 있다. 창조주(신)와 피조물(인간), 부모와 자식, 예술가와 예술 작품, 혹은 과학자와 발명 및 발견 간의 윤리적인 관계에 대한 문제 제기이기 때문이다. 특히 과학자가 자신의 결과물에 대한 책임과 의무를 방기한 탓에 끔찍한 사태가 벌어진다는 설정은 과학자의 사회적 책임을 묻는다는 점에서 시사적이다. 오늘날 컴퓨터 기술, 핵무기, 유전공학 등 새 기술에 수반되는 끊임없는 위협이 19세기 초에 쓰인 이 소설에 이미 원형으로 제시되어 있는 셈이다. 이런 의미에서『프랑켄슈타인』은 인공생명체의 창조와 그에 따른 윤리적 문제를 최초로 다루었고 이러한 문제의식을 통해 SF라는 장르가 단순히 과학기술의 발전만을 다루는 것이 아니라 그에 수반되는 도덕적 딜레마를 다룰 만큼 깊이 있게 발전하도록 견인했다.

3) 괴물 이야기: 다양한 해석

"원래 나는 어질고 선했소. 불행 때문에 악마가 된 겁니다. 나를 행복하게 해주시오, 그러면 다시 선한 자가 되겠소"(2부 2장에서). 뭔가 간단치 않은 사연을 품고 있는 듯한 이 처절한 절규의 주인공은 프랑켄슈타인이 아니라 그가 만든 '괴물'이다. 과학자가 괴물을 만들고 그 결과 비참하게 전락해간다는 서사로『프랑켄슈타인』을 설명하기에는 괴물의 서사가 이 소설에서 차지하는 비중이 상당히 크다. 3부로 이루어진 소설에서 2부 전체가 괴물이 겪은 이야기니 소설 전체에서 30퍼센트나 차지한다. 역자 또한 소설을 읽으면서 과학의 경이로움과 자연 풍광의 숭고함을 예찬하고 단란한 가정의 소중함을 역설하다 생명체를 만든 후 회한과 원한에 사로잡혀 길길이 날뛰는 프랑켄슈타인 이야기보다는, 이야기 구조상 일정한 틀에 갇혀 있으나 그 틀을 뚫고 나오는 괴물의 사연이 훨씬 아름답고 처연하며 설득력 있고 비극적이라는 느낌을 받았다. 이 소설이 결과에 책임지지 않는 과학자에 대한 경고를 넘어서는 다층적 텍스트가 된 까닭은 이 괴물의 서사 덕택이다.

낭만주의 시대라는 역사적 배경을 근간으로 나오는 일반적인 해석에 따르면, 이 소설은 인간 내부에 억압되어 있던 무의식이 실체화되어 주인에게 모반을 일으키는 '분신'의 이야기를 다룬다고 본다. 물론 소설에서 차지하는 괴물 비중을 보며 나온 해석이다. 프랑켄슈타인이 괴물 이름이 아님에도 20세기 초에 영화《프랑켄슈타인》이 성공하면서 괴물 이름으로 오인한 것도 결국, 그 둘은 한 몸에서 나온 두 개의 인격이라고 해석할 수도 있기 때문이다. 사실, 괴물은 이름이 없고 소설에서 '그것'(it)으로만 지칭된다. 이름 없는 피조물 'it'은 독일어로는 'es', 즉 프로이트가 인간 정신을 분석하면서 이름 붙일 수 없는 무의식을 가리키는 데 쓴 말과 같다. 그렇다면 괴물을 창조한 프랑켄슈타인은 '의식'으로, 이름 없는 피조물은 '무의식'으로 짝지어볼 수도 있다. 18세기의 계몽사상, 근대적 합리주의와 이성이 프랑켄슈타인의 영역이라면 무의식은 초자연이나 미신 같은 신비주의나 폭력 혁명을 가리킨다. 창조자와 피조물 간의 대립은 의식과 무의식의 갈등을 상징하고, 괴물은 근대 합리주의에 반기를 든 존재를 상징할 수 있다는 것이다. 게다가 괴물은 제도화된 문명사회에 물들지 않은 순결한 존재이기도 하다. 루소를 비롯한 낭만주의자들이 동경한 '고귀한 야만인', 원시의 유토피아적 자연 상태를 간직한 반문명적 존재인 셈이다.

하지만 괴물은 변한다. 독학으로 책을 섭렵해 지성과 감성까지 갖추고 자신의 부조리한 정체성에 대해 번민할 줄 안다. 괴물은 내적으로는 인간과 다름없이 순수하면서 성장하는 존재이지만, 사회가 용인할 수 없는 흉한 외양 탓에 끊임없이 소외당하고 배척받는다. 괴물을 중심으로 보면『프랑켄슈타인』은 낭만주의적 고뇌를 품은 고독한 인간의 비극적 성장 과정을 그린 '어둠의 성장소설'(Bildungsroman)로 읽힌다.

또 하나의 해석은 괴물 서사가 당시 기계 파괴주의자인 '러다이트'(Luddite)에 대한 논평이라는 것이다. 이는『프랑켄슈타인』을 당시 영국 사회가 겪던 커다란 변화의 맥락에서 봐야 한다는 뜻이다. 흔히 '기계 파괴 운동'으로 알려진 러다이트 운동은 산업혁명의 산물로, 영국 최초의 조직화된 공장 노동운동이었다. 1811년 말에 노팅엄셔에서 시작된 수직공(手織工)들의 방직기계 파괴 행위는 1812년까지 인근 지역으로 급속히 확산했지만, 당국의 탄압과 일시적인 경기회복으로 수그러들었다가 1816년 나폴레옹 전쟁으로 인한 금수 조치와 그에 따른 경기 침체기에 다시 촉발했다. 인간의 수고를 덜어준다고 믿었던 기술이 발전하자 도리어 인간의 일자리가 위협받고 임금 삭감 압력이 커지는 유례없는 현상을 보면서 200년 전에 살았던 기계 파괴자들은 기계와 실업의 연관성을 최초로 각성한 집단적 주체가 되었다.

『프랑켄슈타인』을 쓰던 당시 메리 셸리는 당시 영국 사회의 러다이트 위기에 공적, 정치적으로 대응했던 두 남성인 바이런과 퍼시 셸리와 정치적 견해를 함께했다. 바이런은 노팅엄에 있는 뉴스테드 저택에 머무는 동안 1811년 11월에 발생한 러다이트 운동을 목격했고 큰 관심을 가졌을 뿐 아니라 1812년 2월에는 러다이트들을 사형에 처한다는 의회의 기계파괴 방지법안에 반대하는 연설을 상원에서 했다. 또한「기계 파괴 방지법안 입안자들에게 주는 노래」(An Ode to the Framers of the Frame Bill, 1812)와「러다이트를 위한 노래」(Song for the Luddites, 1816) 등 러다이트 운동을 직접 다루는 작품을 쓰기도 했다. 퍼시 셸리 역시 "폭력의 원인은 가난이다"라는 요지의 편지를 쓰기도 했다. 메리도 소설에 마지막 교정을 하던 1817년 4월, 러다이트 운동 지도자들의 사형에 반대하는 팸플릿을 읽고 난 감상을 일기에 적기도 했다.

그렇다면『프랑켄슈타인』에는 메리 셸리의 이러한 급진적 사회의식이 어떻게 반영되어 있을까? 이 소설의 중심 주제는 폭력과 복수로 점철된 괴물의 사연 많은 인생은 그가 처한 사회 상황의 직접적 산물이라는 것이었다. 괴물은 자기 삶을 이렇게 요약한다. "더없는 행복이 보이는 온갖 곳에서 나 혼자만 돌이킬 수 없이 배척을 당하고 있소. 원래 나는 어질고 선했소. 불행 때문에 악마가 된 겁니다. 나를 행복하게 해주시오, 그러면 다시 선한 자가 되겠소"(2부 2장에서). 1930년대 그녀의 소설을 각색한 영화《프랑켄슈타인》이 괴물의 악행을 이유 없는 천성 탓으로 돌림으로써 당시 경제 위기로 일자리 없이 떠돌던 하층민을 이유 없는 위협과 악으로 취급해 파괴 대상으로 묘사한 것과는 대조적으로 원작에는 작가의 사회 비판 의식이 반영되어 있음을 엿볼 수 있다.

소설에 나오는 괴물은 몸집은 거대하지만, 순수하고 아이 같은 존재로 그려진다. 그가 복수의 칼을 갈며 폭력에 손을 담그는 것은 창조자를 비롯한 사회가 자신을 향해 보여주는 공포 가득한 적대와 냉대 때문이다. 프랑켄슈타인은 유서 깊은 공직자 가문의 아들로서 부르주아 계급을 상징한다. 그는 괴물을 만들고 나서 회한에 시달리면서도 가족과 친구들의 따뜻한 배려 속에서 아름다운 풍광을 찾아 여유롭게 여행을 다닐 만큼 삶이 풍족하다. 반면, 괴물은 가는 곳마다 자신을 보는 이들의 공포 섞인 폭력으로 먹을 것조차 제대로 구하지 못한다. 괴물은 사람들 눈에 띄지 말아야 하며, 심지어 가난하게 살아가는 펠릭스 가족에게조차 냉대를 받는다. 물에 빠진 여인을 구한 선의의 행동에 대한 보답은 총알 세례뿐이었다.

괴물 이야기를 따라가다 보면 남과 다른 외모를 가졌다는 이유만으로 이러한 취급을 받는 괴물에게 공감이 간다. 산업혁명이 한창 진행되던 시기에 기계의 발전으로 일자리를 빼앗기고 생존 위기에 처한 러다이트들은 어떤 의미에서 '괴물'로 볼 수 있다. 기계 파괴라는 강렬한 폭력성 때문에 이들이 그렇게밖에 할 수 없는 이유는 자연스레 은폐된다. 괴물과 노동자 계급은 눈에 보이지 않는 존재들이었지만, 폭력을 통해 지배자의 눈에 띈다. 괴물은 프랑켄슈타인의 동생을 살해한 다음에야 자신의 창조자를 만나 반려자를 만들어달라고 부탁한다. 물론 창조자는 그 부탁을 들어주지 않는다. 러다이트 또한 파괴라는 극단적 행위를 통하지 않고서는 자기 목소리를 제대로 전달하지 못했고, 이마저도 실패로 돌아갔다. 메리 셸리는 소설이라는 수단을 통해 러다이트 운동이 산업혁명기에 부상하던 영국 노동자 계급의 잔인한 폭력성 때문에 일어난 게 아니라, 용인할 수 없는 노동자 처우를 놓고 시작된 합리적이고 이해 가능한 반발이었음을 암시한 것이다.

메리 셸리의 아버지는 아나키즘의 시조격 사상가인 윌리엄 고드윈이다. 1789년 프랑스대혁명이 일어난 후 혁명에 깊은 인상을 받은 고드윈은 혁명에 반대한 에드먼드 버크의 『프랑스혁명에 관한 고찰』에 대한 반론으로 1793년 대표적 저서 『정치적 정의와 그것이 일반 미덕과 행복에 미치는 영향에 관한 고찰』을 썼다. 책은 출간 즉시 큰 성공을 거두었다. 혁명적인 이 책의 취지와 내용은 당시 열악한 노동환경과 경제난에 시달리던 런던 노동자와 영국 농민들에게 큰 환영을 받았다. 고드윈의 아내는 최초의 여성해방론자이자 작가인 메리 울스턴크래프트였다. 안타깝게도 그녀는 딸 메리를 낳고 바로 세상을 뜨고 말았다. 아버지와 어머니가 지녔던 급진적 사상은 메리의 성장 과정에 큰 영향을 끼쳤을 것이고, 그녀의 소설이 사회에 대한 급진적 견해를 담고 있는 것 역시 이런 면에서 자연스럽다.

자신이 만들어낸 괴물에게 무릎 꿇는 과학자의 이야기에 대한 평단의 반응은 오락가락했다. 초판을 익명으로 냈던 당시, 작가가 남자인 줄 알고 작가의 천재성을 찬양하던 비평가들은 1831년 메리 셸리가 자기 이름으로 개정판을 출간하자 작가가 젊은 여성이었음을 알고 돌연 태도를 바꿨다. "스무 살도 채 안 된 여자의 병적 상상력이 만들어낸 기괴한 작품"이라는 혹평이 쏟아진 것이다. 인간의 두뇌로 발전시킨 과학 기술이 '독자적인 생명력'을 획득하고 나면 결국엔 주인인 인간을 배신하고 인간에게 복수의 칼날을 들이댈 수 있다는 메시지가 꽤나 불편했던 모양이다.

『프랑켄슈타인』속 괴물 서사가 지니는 무게는 이 작품을 여성 작가가 가부장제 사회에 던지는 질문으로 읽어볼 수도 있음을 뜻한다. 1970년대 『프랑켄슈타인』이 다시 주목을 받게 된 것도 이러한 가능성에 주목했기 때문이다. 여성주의 비평가들은 『프랑켄슈타인』이 여성의 고유 영역인 임신과 출산의 기능을 가로채려는 남성의 욕망이나 음모를 대변한다고 해석한다. 남성이 생명 창조의 영역까지 장악한다면 가부장제의 완성이 이루어지기 때문이다. 당시 저명한 영국의 사회학자 허버트 스펜서는 "부모는 오직 하나이며 그것은 아버지다"라고 주장했다. 이에 대해 메리 셸리는 여성의 존재를 지우고 후손을 만들어내는 남성들의 가부장적 욕망이 빚어낸 끔찍한 결과를 소설로 그렸다는 것이 가장 널리 알려진 이 작품에 대한 페미니즘 해석이다.

이러한 해석은 『프랑켄슈타인』이, 자연을 여성화하여 정복할 대상으로 만드는 남성적 인식과 언어에 대해 여성주의적으로 비판한 것이라는 시각과 궤를 같이한다. 소설에는 다음과 같은 대목이 나온다. "나는 잔뜩 긴장한 채 숨 쉴 틈 없는 열정으로 '자연이라는 여인'을 그 깊숙한 곳까지 추적해 들어갔습니다"(1부 3장에서). 여기서 자연은 여성형으로 지시된다. 자연은 남성이 깊숙한 곳까지 꿰뚫고 들어가야 하는 대상이다. 17세기의 많은 자연철학자와 후계자들은 과학이라는 학문을, 수동적이고 혼자서는 창조 활동을 할 수 없는 여성형 자연을 정력 넘치는 남성이 꿰뚫는다는 식으로 보았다. 이때의 관통은 '안내'가 아니라 정복하고 지배하며 토대까지 뒤흔드는 성격의 침입이다.

소설에서 자연은 프랑켄슈타인의 반대 항이다. 프랑켄슈타인은 과학 혁명을 남성 지배적인 관점에서 보며, 자연을 지배하고 통제 가능한 대상으로 관찰한다. 다시 말해 자연에 살아 있는 인격을 부여하지 않고, 존중하거나 인정하지 않는 것이다. 본질적으로 프랑켄슈타인은 인류의 재생산 주기에서 여성이 담당하는 기능을 빼앗아 인류의 생물학적 생존에 필요한 여성의 섹슈얼리티를 제거하려 한다. 여성의 재생산 기능이야말로 인류의 유지 기반이며 남성이 따라 할 수 없는 영역이기 때문이다. 프랑켄슈타인은 과학기술과 정치라는 법칙을 통해 여성의 몸을 통제하고 억압하려 한다.

놀라운 점은 메리 셸리가 자연을 무기력하고 정체된 채 두지 않았다는 것이다. 자연은 늘 프랑켄슈타인에게 보복한다. 그를 불안과 열병에 빠뜨리고 수개월 동안 일어날 수 없게 만든다. 셸리는 자연이라는 여성의 몸을 정복하려는 프랑켄슈타인의 시도를 그런 식으로 벌하게 했다. 게다가 남성 과학자의 창조물인 괴물 또한 자신을 만든 존재조차 제어할 수 없는 낯선 존재일 뿐이다. 즉, 남성은 어떤 존재를 창조하더라도 그것을 돌보고 성장을 지켜보는 능력이 부족한 것으로 나온다. 괴물은 어머니이자 아버지여야 할 창조자에게 버림받고 방치된다.

소설에 나오는 실제 여성들은 나약하고 주인공과 괴물의 죄에 희생당하는 존재로 등장한다. 프랑켄슈타인의 연인인 엘리자베스, 괴물의 살해 사건에 연루되어 죄 없이 사형당하는 하녀 유스틴, 심지어 아버지의 뜻을 꺾고 자유로운 삶을 찾아 연인을 찾아낸 아라비아 여인 사피조차 크게 부각되지 않는다. 『프랑켄슈타인』에 강인한 여성 등장인물이 없다는 평가가 나오는 이유다.

정작 이 소설에서 공포를 일으키는 여성은, 태어나지도 않은 존재, 바로 괴물이 프랑켄슈타인에게 만들어달라고 부탁했던 반려자다. 프랑켄슈타인은 괴물이 부탁한 여자 피조물을 만드는 중에 상념에 사로잡힌다. "이제 나는 또 다른 존재를 창조하기 직전이었고 그 존재의 성향에 대해서도 역시 알지 못했습니다. 새 존재는 자신의 짝보다 천 배 더한 악의로 살인과 불행을 그 자체로 즐길 수도 있었습니다. 괴물은 인간이 사는 곳을 떠나 사막에 숨겠다고 맹세했지만, 새 존재는 나에게 그렇게 약속한 적이 없습니다. 그 여자 역시 생각이 가능한 이성적 동물이 될 것이 확실한데, 자신이 태어나기 전에 맺은 약속을 거절할 가능성도 있었던 겁니다. 두 존재가 심지어 서로를 싫어할 수도 있었습니다. 이미 살고 있던 피조물은 흉측한 자기 모습을 증오하는데 눈앞에 자신과 같은 모습의 여자가 나타나면 더 큰 증오심을 품지 않을까요? 여자 역시 남자를 혐오하며 그에게서 등을 돌리고 인간의 우월한 아름다움을 원할 수도 있습니다. 여자가 떠나면 남자는 다시 혼자가 될 테고 동족에게조차 버려지는 도발에 더욱 화가 날지도 모르는 일입니다.

이들이 설사 유럽을 떠나 신세계의 사막에서 살더라도 악마가 목말라 했던 교감의 결과로 자식이 생길 것이고, 악마 종족이 지상에 번식할 수도 있습니다"(3권 3장에서).

프랑켄슈타인이 벌이는 두서없는 행각이나 생각 중에 그나마 가장 합리적인 추론을 하는 대목이다. 프랑켄슈타인이 두려워하는 것은 여자 괴물 자체가 아니라 그녀가 창조된 후 먼저 만들어진 괴물이 그랬던 것처럼 자아의식과 합리성 그리고 인간과 똑같은 욕망을 갖게 된 상황이다. 프랑켄슈타인의 눈에 여성의 자율성은 끔찍한 위협이었다. 프랑켄슈타인이 두려워하는 것은 여성의 자유로운 사고 자체가 아니라 그로 인해 여자를 통제할 수 없게 될 가능성이다.

또 하나 프랑켄슈타인이 견디지 못하는 것은 여자 괴물의 번식 가능성이다. 통제할 수 없는 여성의 섹슈얼리티야말로 유순하고 복종적이어야 한다는 남성 지배 이데올로기에 위협이 된다. 따라서 프랑켄슈타인의 여자 괴물 파괴는 여성 자율성에 대한 두려움뿐 아니라 여성에 대한 남성의 우위를 확립하고 싶은 가부장제의 욕망을 상징한다.『프랑켄슈타인』은 이처럼 가부장제의 욕망과 권력욕의 결과를 드러내는 텍스트로 해석되기도 한다.

게다가 괴물이 상징하는 추함은 폭넓은 해석의 여지를 남긴다. 아름다움은 총체성 속에서 일관성을 갖지만, 추함은 모호하고 일관성이 결여되며 과하거나 파괴된 상태로 존재한다. 추함은 예측 불가능하며 무한정한 가능성을 제시한다. 즉, 미(美)는 유한하고 추(醜)는 무한하다. 추는 수량화가 불가능하다. 아리스토텔레스는 "여성은 기형화된 남성"이라고 주장했다.『동물의 생성』이라는 저서에서 종 사이 위계질서를 설명하면서 "자기 부모를 닮지 않은 것은 모두가 어떤 면에서는 괴물이다"라고 말한 것이다. 인간이 추해지기 시작하는 지점은 남성이 아니라 여성이 만들어지면서부터다. 여성은 말하자면 기형화된 남성이다. 잡종이 만들어지면 추함은 더 악화한다. 이런 의미에서 괴물은 말 그대로 여성으로 해석할 여지도 있다.

4) 창조자가 통제하지 못하는 피조물의 탄생

오늘날 많은 작품이 『프랑켄슈타인』의 영향을 받았다. 창조자와 창조물의 관계, 제어를 벗어난 창조물, 나아가 관계의 역전에 대한 공포에 대해 『프랑켄슈타인』은 어떤 원형을 제시하면서 《터미네이터》나 《블레이드 러너》등 영화를 비롯한 많은 창작물에 영감을 주었고, 때로는 실생활에서 현대인이 느끼는 불안과 공포를 대변하기도 한다. 인공지능과 인공지능의 폭주를 다룬 수많은 작품이 이를 예증한다. 특히 최근 인공지능의 발전으로 "창조자가 이해하지 못하는 엄청난 능력을 지닌 피조물"이라는 주제는 더 널리 확장되고 있다. 인간의 예상을 뛰어넘는 엄청난 수를 두는 알파고의 등장은 이런 인공지능의 모습을 여실히 보여주었다. 인공지능은 단순히 바둑 분야에만 한정되지 않는다. 현대 각광받는 SF 작가 중 한 명인 테드 창이 2000년에 쓴 단편 「인류 과학의 진화」는 이런 인공지능을 바라보는 인간의 당혹스러움에 관한 이야기를 담고 있다. 특수한 약물 처리 과정으로 태어난 메타인류는 인간의 사고체계를 완전히 뛰어넘는 압도적인 지적 능력을 갖게 되었고, 인간들에게 과학이라는 의미는 메타인류가 이룬 성과를 조금이라도 이해해보려는 해석 노력으로 전락한다는 내용이다.

『프랑켄슈타인』은 과학이라는 개념이 막 자리 잡기 시작한 19세기, 새로운 테크놀로지에 대한 경외와 기대, 공포가 어우러진 훌륭한 SF소설일 뿐 아니라, '차별받는 소수자'인 괴물에 대한 진보적, 페미니즘 서사이기도 하다. 메리 셸리는 1831년에 발간한 『프랑켄슈타인』제3판 서문에 이렇게 썼다. "자, 이제 다시 한번 흉측한 내 자식을 세상에 내놓는다. 나가서 번성하라." 21세기에 프랑켄슈타인과 괴물은 어떤 모습을 띨까? 도나 해러웨이가 『사이보그 선언문』에서 말한 '사이보그'로 변모하게 될까? "프랑켄슈타인이 만든 괴물의 소망과 달리, 아버지가 이성애적 짝을 만들고 도시와 조화로운 세계라는 에덴동산을 복원해 자신을 완성해주는 그런 구원을 바라지 않는 새로운 존재, 흙으로 빚어진 바 없어 에덴동산도 알아볼 필요가 없고 흙으로 돌아가리라는 꿈을 꿀 필요도 없는, 조화로운 세계를 기억하지도 못하고 바라지도 않는, 전체론을 경계하나 연결을 필요로 하는" 그런 트랜스휴먼 말이다.

번역하는 내내 탐험가 월턴보다, 주인공 프랑켄슈타인보다 그들이 전하는 이야기 속 괴물의 목소리가 준 울림이 더 컸고, 한 편의 소설이 제시하는 다채로운 문제와 입장이 흥미로웠다. 독자 여러분에게도 즐거운 독서 경험이 되기를 바란다.

이 책은 1818년에 나온 『프랑켄슈타인』초판을 옮긴 것이다. 저자는 1831년에 개정판을 내면서 빅토리아 초기의 억압적인 사회 분위기에 따라 당시 독자층 비위에 맞추어 등장인물의 성격을 온건하고 보수적인 쪽으로 바꾸었다. 그에 비해 초판에는 메리 셸리의 원래 의도가 더 자유롭고 생생하게 살아 있다고 보는 것이 정설이다.

메리 셸리 연보

1797년(출생)

3월. 메리 셸리의 어머니이자 『여성의 권리 옹호』(*Vindication of the Rights of Woman with Strictures on Moral and Political Subjects*, 1792)를 쓴 메리 울스턴크래프트 (Mary Wollstonecraft)가 언론인이자 아나키즘 정치철학자 및 작가인 윌리엄 고드윈(William Godwin)과 런던에서 결혼함. 울스턴크래프트에게는 미국의 모험가 길버트 임레이와의 사이에 이미 패니(Fanny)라는 딸이 있었음.

8월 30일. 메리 울스턴크래프트, 메리 울스턴크래프트 고드윈(훗날 메리 울스턴크래프트 셸리가 됨. 이후 메리 셸리라 칭함―옮긴이)을 낳고, 9월 초 산욕열로 사망함.

1801년(4세)

12월. 메리의 아버지 윌리엄 고드윈이 메리 제인 바이얼(Mary Jane Vial, 후에 메리 제인 클레어몬트로 개명)과 재혼함. 이 여성에게는 찰스와 제인(훗날 클레어로 개명)이라는 자식이 둘 있었음. 계모인 메리 제인 고드윈은 친자식을 주로 챙기고 의붓자식인 패니와 메리는 방치했음. 계모와 메리의 좋지 않은 관계는 지속됨. 그러나 아버지 고드윈의 영향으로 자식들은 많은 책을 읽으면서 지적으로 성장함.

1805년(8세)

윌리엄 고드윈과 아내 메리 제인 고드윈, '고드윈 앤드 컴퍼니'(M. J. Godwin & Co.)라는 청소년 문고를 출간하는 출판사 및 서점을 시작함. 하지만 서점과 출판사는 경제 사정이 늘 좋지 못했고 메리 제인 고드윈이 주로 근근이 운영했으나 훗날 파산함.

1808년(11세)

고드윈 앤드 컴퍼니가 『마운시어 농통포 혹은 존 불이 파리 여행 중에 겪은 일』(Mounseer Nongtongpaw, or the Discoveries of John Bull on a Trip to Paris)이라는 제목의 시를 청소년용으로 출간함. 이 책은 원래 찰스 딥딘(Charles Dibdin)이라는 작곡가가 지은 짧은 운율의 노래를 메리 셸리가 개작하여 내놓은 것인데 큰 인기를 끔.

1812년(15세)

6월. 메리 셸리, 스코틀랜드의 던디로 가서 아버지 윌리엄 고드윈의 친구 윌리엄 백스터네 가족과 함께 단란하게 지냄. 여기서 백스터의 막내딸 이사벨과 처음으로 가까운 친구가 됨.

10월. 메리 셸리, 크리스티 백스터와 런던으로 방문차 돌아옴.

11월. 퍼시 비시 셸리(Percy Bysshe Shelley)가 아내 해리엇(Harriet)을 데리고 고드윈 집안 사람들과 식사하면서 메리를 만난 것으로 추정.

1814년(17세)

3월. 메리 셸리, 런던 집으로 돌아옴.

5월. 메리 셸리, 퍼시 비시 셸리와 두 번째로 만난 것으로 추정.

7월. 메리 셸리와 퍼시 비시 셸리가 프랑스로 사랑의 도피를 함. 이때 이복자매 클레어 클레어몬트와 동행함. 메리 셸리의 아버지 윌리엄 고드윈은 이후 2년 반 동안 딸과 어떤 연락도 거부함. 메리에 대한 계모의 차별에도 불구하고 지적인 이복자매 클레어와는 친했던 메리 셸리는 이후 그녀와 함께 많은 여행을 함.

7-8월. 메리 셸리와 퍼시 비시 셸리 그리고 클레어 클레어몬트가 6주간 프랑스, 스위스, 독일과 네덜란드를 여행함(1817년에 여행기로 출간).

1815년(18세)

2월. 메리 셸리와 퍼시 비시 셸리와의 사이에 생긴 첫딸 클라라(Clara)가 조산기로 두 달 일찍 출생함.

3월. 조산한 딸 클라라, 11일 만에 사망.

1816년(19세)

1월. 메리 셸리, 아들 윌리엄 출산.

4월. 이복자매 클레어가 시인 바이런 경의 애인이 됨. 메리 셸리는 런던에서 바이런을 만남.

5월. 메리 셸리와 퍼시 비시 셸리, 아들 윌리엄 그리고 임신한 클레어가 이탈리아를 여행한 후 스위스 제네바로 감. 클레어는 바이런을 만나러 동행. 퍼시 비시 셸리, 스위스에서 바이런을 만남. 바이런은 자신의 주치의 존 폴리도리(John W. Polidori, 1819년에 소설 『뱀파이어』 집필)와 함께 스위스에 와 있던 차였음.

6월. 바이런이 제네바 인근에 빌라 디오다티(Villa Diodati)를 빌림. 이곳에서 괴담을 하나씩 쓰기로 하자는 이야기가 나옴.

7월. 메리 셸리는『프랑켄슈타인』집필 시작. 메리 셸리와 퍼시 비시 셸리, 클레어는 샤모니 빙하로 여행함. 이 여행과 이전 스위스 여행이『프랑켄슈타인』을 쓸 때 글감을 제공함. 메리 셸리의 7월 24일자 일기에 "내 소설을 쓴다"라는 표현이 나오는데, 이는『프랑켄슈타인』에 관한 최초 언급으로 추정됨.

8월. 메리 셸리와 퍼시 비시 셸리, 클레어 영국으로 돌아옴.

10월. 메리 울스턴크래프트의 딸이자 메리 셸리의 동복 언니 패니 임레이가 아편 과용에 따른 부작용으로 자살함.

12월. 11월부터 행방불명이었던 해리엇 셸리(퍼시 비시 셸리의 아내)가 자살함. 서펀틴 강에서 임신한 몸으로 익사체 발견. 메리 셸리, 퍼시 비시 셸리와 런던의 성 밀드레드 교회에서 결혼. 윌리엄 고드윈이 긴 침묵을 깨고 딸과 화해함.

1817년(20세)

1월. 이복자매 클레어, 바이런의 딸 알바(Alba, 훗날 바이런의 요청으로 앨리그라[Allegra]로 개명) 출산.

5월. 메리 셸리,『프랑켄슈타인』탈고.

9월. 메리 셸리, 셋째이자 딸인 클라라 에버리나(Clara Everina) 출산.

11월. 퍼시 비시 셸리와 메리 셸리가『제네바 호수 일주와 샤모니 빙하를 묘사하는 편지와 더불어 프랑스 일부 지역, 스위스, 독일, 네덜란드 6주간의 여행기』(History of a Six Weeks' Tour Through a Part of France, Switzerland, Germany, *and Holland: With Letters Descriptive of a Sail round the Lake of Geneva, and of the Glaciers of Chamouni)*를 써서 익명으로 출간.

1818년(21세)

1월. 『프랑켄슈타인: 현대판 프로메테우스』를 3권으로 출간. 당대의 유명한 소설가 월터 스콧은 호의적으로 평함. 그러나 스콧은 이 소설이 퍼시 비시 셸리의 작품이라고 생각함.

6월. 메리 셸리, 월터 스콧에게 편지를 써서 비평에 감사를 전하고 자신이 소설의 작가임을 밝힘.

9월. 셸리 부부의 딸 클라라 에버리나가 베네치아에서 이질로 사망.

1819년(22세)

6월. 셸리 부부의 아들 윌리엄이 말라리아로 사망.

11월. 아들 퍼시 플로렌스(Percy Florence) 출산(셸리 부부의 다섯 아이 중 유일하게 살아남아 장성한 자녀).

1820년(23세)

3월. 메리 셸리, 소설 『카스트루치오, 루카의 왕자』(*Castruccio, Prince of Lucca*) 집필 시작. 아버지 고드윈은 훗날 이 작품의 제목을 『발페르가』(*Valperga*)로 수정함.

4-5월. 메리 셸리, 퍼시 비시 셸리와 함께 신화를 다룬 시극 『페르세포네』(*Proserpine*)와 『미다스』(*Midas*) 집필.

1821년(24세)

7월.『프랑켄슈타인』프랑스에서 최초로 번역 후 출간.

1822년(25세)

4월. 바이런과 클레어의 아이 앨리그라 사망.

6월. 메리 셸리, 다섯째 아이를 유산하면서 죽음의 위기에 처함.

7월. 퍼시 비시 셸리, 자신의 배 '돈 주앙'(Don Juan)을 타고 이탈리아에 갔다가 돌아오는 길에 익사함.

9-12월. 메리 셸리, 퍼시 비시 셸리의 시를 사후 출간용으로 다듬기 시작하다.

1823년(26세)

2월. 메리 셸리의 소설『발페르가』출간. 바이런이 메리 셸리에게 퍼시 비시 셸리의 아버지 티머시 셸리 경(Sir Timothy Shelley)의 편지를 보내줌. 메리 셸리의 아들 퍼시 플로렌스의 양육권을 포기해야만 경제적 지원을 해준다는 내용이었음(이후 티모시 셸리 경은 메리 셸리의 양육권을 빼앗지 않고 퍼시 플로렌스를 재정적으로 계속 후원함).

7월.『프랑켄슈타인』을 각색한 연극이 영국 오페라 하우스에서 개막해 서른일곱 번 공연. 메리 셸리는 8월에 공연을 관람함.

8월.『프랑켄슈타인』제2판 출간. 아버지 윌리엄 고드윈이 수정. 제목에 저자 이름으로 "메리 울스턴크래프트 셸리"라고 명시함.

1824년(27세)

1월. 메리 셸리, 『최후의 인간』(*The Last Man*) 집필 시작

6월. 퍼시 비시 셸리의 유고시집 발간. 메리 셸리가 편집하고 서문 집필.

1826년(29세)

1월. 메리 셸리, "『프랑켄슈타인』의 저자"라는 이름으로 『최후의 인간』을 3권으로 출간.

9월. 퍼시 비시 셸리와 해리엇 셸리 사이의 아들 찰스 셸리가 죽으면서 퍼시 플로렌스가 셸리 가문의 합법적 상속자가 됨.

1830년(33세)

5월. 메리 셸리의 『퍼킨 워벡의 흥망성쇠를 다룬 모험담』(*The Fortunes of Perkin Warbeck, A Romance*) 출간.

1831년(34세)

10월. 저자의 개작을 거쳐 『프랑켄슈타인』 한 권으로 재출간.

1832년(35세)

11-12월. 1820년에 메리 셸리가 퍼시 비시 셸리와 함께 쓴 시극 『페르세포네』(*Proserpine*)가 『페르세포네, 2막짜리 신화극』(*Proserpine, a Mythological Drama in Two Acts*)이라는 제목으로 출간.

1835년(38세)

2월. 메리 셸리가 집필한 『이탈리아, 스페인, 포르투갈의 문학 및 과학계 저명인사들의 생애』(Lives of the Most Eminent Literary and Scientific Men of Italy, Spain, and Portugal) 3권 중 1권이 "캐비닛 전기"(The Cabinet of Biography) 시리즈로 발간(메리 셸리는 이후에도 몇 권 더 집필에 참여).

1836년(39세)

4월. 메리 셸리의 아버지 윌리엄 고드윈 사망. 메리 울스턴크래프트 고드윈 옆에 묻힘. 고드윈, 자신의 원고와 편지를 메리 셸리에게 넘길 것이며, 필요한 글은 출간하고 나머지는 파기할 것 그리고 수익금은 자신의 아내(메리 셸리의 계모)에게 주라고 요청하는 유언을 남김.

1837년(40세)

2월. 메리 셸리, 소설 『포크너』(Falkner)를 3권으로 출간.

1844년(47세)

4월. 티머시 셸리 경 사망. 퍼시 플로렌스가 영지와 작위를 물려받음.

1851년(54세)

2월 1일. 메리 셸리, 54세 나이로 런던 체스터 스퀘어의 집에서 사망. 부모 사이에 묻힘.

옮긴이 오수원

서강대학교 영어영문학과를 졸업하고 동 대학교 대학원에서 『프랑켄슈타인』을 페미니즘의 시각으로 정리한 논문으로 석사 학위를 받았다. 주인공 프랑켄슈타인이 아닌 이름 없는 존재인 '괴물'의 관점에서 소설을 다시 보면서 인간의 많은 모순과 문제의 면면을 새롭게 들여다보게 되었다.
현재 파주출판도시에서 동료 번역가들과 '번역인'이라는 작업실을 꾸려 활동하고 있다. 철학과 역사, 예술과 문학 양서를 제대로 옮기고 싶은 것이 늘 꿈이다. 옮긴 책으로 『문장의 일』, 『데이비드 흄』, 『처음 읽는 바다 세계사』, 『보이지 않는 국가들』, 『진실사회』, 『중국의 미래』, 『감시국가』 등이 있다.

현대지성 클래식 37

프랑켄슈타인

1판 1쇄 발행 2021년 5월 21일
1판 11쇄 발행 2025년 4월 3일

지은이 메리 셸리
옮긴이 오수원
발행인 박명곤 **CEO** 박지성 **CFO** 김영은
기획편집1팀 채대광, 이정미, 백환희, 이상지
기획편집2팀 박일귀, 이은빈, 강민형, 박고은
기획편집3팀 이승미, 김윤아, 이지은
디자인팀 구경표, 유채민, 윤신혜, 임지선
마케팅팀 임우열, 김은지, 전상미, 이호, 최고은

펴낸곳 (주)현대지성
출판등록 제406-2014-000124호
전화 070-7791-2136 **팩스** 0303-3444-2136
주소 서울시 강서구 마곡중앙6로 40, 장흥빌딩 10층
홈페이지 www.hdjisung.com **이메일** support@hdjisung.com
제작처 영신사

ⓒ 현대지성 2021

"Curious and Creative people make Inspiring Contents"
현대지성은 여러분의 의견 하나하나를 소중히 받고 있습니다.
원고 투고, 오탈자 제보, 제휴 제안은 support@hdjisung.com으로 보내 주세요.

현대지성 홈페이지

"인류의 지혜에서 내일의 길을 찾다"
현대지성 클래식

현대지성 클래식 살펴보기